AF306735

Bettina Szrama, geboren in Meißen, ist Dipl.-Agraringenieurin und absolvierte nach Führungspositionen in der Landwirtschaft/Pferdezucht 1991 ein Literaturstudium an der Schule des Schreibens an der Axel Andersson Akademie in Hamburg. Danach war sie vorwiegend für bekannte Regionalzeitungen und Tierzeitschriften journalistisch tätig. Seit 1994 schreibt sie verstärkt Belletristik und Sachbücher.

Das Geheimnis der Gräfin

BETTINA SZRAMA

Handelnde Personen

Susanna von Weißenburg: Eine verarmte sächsische Adlige

Gräfin Elisabeth Báthory-Nádasdy: Die Blutgräfin

Graf Franz Nádasdy: Elisabeths Mann, der „Schwarze Ritter"

Gabor Báthory: Elisabeths Neffe

Stefan Báthory: Elisabeths Bruder

Anna, Katharina und Paul: Elisabeths und Franz' Kinder

Graf Niklas von Zrinyi: Annas Ehemann

Graf Georg Drugeth von Homonna: Katharinas Ehemann

Graf Emmerich Megyery: Freund und Vertrauter des Grafen

Graf Georg Thurzo: Palatin und oberster Richter von Ungarn

István Magyari: Pastor von Sárvár

Rudolf II.: Kaiser des Heiligen Römischen Reiches

König Matthias II. von Ungarn: Rudolfs Bruder, später Kaiser

Anna Darvulia: Amme, erste Hofdame und engste Vertraute der Gräfin

Dorothea Szentes (Dorkó): Dienerin der Gräfin

Katharina Beneczky: Dienerin der Gräfin

Ilona Jó: Kindermädchen

Marika: Ilonas Tochter

Johannes Ujvári (Ficzkó): Diener der Gräfin

Katica: Zofe der Susanna von Weißenburg

Obwohl diesem Buch wahre historische Begebenheiten, Schauplätze und Namen zugrunde liegen, soll an dieser Stelle darauf hingewiesen werden, dass sämtliche geschilderten Ereignisse frei erfunden sind. In besonderem Maße gilt das für die meisten Handlungen und Äußerungen der auftretenden oder erwähnten Personen, auch wenn einige von ihnen in historischen Quellen belegt werden.

Darüber hinaus sind Ähnlichkeiten mit lebenden oder toten Personen rein zufällig.

I. Kapitel

Der Tag, an dem mein Vater beschloss, mich an den Hof der Gräfin Elisabeth Báthory, Ehefrau des hochedlen Grafen Franz Nádasdy, zu schicken, liegt viele Jahre zurück. Der Leser muss mir verzeihen, sollte es mir schwerfallen, mich an jede Einzelheit zu erinnern. Angst und Schrecken beherrschten mein Leben und ich fühlte mich zum Sterben müde.

Eines aber ist mir noch gut im Gedächtnis geblieben – man rühmte im Beisein meines Vaters Gräfin Báthorys Gemüt, ihre Haushaltsführung, ihre untadelige Art und ihre Rechtschaffenheit ebenso wie den großen Anteil, den die Gräfin am Leben der jungen Mädchen ihres Hofstaates nahm. Alles, was man ihm über die ungarische Magnatin berichtete, ließ ihn davon überzeugt sein, dass er keinen Missgriff tat, als er sich dazu entschloss, mich in ihre Dienste zu geben. Mein Vater war zwar ein sächsischer Adliger, dennoch führten wir ein hartes und entbehrungsreiches Leben in den Karpaten Siebenbürgens. Denn auch dort konnte man als Adliger ohne Geld nicht in die höheren Ränge aufsteigen.

Unsere Familie war viele Jahre lang bis über beide Ohren verschuldet gewesen, sodass mein Vater sogar gezwungen gewesen war, nicht nur Ländereien, sondern auch seine gesamte Kriegsausrüstung zu verkaufen. Es musste ihn sehr geschmerzt haben, denn wir verdankten unseren Besitz meinem Großvater, der sich unter Istvan Báthory von Ecsed bei der Schlacht auf dem Brodfeld 1479 als Ritter so löblich hervorgetan hatte, dass ihm der König für seine Treue ein Lehen in Hermannstadt, der Stadt der sieben vornehmen Festungen, geschenkt hatte.

Um es meinem Großvater gleichzutun oder vielleicht auch nur, um etwas von dem einstigen Ruhm und Glanz zurückzuholen, war mein Vater in seine Fußstapfen getreten und hatte einige Zeit unter der Flagge von Elisabeth Báthorys Onkel Stephan IV., des Großfürsten von Polen-Litauen und Siebenbürgen, gekämpft. Er erzählte mir oft von der Belagerung von Pskow, als er mit fünfzigtausend Königsgetreuen fast ein halbes Jahr vor den russischen Stadttoren ausgeharrt hatte. Für den polnisch-litauischen König aus der Báthory-Linie hätte mein Vater sein Leben gegeben. Kein Wunder, denn schließlich hatte sich dieser mit dem türkischen Sultan einen blutigen Kampf um unser Siebenbürgen geliefert und sich anschließend ganz ohne Blutvergießen Livland vom Zaren gesichert.

Aber hier soll es um meine eigene Geschichte gehen.

Vor diesem Hintergrund also war es nicht verwunderlich, dass mein Vater sich nichts sehnlicher wünschte, als dass seine geliebte Tochter eine Ausbildung am Hof der Nichte Stephans anträte, um die Verbindung zu dem hohen Haus Báthory aufrechtzuerhalten.

Meine Familie, derer von Weißenburg, war wie alle in Hermannstadt lebenden Sachsen aufgrund eines Goldenen Freibriefs mit weitreichenden Privilegien unserer Stadt stark verbunden. Immerhin zählte ein Urahn

derer von Weißenburg zu den ersten eingewanderten
sächsischen Rittern und somit zu den Mitbegründern
der Sieben Stühle, deren Hauptstuhl Hermannstadt
war. Des Weiteren zählte zu den Stühlen auch die Stadt
Schäßburg.

Meine Kindheit verbrachte ich behütet und umsorgt
im Schoße einer liebenden Familie, zwischen Weinber-
gen, Kühen, Ziegen und Schweinen. Ich balgte mich mit
unseren Hirtenjungen und lernte frühzeitig, wie ein
Mann im Sattel zu sitzen. Mein unverwüstliches Temperament verdankte ich wohl meiner Amme, einem
derben Weib mit türkischem, slowenischem und rumä-
nischem Blut in den Adern, mit deren Milch ich zugleich die Leidenschaft für die wildromantische Schönheit des dicht bewaldeten, unwegsamen Karpatenlan-
des einsog.

Alsbald rückte der Tag der Abreise heran. Unsere Die-
nerschaft belud geschäftig die Kutschen und Maultiere,
meine Mutter packte in der Küche luftgetrockneten
Speck, Brot, Striezel und aus Pflaumen gebrannten
Schnaps für die Reise ein. Mein Vater wählte die Män-
ner zu meinem Schutze aus. Währenddessen nutzten
Johannes und ich die noch verbleibende Zeit zu einem
Ritt durch die Wälder.

Johannes war mein engster Freund und Vertrauter.
Er war das siebte Kind unseres Verwalters und schon
bei uns auf dem Hof nannte ihn jeder wegen seines geringen Körperwuchses Ficzkó – „kleines Bürschlein“.
Ein Name, der ihm sein Leben lang wie ein Fluch anlas-
tete und ihn rasend vor Wut werden ließ, wenn man
ihn ihm gar zu oft nachrief. Johannes war ein lebhafter
junger Mann mit kräftiger Gesichtsfarbe, schwarzem

Haar und einer für seine fünfzehn Jahre erstaunlichen Kraft und Gewandtheit, die an eine Raubkatze erinnerte. Er war immer gesprächig, lachte gern und fühlte sich am wohlsten, wenn er auf einem sattellosen Pferderücken saß. Er war ein liebenswerter Junge, der wohl ein wenig in mich verliebt war, denn es kam immer öfter vor, dass er Flöten aus Buchenholz für mich schnitzte oder Adonisröschen von den Berghängen sammelte, um mir damit eine Freude zu bereiten.

Es war einer dieser goldenen Herbsttage, an denen die Natur noch einmal in aller Schönheit erstrahlte, bevor die tristen, düsteren Nebel und kalten Schauer den harten Karpatenwinter ankündigten. Rote und gelbe Blätter tanzten durch die Luft, ein milder Wind trieb sie über die endlosen Wiesen, und die Eichhörnchen vergruben geschäftig ihre Vorräte. Am strahlend blauen Himmel war kein Wölkchen zu sehen. Johannes und ich jagten wie übermütige Kinder im Galopp über die Wiesen und Felder. Angst hatten wir keine, obwohl man uns auch an diesem Tag davor gewarnt hatte, nicht allzu weit in den Wald hineinzureiten. Man war nie vor versprengten osmanischen Reitern sicher, die im Sklavenhandel ihr Geschäft sahen und oftmals mordend und brandschatzend bis weit in die Gebiete der Sieben Stühle vordrangen. Aber in unserer Jugend kannten wir so wenige Gefahren. Die Welt war für uns ein Abenteuer.

Wir ritten an den letzten noch nicht abgeernteten Haferfeldern vorbei. Es war kaum ein Ort unter dem Himmel zu finden, in dem das Getreide dicker und höher wuchs als bei uns in Siebenbürgen. Übermütig, von der Vorfreude beseelt, am Hof der Gräfin bald ein Teil der vornehmen Gesellschaft zu sein, lenkte ich uns durch die Weinberge, immer tiefer in das felsige Gebirge hinein. Keiner von uns bemerkte, dass wir uns viel zu schnell der ungarischen Grenze näherten.

„Wir kommen, heiliges Land!", rief Johannes und breitete übermütig die Arme aus, als wir auf einem Felsvorsprung unsere Pferde zügelten und die weiten Schluchten und Pässe der Karpaten sich unter uns ausbreiteten. Johannes' schwarzes Haar glänzte wie das seines Pferdes in der Sonne und unter dem weißen Leinenhemd zeichnete sich deutlich sein muskulöser Körper ab. Ich glaube, auch ich schwärmte heimlich, wie alle Mädchen aus unserem Dorf, für ihn und stellte mir vor, wie es wäre, von ihm geküsst zu werden. Dass ich einen ganzen Kopf größer war als er, störte mich wenig, weil ich ihn fast nur auf dem Pferderücken kannte und daher mit anderen Augen sah. Niemals hätte ich mir damals vorstellen können, welch grausame Bestie in seiner noch knabenhaften Seele schlummerte, die nur darauf wartete, geweckt zu werden.

Unsere Pferde tänzelten und schnaubten ungeduldig, über uns kreiste majestätisch ein riesiger Adler, während der Wind in den Baumkronen spielte und unzählige Vogelstimmen uns ihr Abschiedsständchen zwitscherten. Wir fassten uns an den Händen, um der prachtvollen Landschaft zu huldigen und stimmten mit einem rumänischen Wiegenlied in das Gezwitscher ein, als plötzlich etwas die friedliche Naturidylle störte.

Unterhalb des Felsvorsprungs preschte eine Gruppe Reiter aus dem Wald und jagte über eine Lichtung hinter einem Hirsch her. Plötzlich brach eines der Pferde vor einem Hindernis aus, bäumte sich auf und lief in die entgegengesetzte Richtung davon.

Johannes schirmte seine Augen mit der Hand ab, um in der hellen Sonne besser sehen zu können. „Ungarische Jäger. Ihren Gewändern nach von fürstlichem Geblüt", bemerkte er ruhig, während mein Blick aufmerksam dem einzelnen Reiter folgte. „Wie es aussieht, steckt einer von ihnen in Schwierigkeiten. Wenn er es nicht schafft, sein Pferd zu zügeln, läuft es in die Silbermine unter uns und er wird sich zwischen den Felsen zu Tode reiten", stellte ich fest, während Johannes mit einer Hand sein tänzelndes Pferd bändigte und mit der anderen auf den sich durch das Gebirge schlängelnden Bachlauf wies. „Seht, Komtesse, das fischende Lumpenbündel dort unten wird das Pferd wohl erschreckt haben!"

Mein Blick folgte seinem ausgestreckten Arm bis zu einer gebückten Gestalt im Bachwasser, dann beobachtete ich wieder das Pferd, das der Schlucht immer näher kam. Das Verhalten der anderen Reiter verwunderte mich zutiefst. Ein Teil von ihnen war abgesessen und kümmerte sich um das erlegte Wild, doch der untätige Rest machte keine Anstalten, das durchgehende Pferd aufzuhalten.

Da Fremde auf sächsischem Boden Gefahr bedeuteten, hätten wir es normalerweise bei unseren Beobachtungen belassen und wären wieder heimwärts geritten. Doch bei den Männern handelte es sich um Ungarn, keine Fremden für uns Sachsen aus Siebenbürgen. Heute kann ich nicht mehr genau sagen, ob es der Teufel war, der mich in diesem Moment ritt, oder der Umstand, dass es sich bei den Männern um herrschaftliche

Jäger handelte. „Der Reiter rast in die Mine, wir müssen ihn warnen!", rief ich Johannes zu. Ich wartete seine Antwort nicht ab, riss mein Pferd herum und preschte den Abhang hinab. Es dauerte nicht lange, bis ich Johannes' Pferd hinter mir schnaufen hörte.

„Ich reite einen Bogen, dann können wir ihn besser aufhalten!", schrie er, doch in der Schlucht war plötzlich kein Reiter mehr zu sehen. Johannes tauchte wieder zwischen den Felsen auf, ohne eine Spur des Mannes gefunden zu haben. Nachdem wir einige Minuten ziellos umhergeirrt waren, gab er auf. „Wir reiten besser zurück. Man wird schon nach uns suchen." Er wollte sein Pferd antreiben, doch im gleichen Augenblick ließ uns ein markerschütternder Schrei erstarren. Selbst unsere Pferde spitzten die Ohren und schienen einen Moment wie am Boden festgewachsen.

Der Schrei zerriss die Stille der Berge und unser gesunder Menschenverstand riet uns, schnellstmöglich umzukehren. Doch genau in diesem Moment tauchte wie aus dem Nichts der ungarische Reiter wieder auf. Er kam aus einem Hohlweg auf uns zu geritten.

Einen Augenblick lang schien es so, als ob auch er überrascht wäre, hier in der Wildnis auf Fremde zu treffen, dann sprach er uns auf Ungarisch an und hob drohend seine Reitpeitsche. Noch hätten wir fliehen können, immerhin war uns jeder Stein und Baum in der Gegend bekannt, ein großer Vorteil jedem Eindringling gegenüber. Doch Johannes, ausgerechnet mein wilder Johannes, der bei ähnlichen Gelegenheiten normalerweise schnell aus seiner Haut fuhr, saß vom Pferd ab und beugte zu meinem Erstaunen das Knie vor dem Reiter. In bestem Ungarisch, das wir beide als

Zweitsprache beherrschten, da die Nähe zur ungarischen Grenze es verlangte, machte er dem Mann in der Pelzmütze, der eng geschnürten Jacke und dem schwarzen Schaffell über den Schultern seine Aufwartung. Das Schuhwerk des Fremden ließ osmanischen Einfluss erkennen. Auch der Magnatensäbel, den er an seiner Seite trug, war türkisch. Aber nicht nur mir, auch Johannes schien jetzt das Wappen der Báthorys am Säbelgriff aufgefallen zu sein: ein Drache, der drei Drachenzähne umschloss.

„Ich bin der Begleiter der Komtesse von Weißenburg, Eure Hoheit", stellte Johannes sich vor und log zu unserer Sicherheit.

„Wir befinden uns auf der Suche nach einem unserer Hunde. Er ist uns im Wald entlaufen. Verzeiht unser unbedachtes Handeln, wir hatten nicht vor, das Jagdvergnügen Eurer Hoheit zu stören."

Das Gesicht des noch jungen Mannes entspannte sich. Ja, es glitt sogar ein Lächeln über die feinen, etwas unruhigen Züge, als er mir, nach einer eingehenden Betrachtung meiner weiblichen Formen, mit einer knappen Kopfbewegung einen wohlwollenden Gruß entgegenbrachte. Ich hielt dem feurigen Blick seiner schwarzen Augen stand. Während ich überlegte, wie ich mich ihm gegenüber verhalten sollte, gab er seinem Pferd die Sporen und bedeutete uns, ihm zu folgen. Gehorsam preschten wir hinter dem jungen Herrn her, der nun auf die Reitergruppe im Tal zusteuerte. Allerdings waren es weniger das Hundegebell und die Zurufe der Jäger, die unsere Aufmerksamkeit auf sich zogen, als vielmehr ein Geräusch wie von klatschenden Schlägen und ein Wimmern, wie das eines geprügelten Hundes.

Diener oder Leibeigene zu prügeln gehörte für die ungarischen Herrscher zum Alltag. Uns Sachsen, ob nun in Hermannstadt, Kronstadt oder Deutschkreuz, war es allerdings strengstens verboten. Dennoch setzten sich immer wieder einige Adlige über das Gesetz hinweg und bestraften die Vergehen ihrer Dienerschaft hinter verschlossenen Türen mit Schlägen. So war der Anblick, der sich uns beim Näherkommen bot, zunächst nichts Ungewöhnliches für uns. Dennoch war ich entsetzt, dass es eine junge Frau war, die so unbarmherzig mit der Reitpeitsche auf einen wehrlosen Menschen einschlug. Das Bündel durchnässter Lumpen in dem Bachlauf zeigte kaum noch Gegenwehr gegen die wie ein Gewitter niederprasselnden Schläge. Die Gestalt versuchte lediglich, mit den Armen den Kopf zu schützen. Die Jagdgesellschaft schien kaum Notiz von dem Vorfall zu nehmen, was mich erneut in Erstaunen versetzte. Stattdessen waren die Männer damit beschäftigt, den erlegten Hirsch für den Heimweg sicher zu verschnüren. Dazu hatten sie sich lange Astgabeln besorgt, an die sie das Tier mit den Beinen kopfunter banden. Man wurde erst auf uns aufmerksam, als unser ungarischer Begleiter dem prügelnden Weib zurief: „Lass es genug sein, Tante Elisabeth, wir wollen Lockenhaus noch vor Einbruch der Dunkelheit erreichen. Sieh lieber, wen ich dir mitgebracht habe. Die Komtesse von Weißenburg. Ist das nicht ein Zufall?"

Die junge Frau, die breitbeinig über ihrem Opfer gestanden hatte, drehte dem Grafen ihr Gesicht zu und sprang dann mit einem kühnen Satz an die Uferbefestigung. Sie griff nach den Zügeln ihres Pferdes und kam, die Peitsche langsam schwingend, neugierig auf uns zu. Je näher sie uns kam, desto mehr überraschte sie mich. Anstatt dass, wie man vermutet hätte, ihre Züge vom Zorn gerötet waren oder zumindest Spuren der Anstrengung aufwiesen, wirkte ihr Gesicht auf mich eher entspannt und fröhlich. Aber was mich am meisten an ihr faszinierte, war dieser kindliche Ausdruck in den übergroßen, schwarzen Augen. Sie war zweifellos eine Schönheit. Ihr Gesicht war mir bereits von dem Gemälde bekannt, das der Kurier meinem Vater zusammen mit dem Vertrag für meine Ausbildung überbracht hatte. Deshalb fiel ich nicht gleich aus allen Wolken, als sie mir als Gräfin Elisabeth Báthory-Nádasdy vorgestellt wurde. Schon allein ihr prunkvoller Kleidungsstil verriet mir, dass tatsächlich die ungarische Magnatin vor mir stand. Sie war, wie ein Mann, in einen bis zum Boden reichenden, weiten, am Saum mit Gold und Perlen bestickten, ungarischen Magnaten-Mantel gekleidet. Darunter trug sie, genau wie ihr Neffe, eine bestickte, eng geschnürte und hoch geschnittene Jacke, weite gerade Hosen, die von einem goldenen Spangengürtel gehalten wurden, und kostbar bestickte osmanische Stiefel. Eine perlengeschmückte Haube zierte das am Kopf zu einem Zopf gebundene Haar der offensichtlich verheirateten ungarischen Frau. Ich war mir nicht sicher, wie ich mich richtig verhalten sollte. Einerseits drängte es mich, einfach wegzureiten, andererseits hielt mich dieser kindliche und zugleich gebietende Blick, von dem eine seltsame Macht ausging, auf der Stelle gefangen. Ich warf einen heimlichen Blick zu Johannes, auf den die junge Frau anscheinend die gleiche Faszination ausübte. Verträumt, fast anbetungsvoll, ruhten seine dunklen

Augen auf ihrem Gesicht. Ach, wäre doch die Jugend mit der Weisheit der Älteren ausgestattet! Dann hätte ich rechtzeitig hinter die schöne Stirn geblickt und die trügerischen Worte der Gräfin wären uns nicht zum Verhängnis geworden. Aber wir waren jung und vor uns stand eine ungarische Herrscherin, eine Frau, die es gut mit einem König aufnehmen konnte. Hinzu kam, dass auf ihrem Gesicht noch der Reiz der Jugend lag und ihre prächtigen Kleider uns einen Vorgeschmack auf den zu erwartenden Glanz an ihrem Hof gaben. Nachdem die Verwunderung über das Auftauchen Fremder von ihrem Gesicht gewichen war, wechselte sie mit ihrem jungen Begleiter einen fragenden Blick. Gleich darauf begrüßte sie mich mit ihrer angenehmen Stimme: „Nein, was für ein Zufall, die Komtesse von Weißenburg, Euch hier in den Wäldern anzutreffen. Ich hatte Euch erst in einer Woche an meinem Hof erwartet. Man hat mir gesagt, dass Ihr sehr hübsch seid und bei mir in den weiblichen Tugenden und gesellschaftlichen Künsten geschult werden möchtet. Mein Sekretär hat nicht übertrieben. Ihr seid wirklich von solcher Anmut, dass einem bei Eurem Anblick das Herz aufgeht." Sie sprach schnell, so, als befürchte sie, man würde ihr nicht bis zu Ende zuhören, und wich meinem offenen Blick aus. Heute, nachdem ich viele Jahre im Dienst der Gräfin verbracht habe, weiß ich, dass sie schon zu diesem Zeitpunkt krankhaft selbstverliebt gewesen sein musste. Dass sich jedoch hinter ihrer narzisstischen Maske eine tief verunsicherte Frau verbarg, die unter sich selbst litt, ahnte ich damals noch nicht. Ich hatte später immer das Gefühl, dass sie versuchte, ihr schwaches Selbstbild zunehmend durch ihr brutales Verhalten zu ersetzen. Aber schon bei dieser, unserer ersten Begegnung verstand sie es meisterhaft, ihre Unsicherheit hinter einer bezaubernden Liebenswürdigkeit zu verbergen. „Mein Neffe Gabor teilte mir gerade mit, dass Ihr Euer Leben für mich riskiert habt, Komtesse? Sagt, wie kann ich Euch nur dafür danken?"

Mein Blick wanderte etwas verstört von ihr zu ihrem Begleiter, bevor ich ihr antwortete: „Euer Gnaden, wir waren der Meinung, der junge Herr stecke in Schwierigkeiten."

„Gabor?" Sie lachte mit einem tiefen Glucksen. „Ach, mein Neffe ist mir nur nachgeritten, weil mein Pferd vor einem alten Weib scheute, das sich mir in den Weg gestellt hat." Ich sah an ihren Zügen, dass sie die unliebsame Begegnung abzuschütteln versuchte.

„Dann war es Euer Pferd, Euer Gnaden, welches auf die Schlucht zu jagte?" Überrascht über diese Neuigkeit machte ich einen Knicks vor ihr. Doch sie hielt mich lächelnd auf und sagte, mit einem Augenzwinkern in die Richtung ihres Neffen: „Gabor hat immer noch nicht begriffen, dass ich besser reiten kann als er, dass es kein Pferd, überhaupt kein Wesen in Ungarn gibt, das sich meiner Hand, geschweige denn meiner Macht entziehen kann."

Nach diesen Worten genoss sie sichtlich den Applaus ihrer Männer, die daran nicht sparten. Ihr Neffe Gabor errötete verlegen. Johannes, mit dem Vorrecht der Jugend, äußerte seine Meinung dazu auf seine Weise. „Dann seid Ihr zurückgeritten, um die Alte zu züchtigen und habt es in Kauf genommen, dass Euer Neffe sich in der Schlucht das Genick bricht? Und das findet Ihr noch lustig?"

Unter anderen Umständen hätte ihn das sicher das Leben gekostet. Doch Elisabeth quittierte seine Äußerung nur mit einem süßlichen Lächeln.

„Ich habe ihn nicht darum gebeten!", entgegnete sie schnippisch. „Ihr beide habt ja ebenso euer Leben riskiert, oder nicht?" Sie zwinkerte mir aus ihren kindlichen Augen zu.

„Dennoch, liebe Komtesse, weiß ich es zu schätzen, wenn sich jemand für mein Wohl einsetzt. Deshalb würde es mich glücklich machen, Euch nicht nur als meine Hofdame, sondern auch als meine Freundin an meinem Hof zu begrüßen." Mit einem Blick auf Johannes sagte sie: „Ihr habt einen sehr hübschen, aber sehr vorlauten Begleiter." Sie hob sein Kinn mit der Reitpeitsche so weit an, dass er ihr in die Augen sehen musste.

„Euer Diener gefällt mir, Susanna. Ich könnte ihn mir gut als meinen Pagen vorstellen." Der Gedanke schien sie zu amüsieren und so fragte sie Johannes: „Wie ist dein Name, mein kleiner Ficzkó ...?"

Dass auch sie ihn „kleines Bürschlein" nannte, war für Johannes mehr als nur eine Demütigung. Ob es nun beabsichtigt oder nur ein Zufall war, es hatte zur Folge, dass sich seine Muskeln unter dem Hemd spannten und seine Kieferknochen vor Anspannung ein Knacken ertönen ließen. Von der Verehrung für die schöne Frau war ihm nichts mehr anzusehen. Stattdessen fing er meinen Blick auf und ich sah ein verstecktes Lodern in seinen Augen. Jeden Moment konnte er die Beherrschung verlieren und sich zu etwas Unbedachtem hinreißen lassen. Ich weiß nicht, wie die Begegnung mit Elisabeth dann ausgegangen wäre, deshalb beschwor ich ihn mit flehenden Blicken, sich ruhig zu verhalten.

Doch dann schickte der Zufall uns unerwartete Hilfe. Es war das geprügelte alte Weib, das niemand mehr beachtet hatte. Die Alte rappelte sich hastig auf und humpelte, auf ihren Stock gestützt, an uns vorbei zur Waldschneise. Doch der von den Schlägen geschwächte Körper war zu langsam und so verstellten ihr die Jäger den Weg, um sie mit ihren ungehobelten Scherzen zu traktieren. Schadenfrohes Gelächter begleitet von spöttischer Erniedrigung weckte das Interesse der Gräfin. Sie ließ von Johannes ab und begab sich in den Kreis ihrer Getreuen. Ich sah, wie sie die Hände in die Hüften stemmte und sich über die Bemerkungen der Männer vor Lachen ausschüttete. Meine Hochachtung der Gräfin gegenüber verbot mir, sie zurechtzuweisen, dennoch ärgerte mich ihr mangelnder Respekt vor der Schwächeren. Ein altes Weib zum Spielball ihrer Launen zu machen schien mir ihrer unwürdig. Als ich dann all meinen Mut zusammennahm und zu ihr trat, um Gnade für das Weib zu erbitten, richtete die Alte gerade drohend ihren Stock auf die Gräfin. Diese schien von dieser Reaktion so überrascht, dass sie verwundert innehielt und ihren Männern mit einem strengen Blick gebot, mit den Possen aufzuhören. Ich sah in ein von Falten gezeichnetes Gesicht mit dunklen Augenhöhlen. Das Weib war steinalt, doch schien ihr Mut, sich der mächtigsten Frau Ungarns entgegenzustellen, nicht nur bei mir Eindruck zu hinterlassen. Die Alte wagte es, Elisabeth mit ihrer Fistelstimme zu verfluchen. Die Worte des Weibes hörten sich wie eine unheimliche Prophezeiung an. „Ihr seid noch jung an Jahren, hohe Frau, und sehr schön. Aber Ihr seid ein Weib ohne Seele, ohne Erbarmen, eitel und selbstverliebt, eine

Furie mit menschlichem Angesicht, die es nicht verdient, geliebt zu werden. Menschen wie Ihr bringen nur Unglück über das Volk. Seht Euch meine Wunden gut an, hohe Frau. Es sind die Spuren Eurer Peitsche. Doch eines Tages werdet Ihr ebenso alt und runzlig sein wie ich. Auch wenn Ihr mich jetzt totprügelt – mich wird meine Familie beweinen. Um Euch wird niemand trauern. Ihr werdet gehasst und einsam sterben."

Im ersten Augenblick glaubte ich, das Weib wäre verrückt und ich fragte mich, wie verzweifelt ein Mensch sein musste, um sein Verderben zu besiegeln. Auf diese Beleidigung konnte nur eine weitere Prügelattacke folgen. Doch weit gefehlt – Die Gräfin rührte sich nicht. Und als sie ihr Gesicht ein wenig in meine Richtung drehte, sah ich, dass es aschfahl geworden war. Jegliche Farbe war daraus gewichen und in ihren Augen spiegelte sich Entsetzen. Wie ein verwirrtes Kind kam mir die Gräfin plötzlich vor, wie eines, das sich verlaufen hatte und den Heimweg nicht fand. Ich konnte mir nicht vorstellen, dass der Fluch eines alten Weibes solch eine Wirkung auf diese mächtige Frau haben konnte. Ich erinnerte mich, davon gehört zu haben, dass die Gräfin an einer geheimnisvollen Krankheit litt. Ich fragte mich, ob es vielleicht etwas mit ihrem Erschrecken zu tun hatte. Doch zunächst war ich irritiert über ihr sprunghaftes Wesen und wollte einfach nur die Situation retten. Ich versuchte es mit tröstenden Worten, bis die Gräfin plötzlich meine Hände ergriff und warm umschloss. Eine Reaktion, mit der ich nicht gerechnet hatte. „Ihr seid wahrlich eine Freundin", sagte sie lächelnd. „Wie gut, dass wir uns getroffen haben. In Eurer Nähe werde ich mich bestimmt wohlfühlen. Kommt rasch an meinen Hof. Ich erwarte Euch mit brennender Ungeduld!"

Ganz entgegen ihrem vorherigen Verhalten ließ sie die Alte nun ihres Weges ziehen und gab den Jägern das Zeichen zum Aufbruch. Diese Begegnung sollte der Beginn unserer jahrelangen Beziehung, geprägt von Liebe, Hass, Intrigen und Grausamkeiten, sein.

II. Kapitel

Die Reise nach Sárvár blieb mir in ziemlich unerfreulicher Erinnerung. Man hatte zu diesem Zweck unsere einzige Kutsche mehr schlecht als recht für die große Reise gerüstet. Am darauffolgenden Morgen, noch vor Sonnenaufgang, nahm ich mit meiner jungen Zofe in dem Wagen Platz. Ich wollte nicht ohne weibliche Begleitung reisen und Katica war als Gesellschafterin hervorragend geeignet. Das ungarische Mädchen mit deutschen Wurzeln war für mich mehr als nur eine treue Dienerin. Mit ihr verband mich eine fast geschwisterliche Freundschaft. Mein Vater hatte sie einst als Waise einem türkischen Sklavenhändler abgekauft und sie in meine Obhut gegeben. Dadurch erfuhr sie die gleiche Ausbildung wie ich und wuchs gemeinsam mit mir auf.

Furcht vor osmanischen Überfällen brauchte ich auf der Reise nicht zu haben. Allein Johannes' Anwesenheit wirkte beruhigend auf mich. Ich verließ mich ganz auf seine Kraft und seine Gewandtheit. Er ritt einen temperamentvollen Friesen mit spanischem Blut und führte ein ebensolches Tier, mein Reitpferd, an der Hand mit sich. Mein Vater hatte uns die beiden Tiere zum Abschied geschenkt. Ach, hätte er nur geahnt, in welche Löwengrube er seine einzige Tochter schickte, als er mich das letzte Mal an seine breite Brust gedrückt und mich mit den besten Segenswünschen in eine scheinbar glänzende Zukunft entlassen hatte. Begleitet wurden wir von vier bis an die Zähne bewaffneten, im Grenzschutz erfahrenen Heiducken. Drei ebenso in Waffen stehende Knechte meines Vaters folgten der Kutsche. Ein als Heiduck getarnter Knecht lenkte das Pferdegespann. Zwei mit Kisten und prall gefüllten Säcken beladene Lasttiere vervollständigten die kleine Karawane. In der Vorfreude auf das Leben am Hof der Gräfin Nádasdy hatte ich mir meine schönsten Kleider angezogen. Die hohe Frau sollte mir den armen sächsischen Adel nicht gleich auf den ersten Blick ansehen. Ich trug ein reich besticktes Kleid aus feinstem Gewebe, mit echter Goldstickerei, Spitzeneinsätzen an den Ärmeln und Samtstreifen am Rocksaum. Ein Pelzstreifen aus Silberfuchs umschloss den oberen Ausschnitt meines Leibchens gegen die morgendliche Kühle. So herausgeputzt wie ich war, schien ich sogar den Himmel zu ermuntern, denn alsbald lächelte die Morgensonne auf uns herab und verleitete die Männer rasch zur Ausgelassenheit. Sie plauderten unentwegt über Frauen, ein schier unerschöpfliches Thema für Johannes, der sich gerade auf der Schwelle vom Jüngling zum Mann befand und für den das weibliche Geschlecht mit seinen Qualitäten einen anregenden Gesprächsstoff bot. Jeder verehrte, seiner Herkunft entsprechend, eine andere und manchmal stritten sie um die Vorzüge ihrer gerade Auserwählten. Am Ende aber waren es immer die Lobpreisungen über die Gräfin, ihren unermesslichen Reichtum und ihre viel gepriesene Schönheit, die sie wieder vereinten. Ich muss gestehen, dass auch ich mich immer mehr von den zwanglosen Plaudereien über die Gräfin angesteckt fühlte, sodass ich, je näher wir unserem Ziel kamen, unsere Ankunft am ungarischen Hof kaum erwarten konnte und der tränenreiche Abschied von meinen Eltern bald in Vergessenheit geriet.

Zunächst aber gestaltete sich der Weg nach Westtransdanubien, der uns mitten durch die Gebirgszüge einer bezaubernden Mittelgebirgslandschaft führte, recht schwierig. Während wir in den höheren Berghängen dichte Laubwälder passierten, zwangen uns Felsbrocken in den niederen Schluchten immer öfter dazu, auszuweichen und nach neuen Pässen zu suchen. Als wir endlich das Tal erreichten, verdunkelte sich der Himmel über uns. Düster und drohend jagten, von einer Minute auf die andere, die Wolken über uns hinweg, als wollten sie uns mit aller Macht von unserer Reise abhalten. Nach kurzer Zeit lieferten sie sich eine regelrechte Hetzjagd am tiefgrau gefärbten Firmament. Zusätzlich zog ein gewaltiger Sturm auf, peitschte das Kutschendach und riss an den Packtaschen. Einige Male geriet die Kutsche so gefährlich ins Schlingern, dass ich mit Katica das schützende Gefährt verlassen musste. Über eine seichte Furt des Flusses Raab kämpften wir uns ans andere Ufer. Die schweren Kutschenräder versanken bis zum Einstieg in dem wässrigen, kaum befahrbaren Boden und die Pferde lagen keuchend im Geschirr. Die armen Tiere waren am Ende ihrer Kräfte. Ein Lasttier, mit Säcken und Kisten beladen, rutschte auf dem glitschigen Boden aus und brach sich ein Bein. Es schrie furchtbar. Wir mussten es absatteln und Johannes gab ihm den Gnadenstoß. Im Mündungsgebiet des Baches Gyöngyös, dort wo sich die Flüsse Güns und Raab vereinten, lagen wir uns nass

in den Armen, als endlich unser Ziel, die Burg der Gräfin, vor uns auftauchte. Der prachtvolle Anblick des
Burgschlosses mit dem ihn umgebenden, wunderschönen Garten ließ uns alle Anstrengungen vergessen.
Selbst der düstere karolingische Friedhof und seine
drohend aus kahler Erde ragenden Kreuze, die uns auf
schaurige Weise hinterherzublicken schienen, als wollten sie uns vor etwas warnen, vermochten uns nicht
mehr zu beeindrucken. Ich wusste nicht viel über die
gewaltige Festungsanlage, die schon seit dem Jahr 1532
jedem Türkenangriff getrotzt hatte. Aber ich war heilfroh, als sich endlich, unter lautem Knarren und Rasseln, das Tor für uns öffnete. Das Portal war Teil des
mächtigen Bergfrieds, der selbst einer Erstürmung
durch einen übermächtigen Feind geraume Zeit standhielt. Das letzte Stück unserer Reise, die lange, teilweise
überdachte, hölzerne Brücke, spannte sich in einem gewölbten Bogen über den Wassergraben und führte
über einen herrlichen Park mit ausladenden Gemüsegärten.

Nachdem wir den Turm zum Innenhof passiert hatten, hielten wir zunächst nach einem Pferdeknecht
Ausschau. Johannes erspähte in dem Gewühl des Burggeschehens alsbald einen Burschen und überließ ihm
für einen ungarischen Forint unsere Pferde, die dringend Wasser und einen trockenen Stall benötigten.
Seine weiten leinenen Hosen, das kurze Hemd, das ihm
kaum bis unter die Brust ging und der große Hut, unter
welchem zwei breite Zöpfe herunterhingen, verrieten
uns den ungarischen Pferdehirten. Er winkte sogleich
nach zwei weiteren Burschen, die ihren Auftrag mit einer fast hündischen Unterwürfigkeit erledigten.

Nachdem wir uns davon überzeugt hatten, dass die Pferde in den Ställen mit Hafer und Wasser gut versorgt waren, beratschlagten wir, in welche Richtung wir unsere Füße setzen sollten. Das Innere des Burghofes zwischen dem Schloss und der Wehranlage hallte wider vom Lärm knarrender Wagenräder, Pferdegewieher und lebhaftem Stimmengewirr. Einen Augenblick lang ließ ich mich von dem bunten Treiben mitreißen. Ich war so fasziniert, dass ich sogar Katica, meine Zofe, vergaß, die sich ängstlich hinter meinem Rücken hielt. Es roch nach würzigem Gulyás, Braten, Fladenbrot und gebackenem Kuchen. Die Gerüche reizten meinen Magen, der nach der langen Reise sein Recht einforderte. Also begann ich, zwischen den Bratbuden und den mit bunten Tüchern behängten Karren nach etwas Essbarem zu suchen. Johannes dagegen zog es zu den massiven und mehrere Meter dicken Befestigungsmauern, die eine kegelförmig nach oben zulaufende, steinerne Brustwehr zierte.

„Ich habe den Grafen Báthory bei den schweren Kanonen entdeckt. Wir sollten zu ihm gehen!", riet er mir und wies mit ausgestrecktem Arm zu den vorgelagerten Schanzen. „Seht dort, der hochgewachsene junge Mann zwischen den Kroaten in Leopardenfellen und den ungarischen und polnischen Husaren. Das müsste der Neffe der Gräfin sein. Sie alle tragen türkische Helme und schwere Säbel. Man möchte meinen, wir befänden uns unter den Osmanen. Was für ein buntes Volk."

Jetzt bemerkte auch ich den jungen Mann in dem goldenen Brustpanzer und den kniehohen Lederstiefeln. Obwohl mein Magen noch immer knurrte, folgte ich

Johannes durch das Gewühl von Händlern, Bauern und Wahrsagern zum Befestigungswall. Dazu durchquerten wir einen beidseitig offenen Wehrgang, der so breit war, dass zwei Männer nebeneinander gehen konnten. Im Moment war er überfüllt von bis an die Zähne bewaffneten Heiducken. Es kostete uns einige Mühe, zwischen ihnen hindurch zu gelangen. Mir war bekannt, dass die Männer in ihren schwarzen Heiduckenmützen bei den ungarischen Magnaten bessere Verdienstmöglichkeiten und Unterstützung im Kampf gegen die Osmanen hatten. Sie schenkten uns jedoch keinerlei Beachtung. Dafür stolperten wir über die Füße der Barbiere, die in den Mauervorsprüngen saßen und ihrer alltäglichen Arbeit nachgingen, dem Aderlass und Zahnreißen. Kanoniere mit den üblichen rasierten Schädeln und ihren in der Mitte belassenen schwarzen Zöpfen brachten die Geschütze vor den Wurflochreihen in Position. Aus ihren Zurufen entnahm ich, dass der benachbarte türkische Herrscher, der Beg, mit seinen Janitscharen einige Werst von der Burg entfernt zum Angriff aufgerückt war. Tage zuvor hatte der Beg den Stadtteil unterhalb der Burg in Brand stecken lassen. Mehr als 70 Häuser waren abgebrannt.

Plötzlich kam um uns herum Unruhe auf. Johannes hatte den jungen Grafen für einen Moment aus den Augen verloren und orientierte sich gerade neu, als mir das Herz stehen bleiben wollte. „Oh mein Gott, sieh nur, Johannes!", schrie ich und wies auf das vorgelagerte Bollwerk, auf dessen Spitze man einen riesigen Pfahl errichtet hatte, an dem ein Mann gerade in den letzten Zügen seines Lebens hing. Mir fielen sofort wieder die Schauergeschichten meiner Amme über Graf Dragulea ein, mit denen sie früher gern meine kindlichen Streiche im Zaum gehalten hatte.

„Sie haben einen Mann gepfählt!"

Johannes' Gesicht blieb unbewegt. Trotzdem sah ich, wie er zitterte und sein Kiefer sich verkrampfte, während er mich von der Mauer weg zurück in den Wehrgang zerrte. Mir drehte sich der Magen um und ich hätte mich gern kurz hingesetzt, dennoch ließ ich mich widerstandslos von ihm weiterführen.

An der breitesten Stelle der Geschützplattform entdeckten wir den jungen Báthory. Der Neffe der Gräfin stand mit dem Rücken zu uns und hatte sich über eine Gestalt gebeugt, die man nackt bäuchlings über ein Wagenrad geworfen hatte. Zwei Soldaten pressten gerade die Arme des Unglücklichen seitlich auf das Rad, ein Dritter drückte ihm die Faust ins Genick und zwei Männer mit nacktem Oberkörper und glänzenden Muskeln rissen seine Beine auseinander. Noch ehe sich meiner zugeschnürten Kehle ein Schrei entringen konnte, zog ein Husar einen angespitzten Pfahl aus dem Feuer und stieß dem Mann die glühende Spitze in den Anus. Der Gepeinigte schrie vor Schmerz, wie ich noch nie einen Menschen hatte schreien hören. Ein zweiter ohrenbetäubender Schrei endete für den Gequälten in einer Ohnmacht, es roch nach verbranntem Fleisch und ich verbarg erschüttert mein Gesicht in den Händen. Begleitet von dem lauten Jubelgeschrei der umstehenden Soldaten wurde der Pfahl nun aufgerichtet. „Tod dem Beg von Szigetvar!", erklang es vielstimmig. „Gott, lass den Bruder des Begs lange leiden! Tod dem Verräter, der von unserem erlauchten und ehrwürdigen Herrn Franz Nádasdy auf unserer Burg in Gnade aufgenommen wurde!"

Ich verstand das Geschrei nicht und Johannes, den mein Zustand zutiefst betrübte, schirmte mich nun mit seinen kräftigen Armen gegen die Soldaten ab, während er mich sanft von dem Geschehen wegzudrängen versuchte. „Ich bringe Euch lieber fort von hier, Komtesse, das ist nichts für ein sanftes Frauengemüt", sagte er leise, während wir uns den Weg zurückbahnten.

„Aber warum ...?", keuchte ich. „Wer hat eine solch grausame Strafe verdient? Kein Vergehen rechtfertigt eine derartige Brutalität. Kannst du nicht in Erfahrung bringen, weshalb der Mann sterben musste?" Trotz meines Entsetzens blieb ich stehen, denn ich bekam die Bilder nicht mehr aus meinem Kopf und die Schreie verfolgten mich.

Johannes sah mich unschlüssig an. Er sträubte sich gegen meine Bitte und wollte mich nicht allein lassen. Unsicher sah er sich nach Katica um. „Die Zofe ist nicht mehr da!", stellte er fest, doch ich beruhigte ihn damit, dass das Mädchen sicher Hunger hatte und wir sie bestimmt zwischen den Zelten wiederfinden würden. Widerwillig, ohne mich aus den Augen zu lassen, begab er sich zu einem der Kanoniere und kam mit der gewünschten Information zurück: „Die Soldaten sagen, dass der Beg den Besitz von Graf Nádasdy in Stuhlweißenburg besetzt gehalten hatte und der Graf eine List anwandte, um ihn herauszulocken. Der osmanische Herrscher ging ihm auf den Leim und Nádasdy schlug ihm kräftig eins auf die Nase. Viele Türken fielen oder wurden gefangen genommen, so auch der Sohn des Beg. Für dessen Freilassung hat der Graf vom Beg

12.000 Goldmünzen gefordert. Um das Geld auftreiben zu können, leistete der jüngere Bruder des Begs Bürgschaft. Der Beg war gewillt, die geforderten Schulden zu entrichten, sogar noch etwas mehr." Johannes beugte sich dichter an mein Ohr heran.

„Trotzdem haben sie beide gepfählt und, um den Beg abzuschrecken, auf die Zinnen gesetzt. In diesem Krieg steht sich keine Seite in Grausamkeiten nach."

Johannes' Erklärung verwirrte mich nur noch mehr und so stellte ich erschüttert fest: „Es war doch keine gute Idee, hierher zu fahren. Wenn mein Vater das sehen könnte, würde er mich sofort zurückholen. Ein so grausamer Empfang ist kein gutes Omen. Komm, lass uns schnell weitergehen!", drängte ich und sah, als ich mich umblickte, mit Entsetzen, dass der Mann am Pfahl noch lebte und sich heftig bewegte. „Soll er nur strampeln, der Barbar, umso mehr wird sich der Spieß vorarbeiten, bis er ihm oben zum Maul wieder herausfährt", kommentierte ein Heiduck gefühllos das Geschehen und Johannes stieß ihm dafür im Vorbeigehen den Ellenbogen in die Rippen, weil er sich vor einer Adligen nicht zu benehmen wusste. Ich bewunderte ihn dafür. Schließlich war er noch ein Junge und handelte doch bereits wie ein Mann. Von Kriegsgetümmel und Grausamkeiten hatte ich genug. Jetzt galt es, Katica zu finden, und ich sah mich suchend nach ihr um, während Johannes, mich noch immer schützend hinter sich gezogen, energisch voranschritt.

Der junge Graf hatte sich inzwischen aufgerichtet und schien mit seinen Husaren zu scherzen. Dem Henkersknecht, der den Spieß in den Mann geschoben hatte, klopfte er anerkennend auf die Schulter. Sie waren Soldaten und an die Grausamkeiten dieses Krieges gewöhnt. Bei mir hatte das Erlebnis nachhaltige Spuren hinterlassen und meine Vorfreude auf das Leben am Hof der Gräfin war getrübt. „Wo kann Katica nur sein?", fragte ich nervös, während sich zu dem Schock über das eben Erlebte nun die Angst um das Mädchen gesellte. „Wenn ich nur wüsste, wo wir sie verloren haben! Wir müssen jeden Meter nach ihr absuchen!" Ich blieb erneut stehen und sah mich hilflos um. In diesem Moment spürte ich eine fremde Hand auf der Schulter. Zu meinem Schutz hatte ich mir angewöhnt, immer einen Dolch mitzuführen. Meine Finger schnellten blitzschnell zwischen die Falten meines Gewandes, wo ich ihn, sicher vor fremden Blicken verborgen, trug. Ich blickte nun erstaunt und zugleich erschrocken in das Gesicht des jungen Grafen Báthory, der ebenso verwundert die Spitze meines Dolches fixierte, die ich auf seinen Brustpanzer gerichtet hielt. „Nicht so hastig mit den jungen Pferden, Schönheit!", bemerkte er nach der ersten Überraschung und ergriff blitzschnell mein Handgelenk.

„Habe ich doch richtig gesehen – die Komtesse von Weißenburg zwischen dem Kriegsvolk …? Mir scheint, Gott treibt ein Spiel mit uns. Zum zweiten Mal führt er uns auf recht ungewöhnlichem Wege zusammen. Erst Jägerin und nun Kanonenweib?" Er grinste wie über einen Witz und presste mein Handgelenk, bis ich den Dolch fallen ließ. Mit einer leichten Verbeugung nahm er ihn an sich. „Meine Tante erwartet Euch und Eure Diener bereits im Schloss. Alles ist für Euren Empfang vorbereitet. Wie ich jedoch feststellen muss, scheint Ihr die Gefahr zu lieben, meine Teure." Er lächelte kokett und seine schwarzen Augen funkelten mich an. Es war dieser wilde, begehrliche Blick, der mir plötzlich durch und durch ging und mich wie ein Pfeil mitten ins Herz traf. Dieses schöne männliche Gesicht mit seinen sinnlichen Zügen und den wilden, verlangenden Blicken wurde in einem kurzen Augenblick zum Inbegriff all meiner Sehnsüchte. Der junge Magnat setzte seinen ungarischen Charme wie eine scharfe Waffe ein und ich, deren Seele gerade von den furchtbarsten Grausamkeiten erschüttert worden war, flog ihm von einem Augenblick auf den anderen in leidenschaftlichem Begehren zu. Ist die Seele eines Menschen wirklich so schnell wandelbar, dass sie eben noch Schmerz und einen Moment später Lust empfinden kann? Damals habe ich nicht darüber nachgedacht. Ich war ja noch jung und in der Liebe unerfahren. Stattdessen hing ich schmachtend an seinem schönen Gesicht und sog dieses Feuer in mir auf, das mich aufwühlte und innerlich verbrannte. Hätte mich nicht Johannes ungeduldig ermahnt, dass wir Katica zu suchen hatten, wäre ich diesem Mann noch auf dem Burghof in die Arme gesunken. Denn der Graf führte nun meine Hand an seine Lippen und küsste sanft meine Fingerspitzen, ohne mich dabei auch nur einen Augenblick aus den Augen zu verlieren. Diese zarte Berührung verursachte wiederum ein wohliges Ziehen in meiner Magengrube und ließ meine Beine endgültig zu Wachs werden. Ich stellte mir vor, wie sich seine Lippen auf den meinen anfühlten und seine Hände meinen nackten Körper berührten. Doch bevor ich meinen Verstand gänzlich verlor, war es der Graf selbst, der mich wieder in die Wirklichkeit zurückholte.

„Ihr habt Eure Zofe verloren, Komtesse? Das bedauere ich sehr. Ich werde sofort meine Soldaten ausschicken, um nach ihr zu suchen. Sie kann im Schlosshof nicht verloren gehen", versuchte er mich zu beruhigen und gab seinen Heiducken sogleich Anweisungen, nach dem Mädchen Ausschau zu halten. Dann reichte er mir galant seinen Arm und sagte: „Lasst mich Euch nun zu meiner Tante führen. Die Wehranlage und auch der Innenhof sind kein Ort für ein junges hübsches Weib. Gräfin Elisabeth wird entzückt sein, Euch endlich in die Arme schließen zu können. Ihr habt einen großen Eindruck auf sie gemacht. Sie spricht nur noch von Euch, dem Fräulein von Weißenburg. Wäre sie ein Mann, würde ich annehmen, dass sie in Euch verliebt ist", schwärmte er und führte mich sicher durch das Gedränge. Sein Blick war unverwandt auf mich gerichtet, sodass ich den ganzen Weg über gegen das Erröten ankämpfen musste. In Sichtweite des Gartenpalais, das im Zentrum des Schlossparks lag, gabelte sich der Weg. Wir ließen die Wehranlage hinter uns, schritten durch das Tor einer kunstvoll gestalteten Mauer, vorbei an sauber geschnittenen Rhododendronbüschen, und erreichten endlich das fünfeckige Schloss der Nádasdys.

Im Schlossgarten blieb ich abrupt auf dem Kiesweg stehen. Der junge Graf hob verwundert die Augenbrauen und sagte:

„Was habt Ihr, Komtesse Susanna? Nur noch ein paar Schritte und wir sind am Eingang zu Elisabeths Gemächern." Mein Blick folgte seiner Hand, die zu der von Reiterskulpturen gesäumten Hauptallee wies. Dann wusste ich, warum ich stehen geblieben war. Die harte Realität hatte mich wieder eingeholt. Denn jetzt vermisste ich auch noch Johannes. Dummerweise hatte ich nur Augen für meinen Begleiter gehabt und so war mir entgangen, dass uns mein Diener schon eine geraume Weile nicht mehr folgte. Hilfe suchend sah ich den Grafen an. Er erriet meine Verwirrung und erklärte lächelnd: „Er wird zum Wirtschaftshof gelaufen sein. Vielleicht hat er Katica dort entdeckt. Es wäre ja möglich, dass einer unserer Knechte das Herz Eurer Zofe ebenso erwärmt hat, wie Ihr das meine", schmeichelte er mir.

„Meine Bediensteten verlassen mich nie ohne meine Anweisung. Gerade Johannes würde mich auf keinen Fall schutzlos der Obhut eines fremden Kavaliers überlassen", erwiderte ich, nicht ohne einen verführerischen Augenaufschlag hinterherzuschicken. Meine Sorge um Johannes wuchs und ein ungutes Gefühl sagte mir, dass etwas passiert sein musste. Da wir uns nur wenige Meter von der Weggabelung entfernt befanden, beschloss ich, zurückzulaufen. Ich löste meine Hand von Gabors Arm, schürzte meine Röcke und lief unter seinen verdutzten Blicken davon. Ich muss gestehen, dass mich der Wirtschaftshof, ein kleiner Innenhof zwischen Schlosstrakt und Burghof, mit seiner ländlichen Geschäftigkeit stark an mein Zuhause erinnerte. Bäcker mit Brotkörben auf den Schultern, ein Metzger, der gerade ein Schwein zum Schlachten trieb, Schreiberlinge, die mit ihren Federkielen Zahlen auf Papier kratzten, Mädchen vor kunstvollen Stickrahmen sitzend und rassige Pferde, angebunden vor erbeuteten türkischen Proviantwagen; all das kam mir sehr vertraut vor, alles, bis auf das Weib, dessen Stimme nun laut über den Hof schallte: „Macht Platz, Leute, die

Metze hat es verdient!" Manchmal ist es tatsächlich nur eine Stimme, die uns einen Menschen, den man noch nie gesehen hat, sogleich verhasst werden lässt. Die Worte waren in einem so lauten und herrischen Befehlston gesprochen, dass es mir kalt den Rücken herunterlief. Ich fragte mich, ob das wirklich ein Weib oder nicht eher ein Mann war. Und da ich zwischen den Knechten, die nun ihre Arbeit unterbrachen und sich neugierig um die Frau scharten, Johannes' schwarzen Schopf entdeckte, wollte ich zu ihm, um Aufklärung zu erhalten.

Der junge Graf hatte mich inzwischen eingeholt und obwohl er offensichtlich noch leicht verärgert über mein eigenmächtiges Verhalten war, erklärte er mir: „Das ist nur die Darvulia, Komtesse, die erste Hofdame meiner Tante. Wahrscheinlich straft sie eine ungehorsame Dienerin. Elisabeth ist sehr ordentlich, müsst Ihr wissen. Schon die kleinste Falte in ihrem Bettzeug, kann ihren Unmut hervorrufen. Meine Tante greift bei ihren Bediensteten hart durch. Deshalb solltet Ihr Eure Eigenmächtigkeiten lassen und Euch mir anvertrauen, sonst könnte es Euch rasch ebenso ergehen."

Mir wurde bei seinen Worten sogleich heiß und kalt. War es das, was mich bei Hofe erwartete? „Wie viele Lenze zählt Eure Tante, Graf?", fragte ich mit gemischten Gefühlen. „Ich habe sie noch sehr jung in Erinnerung."

„Nun ja, so jung ist Elisabeth nicht mehr. Die Gräfin hat die Dreißig bereits überschritten. Aber das Alter konnte ihrer Schönheit bisher nichts anhaben. Ich weiß von verschiedenen Cremes und Wässerchen, die ihr die Darvulia mittels Zauberei jeden Morgen zubereitet", sagte er mit einem Augenzwinkern.

Seine saloppen Worte beantwortete ich mit einem ungeduldigen Lächeln. Im Augenblick interessierte mich mein Diener mehr als der junge Báthory. Ich ignorierte die Warnung und schlüpfte durch die neugierige Menge zu Johannes. Als er mir das Gesicht zuwandte, stand Erleichterung in seinen Zügen, zugleich forderte er mich mit seinen Blicken auf, wegzulaufen. Sein Hemd war über der Brust zerrissen und mit Blut befleckt. Er befand sich in der Gewalt zweier kahl geschorener, in lange Schafspelze gekleideter Knechte, die ihn zwischen ihren Pranken festhielten und offenbar einzuschüchtern versuchten. Sie hatten ihm die Hände auf den Rücken gebunden. Vor Enttäuschung und Wut vergaß ich meine gute Erziehung und dass ich Gast an diesem Ort war. Mutig baute ich mich vor den Männern auf und befahl ihnen, im Vertrauen auf die gräfliche Verstärkung an meiner Seite, Johannes sofort loszubinden. Danach machte ich hocherhobenen Hauptes einen Schritt auf die Hofdame der Gräfin zu, die mit einer Rute aus Reisig in den Händen gerade im Begriff war, auf meine Zofe einzuschlagen. Es war meine Katica, die das Weib halb nackt hatte an einen Holzpfahl binden lassen. Sie hatten ihr das Hemd bis zu den Hüften heruntergerissen, sodass jeder dieser brünstigen Hunde sich an ihren jungen, prallen Brüsten ergötzen durfte. „Nein!", schrie ich aufgebracht. „Wage es ja nicht, du Ungeheuer, meiner Zofe auch nur ein Haar zu krümmen, sonst schlitze ich dich vom Nabel bis zur Brust auf, Weib! Ich bin die Komtesse von

Weißenburg und ich befehle dir, sofort meine Dienerin loszubinden!"

Ich war so wütend, dass ich den Grafen um seinen Krummsäbel bat, den er mir mit überraschter Miene lächelnd aushändigte, und das Weib mit der schweren Waffe bedrohte. Die Darvulia, wie sie hier von allen gerufen wurde, wich zunächst erschrocken vor mir zurück, erholte sich aber rasch wieder von ihrer Verblüffung, nachdem sie sich der Unterstützung ihrer Helfershelfer vergewissert hatte. Sie betrachtete mich eine Weile mit kleinen Augen und tastete mich mit ihren unverschämten Blicken ab. Aber anscheinend vermochte die Frau nicht einzuschätzen, wie weit sie bei mir gehen konnte. Deshalb überließ sie mir nach einiger Überlegung das Feld. Doch an ihrem verschlagenen Blick erkannte ich, dass sie die Demütigung nur widerwillig hinnahm. Im Augenblick war ich nur wütend über die Unverfrorenheit, mit der man sich an meiner Dienerschaft vergriff. Und als Gast auf Schloss Sárvár wollte ich mit Respekt behandelt werden. Meine Vorfreude auf das Leben am ungarischen Hof war mir erst einmal gründlich verdorben. In Gedanken befand ich mich bereits wieder auf dem Rückweg in meine Heimat. Doch als ich das Johannes zu verstehen zu geben versuchte, kam mir Gabor zuvor. Bis jetzt hatte der Graf sich im Hintergrund gehalten und das Schauspiel amüsiert verfolgt. Nun räumte er sich mit einer einzigen Handbewegung den Weg frei. Als das Weib des Grafen ansichtig wurde, zog sie es vor, sich rasch vor mir zu verbeugen. Den Blick auf den Boden geheftet, rechtfertigte sie sich: „Aber hohe Frau, das Mädchen hat einen Apfel gestohlen. Ich konnte ja nicht ahnen, dass sie

Eure Zofe ist. Sie hat sich nicht verteidigt. Deshalb nahm ich an, dass sie zu den Bediensteten meiner Herrin gehört. Woher sollte ich wissen, dass Eure Herrlichkeit bereits angekommen ist, um unseren Hofstaat mit Eurer Anwesenheit zu beehren? Ich bitte vielmals um Verzeihung, hochgeschätzte Frau. Gott ist mein Zeuge. Ich habe nichts Unrechtes getan. Und sollte es so sein, dann möge Gott mich auf der Stelle bestrafen!" Zur Bestätigung nahm sie eine noch unterwürfigere Haltung an. Aber zu spät. Die Liebenswürdigkeit im Gesicht des Grafen, die mich eben noch fasziniert hatte, war aus seinen Zügen gewichen. Es schien mir, dass er geneigt war, die Szene jetzt auf seine Weise zu beenden. Vielleicht aber wollte der Magnat auch nur sein Gesicht nicht verlieren oder Eindruck bei mir schinden. Er blickte verächtlich auf das Weib herab und sagte: „Jetzt bist du zu weit gegangen, Hexe." Dann nahm er ihr die Peitsche aus den Händen, holte aus und ließ sie einmal kräftig auf sie niedersausen, bevor er sie mit seinen Stiefeln von mir wegtrat.

Mit einem dankbaren Blick entledigte ich mich meines Umhanges und verbarg darunter Katicas Blöße vor dem enttäuschten Pöbel. Als ich sie in meinen Armen wegführte, stand Darvulia bereits wieder aufrecht und putzte sich wie eine Siegerin den Schmutz vom Gewand. Mir fiel auf, dass ihre Kleider vom spanischen Hofstil geprägt waren. Das verriet mir, dass Elisabeth einen guten Bezug zum nahen Wiener Hof haben musste. Doch noch so viele Spitzen und Borten vermochten den Wolf in dem Weib nicht zu verbergen. Sie war von untersetzter, kräftiger Statur und besonders ihre groben, harten Gesichtszüge waren es, die mich abstießen. Wer war diese Frau? Musste ich mich vor ihr fürchten? Ich vermochte mir diese Frage nicht zu beantworten und fragte Johannes, den die Knechte losgelassen hatten und der mir nun half, die am ganzen Leibe zitternde Katica zu beruhigen: „Wie konnte es nur dazu kommen, Johannes? Für Katica würde ich meine Hand ins Feuer legen."

„Herrin, Ihr wart so vertieft in die Plauderei mit dem Grafen, dass ich Euch nicht stören wollte", antwortete er. „Ich hatte Katica an einem Stand mit Äpfeln entdeckt. Die Früchte waren so rot und frisch wie ihre Wangen. Ich sah, wie sie überlegte, und wollte sie von dort wegholen. Aber ich kam zu spät. Ihr Hunger muss zu stark gewesen sein. Noch bevor ich bei ihr war und sie davon abhalten konnte, griff sie nach einem Apfel und biss herzhaft hinein. Der alte Drachen stand genau neben ihr und hat sich wie eine Furie auf sie gestürzt. Als ich Katica zu Hilfe eilte, hat das Ungeheuer mir erst eins aufs Auge gegeben und dann die Knechte auf mich gehetzt. Ihr müsst mir glauben, ich habe alles versucht, Katica zu befreien." Mit schuldbewusster Miene stand er vor mir und ich vertraute ihm.

„Ist schon gut, Johannes", sagte ich. Doch er legte seine Hand auf meinen Arm und sagte besorgt: „Ihr habt es vorhin schon angedeutet. Lasst uns wieder von hier weggehen, Herrin, so schnell uns unsere Füße tragen. Was wir hier finden werden, ist nicht das Glück, sondern viel eher das Böse!"

Wahrscheinlich hatte er meine Gedanken gelesen. Die Zweifel auf seinem geschundenen Gesicht erinnerten mich an die Verantwortung, die ich für meine beiden Freunde trug. Doch noch bevor ich dazu kam, ihm eine Antwort zu geben, erschien Elisabeths Hofschreiber in Begleitung der Schlossgarde. Der Vorfall war im Schloss nicht unbemerkt geblieben. Der große hagere Mann stellte sich in seiner steifen Hofkleidung vor mich und seine flinken Augen unter der hohen Stirn, mit denen er mich betrachtete, ließen auf einen scharfen Verstand schließen. Ich betrachtete ihn verwundert und zugleich belustigt wegen seiner Steifheit, die so gar nicht in die Umgebung des Wirtschaftshofes passen wollte. Nur mit Mühe vermochte ich ein Lächeln zu unterdrücken, als mein Blick auf seine rosaroten Strümpfe und gepolsterten Kniehosen fiel. Der Mann ignorierte es. Schließlich führte er nur seinen Auftrag aus und das mit einer Korrektheit, die Anerkennung verdiente. Er verbeugte sich vor mir und näselte: „Wir, die hochgeschätzte und gnädige Gattin des viel gerühmten Grafen Nádasdy, bedauern die Misslichkeiten, die Euch bei Eurer Ankunft in der Burg widerfahren sind, und bitten Euch unverzüglich in die herrschaftlichen Gemächer." Er drehte sich sogleich auf dem Absatz um und deutete mir mit seinem Taschentuch, mit dem er sich zuvor die Nase betupft hatte, ihm zu folgen.

Gabor Báthory reichte mir daraufhin erneut seinen Arm. Ich sah den Schalk in seinen Augen und wusste, dass er darauf achtgeben würde, dass ich ihm nicht wieder entwischte. „Unser Hofschreiber, man nennt ihn in unserer Sprache Irodiakok", erklärte er mir, als er meinen Blick bemerkte, den ich den hölzernen Schritten hinterherschickte. „Er scheint nicht ganz Euren Geschmack getroffen zu haben? Nun ja, er wirkt in seinem Aufzug wohl etwas grotesk und ich verstehe auch nicht, warum Elisabeth nicht eine ihrer Hofdamen für Euren Empfang geschickt hat. Aber Ihr werdet es nicht glauben", plauderte er amüsiert weiter, „seinen Weg begann diese Bohnenstange einmal als Bettelstudent. Später war er Lehrer, arbeitete als Geistlicher und ist heute intelligent genug, um sich mit Schriftstellerei und Buchdruckerei zu beschäftigen. Obwohl wir Magnaten des Lesens und Schreibens mächtig sind, greifen wir immer wieder gern auf unsere Haus- und Hofschreiber zurück. Es ist einfacher und der Zeit angepasst. Das Haus Nádasdy hat sogar mehrere: einen deutschen, einen ungarischen und einen lateinischen Schreiberling. Diesem hier, mit Namen Gabriel, vertraut Franz seine privaten Briefe an. Er ist in die intimsten Geheimnisse des Hauses Nádasdy eingeweiht. Deshalb rate ich Euch, Euch vor ihm in Acht zu nehmen, denn er ist ein mit allen Wassern gewaschener Mann. Aber wenn Ihr es wünscht, wird er Euch in jeder Sprache und sämtlichen denkbaren Wissenschaften unterrichten."

III. Kapitel

Durch den hellen Sandstein, aus dem die Fassade erbaut war, wirkte das Schloss beim Näherkommen einladender als die Festungsanlage. Dennoch war es für mich ein wahres Labyrinth, in dem ich mich lange Zeit nur schwer zurechtfinden würde. Der Graf blieb am Treppenaufgang, mit einer Entschuldigung auf den Lippen, zurück. Meinen erstaunten und ängstlichen Blick beantwortete er mit der Anordnung, meine Dienstboten zur Schlossküche zu begleiten, wo sie ein Bett, Speise und Trank erwartete. Ich bedauerte es sehr, nun allein weitergehen zu müssen und vermisste seine Unterhaltung bereits. Er hatte mir in dieser feindlichen Umgebung eine gewisse Sicherheit gegeben. Außerdem hatte ich mich bereits Hals über Kopf in ihn verliebt. Doch er beteuerte, zur Befestigungsanlage zurückzumüssen, versprach mir aber mit einem galanten Handkuss, dass wir uns in Bälde wiedersehen würden.

Die privaten Gemächer der Gräfin lagen im ersten Stockwerk des Nordflügels. Also folgte ich dem Hofschreiber mit etwas gemischten Gefühlen durch eine Flucht von luxuriösen Räumen, deren Pracht Zeugnis der engen Verbindung der Familie Nádasdy zur ungarischen Königsfamilie ablegte. Wie ich später erfuhr, war Franz Nádasdy ab seinem zwölften Lebensjahr gemeinsam mit den Kindern des Kaisers Maximilian am

königlichen Hof erzogen worden. Jetzt war er Militär-
berater des Königs und Stallobermeister über die königlichen Stallungen und damit im Besitz der ersten
Würden des Reiches.

Alle Räume, von der Bibliothek über die Salons bis
hin zum Schlafzimmer, waren größtenteils durch Zwi-
schentüren verbunden. Den in Rot und Gold gehalte-
nen Eingangsbereich des Schlosses schmückten eine
etwas abgegriffene Stuckdecke, imposante Wandpfei-
ler und Ziersimse. Die Wände waren mit Seidentapeten
bespannt. Kostbare Möbel aus wertvollen Hölzern bildeten die Einrichtung, dicke Damastvorhänge vor den
Fenstern schluckten Lärm und Sonnenlicht. Auf dem
Zitronenholzparkettboden lagen weiche geknüpfte
Teppiche aus dem Orient, Malereien zierten die Wände
und Statuen italienischer Meister waren in den Ecken
aufgestellt. Jedes Zimmer hatte einen Kamin oder Ka-
chelofen, um die eisige ungarische Kälte im Winter
fernzuhalten. Ich bestaunte alles bis zum kleinsten
Kristallgefäß und ließ die Herrlichkeiten auf mich wirken. Auf Weißenburg hatte es zwar keinen solchen Luxus gegeben, dafür hatten die Zimmer im Schloss vom
fröhlichen Lachen und Singen seiner Bewohner gelebt.
In diesen Räumlichkeiten jedoch bedrückte mich die
kalte leblose Pracht, die lediglich von den über das Parkett huschenden Schritten der Dienerschaft belebt
wurde.

In dem prunkvollsten dieser Gemächer trafen wir die
Gräfin Elisabeth vor ihrem Cembalo. An der Wand hinter ihr hingen Gemälde, die die Mitglieder ihrer Familie
zeigten. Die Gräfin trug Hauskleidung: ein rotes Samt-
kleid und ein mit Silberstickereien und goldenen

Perlen abgesetztes Mieder. Das schwarze Haar hatte sie zu Locken aufgesteckt und mit einem schimmernden Netz unzähliger kleiner Diamanten geschmückt. Ihre schlanken, ringgeschmückten Finger glitten wie von selbst über die Perlmutttasten. Mit leicht zurückgelehntem Kopf und geschlossenen Augen nahm sie die schwermütige ungarische Melodie in sich auf. Ich hatte ein huldvolles Lächeln, wenigstens ein angenehm überraschtes Gesicht erwartet. Doch sie verzog bei unserem Eintritt lediglich schmollend die Mundwinkel. Anscheinend war sie zu sehr in ihre Musik versunken, sodass sie uns nicht gleich erkannte. Zumindest entschuldigte ich damit ihren Gefühlsausbruch. Denn zu meiner Verwunderung begann sie wie ein Marktweib zu zetern. „Oh Gott, wie ich diese Störungen hasse! Besitzen diese Bittsteller denn überhaupt kein Herz? Ich habe Kopfschmerzen! Ilona, mein Riechflakon!"

Unbeirrt von ihrem Unmut klopfte der Hofschreiber mit seinem Stock auf das Parkett und verneigte sich. „Die Komtesse Susanna von Weißenburg, Herrin!", kündigte er mich an und verbeugte sich gleich noch etwas tiefer, als die Gräfin ihm ihr gereiztes Gesicht zuwandte. Nun erst schien sie mich erkannt zu haben und augenblicklich verschwand der Unmut aus ihren schönen Zügen. Der Sekretär sah seine Aufgabe als beendet und entfernte sich langsam rückwärtsgehend.

Auf ihrem Gesicht strahlte jetzt jenes so betörende Lächeln, das ich bereits von unserer ersten Begegnung her kannte, jenes Lächeln, das sich bei genauerer Betrachtung als falsch und aufgesetzt herausstellen sollte. „Da seid Ihr ja endlich, meine Teure!", rief Elisabeth, stieß gleichzeitig das mit Spitzen besetzte Fußkissen zur Seite und kam mir mit offenen Armen entgegen. „Was treibt Euch nur unter unser Kriegsvolk, Gräfin? Die Burgfeste ist zwar ein strategisch wichtiger Stützpunkt gegen die Osmanen, aber deswegen noch lange kein Ort für eine junge Adlige.“

„Ich habe mich verlaufen, Euer Hochwohlgeboren“, log ich und machte einen Knicks. Doch Elisabeth zog mich in ihre Arme und erwiderte: „Was hätte Euch nicht alles passieren können, zwischen all den wilden Kreaturen? Gar nicht auszudenken, was sie mit Euch angestellt hätten. Ich hätte Euch nicht einmal helfen können. Unser Beschützer, mein hochgeschätzter Gemahl, befindet sich gerade in Begleitung unserer Unterhändler beim Beg von Szigetvar. Ohne Franz sind unsere Soldaten wie eine Hydra ohne Kopf. Und mein Neffe ist ein voreiliger Hitzkopf. Erst vor wenigen Minuten hat mir der Kurier meines Ehemannes berichtet, der Beg habe das geforderte Lösegeld für seinen Bruder bezahlt. Ich bin gespannt, wie Gabor sich da wieder herauswindet, wenn Franz erfährt, dass er die Gefangenen hat hinrichten lassen. Versprecht mir, nie wieder die Festungsanlage zu betreten! Hier im Schloss findet Ihr gewiss viele Zerstreuungen, die für ein Mädchen wie Euch angemessener sind.“

„Die Männer wurden grausam gepfählt, Gräfin“, berichtigte ich sie, um gleichzeitig ihren Redeschwall zu stoppen.

„Seht nur, meine teure Susanna, genau das ist es, was mich so verärgert“, plauderte Elisabeth munter weiter, während sie mich am Arm zu einem kleinen Tisch führte, auf dem Gebäck und Tee serviert worden waren. Steif ließ ich mich auf der Ottomane vor ihr nieder.

„Franz hätte die Türken nie gepfählt. Er ist dafür bekannt, dass er die Burgzinnen zur Abschreckung seiner Feinde mit ihren abgeschlagenen Köpfen ziert. Aber ich will Euch nicht länger mit solchen Dingen langweilen. Das Kriegshandwerk ist nichts für ein junges Mädchen. Ich freue mich ja so sehr, Euch nun endlich bei mir am Hof zu haben." Bei den letzten Worten tippte sie sich schuldbewusst an die weiße Stirn. „Aber was rede ich nur – sicher seid Ihr müde von der langen Reise und sehnt Euch nach einem weichen Bett. Meine Dienerin Ilona wird Euch gleich in Eure Zimmer bringen, wo alles Weitere für Euer Wohlergehen bereitsteht. Morgen kehrt mein Gemahl zurück und dann werde ich ihm zu Ehren einen Ball geben. Die Festlichkeit soll Euch die Aufnahme unter meinen Hofdamen erleichtern. Zuvor müsst Ihr mir aber unbedingt noch von Eurer Reise berichten."

Was für ein Empfang! Ich war hin- und hergerissen. Sie ließ mich die ganze Zeit kaum zu Wort kommen und ich spürte instinktiv, dass es besser war, der Gräfin nicht zu widersprechen und nur zu reden, wenn ich gefragt wurde. Als ich später in meinem Bett lag, auf einem Berg Kissen, und träumend zum Baldachin aufschaute, sah ich noch lange ihr Gesicht vor mir. Einerseits hätte ich so viel Liebenswürdigkeit von der mächtigsten Frau Ungarns nicht erwartet, andererseits verunsicherten mich ihr ungarisches Temperament und ihre Sprunghaftigkeit. Aber verzeiht einer Närrin, die mit vollem Magen in einem weichen, königlichen Bett glücklich wie ein Kind und mit Ausblick auf eine goldene Zukunft sanft einschlief. Welche junge Frau durfte da nicht ein wenig von einem Leben in Pracht und Herrlichkeit träumen? Sind eine gute Ausbildung und ein reicher Ehemann von hohem Stand nicht das erklärte Ziel jeder vornehmen Frau?

In dieser Nacht schlief ich tief und fest und erwachte gestärkt im zeitigen Morgengrauen. Im Zimmer war es noch dunkel. Lediglich mein Bett wurde spärlich von zwei Kerzen erhellt, die die Diener aufgestellt hatten, als ich noch schlief. Noch benommen vom Schlaf benötigte ich einen Augenblick, um mich zu orientieren, bevor ich meine Füße langsam unter der Decke hervorschob. Mein erster Weg führte mich zum Fenster, um es zu öffnen. Ich schob die schweren Vorhänge zur Seite und riss die Fensterflügel weit auf. Frische, kalte Winterluft schlug mir entgegen. Der ungarische Winter war über Nacht überraschend hereingebrochen und hatte das Land unter einer weißen Schneedecke begraben. Plötzliche Wetterumschwünge waren in der sonst eher milden ungarischen Tiefebene nichts Ungewöhnliches. Über den weißen Schneeteppich stolpernd bewegte sich die Dienerschaft über den Schlosshof und ging wie jeden Morgen ihrer gewohnten Arbeit nach. Eine Troika, ein von drei Pferden gezogener Schlitten, fuhr von hellem Glockenklingen begleitet in den Hof. Der Kutscher sprang vom Bock und legte warme Decken über die Tiere. Während er die Gestänge und das Gefährt vom Schnee befreite, sprang der Hund, der ihn begleitete, freudig an ihm hoch und leckte ihm das Gesicht. Lächelnd sog ich das friedliche Bild mit der frischen Luft ein, während es erneut zu schneien begann und der Wind große Flocken vor sich hertrieb. Vor dem Hintergrund der schneebedeckten Gipfel der Karpaten stiegen winzige graue Rauchfahnen von den Plattformen der Festungsanlage zum verhangenen Himmel auf. Entfernter Kanonendonner übertönte das leise Heulen hungriger Wölfe. Mich fröstelte und so schloss ich das Fenster wieder. Etwas beunruhigt sah ich mich nach einer Zofe um. Katica und Johannes waren mir wieder eingefallen. Ich hatte sie in der Aufregung des vergangenen Tages völlig vergessen und schämte mich nun dafür. Doch als ich nach der kleinen goldenen Klingel auf dem Teetisch griff, um nach der Zofe zu läuten, wurde ich von Stimmen auf dem Flur abgelenkt. Ich horchte gespannt, lief zur Tür und legte mein Ohr an den Rahmen. Mir fiel sofort die Gräfin ein. Ich fasste mir ein Herz, öffnete die Tür und blickte neugierig den Gang hinunter. Für die herrschaftlichen Bewohner des Schlosses war es noch früh am Tag und so herrschte derzeit überall noch verschlafene Ruhe. Eigentlich war es nicht meine Art, mich um Dinge zu kümmern, die mich nichts angingen. Doch die Aufregung der letzten Stunden und der Gedanke an meine Begleiter, die von mir getrennt waren, schärften meine Sinne für neue Gefahren, was mich bewog, den Stimmen nachzugehen. Beim Verlassen meines Gemachs stolperte ich über einen schlummernden Diener. Er ließ sich in seinem Schlaf nicht stören und so durchquerte ich barfuß und mit geschürzten Röcken, um keinen Lärm zu verursachen, den verwinkelten Flur, bis ich eine halb geöffnete Tür entdeckte. Mein Herz schlug vor Aufregung bis zum Hals und mein Bauchgefühl riet mir zur Umkehr. Dennoch blieb ich stehen, als ich hörte, wie eine Männerstimme sagte: „Seid Ihr bereit, Euch meinem Wunsch zu fügen? Oder höre ich wieder nur Vorwürfe von Euch?" Die Stimme klang rau, aber nicht unangenehm. Ich näherte mich auf Zehenspitzen der Tür und spähte durch den Spalt. Ein mir unbekannter Mann in Reitstiefeln saß in einem ausladenden Lehnstuhl. Ich sah nur die hohe Rückenlehne, vermutete aber aufgrund der gebieterischen Frage den Hausherrn. Die Gräfin stand in einen weiten, bis zum Boden reichenden Morgenmantel gehüllt mit offenem Haar vor ihm. Ihr Gesichtsausdruck war ernst, mir schien sogar, dass ihre Züge unsicher und verwirrt wirkten. Die Arme hielt sie vor der Brust verschränkt, den Oberkörper herausfordernd vorgeneigt. Diese Frau war mir fremd. Sie schien nicht die Gräfin, die ich am Tag zuvor erlebt hatte.

„Mir sind wiederholt Beschwerden über Euch eingegangen", wurde ich aus meinen Beobachtungen gerissen. „Euer Temperament geht zu oft mit Euch durch. Ihr solltet endlich Beherrschung üben!"

„Wieso soll ich mich beherrschen?", entrüstete sich die Gräfin. „Sicher hat sich eine Eurer Huren bei Euch beschwert, dass ich sie nicht mit Samthandschuhen anfasse. Ich will doch nur meinen Mann in meinem Bett. Oder liebt Ihr mich nicht mehr?"

„Ich liebe Euch, wie es der Mutter meiner Kinder gebührt."

„Dann bin ich also nur die Mutter Eurer Kinder?! Dass ich nicht lache! Gut, ich habe Euch zwei Töchter geschenkt. Aber wie, Franz, soll ich Euch denn einen Erben gebären? Nie seid Ihr im Schloss, nie bei mir. Ständig seid Ihr unterwegs im Kampf gegen unsere Feinde. Bin ich es, die Euch forttreibt? Ich brauche Euch. Versteht Ihr denn nicht, dass ich mich einsam fühle? Was habe ich nur falsch gemacht, dass Ihr meinem Bett die Lager der Mägde vorzieht?"

Der Graf erhob sich daraufhin und lief nun, die Hände hinter dem Rücken verschränkt, vor ihr auf und ab.

„Ihr weicht wie immer aus und macht Euch lächerlich, Elisabeth." Sein Ton klang jetzt verärgert. „Wir wurden jung verheiratet. Und erzählt mir nicht, dass Ihr vergessen habt, warum ich nicht das Lager mit Euch teile."

„Dann sagt mir ins Gesicht, dass Eure Liebe zu mir erloschen ist!"

„Das hat nichts mit meiner Liebe zu Euch zu tun. Ihr braucht nur dieses Weib wegzuschicken, dann bin ich wieder in Eurem Bett. Oder habt Ihr vergessen, was in der Hochzeitsnacht passiert ist?"

„Aber ich habe doch auf Euer Geheiß die Darvulia aus dem Schloss gejagt."

„Und sie wieder zurückgeholt!"

Die Schritte des Grafen wurden ungeduldiger, er steuerte auf die Tür zu. Wahrscheinlich sah er in der Flucht die einzige Möglichkeit, weiteren Vorwürfen zu entgehen. Dabei drehte er mir sein Gesicht zu und obwohl ich in Liebesdingen noch unerfahren war, verstand ich durchaus Elisabeths Beweggründe. Franz war groß und von athletischem Wuchs. Wahrlich ein Kriegsmann. Über einem Hemd aus rotem Samt trug er einen ausladenden schwarzen Mantel nach türkischer Mode, der bis zum Boden reichte, und an den Füßen halbhohe Lederstiefel. Auf seinem Kopf saß eine rote, mit Perlen bestickte Samtkappe, unter der sich das tiefschwarze Haar über einer hohen Stirn ringelte, während ein kräftiger schwarzer Schnurrbart sein energisches Kinn betonte. Der Graf war eine Augenweide für jedes Frauenherz.

Enttäuscht und wütend, mit leicht gebeugten Schultern, rauschte Elisabeth zum Fenster, wo sie einen Augenblick in Schweigen verharrte und auf den Hof hinaussah, bevor sie mit tonloser Stimme feststellte: „Dann wollt Ihr also nicht einmal Euren gesellschaftlichen Verpflichtungen nachkommen und mich auf den heutigen Ball begleiten?"

„Ihr habt es erraten, meine teure Elisabeth, ich reise noch im Laufe des Tages zur Festung Raab. Prinz Michael von der Walachei ist unzufrieden mit den immer höher werdenden finanziellen Forderungen aus Istanbul und plant eine Revolte gegen den Sultan. Ich vermute, es wird in Bälde zu einer Schlacht mit den Osmanen kommen. Meine Anwesenheit als Kriegsmann ist unverzichtbar", hörte ich ihn von der Tür aus, ganz in meiner Nähe antworten.

„Aber warum seid Ihr dann überhaupt zurückgekommen?" Elisabeths gespannte Fingerknöchel verfärbten sich weiß. Es war deutlich zu sehen, dass sie mühsam gegen einen Wutanfall ankämpfte.

„Wegen unserer Töchter, Anna und Katharina."

„Und um Eure Huren zu begatten!", erwiderte sie jetzt heftig und drehte ihm wieder ihr Gesicht zu. Ihre Augen schleuderten Blitze. Sie war nur noch wütend und ich sah deutlich, dass sie es darauf anlegte, ihn zu verletzen.

„Was werft Ihr mir vor? Ich bin nun mal ein Mann. Aber ich kann dieses Hexenweib nicht ertragen. Ihr Bild verfolgt mich überallhin. Erinnert Euch, es gab eine Zeit, zu der sie nicht im Schloss war – in dieser Zeit habt Ihr von mir unsere zwei wunderschönen Töchter empfangen. Also schmeißt das Weib endlich für immer raus und ich komme zurück! Ansonsten zeuge ich meinen Sohn mit einer Magd!"

„Und ich war so dumm, so verliebt, dass ich um Euretwillen sogar meinen Glauben geopfert habe!"

„Jetzt werdet Ihr ungerecht." Franz lachte leise. Es war ein verletztes Lachen. „Ich habe Euch nicht gezwungen, meinen Glauben anzunehmen. Durch Eure Mutter sind doch die protestantischen Geistlichen auf unsere Landgüter gekommen und sogar eine lutherische Schule wurde von ihr gegründet. Ich bin Euch zu nichts verpflichtet."

„Vergesst nicht, dass ich Euch überlegen bin, Franz. Lieber bringe ich Eure Huren um, als dass meine Amme geht. Sie ist die Einzige, die mir während Eurer ständigen Abwesenheit Nähe gibt. Ich will keinen Hurenbegatter zum Ehemann – ich will den Mann, den ich liebe, in meinem Bett!" Zornig stampfte sie mit den Füßen auf. Die Verzweiflung und die Enttäuschung gaben ihr den Mut dazu. Neue vernichtende Worte wollten über ihre Lippen. Wie zwei Kampfhähne standen sie sich gegenüber. Der rote Schein des Kaminfeuers beleuchtete ihre Gesichter. Der Graf wirkte gereizt. Ihr Wutausbruch hatte ihn sichtlich getroffen, und so reagierte er nun handgreiflich auf ihre verletzenden Worte. Er trat hastig einen Schritt auf sie zu und lachte drohend, bevor seine Hand blitzschnell an ihren Hals fuhr. Ihr weißer Hals war so schlank und so zerbrechlich, doch Franz umschloss fest ihre Gurgel und drückte Elisabeth gegen die Wand. Dann kam er ihrem Gesicht sehr nahe, drückte seinen Schoß gegen ihren Oberschenkel und zischte heiser und unmissverständlich, die Etikette vergessend: „Wehe dir, du vergreifst dich auch nur noch ein einziges Mal an einer meiner Gespielinnen. Ich warne dich! Ich habe es dir schon oft genug gesagt – lass die Mädchen in Ruhe und jage diese Hexe aus dem Schloss! Sie ist nicht gut für dich und sie prügelt wie ein Mann. Man redet bereits über sie. Beim letzten Kirchgang hat ihr der Pastor angedroht, sie Ostern vom heiligen Abendmahl auszuschließen, wenn sie weiter so unsere Mägde verprügelt."

Er nahm die Hände von ihr, wischte sie an seinem Mantel ab und schickte sich an, das Gemach zu verlassen. Mit energischen Schritten kam er auf die Tür zu und ich drückte mich ängstlich gegen die Wand. Gott sei Dank rettete mich ein Pfeiler davor, von ihm entdeckt zu werden, als er an mir vorbeistürmte. Ich hörte noch, wie sie ihm nachrief: „Aber die Darvulia ist besser als jeder Geliebter! Den Teufel werde ich tun, Franz!" Sie wollte ihn verletzen und gleichzeitig zurückgewinnen.

Aber der Graf hielt es nicht mehr für nötig, sich nach ihr umzudrehen. Ich hörte ihn nur ärgerlich in seinen Bart murmeln:

„Dann musst du mit den Konsequenzen leben! Du treibst mich gerade weit weg von dir, Weib!"

Ich war soeben Zeuge eines heftigen Ehestreits geworden und mir war bewusst, Worte gehört zu haben, die nicht für meine Ohren bestimmt waren, die mir aber zugleich einen erschütternden Einblick in das Eheleben der berühmtesten Frau Ungarns gaben.

Bedrückt und mit einem unsicheren Gefühl, was meine
Zukunft betraf, begab ich mich zurück in meine Gemächer.

IV. Kapitel

Angekommen in meiner Kammer bemerkte ich, dass ich nicht mehr allein war. Ilona, die Dienerin der Gräfin, wühlte in meinem Koffer zwischen meinen Kleidern. Zunächst sah ich nur ein breites Hinterteil. Dann vernahm ich ein Fluchen, offenbar in slavischer Sprache. Auch diese Frau war keine Ungarin. Noch aufgewühlt von dem Gehörten wollte ich mich gerade über die Unverfrorenheit der Dienerin entrüsten, als mein Blick auf mein noch ungemachtes Bett fiel. Zwischen den zerwühlten Kissen bemerkte ich eine stattliche Anzahl von Mänteln aus prächtiger Seide und goldbesticktem Samt, darunter zwei wertvolle Pelze und ein Schaffell, die ungarische Suba, in einer Aufmachung, wie sie nur Könige trugen. Neugierig trat ich näher. „Wer bist du?", fragte ich. „Und was suchst du in meinem Koffer?"

„Verzeiht, Komtesse. Ich wurde beauftragt, Euch Winterkleidung zurechtzulegen und konnte in Euren Koffern keine finden. Deshalb hat sich meine Herrin erlaubt, Euch mit Entsprechendem aus ihrem Kleiderbestand auszuhelfen."

Die Dienerin hatte sich von ihrem Schreck rasch wieder erholt und knickste jetzt tief vor mir. „Ihr müsst Euch ankleiden und Eure Haare müssen noch gekämmt werden. Die Herrin liebt es nicht, wenn ihre

Gäste zu spät zum Frühstück erscheinen." Ich fand es schon etwas seltsam, dass diese Ilona sich anmaßte, einfach in meinen Kleidern zu wühlen. Und ich fragte mich, welche Überraschungen mich am Hof wohl noch erwarteten.

„Schon gut", antwortete ich dem Frauenzimmer das noch immer mit gesenktem Kopf vor mir stand. Mir fiel Katica wieder ein und ich befahl ihr: „Ich habe eine Zofe, die Katica. Geh sie holen, sie wird mir beim Ankleiden helfen."

„Ich kenne keine Katica, aber die Herrin hat seit gestern ein neues Mädchen in ihrem Gynaeceum."

„Das Gynaeceum?", entfuhr es mir erstaunt. „Ich denke, dort werden nur adlige Fräulein unterrichtet?" Ihre Worte weckten erneut mein Misstrauen. Zu dieser Zeit war es nämlich noch der Brauch, dass sowohl die Söhne als auch die Töchter der Vornehmen des Hofes zusammen aufwuchsen und unterrichtet wurden. Katica aber war keine Adlige.

„Das ist ein Frauenhaus, in dem alle Mädchen im Schloss in der Hauswirtschaft unterrichtet werden", berichtigte sie mich. Ich erinnerte mich, weshalb ich hierhergekommen war, und betrachtete die Dienerin genauer. Ihr Kleid war aus schwarzem Brokat und hochgeschlossen, für eine Dienerin zu kostbar. Das rote Haar trug sie in strenge Zöpfe geflochten. Ihren Kopf schmückte keine Haube und ich überlegte, wie alt sie wohl sein müsste. Für ein junges Mädchen erschien sie mir zu alt, aber für eine erwachsene Frau zu jung. Es lag wohl an ihren groben Zügen, den faden grauen Augen und der sehr schmalen Oberlippe, die ihren Zügen etwas Herbes gaben. Ich erinnerte mich an die Darvulia.

Warum wohl umgab sich Elisabeth mit solch zweifelhaften Schönheiten?

„Ilona, bist du von Adel?", fragte ich sie leise, obwohl ich es mir nicht vorstellen konnte. „Nein", antwortete sie mit verhaltener Stimme und verweilte in ihrer gebeugten Haltung.

„Du hast keinen Mann?", bohrte ich weiter. Ilona verneinte wieder mit einem Kopfschütteln. „Aber ich habe eine kleine Tochter", ergänzte sie rasch, anscheinend ermuntert durch mein Interesse an ihr. „Marika ist jetzt zehn Jahre alt und ein wunderschönes Kind. Als die Kinderfrau der Gräfin darf ich sie zusammen mit den Komtessen Anna und Katharina erziehen. Sie wird es einmal besser haben als ich und einen reichen Mann heiraten." Bei ihren letzten Worten stutzte ich. „Wieso soll sie es besser haben als du? Dir geht es doch gut bei der Gräfin?"

„Ja, Komtesse, die Gräfin ist sehr gut zu mir. Und mein Töchterchen wird im Frauenhaus auf ihr späteres Leben als adlige Ehefrau vorbereitet. Ein Geschenk meiner Gebieterin für meine Arbeit. Aber es wäre besser, wäre Komtesse jetzt bereit für die Toilette. Die Gräfin wird sonst ungeduldig." Hier hob sie zum ersten Mal den Kopf und sah mir ins Gesicht. Irgendetwas war in diesen grauen Augen, das mir Rätsel aufgab. Diese Dienerin umgab eine seltsame Aura und ein Gefühl sagte mir, dass sie log. Sie griff nach der Bürste und kämmte meine Haare. Obwohl sie sehr vorsichtig war und mit ihren geschickten Fingern meine wilden Locken flink in eine kunstvolle Hochsteckfrisur verwandelte, blieb ich skeptisch. Ilona schien mein Misstrauen zu spüren. Ihr Redefluss erstarb so rasch wie er begonnen hatte.

Fortan war sie schweigsam und redete nur noch, wenn sie gefragt wurde.

Nachdem ich fertig angekleidet und mit meinem Äußeren zufrieden war, folgte ich Ilona in Elisabeths Gemächer. Auf meinem Weg durch die Flucht von Gängen und Räumen wurde mir mit jedem Schritt, der mich meinem Ziel näher brachte, unwohler. Immerfort musste ich an den frühmorgendlichen Streit zwischen den Ehegatten denken. In welchem Zustand würde ich die Gräfin vorfinden? Würde sie traurig sein? Würde sie weinen, toben oder in sich gekehrt sein? Oder würde sie einfach nur so sein, wie ich sie kennengelernt hatte? Meine Amme hatte immer gesagt, dass wir Frauen über die Gabe verfügen, Dinge vorauszuahnen, insbesondere, wenn es sich um Unheil handelt, und in diesem Fall betrog mich mein Gefühl nicht.

Bereits auf dem Gang vor der Tür empfing uns lautes Geschrei. Ilona gab dem Wächter auf dem Gang ein Zeichen und als er die Tür öffnete, hätte ich am liebsten auf dem Absatz wieder kehrtgemacht.

„Mein Gott, Herrin, warum schlagt Ihr mich?“, schrie ein Mädchen, halb ohnmächtig vor der Wand kauernd, während Elisabeth wie ein Mann mit den Fäusten auf das arme Kind einschlug. Zwischendurch trat sie ihr mit ihren zierlichen Füßen in den Unterleib. „Großer Gott, Hiiiilfe!“, schrie das Mädchen und Elisabeth brüllte hysterisch zurück: „Dein Schreien nützt dir gar nichts, Hure, Metze! Hunderte Male habe ich dir gesagt, die Speisen werden von der linken Seite serviert! Willst du mir die Kleider versauen?“

Ich blieb wie angewurzelt auf der Schwelle stehen und vermutete, dass dies die Folge des morgendlichen

Streites war. Denn was sich meinen Augen bot, war ein Albtraum. Elisabeths Verwandlung zur prügelnden Furie raubte mir fast den Atem. Wie konnte so etwas geschehen? Das Gesicht der Gräfin war rot angelaufen, gezeichnet von hektischen Flecken, ihr Blick wanderte irre umher. Zugleich schien es mir, als ob es ihr Vergnügen bereite, auf das arme Ding einzuschlagen. Auch wenn Gewalt in unser Leben gehörte, entsetzte es mich, wie die Gräfin gerade gegen jede höfische Etikette verstieß. Zudem erinnerte es mich sehr an den Vorfall mit dem alten Weib in den Bergen. Blut spritzte an die Wand und beschmutzte ihr Mieder, aber sie schien es nicht zu bemerken. Stattdessen schrie sie nach der Darvulia, die ohne eine Regung im Gesicht die anderen zwei verängstigten Zofen im Raum unter Kontrolle hielt.

„Die Peitsche vom Grafen, schnell, diesem dummen Ding werde ich es zeigen!"

Diese Peitsche, wie sie normalerweise die Hirten benutzten, war ein Lederstock mit einem großen roten Diamanten am Griff, an dem sich zwei harte, geflochtene Stränge mit gefährlichen eisernen Widerhaken befanden. Einst sollte der Hausherr diesen Schlagstock gegen seine Gefangenen benutzt haben. Später erfuhr ich, dass er sie Elisabeth zum Geschenk gemacht hatte. Eben in diesem Augenblick, als die Darvulia nach der Peitsche auf dem goldenen Beistelltisch griff und sie ihrer Herrin reichte, fiel Elisabeths Blick auf mich und mein leichenblasses Gesicht. Wie durch einen Zauber blieb die zum Schlag erhobene Hand in der Luft hängen und ihr Gesicht bekam wieder jenen Ausdruck, den es auch bei unserer ersten Begegnung gehabt hatte.

Plötzlich ließ sie die Peitsche fallen und kam auf mich zu.

„Oh, Komtesse, warum habt Ihr mich so lange warten lassen? Macht so etwas nie wieder! Ihr habt mir doch versprochen, immer bei mir zu sein!", rief sie und machte Anstalten, mich zu umarmen. Mit gemischten Gefühlen sah ich, wie die Frauen Blicke untereinander austauschten und die Darvulia sich verlegen räusperte. Ich war erschrocken und zugleich unangenehm berührt und wagte lediglich, verstört zu äußern: „Aber, Gräfin, was geht hier vor? Was hat das Mädchen getan, dass Ihr es so straft?"

Elisabeth hielt meine Hände und sah mich mit einem Blick an, als sei sie diejenige, die Trost benötigte. Ihr meine Finger zu entziehen, traute ich mich nicht. Es war auch nicht nötig, denn Sekunden später führte sie mich lächelnd am Arm zum gedeckten Frühstückstisch, als hätte es das blutende Mädchen am Boden nie gegeben.

„Ach, Komtesse, wenn Ihr nur ahntet, was der Morgen mir bereits alles beschert hat", plauderte sie und forderte mich auf, mich zu setzen. Ich hatte meinen Platz noch nicht ganz eingenommen, da entschuldigte sie sich bei mir: „Herrgott, jetzt ist auch noch der Tee kalt geworden", und gab sogleich ihren Hofdamen Anweisungen: „Ilona, lass die Mädchen neuen Tee holen und du, Anna, schaff mir das Weibsbild aus den Augen, bevor ich mich erneut aufrege."

Das unglückliche Mädchen hatte noch einen Augenblick lang an der Wand gekauert und war nun während unseres Gesprächs unbemerkt näher gekrochen. Nun kniete es vor seiner Herrin auf dem Boden und bettelte mit gesenktem Kopf um Vergebung. Ich zerbrach mir den Kopf, ob es sich bei ihr eventuell um eine Geliebte des Grafen handelte. Am allerwenigsten aber konnte ich verstehen, was dieses Mädchen, dem gerade die Nase gebrochen und ein paar Zähne ausgeschlagen worden waren, zu solcher Handlung bewog. Dabei hatte sie es allein meiner Anwesenheit zu verdanken, nicht totgeprügelt worden zu sein. Im Geiste sah ich unsere Mägde vor mir, wie sie, lachend und singend, gemeinsam mit meinem Vater das Getreide vom Feld einholten, und legte der Gräfin sanft meine Hand auf den Arm. „Eure Hoheit, lasst Gnade walten", versuchte ich für das Mädchen zu sprechen. Doch die Darvulia hatte die Magd bereits im Genick gepackt und schubste die Widerstrebende vor sich her zur Tür.

„Stört Euch nicht daran, Komtesse", winkte die Gräfin beifällig ab. „So etwas sollte uns nicht das Frühstück verderben. Meine Hofdame wird das Mädchen zu unserem Barbier bringen. Er kann nicht nur Haare schneiden, sondern auch verrenkte Füße und gebrochene Hände wiederherstellen. Eine gebrochene Nase zu richten sollte ihm deshalb nicht schwerfallen. Meine Mädchen lieben mich abgöttisch, nur muss ich diese Liebe ab und zu erneuern. Was glaubt Ihr, wenn ich so ein junges Ding tagelang dursten lasse und es kurz vor dem Verdursten aus meiner Hand das Leben spendende Wasser erhält? Seine Liebe wird dann wie die eines Hundes sein, denn sie wird die Hand lieben, die ihr das Wasser reicht, weil sie sie vor dem Tod bewahrt hat. Dass es die Hand war, die sie in diese Situation gebracht hat, verdrängt sie aus ihrem Gedächtnis. Aber nun zu Euch, Komtesse, ich habe heute noch

Aufregendes mit Euch vor. Ihr müsst unbedingt Sárvár bei Schnee kennenlernen und dann müssen wir noch Eure Garderobe für den Ball heute Abend aussuchen."

Bei den letzten Worten griff sie sich zu meinem Erstaunen mit beiden Händen an den Kopf, kniff die Augen zu und verzog das Gesicht. „Oh nein, schon wieder Gewehrknattern und Trompetenlärm! Nicht einmal beim Frühstück hat man seine Ruhe. Anna!", brüllte sie gereizt. „Welcher Trampel hat das Fenster im Salon offen gelassen? Ich kann es nicht mehr hören! Mein Kopf … Ich glaube, er zerspringt gleich!", jammerte sie. Sie schien sichtlich unter Kopfschmerzen zu leiden, erklärte mir aber, nachdem sie der Verwirrung auf meinem Gesicht gewahr wurde: „Ach, Komtesse, es ist ein Graus mit dem Kanonendonner, den diese Kriegsstreitigkeiten erzeugen. Bestimmt liegen die Straßen jetzt wieder voller Leichen. Dann scheuen die Pferde so wie beim letzten Mal, als ich zu den Hügeln von Kemeneshát fuhr. Es ist einfach nicht mehr schön hier, seitdem die Osmanen die Landesgrenzen unsicher machen. Wie idyllisch wäre unser schönes Sárvár mit seinen Gewässern und Wäldern ohne dieses Kriegerpack. Ich werde wohl in Bälde nach Wien verreisen, um etwas Ruhe zu finden."

Dann gab sie dem Gespräch wieder eine ganz neue Richtung. Es fiel mir immer schwerer, ihren Gedankensprüngen zu folgen.

„Ach, wisst Ihr schon, dass es im Schloss eine Druckerei gibt?", fragte sie und hing mit ihren Augen erwartungsvoll an meinem Gesicht. Dabei biss sie herzhaft in den Brotlaib, den sie nach jedem Bissen in eine wohlschmeckende Kartoffelsuppe tunkte. „Ihr müsst wissen, in ihr wurden das erste ungarische Buch und das ins Ungarische übersetzte Neue Testament gedruckt. Ein Verdienst meines seligen Schwiegervaters Thomas. Er war es auch, der seinen Sohn, meinen Franz, gelehrt hat, sich im Ort für eine neue Kultur und Bildung einzusetzen. Aber auch, wie man am effektvollsten die Calvinisten und Katholiken aus den Schulen und Kirchen vertreibt."

Elisabeth ließ sich den Teller mit den süßen Palacsinta reichen, während mir der Kopf von ihrem Geplauder schwirrte.

„Auf welcher Seite steht Ihr, Gräfin, auf der der Protestanten?", wagte ich vorsichtig zu fragen und erinnerte mich, was ich am Morgen über ihre Gesinnung belauscht hatte.

„Na, sagen wir mal so, ich gehöre zu den Lutherischen, seitdem ich die Gräfin Nádasdy bin. Nach unserem Grundherrenrecht haben alle herrschaftlichen Untertanen unseren Glauben zu befolgen, auch ich. Schon zu Zeiten meines Schwiegervaters mussten alle Untertanen auf allen unseren Gütern dem katholischen Glauben abschwören und den Protestantismus annehmen. Befolgen ketzerische Lehrer oder Priester diese Anordnung nicht, werden sie eben vertrieben und durch protestantische ersetzt. Wir selbst nehmen regelmäßig an den Wallfahrten teil. Habe ich damit Eure Neugierde gestillt, Komtesse?" Einerseits hatte ich ihr gespannt zugehört, andererseits war ich nun wiederum entsetzt über ihre Lebensansichten, wie leichtfertig sie mit der Verantwortung über die ihr anvertrauten Menschen umging.

Elisabeth hatte einen sagenhaften Appetit und sie redete und redete, während sie mir zwischendurch Komplimente über mein frisches Aussehen machte. Nichts an ihr wies auf die morgendliche Auseinandersetzung mit Franz, ihrem Gemahl, hin. Stattdessen bestaunte ich ihr munteres, von einem Thema ins andere umschwenkende Geplapper, dem immer schwerer zu folgen war. Ich genehmigte mir ein Stück Gänseleberpastete und ein wenig von dem türkischen Kaffee, der in Porzellantässchen serviert wurde. Immerfort waren wir von Elisabeths Mägden umgeben, die jeden noch so kleinen Wunsch ihrer Herrin zu erahnen schienen und sie schweigend mit einem unterwürfigen Eifer bedienten. Manchmal entschlüpfte ihr ein „Kannst du nicht aufpassen, dummes Ding?“ oder „Soll ich mich an dem Kaffee verbrühen?“. Aber wenn eine sich besonders geschickt anstellte, sparte sie auch nicht mit Lob. Sie sagte dann: „Fein hast du das gemacht, Marika, du hast gut aufgepasst.“ Oder sie ließ eines der Mädchen an der türkischen Schokolade nippen und amüsierte sich köstlich, wenn diejenige sich danach genüsslich die Lippen leckte. Kein Wort über die Prügelei und kein Laut über ihren Mann Franz. Dafür war sie eine brillante und geistreiche Unterhalterin mit einem so wechselvollen Mienenspiel, dass ich am Ende völlig hingerissen von ihr war. An das Prügeln bei Hof, glaubte ich, würde ich mich schon noch gewöhnen. Lediglich der ständige Anblick der Peitsche mit ihren Widerhaken hinterließ noch lange ein leises Grauen in mir.

V. Kapitel

Am Abend redete jeder im Schloss von dem Ball der Gräfin, den auch der König besuchen würde. Man bereitete sich schon seit den frühen Morgenstunden auf diese feierlichen drei Abende vor. Zunächst aber ging es im großzügig mit Schaffellen ausgelegten Schlitten, unter Glöckchengeläute, gefolgt von vier bewaffneten Heiducken, durch das verschneite Land, hinunter in die Stadt. Die drei Zugpferde trabten durch den Schnee und pusteten ihren Atem stoßweise in weißen Wölkchen aus den Nüstern. Der Fahrtwind war schneidend und die Schneeflocken wirbelten um die dampfenden Pferde. Die Gräfin und ihre beiden Töchter, Katharina und Anna, hatten sich in dicke Pelze gewickelt und schauten dem Kutscher zu, der geschickt mit Zügel und Peitsche umging. Eine größere Überraschung hätte mir Elisabeth nicht bereiten können, denn der Kutscher war Johannes. Er saß die ganze Zeit neben mir auf dem Bock und hielt die Zügel. Beinahe hätte ich ihn nicht wiedererkannt, so verändert kam er mir seit unserer Trennung vor, die doch erst einen Tag zurücklag. Als einmal eine Unebenheit den Schlitten leicht erschütterte, berührten sich unsere Schultern und sein ganzer Körper spannte sich an. Wir hatten den ganzen Morgen noch kein Wort miteinander gesprochen, stattdessen konzentrierte er sich unbeirrt auf das Lenken des

Mittelpferdes. Viel war von Johannes nicht zu erkennen. Sein junger muskulöser Körper steckte bis zum Kinn in einem langen, dicken, reich bestickten Mantel, dem Szür, wie er in Ungarn genannt wurde. Er trug den Schaffellmantel mit dem Fell nach innen und versteckte den Rest seines Gesichtes unter einem tief sitzenden Filzhut, der nur die Nasenspitze freiließ. Aus seiner Kleidung schloss ich, dass die Gräfin ihn in ihre persönlichen Dienste genommen hatte. Die ganze Zeit suchte ich seinen Blick, denn ich wollte von ihm wissen, wie es Katica ging und warum man uns getrennt hatte, doch er blieb unnahbar, als ob wir uns fremd wären. Sollte der Glanz, der Elisabeth umgab, einen Menschen so schnell verändert haben? Als wir die ersten mit Eiszapfen behangenen Hütten der Armen erreichten und die Gräfin mit ihren Töchtern lachend aus dem Schlitten sprang, drehte er mir kurz sein Gesicht zu und flüsterte mir hastig ins Ohr: „Verurteilt mich nicht, Komtesse, aber man ließ mich nicht zu Euch. Stattdessen wurde mir gesagt, Ihr hättet mich der Gräfin zum Geschenk gemacht. Ich weiß, dass das nicht stimmt und Ihr Euch niemals von Eurem getreuen Diener trennen würdet. Ihr solltet diesem Hof den Rücken kehren. Lasst Euch nicht länger von seinem Glanz blenden. Die Reiter sind abgelenkt, ich brauche nur die Peitsche zu schwingen und die Pferde wenden und sie bringen uns nach Hause. Noch länger hierzubleiben, wäre nicht gut. Ich habe in der Nacht Schreie im Schloss gehört und es herrscht Angst unter den Bediensteten.“

Es war nicht das letzte Mal, dass er mich zu warnen versuchte und ich hätte auf ihn hören sollen. Stattdessen schüttelte ich den Kopf und antwortete ihm leise:

„Du siehst die Welt zu schwarz, Johannes. Wo ist deine Begeisterung geblieben? Wir hatten uns doch beide auf das Leben in Sárvár gefreut. Nimm diesen herrlichen Tag als ein Geschenk und genieße ihn!"

Lachend wendete ich mich wieder der Gräfin zu, die unter dem kindlichen Gelächter ihrer Töchter einen Schneemann baute, ihm mit Ästen und Tannenzapfen ein Gesicht zauberte, ihre Zobelmütze aufsetzte und ein Schaffell umhängte. Sie winkte mir mit vor Kälte geröteten Wangen zu und forderte mich auf, ebenfalls vom Schlitten zu steigen. Nachdem ich steifbeinig vom Bock geklettert war, ergriff sie meine Hand und begann, mit mir und ihren beiden Töchtern ausgelassen um den Schneemann zu tanzen. Diesen schönen Wintertag wollte ich mir von keinem, auch nicht von Johannes, verderben lassen und so genoss ich die Vertrautheit, die sie mir entgegenbrachte. Ich war jung und keiner durfte mir das Glück nehmen, die Vertraute dieser mächtigen Frau zu sein. Sárvár war eine graue kleine Stadt, mit der Festungsanlage durch die lange Brücke verbunden, und lag mitten im westlichen Hügelland. Von den ursprünglich morastigen Wegen war nicht viel zu sehen. Der Schnee hatte alles zugedeckt. Elisabeth erzählte mir von den unterschiedlichsten Volksgruppen, die hier friedlich nebeneinander lebten, von der berühmten Kirche des Heiligen Ladislaus, den Schulen, Bibliotheken und Druckereien, mit deren Errichtung ihr Mann den Bewohnern ein reges kulturelles Leben ermöglichte. Aber am aufregendsten fand ich Elisabeth im Spiel mit ihren Töchtern. Ach, wenn ich es nicht selbst erlebt hätte, hätte ich ihre Grausamkeiten nie für möglich gehalten. Elisabeth war eine so fürsorgliche Mutter. Besorgt beobachtete sie jeden Schritt der Mädchen und erfand selbst immer wieder neue Schneespiele, um ihre Kinder zu unterhalten. Die etwas ältere Anna war eine kleine Persönlichkeit, die in ihrem Äußeren zunehmend ihrer Mutter glich, von ebenso vielseitigem Temperament war und bereits genau wusste, was sie wollte. Die kleinere, etwas dickliche Katharina war das Sorgenkind Elisabeths. Sie litt zurzeit an einer seltsamen Mundfäule, die sich in entzündlichen Flecken und Pusteln rund um ihren Mund bis hinauf zur Nase ausbreitete, und war, wie Elisabeth mir mitteilte, ein recht wehleidiges Kind, das sehr viel kränkelte. „Sie vermisst ihren Vater von uns am meisten", klagte Elisabeth einmal, als Anna sich gerade mit ihrer Schwester im Schnee balgte und ihr die weiße Pracht ins Gesicht warf, bis sie laut anfing zu weinen. Das Lachen verschwand aus Elisabeths Zügen. Sie redete beruhigend auf die Mädchen ein und nachdem sie die beiden getrennt hatte, blickte sie ernst und schwermütig hinüber zu den im Schneenebel schwimmenden Hochwäldern des Bakony-Gebirges. Sie zog mich ganz dicht an sich heran, und während wir Arm in Arm die weiße Winterpracht in uns aufsogen, sagte sie: „Ich habe gehört, dass die Stände einen Aufstand planen. Das türkische Heer soll sich in einem sehr schlechten Zustand befinden. Die Soldaten verlassen infolge miserabler Disziplin und geringen Soldes ihre Wachtposten. Es könnte ein erneuter Ungarnkrieg drohen. Wo sich wohl Franz gerade befindet? Mich befällt immer häufiger Angst um mich und die Zukunft meiner Kinder. Die Zeit macht auch vor einer Frau wie mir nicht halt. Das Alter ist erbarmungslos und ich frage mich immer, was aus uns wird, wenn mein Gemahl aus der Schlacht nicht mehr zurückkehrt. Mein Vater hat mich schon sehr früh verlassen und meine Mutter, Gott hab sie selig, ist nun auch im Himmel. Wen habe ich denn noch auf Erden, außer meinen Kindern und Euch, meine Freundin?"

Ich schob Elisabeths plötzliche Schwermut dem Zauber der Landschaft zu und hätte in diesem Augenblick alles dafür gegeben, sie wieder lachend zu sehen. Da ich aber nichts vom Krieg verstand, noch weniger von Schwermut und selbst noch nie allein gewesen war, wagte ich ihr nur tröstend meine Hand auf die Schulter zu legen. „Ihr habt einen starken, kampferprobten Feldherrn zum Ehemann. Sorgt Euch nicht weiter, Gräfin. Er wird wie immer als Sieger zu Euch zurückkehren und Euch nicht nur die Schätze seiner Feinde zu Füßen legen." Ich dachte an das Streitgespräch, das ich am Morgen zwischen den Ehegatten belauscht hatte und war von meinen kühnen Worten mit einem Mal nicht mehr überzeugt und hätte sie gern wieder zurückgenommen.

Aber Elisabeth drehte mir nur ihr vermummtes Gesicht zu, sah mich einen Moment nachdenklich an und sagte dann mit veränderter Stimme: „Was soll ich mit einem Ehemann, der dennoch nicht zu seinem Weib zurückkehrt, weil er es verabscheut und sich lieber zu seinen Huren legt?"

Sekunden später lachte sie wieder, nahm meine Hand und zog mich hinter sich her zum Schlitten, wo uns Johannes und die Mädchen bereits erwarteten.

Warm in unsere Felle gewickelt, prosteten wir uns mit ungarischem Wein zu, den Johannes vor der Fahrt mit weiterem Proviant eingepackt hatte. Er schwang die Peitsche und ließ sie lustig über unseren Köpfen knallen. Erhitzt vom süßen Wein, singend und jauchzend, ließen wir die Häuser der Stadt hinter uns und fuhren im aufwirbelnden Pulverschnee durch das Stadttor.

Im Schloss brannten am Abend alle Lichter, den ganzen Tag war geputzt, gewienert und gekocht worden. Jetzt huschte die Dienerschaft aufgeregt durch die Gänge, richtete hier noch einen Vorhang und wischte da noch ein letztes Staubkorn fort. Seit Langem gab es wieder einmal einen Ball auf Schloss Sárvár, zu dem auch König Matthias kommen würde. Gräfin Elisabeth hatte alles dafür getan, diese drei Tage zu etwas Besonderem zu machen. Sie hatte Musiker eingeladen, ein sechsköpfiges Wiener Hoftheater, eine Zigeunertruppe und einen Sänger vom Prager Hof ihres Bruders Stefan, der sich von einem Cembalospieler begleiten ließ. Drei verschiedene Räume hatte sie eigens dafür ausstatten lassen; ein türkisches Zimmer ganz in Grün und Gold, einen Spiegelsaal für die Männer zum Rauchen, mit einer rot-gold bezogenen Ottomane, und einen Raum, der ganz im ungarisch-slowenischen Stil ausgestattet war, mit ausgestopften Tieren, Fellen, Peitschen und vielen Schnitzereien. Außerdem hatte sie viele berühmte Kunstmaler und Gelehrte eingeladen und veranlasst, dass die Zigeuner nach dem Essen einen feurigen ungarischen Tanz, den Csardas, zum Besten geben sollten. Am eindrucksvollsten aber war der Rittersaal mit der großen Tafel in der Mitte. Ich benötigte einen Augenblick, um den prachtvollen Anblick in mir aufzunehmen und blieb staunend auf der Treppe stehen.

Genauso stellte ich mir das Kaiserpalais in Wien vor, das ich von einem Gemälde aus Vaters Arbeitszimmer kannte. Über mir, in der Deckenwölbung und an den Fresken der Seitenwände, waren Szenen aus dem Alten Testament sowie riesige Schlachtszenen gemalt. Überall hingen goldene Kronleuchter, standen vergoldete Stühle und das Parkett war frisch gebohnert, sodass die Tänzer sich darin spiegelten. Hohe Porzellanöfen sorgten für behagliche Wärme. Die Gräfin hatte mir für diesen Abend ein wunderschönes Kleid aus Goldbrokat bringen lassen, sie selbst glänzte in einem mit grünem Satin besetzten Rock und einem ebensolchen Mieder mit braun abgesetzten Ärmeln und goldener Spitze, die ihre Brüste bedeckte. Ihre Haare waren zu einem kunstvollen Gebilde aufgesteckt, das über und über mit blutroten Rubinen geschmückt war. Die Frauen, an denen sie vorbeischwebte, versanken mit tief geneigten Köpfen in ihren Röcken und die Männer lüfteten ihre Hüte, deuteten eine Verbeugung an und schickten ihr bewundernde Blicke hinterher. Während sie im Beisein ihrer beiden Dienerinnen, der Darvulia und Ilona, immer neue Gäste begrüßte, kam ich mir etwas verloren vor. Da ich es von Zuhause gewohnt war, bei den Vorbereitungen mitzuhelfen, versuchte ich, mich in den Vorzimmern zur Küche etwas nützlich zu machen. Mit einer Schürze aus schwarzem Satin über dem Rock reichte ich Platten, ging von einem zum anderen und kontrollierte den Wein und die Süßigkeiten, ob auch nichts fehlte. Als ich einmal Obst auf einer Platte anrichtete, spürte ich plötzlich, wie sich zwei Hände um meine Hüften legten und sanfter Atem meinen Nacken kitzelte. Ich war so erschrocken, dass ich sekundenlang zu keiner Regung fähig war, die geflüsterten Worte an meinem Ohr jedoch freudig in mir aufsog: „Mein Kompliment, Komtesse, wären alle Frauen auf dem Ball so schön wie Ihr, würde es einem Mann schwerfallen zu wählen!“

Der Kavalier, der sich ein derartiges Benehmen herausnahm, war kein anderer als Gabor. Sein Anblick versetzte mich vor Glück gleich wieder in einen Rauschzustand. Das Herz schlug mir bis zum Hals und meine Finger begannen zu zittern, als ich mich zu ihm umdrehte und in seine feurigen Augen sah, die mit ehrlicher Bewunderung auf mir lagen. „Was macht Ihr hier zwischen den Bediensteten, Komtesse? Ich habe Euch schon in den Sälen vermisst. Eine solche Schönheit darf nicht im Verborgenen bleiben.“

„Entschuldigt Graf, aber ich bin hier, um zu lernen“, antwortete ich ihm, weil mir im Augenblick nichts Besseres einfiel und ich immer noch vor Erregung zitterte.

„Aber nicht von unserer Dienerschaft, Komtesse!“ Er hielt mit einer Hand meine Hüfte umschlossen und zog mit der anderen meine Finger an seine Lippen. „Euch das höfische Leben zu lehren ist die Aufgabe meiner Tante und die ist schon in großer Sorge über Eure Abwesenheit. Außerdem beehrt uns gleich hoher königlicher Besuch. Das Spektakel solltet Ihr Euch nicht entgehen lassen.“ In seiner Stimme schwang etwas Verachtung mit. Erstaunt sah ich ihn an. „Ihr mögt den Habsburger nicht, Hoheit?“

Anlässlich der Festlichkeit trug Gabor ein schwarzes, nach spanischer Mode am Hals geschlossenes und nach unten verlängertes Wams zu roten gebauschten Kniehosen und Strümpfen und ich muss gestehen, dass er mir in der schneidigen Husarenuniform besser gefallen hatte.

„Wer mag Matthias schon? Er ist ja noch nicht einmal offiziell der König. Er steht zwar an der Spitze der Erzherzöge, ist aber immer noch Statthalter von Ungarn. Im Kampf gegen seinen verblödeten Bruder, den Kaiser und König von Ungarn, macht er sich gerade die Unzufriedenheit der ungarischen und österreichischen Stände zunutze. Es ist zwar absehbar, dass er Ungarn, Österreich und Mähren in Bälde als König regieren wird, aber er wird es schwer haben, nachdem er die Seite gewechselt hat und auf Gegenreformkurs geht. Aber wenn er König werden und seinen Bruder vom Thron stürzen will, muss er zuallererst den ungarischen Ständen Religionsfreiheit gewähren. Ob er das schafft? Die polnische Königskrone hat er schon an meinen Onkel Stefan verloren.“

„Aber dann hätte doch eher König Rudolf der Einladung folgen müssen?“ Einerseits bewunderte ich Gabor für sein politisches Wissen, andererseits langweilte es mich. Dennoch zeigte ich mich interessiert, weil ich nicht weniger intelligent als er vor ihm dastehen wollte und ich davon überzeugt war, dass es mich ihm ein Stückchen näher brachte.

„König Rudolf ist viel zu schwach, er liebt die Kunst und die Wissenschaften, aber keine Staatsgeschäfte. Matthias ist aus einem anderen Grund hier. Zum einen liebt er das Hofleben und zum anderen hat er sich selbst eingeladen. Ihr werdet gleich bemerken, warum. Ihm geht es nämlich einzig und allein darum, meiner Tante Elisabeth den Hof zu machen.“

„Wird er nicht Ärger mit Elisabeths Ehemann bekommen?" Ich war sprachlos. Der König nutzte die Abwesenheit des Hausherrn, um dessen Frau zu verführen. Unglaublich.

„Das ist es ja, Komtesse." Er beugte sich tiefer zu mir herab, sodass sich unsere Nasenspitzen fast berührten. Einen Augenblick lang hielt er meine Finger fest umschlossen, während unsere Blicke ineinander verschmolzen. Es war ein wunderschönes Gefühl. Ich hörte ihm zu und wünschte mir, dass er nie aufhören würde zu reden. Ich spürte seinen Atem auf meinem Gesicht, während er leise weitersprach: „Matthias will eine alte, längst vergangene Geschichte zu Ende bringen. Einst war der junge Rudolf als Abgesandter des Kaisers zu der Hochzeit der Nádasdys geladen. Spät in der Nacht, als alle betrunken waren, hat er Elisabeth beim Entkleiden vor ihrem Toilettentisch überrascht. Er war wohl so angetan von ihrer Schönheit, dass er das Recht der ersten Nacht von ihr gefordert hat."

„Ja und …?" Ich spürte, wie er mir näherkam und vergaß alles um mich herum. „Das Hochzeitspaar schüttete ihm aber etwas in den Wein, das ihn für den Rest der Nacht betäubte. Am nächsten Morgen legte sich Elisabeth neben den König, sodass er annehmen musste, er hätte den Beischlaf mit ihr vollzogen. Franz und Elisabeth haben es später auf ihren Festlichkeiten immer wieder zum Besten gegeben und sich jedes Mal köstlich darüber amüsiert."

Gabor lachte leise. Sein Mund kam näher, ganz nah. „Was haltet Ihr von mir, Komtesse? Würdet Ihr Euch mir auch verweigern?", hauchte er nun. Oh, süße Versuchung. Ich schenkte ihm mein schönstes Lächeln.

Seine Worte jagten wie Pfeile durch meinen Leib. Ich zitterte und schwitzte vor Aufregung. Doch die süße Illusion war so schnell zu Ende, wie sie begonnen hatte. Plötzlich stand Elisabeth vor uns und wir fuhren erschrocken auseinander. Ihr Blick wanderte einen Augenblick lang zwischen Gabor und mir hin und her. Was dabei in ihrem Kopf vorging, ob sie etwas bemerkt hatte – ich habe es nie erfahren. Stattdessen sagte sie in unverändert herzlichem Ton zu mir: „Komtesse, ich habe überall nach Euch gesucht und hier muss ich Euch finden. Aber wie ich sehe, hat mein Neffe sich Eurer angenommen und, wie mir scheint, bestens unterhalten. Da Ihr mir heute die so angenehmen Stunden geschenkt habt, möchte ich mich bedanken. Kommt mit mir, ich möchte Euch meiner Familie und unserem zukünftigen König vorstellen!"

Rasch warf ich noch einen Blick auf mein Äußeres. Mich im Spiegel an der Wand betrachtend, zupfte ich am Sitz meines Kleides und ordnete noch ein paar verrutschte Schleifen und Bänder am Überrock. Die Gräfin beobachtete mich dabei mit kritischem Blick und flüsterte mir ins Ohr: „Ihr seid eine echte Bereicherung für meinen Hofstaat. Seht nur, wie rot-golden Euer Haar im Spiegel glänzt, wie die Perlen an Eurem schlanken Hals funkeln. Es ist eine Freude, Eure makellose junge Haut anzusehen. Noch keine Narben, keine Unebenheiten, geschweige denn Falten. Ihr werdet meinem Bruder und meiner Tante sicher gefallen. Ach, was rede ich da, des Königs Aufmerksamkeit werdet Ihr heute Abend erregen."

Ich strahlte und bedankte mich mit einer kleinen Verbeugung. Dabei dachte ich an mein Gesicht mit den hohen Wangenknochen, an die etwas zu breite Nase und zog meinem Spiegelbild eine Grimasse. Dennoch genoss ich ihr Kompliment. Es schmeichelte mir und vergrößerte meine Freude, in den ungarischen Hochadel eingeführt zu werden. Andererseits verwirrte es mich auch. Immerhin war ich nicht rassig und schwarzhaarig wie Elisabeth, hatte keine rosigen Wangen und besaß nicht das Temperament der Ungarinnen. Aber schnell verflogen alle Gedanken, die mich von meinem Glück ablenkten, denn auf den Gängen zum großen Rittersaal ging es geschäftig her. Gehorsam folgte ich der Gräfin durch die Reihen von Tischdienern in Husarenuniformen. Sie trugen im Gänsemarsch hintereinander silberne Platten und Terrinen in den Saal und verbeugten sich respektvoll vor der Hausherrin. Alle Speisen befanden sich unter runden Abdeckhauben – eine Maßnahme, die dafür sorgte, dass das Essen warm gehalten wurde, die aber vor allem verhindern sollte, dass Feinde der Ungarn, von denen es in dieser Zeit zur Genüge gab, die hohen Gäste vergiften könnten. Die Nádasdys waren nicht nur selbst sehr mächtig und reich, sie hatten auch ebenso mächtige Feinde.

Ein Diener öffnete in untergebener Haltung die hohe Doppeltür zum Festsaal. Bunt gekleidete Menschen verschiedenster Nationen, lautes Stimmengewirr, eine lange, üppig gedeckte Tafel, riesige goldene Leuchter, sanfte Geigenklänge und der schwermütige Gesang eines Zigeunermädchens überboten all meine Vorstellungen. Mein Herz klopfte zum Zerspringen, während ich würdevoll an der Seite Elisabeths durch die Reihen der Gäste schritt. Unter den gestrengen Blicken der

Damen der Gesellschaft und den Ehrbezeugungen der ungarischen und polnischen Fürsten fühlte ich mich wie eine Königin. Mir schien, dass ein leichter Unmut Elisabeths hübsches Gesicht überzog, während sie mich ihrer Verwandtschaft vorstellte. Es muss wohl an dem etwas zu innigen Handkuss ihres Vetters Graf Thurzo, des Palatins von Ungarn, gelegen haben, den ihre Großtante, Gräfin Klara, gerade von ihm empfing. Noch ahnte ich nicht, dass gerade dieser Mann einmal eine große Rolle in meinem Leben spielen sollte. Ich erinnere mich nur, dass Elisabeth alles daransetzte, seine Aufmerksamkeit zu erregen. Kein Wunder, denn ihre Tante Klara schien ihr den Rang streitig zu machen und ließ nichts aus, um den ungarischen Hochadel, insbesondere Elisabeths Verwandtschaft, die Báthorys von Ecsed, bloßzustellen. Ich hatte bisher nicht viel über diesen Familienkreis gehört, aber das wenige, was man sich von ihnen erzählte, entsprach durchaus dem, was meine Augen sahen. Jene Tante Klara, die bereits mit ihrem zweiten Mann verheiratet war, räkelte sich lasziv auf einer Chaiselongue vor einer Gruppe Adliger mit recht zweifelhaftem Ruf. Dabei wurde sie von Männern und Frauen gleichermaßen umschwärmt. Ich kann mich noch gut an ihr lautes, anstößiges Lachen, an die zweideutigen Reden erinnern, mit denen sie ihre Umgebung unterhielt. Sie mochte in ihrer Jugend ebenso schön gewesen sein wie ihre Nichte, doch jetzt zeichnete der Charakter das Gesicht der alternden Matrone, obwohl ich ihr neidvoll zugestehen musste, dass ihr Haar noch genauso schwarz war wie das von Elisabeth und in ihren Augen das gleiche ungarische Feuer loderte. Als ich mich vor ihr verbeugte, spürte ich ihren

Blick auf mir. Er trieb mir die Schamesröte ins Gesicht. Später sagte man mir, dass Klara mit finsteren Mächten im Bunde stünde. Vom Glauben an Hexerei halte ich auch heute noch nicht viel, ich denke eher, dass die Gerüchte auf ihren verwirrten Geist zurückzuführen waren. Vielleicht aber auch auf ihr sündiges Gehabe, denn dieses alternde Weib zog mich mit ihren lüsternen Blicken förmlich aus, während sie mir gnädig ihre Hand zum Kuss reichte. Dabei hätte ich ihr am liebsten in die langen Finger gebissen, mit denen sie im Anschluss mein Kinn streichelte.

„Was für eine Schönheit, was für ein Liebreiz, und das an deinem Hof, Elisabeth! Hat das Kind denn schon genug Erfahrung in der Liebe?", näselte sie und unternahm einen Versuch sich mir zu nähern, was ihr, Gott sei Dank, nicht gelang. Sie war schon stark betrunken. Das Gelächter ihrer Freunde jedoch blieb mir noch lange in Erinnerung. Allein deshalb, weil der Narr der Gräfin, der schon längere Zeit seine Späße mit den Gästen trieb, die allgemeine Heiterkeit genutzt hatte, um sich mir zu nähern.

„Dreht Euch nicht herum. Ich bin es, Johannes, der neue Hofnarr der Gräfin", erklang es ganz plötzlich warnend hinter meinem Rücken. „Ich überbringe auf diesem Wege der Gräfin das neueste Hofgeschwätz. Gott weiß wofür. Aber Vorsicht bei dieser Frau! Die gräfliche Tante ist die jüngere Schwester von Elisabeths Vater. Man munkelt bei Hofe, sie sei geisteskrank und bevorzuge Frauen für ihre Lust. Gleichzeitig treibt sie es mit ihren Dienern und sorgt ständig für skandalöse Bettgeschichten. Ihr erster Ehemann soll erst kürzlich unter mysteriösen Umständen gestorben sein."

Zunächst war ich erschrocken, dann erleichtert, als ich seine Stimme vernahm. Dennoch ängstigte er mich. Was bedeutete dieses seltsame Versteckspiel? Ich musste ihn unbedingt sprechen und sah mich rasch nach ihm um. Doch der Narr war wie vom Erdboden verschluckt. Stattdessen begann sich nun Elisabeths Bruder Stefan für mich zu interessieren. Von ihm sprach der ganze Balaton. Selbst in meiner Heimat Siebenbürgen kannte man seinen schlechten Ruf. Man sagte von ihm, dass er viele Ländereien und Güter besaß, das Richteramt in Sümegh bekleidete und gern auch mal die Türen seines Schlosses für den ungarischen Rebellen Stefan Bocskai öffnete. Auf fast all seinen Gütern herrschte er wie ein Raubritter, betrank sich bis zur Besinnungslosigkeit und richtete dann großen Schaden unter seinen Untergebenen an. Gefiel ihm ein Mädchen oder ein verheiratetes Weib, dann musste er sie besitzen. Der Ehemann oder der Verlobte, manchmal die ganze Familie, wurden danach von ihm bestialisch getötet. Er war ein blutgieriger, von seinen Trieben verfolgter Mann, aber sehr reich. Natürlich war meine Begegnung mit ihm daher von Vorurteilen geprägt. Dennoch muss ich sagen, dass ich eher angenehm überrascht war, und ich kam zu dem Schluss, dass man nicht allen Gerüchten trauen dürfe. Er ähnelte Gabor vom Aussehen, lediglich seine langen schwarzen Haare hatte er zu mehreren Zöpfen geflochten und sein Körperbau war athletischer, nicht so schlank und sehnig wie der von Gabor. Vielleicht lag es daran, dass er um einige Jahre älter war und schon viele ruhmreiche Schlachten geschlagen hatte. Auch in seiner Kleidung war er weniger dem Hofball angepasst, sondern eher dem Stil der Tartaren. Ein wilder, sein wahres Ich verbergender Mann, der es verstand, sein ahnungsloses Opfer wie eine Spinne zu umgarnen. Wie es vorauszuahnen war, machte er mir sofort den Hof. Doch seine Chancen, auch mich auf sein Lager zu bekommen, standen schlecht, denn als er mich mit glühenden Blicken zum Tanz auffordern wollte, war es der Neffe des Hauses, der ihm zuvorkam.

Selig, endlich von den lüsternen Blicken Stefans erlöst zu werden, gab ich Gabor den Vorzug und tanzte mit ihm die ganze Nacht zu italienischen, spanischen und ungarischen Klängen. Der König, ebenfalls in Rot und Schwarz gekleidet, steif, mit gezwirbeltem Kinnbart, genau so, wie ich mir einen Monarchen vorgestellt hatte, lächelte mir huldvoll zu, als Elisabeth mich Gabor kurzzeitig entführte, um mich ihm, dem König, als ihre neue Hofdame vorzustellen. Der Habsburger unterhielt sich kurz mit mir, verlor aber alsbald das Interesse. Seine Aufmerksamkeit galt einzig und allein der Hausherrin.

Während ich den ganzen Abend von Stefans glühenden Blicken verfolgt wurde, ließ der König Elisabeth nicht aus den Augen. Der Gräfin war nicht anzumerken, dass ihr Gatte auf dem Ball fehlte. Jede Frage nach seinem Fernbleiben beantwortete sie mit einem koketten Lächeln. Ich wunderte mich, denn schließlich hatte ich die Auseinandersetzung der beiden Gatten noch deutlich im Gedächtnis. Elisabeth verhielt sich, als hätte es diesen Streit nie gegeben. Entweder war sie eine gute Schauspielerin oder ihre Ausgelassenheit war nur ein Selbstschutz ihrer verletzten Seele. An diesem Abend war sie die bevorzugte Mätresse des Königs. Sie flirtete ausschließlich mit ihm. Zu später Stunde, als der Wein bereits in Strömen floss, die Hofetikette längst aufgehoben war und von den Zigeunern immer heißere und wildere ungarische Rhythmen gespielt wurden, die Füße stampften, die Leiber sich in wilder Lust drehten und dampften, tanzte Elisabeth ausgelassen zu ungarischen Csardasklängen mit dem König. Je wilder er sie umherwirbelte, umso mehr kam es mir vor, als sei ihre Seele von ihrem Körper gelöst. Ihre Röcke und ihre Zöpfe flogen, sie schwitzte und ihr Blick schien mir weit entfernt, obwohl ihr Mund dem König verführerisch zulächelte.

Je länger die Festlichkeiten anhielten und je ausgelassener die Stimmung wurde, umso mehr begann ich mit einem Mal Dinge zu sehen, die mir bis dahin im Verborgenen geblieben waren. Ich wusste nicht, ob es an dem wohlschmeckenden Wein lag oder an der aufgeheizten Stimmung. Irgendwann war es mir, als sähe ich Johannes in den Armen der Gräfin Klara und Elisabeth, wie sie verdächtig lange mit Gabor und ihrer Tante tuschelte. Zu später Stunde bemerkte ich, wie der junge Graf auffällig um den Fürsten Stefan herumschlich und mein Johannes eilig mit der Gräfin Klara den Ball verließ.

VI. Kapitel

Das wilde Fest dauerte drei Tage an und nach dem letzten Tanz der dritten Ballnacht, mein Kopf war ganz wirr von den wilden Drehungen, nahm mich mein Tänzer plötzlich in seine Arme und begann, die Treppen zu seinem Gemach hinaufzusteigen. Er bewegte sich langsam mit der Schwerfälligkeit eines Betrunkenen. Vom Weindunst umnebelt befand ich mich in der Annahme, Gabor wäre es und wehrte mich nicht. Mein Kopf lag selig, der Zeit weit entrückt, an seiner Schulter. Im Obergeschoss angekommen, öffnete er mit einem Fußtritt das Schlafgemach. Dann trat er zum Alkoven und ließ mich unsanft auf das Bett fallen. Schwankend auf gegrätschten Beinen stand er vor mir und betrachtete mich ungeniert.

Die grobe Geste und sein triumphierendes Grinsen rissen mich aus der Versunkenheit. Ernüchtert fuhr ich hoch und anstelle von Gabors Gesicht blickte mich das des Fürsten Stefan an. Niemand, der so etwas noch nicht erlebt hat, kann sich vorstellen, was in diesem Augenblick in mir vorging. Ich hörte mich schreien, brachte die Kraft auf und flüchtete zur Tür. Doch diese war bereits verschlossen. In meiner Hilflosigkeit hämmerte ich verzweifelt dagegen. „Was soll das alles?", schrie ich ihn verwirrt und wütend über die Schulter an, als ich ihn auf mich zukommen sah. „Was habt Ihr mit mir vor, Woiwode? Ihr bildet Euch doch nicht etwa ein, dass Ihr mich, eine aus dem Hause Weißenburg, wie eine Eurer Huren nehmen könnt?"

Er machte noch zwei Schritte, dann stand er düster und drohend hinter mir. Er roch nach Wein und sein Gesicht war aufgedunsen. Schaum stand ihm um die Mundwinkel. „Richtig geraten", lallte er mit schwerer Zunge. „Und wenn Ihr nett seid, sogar noch ein bisschen mehr."

In diesem Moment erfasste mich grenzenlose Panik und meine Beine zitterten so sehr, dass ich das Gefühl hatte, mich auf einem sinkenden Schiff zu befinden. Doch tapfer hielt ich seinem Blick stand. Schlagartig war ich wieder nüchtern. Zugleich wurde mir bewusst, dass ich nur geringe Chancen gegen ihn hatte.

Stefan atmete tief. „Hör zu", begann er nun mit gedämpfter und drohender Stimme, „du wirst mir nicht das verweigern, was ich von dir verlange, ansonsten wirst du sterben." Seine Augen funkelten gierig. „Ich werde dich so oder so nehmen, aber du kannst selbst entscheiden, ob du danach auf deinen eigenen Füßen oder auf einer Bahre diesen Raum verlässt."

Mir fiel Gabor ein, wo war der junge Graf nur? War es der ungewohnte Weingenuss oder hatte ich Stefan zu viel Aufmerksamkeit geschenkt und ihn zu dieser Tat ermutigt? Was ging hier vor? Vor Angst begann ich, am ganzen Körper zu zittern. Der Schweiß trat mir aus allen Poren. Ich sah Johannes vor mir, hörte seine Warnungen. Während er Augen und Ohren offen gehalten hatte, hatte ich sie vor der Realität verschlossen.

„Davonkommen wirst du nicht, mach dir da keine Illusionen", knurrte er. Unbeholfen streckte er den Arm nach mir aus und erfasste mein Kinn. Angeekelt drehte ich mein Gesicht weg. Ich spürte seinen übel riechenden Atem an meiner Wange. „Nimm dich in Acht!", grunzte er böse. „Ich kann dich mit brutaler Gewalt nehmen, wenn ich will. Es geht aber auch anders."

„Versucht es doch! Aber passt auf!", schrie ich und nahm all meinen Mut zusammen. „Berührt Ihr mich, trete ich Euch dorthin, wo Eure Manneskraft sitzt. Danach werdet Ihr kein Weib mehr schänden!"

„Ich werde dich mit meinem Dolch an die Tür nageln und dich dabei bespringen!", brüllte er wütend zurück und rollte dabei wie wahnsinnig mit den Augen. „Ich habe bisher noch jede Hure in mein Bett bekommen!"

An seinen verzerrten Zügen sah ich, dass er es todernst meinte. Ihm weiter zu trotzen war aussichtslos. Ich musste Zeit gewinnen. Also mimte ich die Unterlegene, die nichts mehr zu erhoffen hatte. Was hatte ich schließlich für eine Wahl? Selbst wenn ich um Hilfe geschrien hätte, niemand im Schloss hätte es gewagt, den Fürsten bei seinen amourösen Abenteuern zu stören. Jeder kannte seine exzentrischen Vorlieben. Aber selbst in der größten Not geschehen noch Wunder und auf ein solches hoffte ich. Deshalb begann ich in Gedanken, alle meine Möglichkeiten abzuwägen. Zugleich bat ich den Herrgott darum, ihn während des Aktes zu ersticken. Insgeheim hoffte ich aber, dass der reichliche Weingenuss den Fürsten betäuben oder seiner Manneskraft berauben würde. Vielleicht wird man mich meines Entschlusses wegen verdammen, aber wenn man jung ist und das Leben liebt wie ich, dann setzt der Überlebenswille Kräfte frei, die einen zu Handlungen veranlassen, die bei klarem Verstand unmöglich gewesen wären. Ich fürchtete, dass ich diesen Raum nicht mehr lebend verlassen würde. Deshalb setzte ich alles auf eine Karte. Ich lächelte ihm verführerisch ins Gesicht und schob ihn sanft von mir. Dann schritt ich gesenkten Blickes an ihm vorbei und begann, vor dem Bett langsam mein Mieder aufzuknöpfen. Ich wollte Zeit gewinnen. Deshalb zögerte ich, nachdem ich mich meiner Röcke entledigt hatte, einen Augenblick lang und wartete darauf, dass etwas geschehen würde. Nachdem das erhoffte Wunder ausgeblieben war, gab ich mir einen Ruck und legte rasch auch das letzte Kleidungsstück ab. Dabei sah ich ihn nicht an. Mit geschlossenen Augen verkroch ich mich in den Schaffellen auf dem Bett, während ich ihn mit angezogenen Beinen und Todesangst erwartete. „Was ist nun, bist du jetzt nicht mehr Manns genug?", forderte ich ihn trotzig heraus, wie ein Weib, das so etwas jeden Tag machte. Und das Schicksal ließ mich nicht im Stich.

Mein verändertes Gebaren hatte ihn wohl verblüfft. Es gab Männer, die es reizte, wenn Frauen sich ihnen widersetzten. Er, der es gewohnt war, Frauen mit Gewalt zu nehmen, verharrte und starrte mich regungslos an. Dadurch gewann ich Zeit für einen Blick auf den Dolch an seiner Hüfte. Mir schoss ein Gedanke durch den Kopf. Ich musste an die Waffe kommen. Sie war meine einzige Rettung.

Mein plötzlicher Gehorsam erschien ihm jedoch verdächtig. Er trat auf mich zu und riss sich hastig das Wams und das Hemd vom Körper. Dann zögerte er erneut und ich sah, dass er sich immer noch nicht schlüssig war, was er von mir halten sollte. Vielleicht war es so etwas wie ein aufflammendes Gewissen und ich goss rasch noch etwas Öl ins Feuer. „Komm schon!", wiederholte ich, in der Hoffnung, ihn noch mehr zu verwirren, um an den Dolch zu gelangen. „Bringen wir es endlich hinter uns!"

Ich zitterte, alles an mir zitterte, vielleicht vor Kälte, aber vor allem aus Furcht vor diesem kräftigen und behaarten Körper, der mich an einen großen braunen Bären erinnerte. Ich schloss die Augen und stellte mir den jungen Grafen vor, als er plötzlich mit einem Raubtiersprung auf mir landete, mich zwischen seine Arme presste, als wollte er mich zermalmen, und unter wildem Gelächter brüllte: „Warum nicht gleich so? Küss mich, Hure!"

Brutal riss er meine Schenkel auseinander – ich tastete nach dem Dolch – und dann wurde es plötzlich ganz still. Sein schwerer Körper entspannte sich und blieb regungslos auf mir liegen. Ich wartete einen Moment verwundert, bevor ich langsam meinen Arm unter ihm hervorzog. Vorsichtig hob ich sein Kinn an. Seine schwarzen Augen waren weit geöffnet und starrten mich in grenzenlosem Erstaunen an. Aus dem halb geöffneten Mund quoll stoßweise Blut. Es tropfte auf mein Kinn, meinen Hals und verlor sich zwischen meinen Brüsten.

Bei diesem Anblick musste ich wohl ohnmächtig geworden sein, denn als ich wieder zu mir kam, war Gabors Gesicht über mir. Fieberhaft versuchte ich, meine vom reichlichen Weingenuss schwerfälligen Gedanken zu ordnen. Hatte ich den Fürsten getötet?

Am Ende gab es für mich nur eine Erklärung: Gabor hatte seinen Onkel meinetwegen getötet. Der junge Graf war der Mann, den ich liebte und der gekommen war, um mich zu retten, und ich schlang meine Arme um seinen Hals, ohne zu bemerken, dass sich hinter ihm leise die Tür geöffnet hatte. Plötzlich stand Elisabeth im Raum und ein Knecht stieß Johannes roh bis vor das Bett.

„Euer Diener hat meinen Bruder ermordet. Dafür wird er sterben!“, sagte sie seltsam ruhig. Völlig verwirrt von der Szene rückte ich erschrocken von Gabor weg. „Aber gnädigste Gräfin?“, würgte ich hervor und stieg, bis zu den Haarwurzeln errötend, aus dem Bett. Dabei fiel mir auf, dass sie mich mit dem gleichen lüsternen Blick ansah wie zuvor ihr Bruder Stefan. Lust und Hass saßen dicht beieinander, als sich ihre Blicke sekundenlang in meinen nackten Leib bohrten.

Verunsichert beugte ich mich zu Johannes herab und berührte ihn an der Schulter. Ich hatte noch immer nicht begriffen, was hier vorging. Johannes richtete sich auf und streckte mir die Hände entgegen. Seine Finger waren blutig. Es war alles so verwirrend. Hilfe suchend sah ich zu Gabor. Doch der junge Graf, von dem ich mir Aufklärung erhoffte, saß auf dem Bettrand und blickte schweigend auf seine Füße herab. Stattdessen beteuerte Johannes flehentlich: „Herrin, Ihr müsst mir vertrauen, ich bin Euch gefolgt. Aber ich bin kein Mörder!“ Der Ausdruck in seinem Gesicht schwankte zwischen Verzweiflung und Hoffnung. Ich glaubte an seine Unschuld. Mein Diener war zu einer solch blutigen Tat nicht fähig. Er hätte Stefan von mir ferngehalten, ihn aber nicht ermordet. Meistens ist es so, dass man in der Liebe nicht mit dem Kopf, sondern mit dem Herzen denkt. Deshalb klammerte ich mich in meiner Verwirrung an den unsinnigen Gedanken, dass Gabor den Fürsten meinetwegen ermordet hatte. Diese Tat war ein Verbrechen und dennoch fand ich sie nur allzu gerecht. Stefan hatte es in meinen Augen verdient, zu sterben.

Der Lärm blieb im Schloss nicht lange ungehört. Die Gräfin Klara stürzte, in Begleitung einiger betrunkener Gäste, durch die Tür und rasch stand es für alle fest – Johannes war der Mörder. Jeder Versuch ihn zu retten schlug fehl. Flehend fiel ich vor Elisabeth auf die Knie. Doch die spielte ihre Rolle hervorragend. Plötzlich war sie wieder die verständnisvolle, sich ihrer Aufgabe bewusste Gräfin, die mir tröstend übers Haar strich:

„Meine Freundin, dass Ihr so etwas an meinem Hof erleben musstet, ich bin untröstlich. Was muss es für eine Enttäuschung für Euch sein, nun auch noch Euren eigenen Diener als Mörder zu erleben?! Aber es gibt keine Zweifel – er war es. Mein armer Bruder, Gott sei seiner Seele gnädig. Aber Dienstpersonal sollte man eben nicht vertrauen."

„Aber was macht Euch da so sicher? Und wenn er es war, so hat er doch aus edlen Motiven gehandelt, um mich zu beschützen."

Die Gräfin wischte sich eine Träne aus dem Auge und winkte unwirsch ab. „Das Bürschlein hat sich heute Nacht auffällig oft in der Nähe meines Bruders aufgehalten und ist gesehen worden, als er ihm später bis zu seinem Gemach folgte. Ihr müsst es auch bemerkt haben, Komtesse. Wir haben es alle gesehen. Dennoch, ich werde ihn befragen und sollte er unschuldig sein, bekommt Ihr ihn zurück. Ihr dürft Euch derweil unter meinen Dienern einen auswählen, der vertrauenswürdiger ist. Aber ich denke, das wird sicher mein Neffe übernehmen. Wie ich ihn kenne, versteht er sich vortrefflich darin, seiner Angebeteten zu dienen!" Nicht ein Wort der Trauer über ihren Bruder. Nicht einmal angesehen hatte sie ihn, als man den Leichnam aus dem Zimmer trug. Stattdessen wechselte sie über meinen Kopf hinweg fortwährend Blicke mit ihrem Neffen und verwirrte mich dadurch umso mehr. Dennoch sprach ich Johannes Mut zu, als sie ihn hinter der Leiche aus dem Raum führten, und rief ihm mit zitternder Stimme hinterher: „Keine Angst, Johannes! Du bist unschuldig und das werden sie erkennen. Ich bete für dich!"

Von den Ereignissen stark mitgenommen fühlte ich mich todmüde und sehnte mich nach Ruhe, Schutz und Geborgenheit. Als Gabor nun zu mir trat und mich in seine Arme nahm, wollte ich bei ihm nur noch vergessen und mich anlehnen.

Auf den Gängen im Schloss war es still geworden. Der Mond war aufgegangen und in seinem Licht zeichneten sich die Schatten der hohen Fensterkreuze auf den Fliesen des Fußbodens ab. Dann war es plötzlich über mich gekommen: ein Sturzbach von Tränen, ich heulte alles aus mir heraus, alles, was mir auf der Seele lag.

Gabor trug mich zurück zum Bett, wo er mich niederlegte und lange Zeit aufmerksam betrachtete. Als meine Verzweiflung sich schließlich ein wenig gelegt hatte, entfernte er das Laken von meinem Körper. Ich spürte seine Finger auf meiner Brust, auf meinen Armen, meinem Nacken. Es war nicht unangenehm und lenkte meine Trauer für einen Moment in eine andere Richtung. Kraft, um erneuten Widerstand zu leisten, hatte ich nicht mehr. Ich wollte in diesen Minuten nur noch von Gabor beschützt werden. Er erriet meine Verfassung und flüsterte, während seine Hände sanft meinen Körper streichelten: „Selbst mit Euren Tränen seid Ihr noch wunderschön, Komtesse. Aber Ihr solltet jetzt an etwas Angenehmeres denken. Auch etwas Dankbarkeit mir gegenüber wäre schön. Schließlich habe ich Euch von dem Wüstling Stefan befreit. Also seid ein bisschen nett zu mir, Komtesse!"

Meine Tränen flossen erneut, während ich mit der Scham, den Zweifeln in mir und dem Verlangen nach ihm rang. „Ich dachte, ich wäre Eurer Liebe sicher, Gabor. Jetzt seid Ihr es, der die Situation ausnutzt. Bin ich Euch so wenig wert?", wagte ich einen leisen Widerstand. „Bitte ... ich flehe Euch an ... ich brauche in dieser Stunde Euren Trost." Johannes' Schicksal vor Augen, brach es aus mir heraus: „Ach mein Gott, wäre ich nur in Siebenbürgen geblieben!"

„Na, na, was ist das denn? Ist es die Sorge um Euren Knecht, die Eure Sinne verwirrt? Macht Euch keine Gedanken mehr um ihn. Er bekommt, was er verdient. Euer hübsches Köpfchen sollte sich jetzt mit etwas anderem beschäftigen. Ihr habt es doch bemerkt, dass ich Euch schon seit Langem begehre. Obwohl ich ein schöner Mann bin und auch anderen Frauen gefalle. Ihr solltet Euch geehrt fühlen", tröstete er und beschämte und verspottete mich zugleich. Er war ein Báthory; eitel, herrschsüchtig und selbstverliebt. Plötzlich schwang er sich neben mich aufs Bett und zog die Vorhänge zu. „So, nun hört auf mit dem Gejammer und seid endlich etwas nett zu mir", forderte er ungeduldig und ich vermochte mich nicht gegen ihn zu wehren, während er mir einen Kuss stahl. Ob es das Blitzen seiner weißen Zähne war, das Feuer in seinen Augen oder die Wirkung des übermäßig getrunkenen Weines – ich weiß nicht mehr, was mich der Versuchung dieses Mannes nicht widerstehen ließ. Ich war überzeugt, dass es falsch war, den Schmerz mit der Wollust zu töten. Aber ich liebte ihn so sehr. Nur wusste ich damals noch nicht, dass Liebe nicht alles entschuldigte. „Wartet, nehmt mich nicht mit Gewalt! Ihr macht es mir nicht leicht. Ihr müsst sehr sanft und zärtlich sein, wenn ich Euch zu Willen sein soll. Ich vertraue auf Eure Liebe, mein Retter!", flüsterte und flehte ich zugleich, nachdem ich wieder Luft bekam und er mir die Tränen vom Gesicht küsste.

Zur Antwort hörte ich ihn an meinem Ohr keuchen: „Ganz nach deinen Wünschen, meine Schöne. Doch gehorchst du mir nicht, verprügle ich dich, dass du die Engel singen hörst. Beiß mich jetzt ... fester ...!"

Einen kurzen Moment lang war ich geneigt, ihn von mir zu stoßen. Bemerkte er denn nicht, dass es mich davor schauderte, ihn in dem Bett, in dem gerade sein Onkel gestorben war, zu empfangen? Doch Gabor presste mich fest an sich. Er hielt die Lider geschlossen, während die Leidenschaft ihn mitriss und er sich in wildem Verlangen auf mich warf. Ich wollte ihm Widerstand leisten, doch ich spürte, wie ich schwach wurde. Während seine Hand in roher Begehrlichkeit zwischen meine Schenkel fuhr, lachte er erneut auf genießerische und besitzergreifende Weise auf. Damit erschreckte er mich und die Zweifel an seiner Ehrlichkeit verstärkten sich. In diesem Moment verachtete ich ihn. Dennoch sehnte ich mich nach seiner Liebe. Aber er antwortete mit der gleichen brutalen Begierde wie Stefan, sodass meine Erregung einen Dämpfer bekam. Plötzlich wollte ich nur noch weg. Doch es gelang ihm, mich in die Kissen zurückzudrücken. Ich war am Ende meiner Kräfte und so etwas wie Gleichgültigkeit befiel mich. Willenlos ließ ich mich nehmen, ohne richtig zu verstehen, was eigentlich mit mir geschah. Er kümmerte sich nicht darum, was ich dabei empfand.

„Lasst mich, Gabor! Ihr versündigt Euch!", bäumte ich mich ein letztes Mal auf. Angeekelt warf ich den Kopf hin und her. Dann wurde alles dunkel um mich herum. Die nervöse Spannung wich dem stechenden Schmerz zwischen meinen Schenkeln.

***

In der Zwischenzeit wurde Johannes in die untere Bastion des Kellergewölbes der Festung gebracht. Dort gab es neben verschiedenen Folterwerkzeugen auch eine Folterbank, auf die man ihn spannte, um seinen jungen schönen Körper für immer zu verstümmeln. Oh, in seiner größten Not und Pein hatte Susanna ihn allein gelassen. Doch konnte sie nicht ahnen, zu welchen Grausamkeiten Frauen fähig waren, die Macht besaßen, und welcher Intrigen sie sich bedienten, um sich Menschen für ihre Zwecke gefügig zu machen. Vor der Folterung kam es jedoch zwischen Elisabeth und ihrer Tante noch zu einem merkwürdigen Gespräch. Die Hexe Klara, die den Teufel anbetete und auf ihrem Schloss schwarze Magie praktizierte, insbesondere, wenn es um ihre ausgefallenen Neigungen in Liebesdingen ging, genoss in Elisabeths Augen einen außerordentlichen Respekt. Doch die Tante zeigte sich verwirrt über das Vorgehen ihrer Nichte. „Meine Liebste, was geht nur in deinem Kopf vor? Das Bürschlein war heute Nacht in meinem Bett. Und er hat mich befriedigt wie ein junger Hengst."

„Liebste Tante, dieses Bürschlein hat Gabor überrascht, als er seinen Onkel tötete, soll der Bauerntölpel es überall im Schloss herumerzählen?"

Doch die an Intrigen und Lebenserfahrung reichere Tante antwortete ihr: „Ich verstehe ja deine Vorgehensweise, Elisabeth, aber hast du nicht etwas voreilig gehandelt, deinem Bruder die junge Hofdame in die Arme zu spielen und dann deinen Neffen auf ihn anzusetzen? Ich weiß, dass du schon lange nach dem Familienbesitz schielst. Gut, du bist auf Schloss Ecsed aufgewachsen, es gibt Erinnerungen, gute und auch schlechte. Aber hättest du das nicht einfacher haben können als durch einen gemeinen Mord?"

„Mein Bruder hätte mir den Elternsitz ohne eigene Kinder sowieso vererbt", versuchte die Gräfin sich zu rechtfertigen, „aber es berechtigt ihn nicht, unser Elternhaus zu entehren und Rebellen wie den Fürsten Stefan Bocskai willkommen zu heißen. Fürst Bocskai ist gegen die Habsburger, während wir unsere Loyalität aufrechtzuerhalten versuchen. Stefans Tod ist deshalb nur allzu gerecht. Außerdem, weshalb regst du dich auf? Ist Mord nicht auch dein Handwerkszeug? Und warum musst du mich gerade jetzt daran erinnern? Es war dieser Ficzkó und damit basta!", erwiderte Elisabeth vorwurfsvoll und zeigte sich im Begriff, das Gespräch zu beenden, als Klara erwiderte: „Aber der König ...? Du wirst unvorsichtig. Hättest du dir nicht einen anderen Zeitpunkt für Eure Intrigen aussuchen können?"

„Ich möchte nichts mehr davon hören. Lieber werde ich so einen Bauerntölpel opfern als den zukünftigen Fürsten von Siebenbürgen. Gabor reist in den Morgenstunden nach Transsilvanien. Wir haben alles bis ins letzte Detail geplant. Mit den Gütern meines Bruders und meinem Geburtsort Ecsed wird Franz sich zweimal überlegen, ob er mich wie eine seiner Huren behandelt. Ich bin dann reicher und mächtiger als er."

„Ach, Franz steckt dahinter? Oh, deine Eheprobleme möchte ich haben." Klara schlug die Hände über dem Kopf zusammen. „Warum entledigst du dich nicht seiner? Mach es so wie ich. Ein bisschen Gift, ein bisschen Magie oder so ein ergebenes Bürschlein wie diesen Johannes. Ich will, dass du ihn mir ausleihst." Elisabeth zeigte sich erstaunt. Im Flüsterton, so als ob sie belauscht würden, fragte sie: „Was hast du schon wieder vor, Tante? Ich denke, du bist frisch verliebt? Ist dir dein zweiter Ehemann schon zuwider? Er ist doch nicht etwa dein nächstes Opfer? Soll auch er sterben? Du hast ihn doch erst vor ein paar Wochen geheiratet!"

„Er ist eben kein Hengst im Bett wie dieser Johannes, dafür aber ein Tyrann. Ich will keinen streitsüchtigen Ehemann. Deshalb habe ich für solche delikaten Angelegenheiten sehr gefügige Vertraute aus der Dienerschaft und greife nicht auf Familienmitglieder zurück wie du. Ich hätte mir das Bürschlein zurechtgeschliffen, so wie man sich einen Stein zurechtschleift."

„Was willst du damit sagen?" Elisabeth zog die Brauen hoch, sie vermochte der Tante nicht zu folgen.

„Stefan hatte viele Feinde. Es kann jeder gewesen sein, die Habsburger, die neue Hofdame oder einer von den osmanischen Gefangenen in Eurer Burg. Das Bürschlein aber hat Qualitäten, von denen du nicht im Entferntesten etwas ahnst. Bring ihn nicht um. Brich ihm von mir aus die Glieder. Wenn du ihn nachher wieder gesund pflegst, wird er dich dafür lieben. Aber lass ihn dann in dem Glauben, dass er nur durch dich und das Geheimnis, das nur ihr beide kennt, weiterlebt. Sag ihm, wenn er einmal Ungehorsam zeigt, dass du ihn jederzeit für dieses Verbrechen seiner gerechten Strafe zuführen kannst, und er wird dir aus der Hand fressen.“

„Das Bürschlein muss es dir wirklich angetan haben, liebste Klara“, sagte Elisabeth lächelnd. Dennoch fand der Vorschlag nach einer kurzen Überlegung ihren Gefallen. „Gut, wie du willst“, sagte sie. „Vielleicht hast du ja recht, wer weiß, für was dieser Ficzkó noch gut ist.“

Wenige Augenblicke später ließ sie Johannes auf einem langen Tisch an den Armen und Beinen fesseln. Die Darvulia, die sie mitgenommen hatte, drehte das Handhebelrad, an dem seine Arme in einer Schlinge gefesselt waren. Johannes beteuerte abermals seine Unschuld. Er flehte die Frauen an. Doch Elisabeth blieb eiskalt. Mit unbewegter Miene gab sie die Anweisung, die Seile langsam anzuziehen und zeigte dabei ein reges Interesse an seinen Qualen, seinem erst hilflosen, dann in ein wahnsinniges Kreischen übergehendes Schreien. Das Gefühl, die Macht über Leben und Tod zu besitzen, schien sie zu faszinieren. Gespannt verfolgte sie, wie die bis aufs Äußerste gedehnten Gliedmaßen krachend aus den Gelenken sprangen. Zusätzlich schlitzten mit

Dornen besetzte Rollen, auf denen Johannes hin und her gezogen wurde, seinen Rücken auf. Als sein Blut in Strömen unter ihm hinwegfloss, beugte sie sich ganz tief über ihn und mit einem erstaunten Lächeln auf dem hübschen Gesicht tauchte sie die Fingerspitzen in seinen Lebenssaft, roch daran, schmeckte ihn und strich ihm damit über die Wangen. Seine verzerrten Züge und sein qualvolles Stöhnen beantwortete sie mit einem warmen, fast mitleidigen Lächeln. „Blut hat doch eine seltsame Faszination, nicht wahr, mein kleiner Ficzkó?" Darauf beäugte sie noch einmal mit Erstaunen ihre Fingerspitzen, bevor sie leise, aber sehr eindringlich zu ihm sagte: „Ich weiß, mein kleiner Ficzkó, dass du den Fürsten nicht umgebracht hast, aber wissen es die anderen auch? Man wird dich überall für seinen Mörder halten. Bei niemandem wirst du Hilfe finden, außer bei mir. Deshalb schwöre mir im Angesicht deines Blutes ewige Treue, Treue bis in den Tod. Dann werde ich es mir überlegen und dir vielleicht das Leben schenken. Aber bedenke: ein Wort über das Geschehen in dieser Nacht und du bist ein toter Mann, mein kleiner Ficzkó!"

VII. Kapitel

Als ich nach einem langen und traumlosen Schlaf schließlich erwachte, brauchte ich eine ganze Weile, um mir darüber klar zu werden, wo ich mich befand. Mit der Erinnerung, die langsam zurückkehrte, versuchte ich die bittere Begegnung dieser Nacht zu verdrängen. Dazu drehte ich mich auf den Bauch und zog mir die Decke über den Kopf. Doch der Schmerz tief in mir kam wieder und wurde unerträglich. Irgendwo hörte ich die gedämpften Töne einer Kirchenglocke und ich zählte acht Schläge. Acht lange Schläge und mit jedem Schlag wurde das Gefühl der Verlassenheit stärker. Wo mochte Johannes jetzt sein? Lebte er noch? Was war aus Katica geworden? Ich hatte das Gefühl, in dieser Nacht gestorben zu sein. Wie weit all die Geschehnisse zurücklagen! Wie unwirklich alles war, angesichts der schrecklichen Stunden, die ich durchlebt hatte. Ich versuchte mich in meinen wirren Gedanken zurechtzufinden, aber es gelang mir nur mühsam. Für eine Weile hielt mich der Groll auf Gabor aufrecht. Doch dann überschwemmte wieder eine Tränenflut mein Gesicht und ich verzieh ihm, weil die Liebe nicht so schnell stirbt. Mit dem Gedanken an ihn kehrte aber auch die Hoffnung zurück, dass er mich in die Arme nehmen und sich für sein Verhalten in der Nacht entschuldigen würde.

Ich streckte meinen Arm aus und griff nach ihm, um ihn zu wecken. Doch meine Hand griff ins Leere. Sein Lager fühlte sich kalt an. Es war unberührt. Erschrocken fuhr ich hoch und riss die Vorhänge auseinander. Der Himmel war grau und wolkenschwer. Es schneite immer noch. Mein Blick fiel auf das getrocknete Blut auf den Kissen und es schauderte mich nachträglich. Auf dem blutigen Laken hatte Gabor mich geliebt und sich dann wie ein Dieb davongeschlichen. Mir wurde klar, dass ich mich verloren hatte und mich wiederfinden musste. Deshalb musste ich meine Gefährten suchen und mit ihnen das Schloss verlassen. Dazu gebot es allergrößter Eile.

Rasch las ich die verstreut auf dem Boden umherliegenden Kleider auf. Nach der Zofe zu rufen unterließ ich wohlweislich und zwängte mich ohne ihre Hilfe in das Mieder. Dann flocht ich in aller Eile meine langen Haare zu einem Zopf und steckte ihn am Hinterkopf fest. Doch Schritte und lautes Rufen vor der Tür ließen mich aufschrecken. Ich hatte den Türgriff schon in der Hand, um nachzusehen, als mich ein leichter Schwindel befiel, den ich der Aufregung der vergangenen Erlebnisse zuordnete. Ich kämpfte gegen ihn an, bis die neuen Ereignisse meine Aufmerksamkeit erforderten und ich vorsichtig die Tür öffnete, um herauszufinden, woher der ungewöhnliche Lärm zu dieser frühen Stunde kam.

Der „Schwarze Ritter", Nádasdy, soll in der Nacht hundert türkische Proviantwagen erbeutet haben und der König, was für ein Unglück, sei im Zorn, ohne sich von der Herrin zu verabschieden, abgereist, hallte es im gedämpften Flüsterton durch die Gänge, während die dichten Teppiche die eiligen Schritte des Hofgesindes, der Türhüter, Schreiberlinge und Mundschenke schluckten. Die Burganlage war aus ihrem Schlaf erwacht. Auf den Wällen riefen sich die Soldaten die Botschaft über die Taten ihres Herrn zu.

Auf der einen Seite schien das Hofgesinde entsetzt über die frühe Abreise des Königs zu sein, andererseits hörte ich Freude über die reiche türkische Beute. Doch mich ließ das alles unberührt. Mich beherrschte nur ein einziger Gedanke: In welchem Teil des Schlosses sollte ich mit meiner Suche nach Katica und Johannes beginnen?

Noch benommen von der allgemeinen Verwirrung sah ich suchend den Gang hinunter. Keiner der vorbeihastenden Bediensteten schenkte mir Beachtung. Letztendlich zog ich meine Schuhe aus, um besser laufen zu können, und rannte einfach los. Ich war davon überzeugt, dass mein Gefühl mich leiten würde – und ich hatte mich nicht geirrt. Es führte mich über Flure, Galerien und Treppen bis in das von Fackeln beleuchtete Erdgeschoss, wo der Lärm abebbte und mir lediglich ein paar aus der Schlossküche kommende Mägde kichernd und mit Kräutern unter dem Arm begegneten. Ihnen folgte in einem gewissen Abstand ein Knecht mit lüsternen Blicken. Ich gelangte zur Waffenkammer, die von zwei geharnischten Bediensteten bewacht wurde. Ihre von Wind und Wetter zerfurchten und von Narben entstellten Gesichter wurden von dichten, geschwungenen Schnauzbärten geziert. Rasch lief ich weiter bis zum Eingang der herrschaftlichen Bibliothek. Dort war es düsterer und weniger prunkvoll. Der Gang aus rohen Steinen, der nun folgte, war ein

Kellerlabyrinth und führte am Ende durch eine kleinere Tür zur Burganlage. In die Seitenwände waren schwere Türen aus dunklem Holz und mit klobigen Eisenriegeln eingelassen. Leise Stimmen schlugen mir entgegen, sodass ich gleich vor der ersten Tür stehen blieb, um zu lauschen. Es hörte sich an wie das Wispern und Tuscheln von jungen Mädchen, unterbrochen von der herrischen Stimme einer Frau – Elisabeth. Während ich noch überlegte, ob ich hineingehen oder weitersuchen sollte, vernahm ich plötzlich Schritte und das Rauschen von Röcken, die den Gang entlang rasch näher kamen. Es war Elisabeths Bedienstete, Darvulia. Die wohl einflussreichste Frau am Hof Elisabeths hatte wegen ihrer männlichen Konturen Hüftpolster angelegt. Ihr Reifrock war so breit, dass sie sich in den schmalen Biegungen des Gewölbeganges seitwärts drehen musste, wenn sie hindurch wollte. Ihr eng geschnürtes Mieder zwängte sie dermaßen ein, dass ihr Gesicht wegen des Luftmangels rot anlief. Ich vermutete, dass sie mit ihrer auffälligen Garderobe ihre enge Zugehörigkeit zur Magnatin zeigen wollte und den Luxus benutzte, um ihr falsches Ich dahinter zu verbergen. Mich traf sofort ein boshafter Blick. „Komtesse Susanna, was sucht Ihr hier in den untersten Räumen? Ihr wisst, dass Euch solche Ausflüge verboten sind!" Sie rauschte heran und baute sich vor mir auf. Sie sprach in ihrer Muttersprache Slowakisch, um mich zu provozieren.

„Ich habe mich verlaufen", log ich knapp und hoffte, dass sie rasch weitergehen würde. Eine Unterhaltung mit ihr war mir äußerst unangenehm. Wenn es irgendwie ging, wollte ich sie vermeiden.

„Verlaufen? Und da lauschen wir an fremden Türen? Ist das Eurer würdig, Komtesse?", antwortete sie nun auf Ungarisch und grinste höhnisch. Sie schien sich sehr sicher zu sein, mich bei etwas Verbotenem ertappt zu haben und kostete nun ihre Macht mir gegenüber aus. Auf ihre Häme wusste ich natürlich keine Antwort und so entschloss ich mich zur Wahrheit. Immerhin war ich von Adel und sie die Untergebene. „Ich bin Euch keine Rechenschaft schuldig, Anna. Aber um Eure Neugierde zu stillen: Ich befinde mich auf der Suche nach meiner Dienerschaft."

„Ihr sucht nach Johannes, dem Mörder?!"

„Nein, ich suche nach meinem treuen Diener Johannes, dem Unrecht im Schloss widerfahren ist", konterte ich. Ihr Zynismus reizte mich. Gleichzeitig verspürte ich keine Lust, mich länger mit dieser Person zu unterhalten und drängte an ihr vorbei. Doch die starren Reifen ließen das nicht zu und so war ich zwischen ihr und der Tür gefangen. Ihr fleischiger Busen kam meinem Gesicht immer näher. Er fing an, mich zu erdrücken. So in die Enge getrieben, bekam ich das Wesen dieser seltsamen Frau auch körperlich zu spüren. Ihr Blick bohrte sich in meine Augen. Oh, was war das für ein Blick! Er drang durch meine Haut bis tief in meine Seele. Das Weib sog das Selbstvertrauen aus mir heraus wie ein gemeiner Blutegel. Sie hatte den bösen Blick, unter dem sie mich ihre Macht spüren ließ, bis ich unsicher wurde. Aber ich war stark genug und nach einem Moment der Sprachlosigkeit wagte ich einen erneuten Versuch, mich ihr gegenüber zu behaupten, auch wenn ich dabei ständig ihrem Hexenblick ausweichen musste. „Mein Johannes ist kein Mörder!", betonte ich leise. „Er ist das Opfer einer Intrige. Das wisst Ihr ebenso wie ich, Darvulia. Der junge Graf war es, der Stefan getötet hat!"

„Was für ein Lügenmärchen! Es fehlt nur noch, dass seine Gnaden es Euretwegen getan hat", antwortete sie spitz und ich spürte ihren feuchten Atem auf meinem Gesicht. Ein widerlicher Geruch von Knoblauch, Zwiebeln und Fleisch. „Mit welchem Recht wagt Ihr es, den hohen Herrn des Mordes zu beschuldigen? Seid froh, dass die Gräfin Euch dafür nicht ins Loch gesteckt hat. Aber ich weiß, woher Euer Hochmut kommt. Glaubt ja nicht, dass Euer Einfluss auf meine Herrin noch lange vorhält. Ihr denkt, Ihr könnt Euch in ihr Herz schleichen und sie mir entfremden. Aber ich habe Euch durchschaut. Das wird Euch nicht gelingen, Komtesse. Eher werdet Ihr fallen, tiefer fallen als Euer Diener."

„Wo ist er?", unterbrach ich sie jetzt scharf und sah ihr von unten herauf in die Augen. Ich musste mich dazu zwingen, aber ich hielt ihrem Blick stand. „Ihr, Darvulia, seid es doch, die sich der Infamie bedient. Führt mich sofort zu ihm oder ich öffne die Tür und berichte Elisabeth von der Unverschämtheit, mit der Ihr mir begegnet!"

„Nehmt Ihr wirklich an, dass die Gräfin Euch Gehör schenkt?" Ihre Haltung war abwartend, ihr Blick lauernd. Sie stützte sich mit der Hand an der Wand ab.

„Das werden wir ja sehen!", erwiderte ich ärgerlich. Das Weib sollte mich nicht länger von meinem Vorhaben abbringen. „Ich werde jetzt die Tür öffnen und die Gräfin nach Johannes fragen!", beschloss ich trotz meiner Furcht und wand mich unter ihr hervor.

„Ich warne Euch!", hörte ich sie hinter meinem Rücken keifen, während ich mich anschickte, die Türklinke zu drücken.

„Ich bin Elisabeths Vertraute von Geburt an. Nein, ich bin ihre Mutter. Ich war da, wenn sie gewickelt werden musste, von mir bekam sie die Brust und ich habe ihr die ersten Schritte beigebracht. Denn die selige Gräfinnenmutter hielt es für wichtiger, sich um die Bewirtschaftung ihrer Landgüter zu kümmern als um ihre Kinder. Selbst den protestantischen Geistlichen, die unser Schloss scharenweise bevölkerten, brachte sie wesentlich mehr Aufmerksamkeit entgegen. Seitdem sehe ich mit Elisabeths Augen und höre mit ihren Ohren. Zudem bin ich die Einzige, die die Gräfin von ihrer Krankheit heilen kann." Ihre Worte machten mich stutzig. „Was für eine Krankheit?"

Doch die Darvulia ignorierte geschickt meine Frage und zischte: „Die Gräfin wird sich immer zuerst mit mir besprechen. Ihr habt keine Chance, Komtesse!"

Dann riss sie die schwere, eisenbeschlagene Holztür auf und schubste mich in den Raum. Einen Moment war ich wie orientierungslos, bevor die Gewölbekammer, in der ich mich nun befand, Gestalt annahm.

An zwei langen klobigen Holztischen saßen jeweils zehn junge Frauen. Die Mädchen hielten allesamt ihre Köpfe über eine Näharbeit gesenkt und hoben sie auch nicht, als ich eintrat. Ich empfand die Umgebung als ein graues und düsteres Loch, obwohl die Wände weiß getüncht waren. Vielleicht lag es auch an der bedrückenden Stimmung, die hier vorherrschte. Zudem schien es mir kein geeigneter Ort zu sein, um mit Nadel und Faden zu arbeiten, obwohl sich auf den Tischen ebenso viele Kerzen befanden, wie ich Gesichter zählte. Im Gegensatz zu den oberen Räumen bestanden die Lichter hier nicht aus Bienenwachs, sondern aus Hammeltalg. Der unruhig flackernde Kerzenschein gab den schmalen und ernsten Mädchengesichtern eine geisterhafte Blässe. Ein Kruzifix aus schwarzem Holz stellte den einzigen Schmuck dar. Zahlreiche Spinnräder, Webstühle, Waschzuber und eine gewaltige Druckpresse füllten die im Dunkel gelegenen Wände im Hintergrund aus. Ich vermutete, dass ich mich im Frauenhaus der Gräfin befand, und lief neugierig an den Näherinnen vorbei um einen der Tische herum. Doch keines der Mädchen zeigte irgendeine Regung oder sprach ein Wort. Alle nähten an einem langen rot-seidenen Stoffteil. An einer meterlangen Schleppe, die sich zwischen Nähnadeln verschiedener Größen, Fäden, Ösen und Perlen dahinschlängelte und von den Mädchen mit der schönsten ungarischen Stickerei, die ich je gesehen hatte, umsäumt wurde. Aber wo war die Gräfin? Ich war mir sicher, ihre Stimme gehört zu haben und sah mich nun suchend nach ihr um. Währenddessen klebte die Darvulia wie ein böser Schatten an mir. Ich spürte ihre eisigen Blicke im Rücken und stellte mir vor, wie sie heimlich frohlockte. Wahrscheinlich hätte ich den Raum auch wieder unverrichteter Dinge verlassen, wenn mich nicht plötzlich ein verzweifelter Schrei herumgerissen hätte.

„Herrin!"

Es war die Stimme von Katica, meiner Dienerin, die ich unter den Mädchen herausgehört hatte. Bereits im Gehen begriffen, stürzte ich nun zutiefst erschrocken, aber auch erleichtert in die Richtung, aus der die

Stimme kam – doch zu spät. Die Darvulia war schneller. Sie stellte mir ein Bein und stieß mich gegen die Wand, wo ich, durch den Aufprall benommen, zu Boden glitt. Dann lief alles sehr schnell ab. Noch bevor ich wieder klar denken konnte, warfen sich zwei Frauen, die plötzlich aus dem Nichts auftauchten, auf Katica und zwangen sie zurück auf ihren Platz. Die Weiber rangen einen Moment mit ihr und pressten dann ihr Gesicht auf den Tisch. Die eine, die sie Dorkó nannten, sagte etwas zu ihr, und Katica nahm augenblicklich ihre Näharbeit wieder auf. Nun war meine Dienstmagd wieder eine Näherin, unauffällig inmitten grober brauner Gewänder und weißer Schürzen, und arbeitete in der gleichen Monotonie weiter, als wäre nichts geschehen.

„Katica, hab keine Angst. Komm zu mir!", befahl ich ihr und kämpfte gegen die Tränen an und gegen die Hand, die mich festhielt. Düster und drohend lag jetzt der Blick des bösen Weibes auf mir. „Sie ist nicht mehr Eure Dienerin, Komtesse, begreift es endlich. Ihr seid ab jetzt selbst eine Schülerin unseres Gynaeceum. Ihr solltet der Herrin dankbar sein, dass sie sich Eurer Zofe annimmt und sie in der Hauswirtschaft unterrichten lässt."

„Nehmt Eure Hände weg!", zischte ich erbost über die Anmaßung. Mein Körper straffte sich, mutig ging ich zum Gegenangriff über. „Das wird nicht ohne Folgen bleiben, das schwöre ich Euch, Anna Darvulia!"

Doch zu weiteren Drohungen meinerseits kam es nicht. Denn plötzlich öffnete sich eine verborgene Seitentür im hinteren Teil der Kammer und Elisabeth, mit leichenblassem Gesicht und beiden Händen an den Schläfen, erschien in der Öffnung.

„Was ist denn das wieder für ein Lärm!", schimpfte sie. „Ihr wisst doch, wie leidend ich bin! Dorkó, Katharina und Anna, herkommen!"

Hier unten in dieser Kammer herrschte die Gräfin und mit ihr ihre hündischen Helferinnen. Und schon wieder sollte ich den Geschmack von Brutalität und Wahnsinn zu spüren bekommen. Dass Elisabeth ein widersprüchliches Temperament besaß, sehr hitzköpfig war und dass ihre Verwandtschaft zu grausamen Handlungen neigte, das alles hatte ich bereits erleben dürfen. Doch was nun passierte, hätte mich eigentlich für immer vor dieser verrückten Frau warnen sollen.

Elisabeth trat wie in Gedanken versunken an einen der Tische. Mir kam es vor, als ob sie mich gar nicht wahrnehme, obwohl ich doch, für jeden sichtbar, mitten im Raum stand. Sie schien an diesem Morgen in äußerst schlechter Stimmung zu sein und wirkte sehr gereizt und angespannt. Lediglich ihre Toilette saß, trotz der wild durchtanzten Ballnacht, wie immer tadellos. Ihr schwarzes Haar hatte sie am Hinterkopf zu einem Knoten gebunden. Er war mit Goldfarbe eingefärbt und glitzerte in einem Netz von tausend kleinen Perlen. Dazu trug sie ein hochgeschlossenes schwarzes Hauskleid mit einem perfekt geschnürten, perlenbestickten Mieder, das ihre weiblichen Rundungen betonte, ohne auch nur annähernd anstößig zu wirken. Ihren schlanken Hals umschloss ein prachtvoller Mühlsteinkragen. Ein Wunderwerk aus tausenden aneinandergereihten Falten feinster weißer Spitze. Vor der Kälte in dem nur mäßig beheizten Gewölbekeller schützte sie ein bodenlanger Filzmantel, den sie elegant über die Schultern geworfen hatte. Während die herbeigerufenen Frauen ihrem Befehl folgten und sich vor ihr verneigten, schienen sie die etwas ungelenken Nähkünste einer Näherin wie magisch anzuziehen. Für den Bruchteil einer Sekunde verharrte sie auf der Stelle und stierte wie gebannt auf die Finger, die unbeirrt weiternähten. Mir schien, als suchte sie regelrecht nach einem Opfer, an dem sie ihren morgendlichen Ärger auslassen konnte. Denn plötzlich stürzte sie sich wie eine Furie auf die Näherin, entriss ihr die Nadel und besah sich die Stickerei, mit einem Ausdruck auf dem Gesicht, als würde gerade die Welt untergehen. „Was ist das?“, schimpfte sie. „Weiter bist du noch nicht, Metze? Hat man dir so das Nähen beigebracht? Du solltest Perlen in das Muster sticken und nicht Kreuze! Seid ihr Bauerntrampel denn zu nichts nutze? Das soll eine Schleppe werden für den Empfang beim Kaiser. Sie soll morgen fertig sein. Willst du mich ruinieren?“ Sie winkte der Darvulia, die der Aufforderung erwartungsgemäß unterwürfig folgte.

Nachdem Elisabeth ihr mit einem Nicken ein Zeichen gegeben hatte, griff sie sogleich nach einem Döschen mit Stecknadeln und reichte es ihrer Herrin. Die Gräfin entnahm der Dose zwei Stecknadeln, während die Darvulia, mit einer Schnelligkeit, die ich dem vermaledeiten Weib nicht zugetraut hatte, mit dem Ellbogen den Tisch von störenden Gegenständen säuberte. Dann sah ich mit Entsetzen, wie sie die Hand des Mädchens packte und flach auf die Tischplatte legte.

Auf diesen Moment schien Elisabeth gewartet zu haben. Blitzschnell jagte sie dem völlig verblüfften

Mädchen die Stecknadeln so weit unter die Nägel, bis diese das Fleisch der Finger durchbohrten. Das Mädchen schrie auf vor Schmerz, krümmte sich und wimmerte in allen Tonlagen. Hilflos presste es die blutende Hand zwischen ihre Brüste und flehte die Gräfin an, sie von dem höllischen Schmerz zu erlösen. Während des Vorfalls nähten die anderen Mädchen emsig weiter, die Lider gesenkt, die Blicke, starr vor Angst, auf ihre Näharbeit gerichtet.

„Nun gut", sagte Elisabeth höhnisch zu dem Mädchen, die jetzt auf den Knien vor ihr auf dem Boden rutschte, während ihr Blut den Rock und den Boden beschmutzte. „Wenn es der Hure wehtut, mag sie die Nadeln ja wieder herausziehen."

Die bösen Weiber, Anna Darvulia und Dorkó, Letztere ein Ungeheuer mit ausladenden Hüften, wenig Brust und einer entstellenden, quer über das Gesicht verlaufenden Narbe, und Katharina, die Dritte im Bunde, eher schüchtern und mit hängenden Gesichtszügen, gruppierten sich um ihre Herrin wie ein Rudel Wölfe um ihren Anführer. Sie lauerten auf mehr, lechzten nach dem, was nun folgen würde. Das arme Mädchen, vor Schmerz fast ohnmächtig, sah in den Worten der Gräfin die erlösende Aufforderung und zog, unter leidenschaftlichen Dankesbezeugungen, die Nadeln aus dem Fleisch. Ein Schwall Blut schoss hinterher, was die Darvulia wenig beeindruckte. Im Gegenteil. Sie schrie sogleich hinterher: „Was? Missachtest du so die Befehle der Herrin, Dirne? Hat dir jemand befohlen, die Nadeln eigenmächtig herauszuziehen?"

Zu Tode erschrocken sah das Mädchen nun um sich. Dann sank es erneut auf die Knie und rang die blutenden Hände. Sie war fast wahnsinnig vor Angst. Der Ausdruck auf ihrem Gesicht wechselte ständig zwischen Hoffnung, Verzweiflung und Entsetzen. Anscheinend ahnte sie, was man mit ihr anstellen würde. Denn sie unternahm jetzt den unsinnigen Versuch, ihren Peinigern zu entkommen. Hastig, wie ein angeschossenes Reh, robbte sie über den Boden in Richtung Tür. Doch die Darvulia kannte keine Gnade. Sie packte die verzweifelt Strampelnde an ihrem Zopf und schleifte sie über den Boden zurück, bis vor die Füße ihrer Herrin.

Ungerührt war Elisabeth der Szene gefolgt. Nun blickte sie auf das Mädchen herab, das zu ihren Füßen lag und vor Furcht halb tot war. Mir schien, als ob es ihr einen willkommenen Zeitvertreib bereitete, die Dienerin leiden zu sehen. Denn sie betrachtete die Wimmernde jetzt interessiert wie ein seltenes Insekt, das sie jeden Augenblick unter ihren Füßen zertreten konnte, bevor sie dem Henkersweib den Befehl gab: „Zeigt dem dummen Ding was passiert, wenn man mir den Gehorsam verweigert!“

Dorkó und Katharina rissen das Mädchen hoch und gnadenlos griff die Darvulia abermals nach der zurückzuckenden Hand.

Ich hatte zu lange gewartet und war der Szene mit immer größerem Entsetzen gefolgt. Unfähig mich auch nur zu rühren, fühlte ich mich für das, was nun geschehen sollte, mitverantwortlich. Die Gräfin hielt plötzlich eine Schere in der Hand und setzte sie an den Fingerkuppen des Mädchens an. Doch dann schien sie mit einem Mal anderes im Sinn zu haben und gab ihrer Helferin die Schere. Die Hexe Darvulia nahm das Schneidwerkzeug ohne jede Regung entgegen. Als ich sah, wie die Dorkó auf ein Zeichen von ihr dem Mädchen die Finger auseinanderriss, wusste ich, dass ich entweder weglaufen oder einschreiten musste. In diesem Moment dachte ich keinen Augenblick länger darüber nach, dass ich mein eigenes Leben in Gefahr brachte. Eher sträubte sich alles in mir, was mir in meiner Kindheit an Respekt vor Mensch und Tier beigebracht wurde, gegen das, was hier geschah. Ich konnte es nicht zulassen, dass man das Mädchen verstümmelte, wenn schon der Herrgott nicht einschritt. Also sprang ich auf die Hexe zu und versuchte sie von der Unglücklichen wegzudrängen. Natürlich war das Frauenzimmer stärker als ich. Es kam zu einem Handgemenge. Mein mutiges Einschreiten hatte zur Folge, dass nun auch die anderen Mädchen von ihren Bänken aufsprangen und wie verängstigte Hühner kreischend zur Tür drängten. Für den Bruchteil einer Sekunde sah ich in Elisabeths Augen. Ihr Blick erschien mir seltsam leer und weit enträckt, als ob nur noch ihre Hülle anwesend wäre.

In meiner Not griff ich während des Gerangels nach einer Schale mit Färbeflüssigkeit aus dem Sekret der Purpurschnecke. Ohne weiter über die Folgen nachzudenken, schüttete ich sie der Darvulia in das verhasste Gesicht. Sie schrie auf und hielt sich die Hände vor die Augen. „Oh Heilige Maria, Mutter Gottes, was für ein Schmerz, ich werde blind!" Dabei drehte die Vermaledeite sich so heftig im Kreis, dass sie völlig orientierungslos eine der Bänke umstieß und über den Tisch fiel.

Ein schneidender Befehl der Gräfin beendete das Szenario. Auch jetzt erschien es mir, als ob Elisabeth erst in unsere Welt zurückkehren musste. So, als ob ein böser Zauber von ihr wich. Sie erkannte mich und hielt sekundenlang meinen Blick fest. Dann befahl sie Katharina, die nun ein weinerliches Gesicht machte: „Schaff das Mädchen auf die Kammer! Sie soll sich von meinen abgetragenen Kleidern eines aussuchen. Ihres ist ganz voller Blut. Dann versorg ihre Wunden, damit sie morgen wieder nähen kann!" Der Hexe Darvulia half sie auf, doch mehr tat sie nicht für sie. Sie sagte lediglich: „Wenn du wieder sehend bist, meine treue Anna, werde ich dich für deine Schmerzen entschädigen." Mir befahl sie, ohne mich anzusehen, ihr zu folgen.

Die Todesangst des gepeinigten Mädchens vor Augen, zerrissen von den widersprüchlichsten Gefühlen, am allermeisten von der Angst vor dem, was nun aus mir und meinen Dienern werden würde, folgte ich der Gräfin, die vor mir durch die Tür rauschte, durch die sie noch vor wenigen Minuten getreten war. Als ich die Tür hinter mir geschlossen hatte, sank sie plötzlich mit einem Seufzer auf einen Stuhl und bedeckte ihr Gesicht mit den Händen.

Ich blieb unschlüssig und völlig irritiert hinter ihr stehen. Auf alles war ich vorbereitet gewesen, nur nicht auf ihren Zusammenbruch. Spielte die Gräfin Theater?

Im Kamin prasselte das Feuer. Sein rötlicher Schein zauberte bizarre Schatten an die mit Gemälden behängten Wände. Es roch nach Weihrauch, nach alten Büchern und nach einem anderen beißenden Geruch, den ich nicht einordnen konnte. Neben unzähligen alten Akten, Federkielen und Tintenfässchen entdeckte ich auch verschiedene Instrumente wie Trichter, Mörser, Messer, Schmelztiegel und Pfannen. Der Raum besaß kein Fenster, aber dort, wo eines Platz gefunden hätte, befand sich eine große Leinwand mit den verschiedensten Farbtöpfen und Pinseln davor. Eine bedrohliche Aura aber ging von einem seltsamen, in eine Brezelform gefassten Spiegel aus, dessen Rahmen aus einem dunkelbraunen, sehr harten Holz gearbeitet war. Auf dem Ball hatte ich die Dienerschaft von diesem Spiegel reden gehört, vor dem die Gräfin oft nächtelang sitzen und beten sollte. Aber das seltsamste war sein blutrotes Relief mit vier verschiedenen Katzengestalten, die allesamt seltsame Fabelköpfe und Schwänze besaßen. Ich staunte über so viel wundersames Zeug und wusste nicht, wozu es gut sein sollte. Doch ich musste mir gestehen, dass es zu der Frau passte, die, auf ihrem Stuhl zwischen diesen seltsamen Gegenständen zusammengesunken, die Leidende mimte.

„Susanna, komm zu mir!", forderte mich Elisabeth nach längerem Schweigen auf und streckte mir auffordernd die Hand entgegen, ohne dabei den Kopf zu heben und mich anzusehen. Sie umging die Höflichkeitsformel, woraus ich neue Hoffnung schöpfte. Gehorsam machte ich einen Schritt auf sie zu und berührte mit den Fingerspitzen vorsichtig die dargebotene Hand. In diesem Moment drehte sie mir ihr Gesicht zu und umschloss meine Finger. Ihre Hände fühlten sich kalt an, wie die einer Toten. Ich sah, dass sie geweint hatte. „Du musst keine Angst vor mir haben, Susanna", versuchte sie mir die Unsicherheit zu nehmen. „Nur missbrauche nie das Vertrauen, das ich dir entgegenbringe. Ich würde es nicht überwinden. Wenn du wüsstest, wie sehr ich mich nach einem Menschen sehne, der mich versteht. Seitdem wir uns das erste Mal begegnet sind, weiß ich, dass du dieser Mensch bist."

Bestürzt und ahnungslos, wie ich mich verhalten sollte, erwiderte ich mit belegter Stimme: „Ist es der Vorfall mit der Näherin, Gräfin? Bereut Ihr, was Ihr dem Mädchen angetan habt? Oder was bedrückt Euch, dass Ihr so leidend ausseht?"

Ihr Blick blieb einen Augenblick nachdenklich an mir hängen. Offenbar schien sie zu überlegen, welche Erklärung sie mir geben sollte. Nach all dem, was ich im Schloss erlebt hatte, fürchtete ich erneut Ausflüchte und Lügen zu hören. Und wie ich vermutete, wich Elisabeth meiner Frage aus, erhob sich, ging zur Staffelei, nahm einen Pinsel, tauchte ihn in ein Fässchen mit blauer Farbe und glich mit ein paar Pinselstrichen eine Unebenheit auf dem fast fertigen Gemälde aus. Es zeigte den „Schwarzen Ritter" zu Pferd, in der einen Hand einen abgeschlagenen Türkenkopf, in der anderen das todbringende Schwert. „Der König ist übereilt abgereist", lenkte sie gekonnt vom Sachverhalt ab. „Ich bin bei ihm in Ungnade gefallen. Das kann für die Báthorys und das Haus Nádasdy Konsequenzen ungeahnten Ausmaßes nach sich ziehen. Gott gebe, dass Matthias es nicht schafft, seinen Bruder, den Kaiser, für unmündig erklären zu lassen."

Soweit glaubte ich die Gräfin schon durchschaut zu haben, dass ich mich über ihre Ausflüchte nicht wunderte. Letztendlich schien es ihr nur um sich selbst zu gehen. Kein Wort, keine Geste des Bedauerns, kein Mitleid mit dem armen gepeinigten Mädchen. Die Gräfin vergaß schnell und ebenso schnell verfiel sie in Selbstmitleid.

„Aber weshalb, Elisabeth? Der König lag Euch heute Nacht zu Füßen. Alle haben es gesehen", ging ich auf ihre Ängste ein.

„Das ist es ja. Der König forderte von mir etwas, was ich nicht bereit bin zu geben und berief sich dabei auf eine längst veraltete Klausel über das Recht der ersten Nacht. Damals, zu meiner Hochzeit im Mai 1575 war auch Kaiser Maximilian II. geladen. Da ihm die Reise von Prag, wo er sich gerade aufhielt, zu beschwerlich erschien, schickte er König Rudolf, unseren heutigen Kaiser, als seinen Abgesandten, mit einem goldenen Tafelgeschirr und anderen wertvollen Geschenken. Da der König aber damals durch eine List um das Recht der ersten Nacht gebracht wurde, glaubte sein Bruder Matthias dieses in der Ballnacht einfordern zu müssen. Dem Anwärter auf die Kaiserkrone, auch wenn er noch nicht gekrönt und nicht mehr nüchtern ist, leistet man Gehorsam. Zumal er die Meinung vertritt, dass der bisher ausbleibende männliche Erbe des Hauses Nádasdy die Vergeltung dafür ist, dass sein Bruder auf unserer Hochzeit betrunken gemacht wurde. Noch vor einer Abreise hat er meine Tante Klara der Hexerei beschuldigt. Vor Wut über die Infamie des Habsburgers ging mit meinem Neffen Gabor das ungezügelte Temperament durch. Er war so vermessen, die Ehre der Báthorys lautstark mit seiner scharfen Zunge zu verteidigen. Er hat den König beleidigt. Das hat Matthias noch mehr gegen mich aufgebracht, worauf Gabor eilig das Schloss verließ. Auch wenn mein Neffe noch jung und ein Hitzkopf ist, bringt er die gleichen Voraussetzungen mit wie sein Onkel Stefan. Aus geheimen Quellen ist mir aber bekannt, dass auch er mit dem Woiwoden von Siebenbürgen, Stefan Bocskai, und einem rebellischen jungen Reitergeneral gegen das Haus Habsburg intrigiert. Der König weiß, dass ich mich in Glaubensfragen immer loyal verhalten habe. Dennoch werden die Habsburger nun ein strengeres Augenmerk auf das Haus Báthory legen. Wenn Gabor seinen Weg nicht ändert, wird er zum Risiko für meine Familie werden und könnte später genauso enden wie mein Bruder."

Bei der Nennung von Gabors Namen zerriss es mir fast das Herz. Ich griff mir unwillkürlich an die Brust. Die Gräfin bemerkte es und fragte wie beiläufig: „Du liebst den jungen Fürsten?" Ich nickte und sah zu Boden. Mir wurde schwindelig und ich musste mich setzen. „Was ist mit dir? Du bist so blass?" Elisabeth vergaß ihr Selbstmitleid und zeigte jetzt echte Sorge um mich. Rasch legte sie den Pinsel aus der Hand, um mir beizustehen. Sie schenkte mir aus einem Zinnkrug Wasser in einen Becher und reichte es mir. Dabei beobachtete sie mich lauernd mit hochgezogenen Brauen. „Nimm es dir nicht so zu Herzen", tröstete sie mich. „Gabor liebt viele Frauen. Er ist gerade einmal siebzehn Jahre alt und stößt sich die jungen Hörner ab. Du wirst einen anderen finden. Um deine Hand werden sich die mächtigsten Fürsten des Landes bemühen."

Ich blieb schweigsam und antwortete ihr nicht. Die Liebesnacht mit Gabor behielt ich wohlweislich für mich. Die Gräfin war auch schon wieder viel zu sehr mit ihren eigenen Problemen beschäftigt, um mir zuzuhören. „Mir geht es nicht besser, Susanna. Der König will mich in seinem Bett und mein Gemahl ist wieder einmal nicht da, wenn ich ihn brauche."

Ich hörte, wie sie seufzte, während sie in einem der Bücher zu blättern begann. „Da bin ich nun mit einem Fürsten eines der mächtigsten und ältesten Adelshäuser verheiratet, der obendrein oberster Heerführer des Königs ist, ein Kunstmäzen und unangefochtener Herrscher von Lehen und Gütern Transsilvaniens, Nordungarns, Österreichs und der Slowakei. Tausende von Leibeigenen sowie ein Großteil des niederen Adels sind ihm untertan. Er hat die wichtigsten Standorte für den König eingenommen. Nur eine Festung, nämlich sein Eheweib, ist es ihm nicht wert, sie zu erobern, er macht nicht einmal die Anstalten dazu. Woher soll der so heiß ersehnte Sohn kommen, wenn mein Bett kalt bleibt?“

Ich fragte mich, warum sie gerade mir das alles erzählte und ob sie nur ablenken wollte. Denn meine Gedanken kreisten unentwegt um Katica und Johannes. Andererseits bemühte ich mich, ihre Ängste zu verstehen. Ohne Mann war sie gezwungen sich nicht nur den weltlichen Problemen zu stellen, sondern auch ihrer Einsamkeit. Ihr eigener Kummer war so groß, dass neben ihm nichts anderes existierte.

„Sieh hier, meine tägliche Arbeit: Abrechnungsbücher, die ich für meinen abwesenden Gemahl führe!“ Sie winkte mich zum Tisch in die Nähe der Kerze. Ich blickte ihr über die Schulter und bekam einen Einblick in die gelbstichigen Buchseiten, die säuberlich mit dicken schwarzen Zahlwörtern in Griechisch und Latein beschrieben waren, während sie sie langsam umblätterte. „Jedes einzelne Buch ist von mir für eines unserer Besitztümer angelegt. Viele Tage und Nächte im Jahr bringe ich in diesem Raum mit der Verwaltung unserer Burgen und Schlösser zu. Alle Ausgaben müssen aufgeschrieben und in Zahlen festgehalten werden. Hinzu kommen noch die regelmäßigen Kontrollen aller unserer Besitztümer. Doch Franz interessiert das alles nicht. Er riskiert sein Leben lieber jeden Tag von Neuem für den König.

Weißt du, was Einsamkeit ist?", fragte sie mich und legte das Buch zurück zu den anderen. Ich suchte nach einer geeigneten Antwort, doch Elisabeth kam mir schon wieder zuvor.

„Mein Onkel Stephan IV., Gott habe ihn selig, besiegte das Heer Ivans des Schrecklichen. Noch heute habe ich ähnlich mächtige Verwandte, mächtiger als die Nádasdys und alle Könige Ungarns. Mit Recht kann ich stolz sein auf das, was mir von meinen Vorfahren mitgegeben wurde und was ich daraus gemacht habe. Deshalb führe ich auch als Ehefrau den Namen Báthory und nicht den der Nádasdys. Aber vielleicht ist es das, was Franz von mir wegtreibt ...?"

„Ihr seid jung und wunderschön, Gräfin, jeder Mann Ungarns liegt Euch zu Füßen", unterbrach ich sie nun mutig. „Ihr habt alles, was eine Frau sich nur erträumen kann. Glaubt Ihr wirklich, dass es nur die fehlende Liebe Eures Gemahls ist, die Euch Einsamkeit beschert? Eure Näherinnen sind sicher einsamer als Ihr. Und sie haben Angst." Mit meinen letzten Worten wollte ich von ihr endlich etwas über meine Zofe erfahren und warum sie ihre Mägde so peinigte.

Elisabeth stutzte und sah mich mit hochgezogenen Brauen an. Ich vermutete, ihren Zorn heraufbeschworen zu haben, und spürte mein Herz bis zum Hals klopfen. Doch meine Angst war unbegründet. Die Gräfin stützte sich mit den Händen am Tisch ab und stand

sekundenlang nachdenklich über ihre Bücher gebeugt.
Plötzlich schlug sie mit ihrer kleinen Faust auf die
Tischplatte und sagte: „Sie sind nicht einsam, diese Huren! Jede Einzelne hat mein Gatte schon in seinem Bett
gehabt! Je jünger sie sind, umso mehr Spaß bereitet es
ihm. Sie verdrehen ihm den Kopf mit ihrem Lachen
und Gekicher. Ich weiß, was sie über mich denken, was
sie hinter meinem Rücken tuscheln, wie sie sich darüber lustig machen, dass mein Leib keinen Sohn ge-
biert!"

„Aber Ihr habt doch Eure zwei wunderschönen Töchter", lenkte ich erschrocken ein. „Ja, meine Töchter",
entgegnete sie und lächelte nun weich. „Sie sind mir
gut gelungen. Aber es mussten erst zehn Jahre vergehen, bis Anna geboren wurde. Nur ganze fünf Mal hat
Franz das Lager mit mir geteilt. Einmal in unserer
Hochzeitsnacht und vier Mal, weil er von seiner Mutter
zu einem Sohn gedrängt wurde."

„Aber Ihr liebt Euren Gatten doch?", entfuhr es meinen Lippen überrascht. „Spürt er diese Liebe denn
nicht?"

Elisabeth ließ sich wieder in den Sessel sinken. Ich
hörte sie schwer atmen und sah, wie sie den Kopf erneut zwischen den Händen verbarg. „Vielleicht lag es
an seiner Mutter? Sie ließ mich meine kindliche Uner-
fahrenheit bei jeder Gelegenheit spüren. Ich konnte ihr
einfach nichts recht machen. Deshalb gab es auch immer Streit. Ständig wollte sie erfahren, ob unsere Liebe
Früchte trug. Als der männliche Erbe ausblieb, ging sie
so weit, sogar ihren Sohn gegen mich aufzuhetzen."

Seltsam, die mächtigste Frau Ungarns versank immer
tiefer im Selbstmitleid und ich hörte ihr zu. „Darf ich so

vermessen sein und fragen, ob Euch Euer Gatte in der Hochzeitsnacht glücklich gemacht hat?", wagte ich eine vorsichtige Frage und schalt mich im gleichen Moment dafür.

„Das weiß ich nicht mehr. Ich habe es vergessen", antwortete sie abwesend.

Ich nahm an, dass sie nicht weiter darüber reden wollte, und ergriff ein Buch mit einem besonders auffälligen Einband vom Tisch. Als ich anfing darin zu blättern, riss sie es mir ungestüm aus den Händen. „Was erdreistest du dich? Fass dieses Buch nie wieder an! Schon das Öffnen des Buchdeckels durch eine unkundige Hand ruft die Dämonen herbei. Das ist ein Grimoire, ein Buch der schwarzen Kunst. Es enthält magisches Wissen, astrologische Regeln, Listen von Engeln und Dämonen, Zaubersprüche und Anleitungen zum Herbeirufen magischer Wesen."

„Aber für was benötigt Ihr ein solches Buch, Gräfin?", fragte ich bestürzt und behielt ein ängstliches Auge auf das dämonische Zauberbuch, von dessen Einband mich eine uralte magische Fluchtafel mit griechisch-lateinischer Inschrift anstarrte.

„Ich habe mächtige Feinde und muss mich ständig vor drohendem Unheil und Gefahren schützen. Außerdem möchte ich wissen, was mir meine Zukunft bringt und mithilfe der Dämonen die Krankheit in mir besiegen."

„Oh, Gräfin. Was für ein Unglück. Ich habe davon gehört. Seid Ihr wirklich so schlimm erkrankt, dass man das Übel nur noch mit Dämonen bekämpfen kann?", fragte ich jetzt wieder interessierter.

Die Gräfin machte eine abwehrende Bewegung mit den Händen. „Es sind meine ständigen Kopfschmerzen. Keiner weiß, woher sie kommen. Selbst unsere besten Hofärzte sind machtlos." In ihrer Stimme schwang jetzt Ungeduld mit. „Viele Mitglieder meiner Familie vom Stamm der Ecsed sollen schon daran gelitten haben. Einer meiner Onkel wurde wahnsinnig. Er fuhr im Sommer mit dem Pferdeschlitten. Mein Bruder, du hast ihn ja kennengelernt, war ein untragbarer Mensch. Dem Alkohol zugetan, mal brutal und dann wieder von heftigen Weinkrämpfen geschüttelt, zeichnete er sich durch ein nervöses Wesen aus. War seine Frau fern von ihm, schmachtete er nach ihr, näherte sie sich ihm, wandte er sich mit Abscheu von ihr ab. Deshalb hat er auch keine Nachkommen. Für ihn war es an der Zeit zu sterben."

„Es war also ein Komplott und mein Johannes hat Euren Bruder nicht umgebracht? Dann steht er mir wieder als mein Diener zur Verfügung?" Ich fasste neue Hoffnung.

„Nein, du musst ihn vergessen!", kam es endgültig von ihren Lippen. „Der König hat ihn mitgenommen. Es wird hier im Schloss keinen Johannes mehr geben."

„Aber warum? Er ist unschuldig!", entfuhr es mir fassungslos. Meine Enttäuschung war grenzenlos. Abermals führte mir Elisabeth vor Augen, dass sie zwei Gesichter besaß. Die Gräfin belog und benutzte mich, um ihren eigenen Seelenschmerz loszuwerden. Anscheinend war ihr das Misstrauen, das sie gerade in mir geschürt hatte, nicht entgangen. Sie schien plötzlich keine Lust mehr zu verspüren, sich länger mit mir zu unterhalten, öffnete die Tür und rief nach ihrer Amme.

Das verhasste Weib hatte wahrscheinlich gelauscht. Denn kaum eine Minute verging und sie rauschte herein. „Bring die Komtesse in das Gynaeceum, Anna. Dort kann sie den Rest des Tages gemeinsam mit meinen Töchtern Latein lernen."

Elisabeths Äußerungen über Johannes gingen mir nicht aus dem Kopf. Ich nahm mir vor, später, wenn sich alles etwas beruhigt hatte, erneut nach ihm zu suchen. Allein die Hoffnung, dass er sich trotz allem noch im Schloss befinden könnte, gab mir Kraft. Ich war nicht bereit aufzugeben. Nur Gabor bekam ich nicht aus meinem Kopf. Ich fragte mich tausendmal, ob er mich in jener Nacht nur für sein intrigantes Spiel benutzt hatte. Immer wenn ich allein war, rief ich mir jede Einzelheit unserer Begegnungen ins Gedächtnis, in den transsilvanischen Bergen, auf der Wehranlage, und das Gefühl der Geborgenheit in seinen Armen. Lediglich wie sich seine Hände und Lippen angefühlt hatten, als er mich in der unglücklichen Nacht gewaltsam nahm, verdrängte ich.

VIII. Kapitel

Wie viele Tage und Wochen inzwischen vergangen waren, hatte ich nicht gezählt. Obwohl mich der Gedanke an eine Flucht niemals losgelassen hatte, war ich bisher zu keiner vernünftigen Lösung gekommen. Johannes und Katica wollte ich nicht im Schloss allein lassen. So verbrachte ich die nächsten Tage eher unauffällig in den Räumen für adlige Hofdamen, im oberen Stockwerk des Gynaeceums, um heimlich nach meinen Freunden zu suchen. Dieser mit Spiegeln und kunstvollen Gemälden ausgeschmückte Salon war kein Vergleich zu dem düsteren Gewölbe im Keller. Er wurde, aus Rücksicht auf die empfindlichen Augen der jungen Damen, vom goldenen Schimmer zahlreicher Öllämpchen erhellt, der den Prunk der kostbaren Möbel und Tapeten noch deutlicher hervorhob. Wie Schneekristalle funkelte das Perlmutt der zierlichen Näh- und Schreibtische, an denen die Mädchen in den Künsten des Nähens und Stickens unterrichtet wurden. Streng und unerbittlich, auf höfischen Gehorsam, penible Ordnung und Disziplin bedacht, verrichtete der Hoflehrer seinen Dienst und traktierte die Mädchen, reichlich trocken, mit ungarischer und habsburgischer Geschichte, Geografie, Mathematik und Religionslehre. Zusätzlich unterrichtete er sie in höfischem Benehmen. So musste ich mich zum ersten Mal der Folter des

Schnürens unterziehen, das mich zu einer Haltung zwang, als hätte ich einen Stock verschluckt. Zu gerne hätte ich auf eine solche Qual verzichtet. Aber es handelte sich um eine der vielen Maßnahmen, die jungen Mädchen auf die Ehe und das gesellschaftliche Leben vorzubereiten. Gemeinsam mit den Töchtern der Gräfin und zehn weiteren Mädchen wurde ich in die Hofmanieren eingeführt, man lehrte mich Sticken, Zither und Zymbal spielen, einen Haushalt zu führen, Gäste zu bewirten und geistreiche Gespräche zu führen. Dabei wurde auch nicht die Ausbildung in der Buchdruckkunst vergessen, die 1541 mit der Übersetzung des Neuen Testaments ins Ungarische auf dem Schloss ihren Einzug gefunden hatte. Ich bemühte mich, wenig Anlass zur Unzufriedenheit zu geben und führte gehorsam aus, was man von mir verlangte, auch wenn ich manche Dinge als überflüssig empfand und mich eher nach der Freiheit auf einem Pferderücken sehnte.

Die Zöglinge aus dem Frauenhaus im Keller mussten sich dagegen den niedrigsten Arbeiten widmen. Sie wurden lediglich in der Hauswirtschaft unterrichtet, betätigten sich als Näherinnen, verrichteten Küchen- und Gartenarbeiten und wurden auf die aufwendige tägliche Toilette der Gräfin vorbereitet. Während Anna Darvulia die Oberaufsicht über die Mägde im Keller hatte, war es ein Stockwerk höher Ilona Jó.

Frühmorgens, wenn die Gräfin vor ihrem prunkvollen Spiegel saß und sich ihrer liebsten Beschäftigung hingab, sich zu schmücken, gehörte es zu Ilonas Aufgaben, ihr mit den Schülerinnen zur Hand zu gehen. Dabei oblag es ihr, allmorgendlich die Frisur der Gräfin zu gestalten, wobei die Mädchen sie zu unterstützen hatten. Das lange, glänzend schwarze Haar wurde ausführlich gekämmt, toupiert und aufgesteckt, jedes Mal zu einer anderen Hochsteckfrisur. Danach wurde es schwieriger. In der Wahl ihrer Kleider war die Gräfin sehr eigen. Es dauerte oft Stunden, das richtige Kleid, die passenden Unterröcke und Strümpfe oder das geeignete Edelsteincollier zu finden.

Mir vertraute sie ihre Töchter an und ich kümmerte mich ebenso rührend um sie wie die Gräfin selbst. Es gab jedoch noch ein anderes Mädchen, welches mein Interesse auf sich zog: Marika, Ilonas Tochter. Sie war ein hübsches Kind, mit runden, rosigen Wangen, auffällig langen Wimpern, die sie fast immer züchtig senkte, und blendend weißen Zähnen, und sie war, trotz ihrer gerade mal zehn Jahre, eine eifrige und gelehrige Schülerin. Ich kann nicht sagen, warum ich mich so zu ihr hingezogen fühlte, obwohl wir kaum ein Wort miteinander sprachen. Es lag wohl an ihrer sanften Ausstrahlung, die sie reifer und älter erscheinen ließ. Mit den Töchtern der Gräfin hatte sie nicht viel gemein und wurde schnell zum Spielball ihrer kleinen Gehässigkeiten. Anna, Elisabeths Älteste, trieb ihre Späße mit ihr und Katharina hasste sie so sehr, dass ich mehr als einmal handgreifliche Streitereien unter den Mädchen schlichten musste.

Ilona beobachtete mein Interesse für ihre Tochter mit Besorgnis. Als ich sie einmal darauf ansprach, reagierte sie mit Ausflüchten. Schnell fand ich heraus, dass sie vor etwas Angst hatte. Sie verhielt sich mir gegenüber reserviert und zurückhaltend, bis zu dem Tag, als ich sie nach Johannes fragte.

Wir waren beide mit einer Stickerei beschäftigt und arbeiteten an einem farbenprächtigen türkischen Webteppich, einem sogenannten Kilim, der mich an meine Heimat Siebenbürgen erinnerte. Auch deshalb musste ich immerfort an Johannes denken, bis ich mich nicht mehr zurückhalten konnte und mich an Ilona wandte.

Ohne von meiner Arbeit aufzublicken, fragte ich sie unauffällig: „Ilona, du kommst doch viel im Schloss umher und hast Zugang zu allen Gemächern, kannst du nicht für mich herausfinden, was aus meinem Johannes geworden ist?" Doch Ilona blieb gleichgültig, so, als ob sie meine Frage nicht gehört hatte. Ich war enttäuscht, wollte aber auch nicht weiter in sie dringen, denn mir wurde plötzlich übel und ich musste mich zusammenreißen, um es mir nicht anmerken zu lassen. Dabei kam mir der Gedanke, dass ich vielleicht in guter Hoffnung von Gabor war. Sollte dem so sein, so hoffte ich, die Verbreitung dieser Nachricht so lange hinauszögern zu können, bis ich gemeinsam mit meinen Dienern das Schloss verlassen konnte. Insgeheim klammerte ich mich jedoch an die Hoffnung, dass ich mich irrte und die Beschwerden lediglich auf mein angespanntes Nervenkostüm zurückzuführen waren. Am allerwenigsten aber durfte die Gräfin von meinen Befürchtungen erfahren.

Eines Morgens wurden die Mädchen dazu angehalten, in Sárvár vor der Kirche eine Suppe und etwas Brot an die Armen zu verteilen. Die bemitleidenswerten Kreaturen, die sich bei diesen eisigen Temperaturen mit dem Burggraben und dem Friedhof als Nachtquartier hatten begnügen müssen, genossen dann ein paar flüchtige Augenblicke des Glücks. Jeder von ihnen bekam einen Napf mit heißem Gulyás und Brot. Für diesen mildtätigen Dienst wurde die Gruppe Mädchen von Elisabeth angeführt, die mit ihren Töchtern im Schlitten mit Töpfen voll Gulaschsuppe und gefüllten Brotkörben vorausfuhr. Auch das Verteilen von Almosen gehörte zur Ausbildung. Ich hatte Unwohlsein vorgeschützt, was ja keine Lüge war, für die ich mich hätte schämen müssen, und war mit Ilona im Schloss geblieben. Das Kindermädchen war von der Gräfin beauftragt worden, alle Annehmlichkeiten für den Empfang des Grafen, der wieder einmal als siegreicher Feldherr zu seiner Frau zurückkehrte, vorzubereiten. Diese Gelegenheit, da wir das Frauenhaus fast für uns hatten, nutzte Ilona, um mich anzusprechen.

„Komtesse“, flüsterte sie, während sie mich zur Seite nahm.

Mit fiel auf, dass sie sich dabei ängstlich und nervös umsah.

„Ich habe gesehen, dass Euch des Öfteren unwohl ist. Ihr solltet Euch von Eurem Vater nach Hause holen lassen. Schreibt ihm einen Brief. Ich werde dafür sorgen, dass er ihm zugestellt wird. Wenn Euer Zustand entdeckt wird, wird es Euch hier schlecht ergehen. Erzählt niemandem, vor allem nicht der Gräfin, wer der Vater Eures Kindes ist. Ich weiß, was Euch in der Ballnacht widerfahren ist. Auch ich war sehr jung, als ich an den Hof der Gräfin kam und das gleiche Schicksal am eigenen Leib erfahren musste. Marika ist Stefans Tochter. Deshalb bin ich Euch zu Dank verpflichtet, dass diesen Unhold durch Eure Hand seine gerechte Strafe ereilt hat.“

„Aber ich habe nichts damit zu tun und mein Diener hat Stefan nicht umgebracht“, erwiderte ich betroffen und bekam Mitleid mit ihr. Mir fiel auf, dass ihre Augen bei der Erwähnung ihrer Tochter aufleuchteten und die harten Züge in ihrem Gesicht weich wurden. „Eurem Diener Johannes ist nicht mehr zu helfen, vergesst ihn am besten. Es würde Euch nur beunruhigen, ihn jetzt zu sehen“, fuhr sie hinter vorgehaltener Hand fort. Ihre Augenlider zuckten nervös.

„Dann lebt er also?“, fragte ich voller Freude. „Ja, er lebt hier im Schloss, aber Ihr würdet ihn nicht wiedererkennen. Beherzigt meinen Rat und verlasst die Gräfin. Mehr kann und will ich Euch nicht dazu sagen. Solltet Ihr jemals Hilfe brauchen, dann wendet Euch an Katharina. Sie ist noch nicht so lange im Schloss wie ich und von weicherem Gemüt. Ihre Seele gehört noch nicht dem Teufel.“

„Was wollt Ihr mit ‚dem Teufel‘ andeuten, Ilona?“

Ihre Antwort war ein verunglücktes Lächeln und ein Kopfschütteln für meine Naivität. „Was seid Ihr für ein ahnungsloses Kind, Komtesse?! Vergesst, was ich Euch gesagt habe, und fragt mich nie wieder nach etwas. Ach, und noch ein Rat: Geht nicht so vertrauensvoll um mit denen, die sich Eure Freunde nennen.“

„Weshalb warnt Ihr mich und stoßt mich im gleichen Augenblick von Euch, Ilona?“

Ilona hatte mich verwirrt. Doch mein Gefühl verriet mir, dass sie mehr wusste. Aber sie hatte lediglich einen spöttischen Blick für mich übrig und zischte, während sie nach einem Diener mit einem Korb Weinflaschen winkte: „Ich bin die Schwester von Elisabeths Schwägerin. Mehr müsst Ihr nicht wissen. Und nun lasst mich gehen. Ich habe zu tun und schon zu viel geplaudert."

Seitdem ich nun wusste, auf welchem Weg Ilonas Tochter gezeugt worden war, vertiefte sich meine Freundschaft zu dem stillen, fleißigen Kind nur noch mehr. Sobald ich sah, dass sie sich mühte, mit der Feder Buchstaben ungelenk nachzumalen, führte ich die kleine Hand. Ich beseitigte Tintenkleckse vom Papier und trocknete ihre Tränen, wenn der gestrenge Hofschreiber schneller war als ich und sie für ihre Ungeschicktheit mit der Rute züchtigte. Ich machte Späße mit ihr, munterte sie auf und tobte in den Pausen mit ihr ausgelassen durch die Gänge des Schlosses. Meine Zuneigung für das Mädchen wurde auch von Elisabeths Töchtern eifersüchtig verfolgt. Insbesondere die ältere Anna versuchte ständig, Marika mit kleinen Sticheleien und Verleumdungen in meinen Augen herabzuwürdigen. Natürlich achtete ich darauf, auch Elisabeths Töchtern gerecht zu werden. Dennoch passierte es, dass die Komtesse Anna, als ich mich einmal zu innig über Marika beugte, wie eine Furie auf das Mädchen losging. Es war in einer Pause, in der der Hoflehrer wie gewöhnlich zur Gräfin gerufen wurde, um ihr bei der Morgenpost behilflich zu sein, als sie von ihrem Stuhl aufsprang und Marika mit einer Bibel auf den Kopf schlug. Als ich dazwischenging, stach sie dem Mädchen mit dem Federkiel ins Gesicht und trat mit den Füßen nach mir. Dabei schrie sie lauthals nach ihrer Mutter, sodass sich darauf die Tür öffnete und die Gräfin, in Begleitung des Hoflehrers und der erschrockenen Ilona, in den Salon rauschte. Ich hielt Anna mit der einen und Marika mit der anderen Hand fest und wollte zwischen den beiden Mädchen schlichten, wie ich es schon so oft getan hatte. Doch bei Elisabeths Auftauchen ließ ich sie beide erschrocken los. Denn Anna, die mir sonst von Herzen zugetan war, schrie aus Leibeskräften: „Frau Mutter, gut, dass Ihr erscheint. Die Komtesse hat mir wehgetan. Da, seht, am Arm hat sie mich gepackt und ihn so fest gedrückt, dass die Haut ganz gerötet ist."

Die kleine Intrigantin riss sich den Ärmel herunter und hielt Elisabeth weinend ihren Arm hin. Die weiße samtige Haut war makellos, dennoch begutachtete die Gräfin mit hochgezogenen Brauen kritisch die Stelle. Dann zog sie die Tochter in ihre Arme und tröstete sie. Sie strich ihr sanft über das in Zöpfe geflochtene Haar und küsste sie auf die Stirn. „Ist schon gut, mein Kind", beruhigte sie sie. „Die Komtesse hatte sicher nicht vor, dir wehzutun." Gleichzeitig traf mich ihr wütender Blick. „Gesteht, Komtesse! Die Ursache für Eure Maßregelung meiner Tochter war sicher wieder dieses Hurenkind! Ich beobachte Euch schon länger und billige Eure Freundschaft zu diesem Bastard keinesfalls. Das Mädchen genießt die Privilegien unseres Hauses, aber es ist nicht mit meinen Töchtern gleichzusetzen. Merkt Euch das! Ich habe Euch meine Töchter anvertraut, weil Ihr meine Sympathie genießt. Zerstört dieses Vertrauen nicht!"

Ich spürte, dass ich in Ungnade gefallen war, und sah, wie Anna frohlockte und den Tadel ihrer Mutter von oben herab hochnäsig dokumentierte: „Liebe Frau Mutter, seht doch, selbst jetzt noch bekommt Marika die Zuneigung der Komtesse. Seht, wie sie den Arm um ihre

Schultern legt. Schickt das Balg zu den Bauerntrampeln, wo es hingehört!"

Die kleine Anna war eifersüchtig. Deswegen war ich ihr nicht böse. Ihre Reaktion war die eines verletzten Kindes. Dennoch empfand ich Mitleid mit Marika, die von ihrer Mutter, die mit auf den Boden gerichtetem Blick den Auftritt verfolgte, keinen Beistand bekam. Hätte ich geahnt, was für Folgen meine Streitschlichtung nach sich ziehen sollte, dann hätte ich Marika der Gräfin nicht wortlos überlassen. Elisabeth warf einen kurzen Blick auf das Mädchen und sagte dann zu ihr: „Da du dir offensichtlich nicht der Ehre bewusst bist, zwischen meinen Töchtern Latein zu lernen, wirst du ab sofort zusammen mit den Mägden in der Hauswirtschaft unterrichtet. Wir fangen gleich damit an. Folge mir!"

In den Augen des Kindes stand maßlose Angst, als es der Gräfin gehorsam folgte. Ich war von dem Vorfall so schockiert, dass ich mich in den kommenden Stunden nicht mehr auf das Lernen konzentrieren konnte. Es war diese seltsame Furcht in den Augen des Mädchens, die mich beschäftigte. Ich nahm mir vor, in der nächsten Pause nach ihr zu sehen. Als ich sie im unteren Teil des Gynaeceums nicht antraf, lief ich zu Elisabeths Gemächern, um für Marika zu bitten.

Düster und in sich gekehrt saß die Gräfin an ihrem Tisch vor dem Spiegel und ließ sich das üppige Haar von ihren Dienerinnen in Zöpfe legen. Elisabeth wachte sorgfältig über jede Vernachlässigung. Jede Dienerin hatte eine bestimmte Aufgabe zugeteilt bekommen, die sie mit minutiöser Genauigkeit ausführte. Eine der Zofen musste mit einem feinen Kamm ihr

Haar durchkämmen, die andere es mit duftendem Wasser besprengen, eine Dritte schlang kostbare Perlen in die Haarkringel, wieder eine andere kräuselte, wo es sich als nötig erwies, mit dem Brenneisen Locken in ihr Haar. Beaufsichtigt wurden die Mädchen von Dorkó.

Mein Eintreten, ich werde es mir nie verzeihen, hatte zur Folge, dass eines der Mädchen erschrak und die Haarsträhne in ihren Händen wohl etwas fester anzog, als es ihr erlaubt war, und Elisabeth damit verärgerte. Das Mädchen war Marika. Als sie mich sah, zuckte sie erschrocken zusammen und drehte mir ihr Gesicht zu. Dieser kurze Moment der Unachtsamkeit genügte Elisabeth. Sie brüllte: „Aua! Herrgott, kannst du nicht aufpassen, dummes Ding?"

Katzenschnell fuhr die Gräfin herum und schlug dem Mädchen mit der flachen Hand ins Gesicht. Die Zehnjährige verlor durch den heftigen Schlag das Gleichgewicht und stürzte zu Boden. Als wenn die Ohrfeige nicht gereicht hätte, trat Elisabeth mit dem Fuß hinterher und brüllte gereizt: „Schaff mir die Dirne aus meinen Augen, Ficzkó!"

Marikas Nase blutete und als ich sah, wie Elisabeth erneut mit dem Fuß nach ihr ausholte, warf ich mich über das Mädchen. „Aufhören!", rief ich. „Habt Erbarmen, sie ist doch noch ein Kind!"

In diesem Augenblick hatte ich es gewagt, der Gräfin Einhalt zu gebieten. Dabei war es wohl nur meinem Mut zu verdanken, dem Elisabeth Respekt zollte, dass mich keine harte Strafe traf. Doch woher sollte ich wissen, was hinter dieser makellosen Stirn wirklich vorging? Zumindest hatte mein Eingreifen zunächst zur

Folge, dass die Gräfin das Mädchen in Ruhe ließ. Sie sah mich einen kurzen Augenblick mit hochgezogenen Brauen an und ignorierte mich dann einfach. Ihr Mieder war vom Blut des Mädchens beschmutzt, ihr Handrücken und auch ihre Wange hatten ein paar Blutspritzer abbekommen. Angeekelt versuchte sie sie vom Handrücken zu entfernen. Sie rubbelte mit den Fingerspitzen, bis sich das Fleisch unter dem Blutfleck hell verfärbte. „Oh, sieh nur Dorkó!", rief sie plötzlich völlig verändert und begutachtete verzückt ihre Hand. „Wie rosig und zart meine Haut geworden ist. Das Blut wirkt wie eine Verjüngungskur. Besser und schneller als jede Salbe!"

Aufmerksam besah sie sich nun den Blutspritzer in ihrem Gesicht und nachdem sie ihn mit einem Tuch entfernt hatte, verfiel sie in eine wahre Ekstase über die Vorstellung, mit Blut das Altern der Haut aufhalten zu können. In diesem Augenblick war ich mir fast sicher, dass die Gräfin vom Wahnsinn befallen sein könnte. Doch ich kam nicht dazu, darüber nachzudenken. In dem Durcheinander war mir gar nicht aufgefallen, nach wem Elisabeth gerade gerufen hatte.

Ein Geräusch, das von ihrem Bett herkam, ließ mich herumfahren. Der schwere Baldachin teilte sich und ich glaubte, meinen Augen nicht zu trauen. Was ich erblickte war mein Diener Johannes, andererseits war er es auch wieder nicht, sondern jener „Ficzkó", den die Gräfin beauftragt hatte, Marika wegzubringen. Seinen Anblick werde ich niemals vergessen. Ein Schaudern lief mir über den Rücken. Denn das Wesen, das sich mit einer Seelenruhe zwischen Fellen und Samtkissen sein Wams zuknöpfte, hatte wenig Ähnlichkeit mit dem

Johannes, den ich kannte und ich fragte mich, was er im gräflichen Bett suchte. Dieses menschliche Wrack trug lediglich noch seine Gesichtszüge. Untersetzt und von enormer Stärke, mit seinen langen, schwarzen Haaren und den unheimlich leuchtenden Katzenaugen, jagte er mir Angst ein. Seine Arme und Beine schienen mir seltsam verbogen, was sicherlich an den geröteten und geschwollenen Gelenken lag, die Arm- und Beinknochen unförmig überragten.

Wer hatte ihm das angetan? Ich war entsetzt. Was mich aber am meisten verwunderte: Dieser bis zur Unkenntlichkeit entstellte Mann, so schien es mir, wollte mich nicht wiedererkennen. Gehörte er jetzt auch zu den Dienern, die sich zu nichts lieber als zu den Machenschaften ihrer Herren gebrauchen ließen?

„Johannes", sagte ich mit tränenerstickter Stimme und trat einen Schritt auf ihn zu. „Was ist mit dir geschehen? Ich habe dich überall gesucht." Doch dieser fremde Ficzkó beschäftigte sich weiter mit seinem Wams. Er schien große Schwierigkeiten damit zu haben und wälzte sich fortwährend vom Rücken auf den Bauch oder pendelte in seltsamen Verrenkungen mit dem Oberkörper. „Johannes, sag etwas!", forderte ich ihn auf und sah hilflos um mich.

Elisabeth zeigte sich noch immer ungerührt. Die Hautverfärbung unter dem Blutfleck schien ihr wichtiger und die Mädchen, die ihr bereits wieder geschäftig zur Hand gingen, ermunterten sie mit ihren Schmeicheleien. Nur Marika hockte verstört auf dem Boden in einer Ecke neben der Tür.

„Euer Diener hat mir mit einem Schwur seinen unverbrüchlichen Gehorsam versichert. Er steht jetzt in meinen Diensten und nicht mehr in den Euren!", ließ Elisabeth sich endlich herab, mir zu erklären, ohne sich dabei vom Anblick ihres Spiegelbildes zu lösen.

„Aber Ihr sagtet, dass er sich nicht mehr im Schloss befindet! Dann habt Ihr mich belogen", entgegnete ich fassungslos über ihre Tücke. „Habt Ihr ihm auch verboten, mit mir zu reden?"

„Er will sich nicht mehr an Euch erinnern. Außerdem, was wollt Ihr? Ich habe ihm das Leben gerettet. Ohne mich würde er schon längst brennen."

„Habt Ihr ihm das angetan? Habt Ihr ihn zum Krüppel gemacht? Ihm Arme und Beine gebrochen?"

„Nur zu seinem Schutz, damit er mir nicht wegläuft. In seiner jungen Brust wohnt ein Verlangen nach Größerem als Euch zu dienen. Er strebt nach Einfluss und nach Macht. Dafür hat er mir geschworen, mich zu lieben und zu beschützen. Ich erfülle ihm nur seinen Wunsch. Wo ist das Problem, Komtesse?"

„Das Problem ist, dass er ein Mensch ist, der mir nahesteht. Warum lügt Ihr und bereitet mir solche Schmerzen, Gräfin? Ich habe auf Eure Freundschaft vertraut! Weshalb bestraft Ihr Johannes? Ist es die Beleidigung bei unserer ersten Begegnung, die Ihr ihm nicht vergessen konntet? Ein Mörder ist er jedenfalls nicht. Ihr wisst es!"

„Ja, eben weil er kein Mörder ist, habe ich ihn vor dem Tod bewahrt. Ihr solltet mir dankbar sein, anstatt mich fortwährend zu beschimpfen."

Elisabeth drehte mir jetzt das Gesicht zu. Ich sah, wie sich ihre Augen verengten. Dennoch war ich bereit, ihr die Stirn zu bieten, auch auf die Gefahr hin, in Ungnade zu fallen. Nach meinen Erfahrungen, die ich bereits mit ihrem hysterischen Wesen gemacht hatte, war ich mir sicher, dass ich die Macht dazu besaß. „Habt Ihr keine Furcht davor, dass Gott Euch einmal dafür strafen könnte? Ihr prügelt und straft, wie es Euch gefällt." Elisabeth blieb wider Erwarten ruhig, beantwortete meine Worte lediglich mit einem genervten Lächeln und wendete sich dann wieder ihrem Spiegelbild zu.

Nachdem Johannes mit dem Ankleiden fertig war und sich schwerfällig erhob, um seinen Auftrag auszuführen, hielt ich ihn an der Schulter zurück. Meine Stimme zitterte und mein Herz krampfte sich schmerzhaft zusammen. „Johannes, komm mit mir, ich bringe dich nach Hause. Ich werde meinem Vater einen Brief schreiben. Zu Hause wirst du wieder gesund! Bitte, vergib mir! Es ist alles meine Schuld!", bettelte ich. Doch Johannes reagierte nur noch schroffer als zuvor. Er riss meine Hand von seiner Schulter und gab mir gleichzeitig einen schmerzhaften Stoß vor die Brust, sodass ich rücklings gegen die Wand prallte, wo Dorkó mich noch rechtzeitig vor einem Sturz bewahrte.

„Nun seht Ihr, Susanna, wie weit Ihr mit Eurem Mitleid bei dem Pack kommt. Es kennt nur Brot und Peitsche!", triumphierte die Gräfin. Auf ihrem Gesicht spiegelte sich deutlich die Genugtuung, recht behalten zu haben. „Grämt Euch nicht länger und vertraut mir endlich. Ich begehe schon nichts, was Gottes Zorn auf mich lenken würde", sprach sie versöhnlich lächelnd und reichte mir die Hand zum Aufstehen.

Ich war am Ende meiner Kräfte. In der kurzen Zeit meines Aufenthaltes im Schloss hatte ich zu viele befremdliche Dinge gesehen. Vielleicht war es auch nur das heranwachsende Leben in meinem Bauch, das mich empfindlich reagieren ließ. Im Moment verspürte ich nur noch den einen Wunsch – zurück in meine Gemächer zu gehen, wo ich meinen Vater in einem Brief bitten wollte, mich nach Hause zu holen.

Kurze Zeit später saß ich vor meinem Schreibtisch, einem Glanzstück der Habsburger Monarchie, und schrieb mir weinend meinen Kummer vom Herzen.

Mein Herr und geliebter Vater!

Bitte kommt, so schnell Euch Eure Rösser tragen, nach Sárvár und holt mich zurück in mein geliebtes Zuhause nach Weißenburg. Ich erleide Höllenqualen. Denn unsere erlauchte Frau, die Gräfin Elisabeth Báthory, ängstigt mich. Ich vermute, dass sie dem Wahnsinn verfallen ist. Obwohl es nichts Verwerfliches ist, seine Mägde zu züchtigen, sind es gerade diese Züchtigungen durch die Hand meiner erlauchten Herrin, die mir Angst bereiten. Bitte kommt schnell und bringt einen Arzt für Johannes mit und notfalls einen kräftigen Knecht. Euch zugetan in Liebe, erwarte ich Eure Ankunft mit Ungeduld.

Eure gehorsame Tochter Susanna von Weißenburg

Ich verschloss den Brief mit farblosem spanischem Wachs und drückte gerade meinen Siegelring mit dem Familienwappen in die weiche Masse, als sich die Tür öffnete und Elisabeth eintrat. Es war das erste Mal, dass ich bei ihrem Auftauchen, mit dem Gefühl etwas Unrechtes getan zu haben, hochschreckte. Ihrem Blick entging nichts. Sie bemerkte sofort, dass mein Briefpapier Tränenspuren aufwies.

„Oh Komtesse, Ihr habt geweint?“ Sie rauschte heran und griff nach dem Dokument. Als sie die Anschrift las, zog sie die schön geschwungenen Brauen in die Höhe und fasste mich für einen Moment scharf ins Auge. Die Gräfin war intelligent genug zu wissen, was für eine Botschaft der Brief enthielt. Ich befürchtete das Schlimmste. Doch sie drehte den Brief nur einen Augenblick zwischen ihren Fingern und legte ihn dann zurück auf den Tisch.

„Ihr wollt mir nicht verraten, was Euch bedrückt? Bin ich der Grund, aus dem Ihr mein Schloss verlassen wollt?“ Sie hielt den Kopf geneigt und versuchte, meinen stummen Blick festzuhalten. „Warum? Susanna, bekommt Ihr nicht alles, wonach Euch der Sinn steht? Habe ich Euch so wehgetan, dass Ihr mich auf solche Weise hintergehen müsst? Redet endlich und steht nicht da wie ein Ochse vor dem Scheunentor!“

Die Gräfin verlangte nach einer Antwort und mir fehlten die Worte, weil ich nicht wankelmütig wirken wollte. „Entschuldigt, Gräfin“, druckste ich und brachte ihr mit einem tiefen Knicks meine Ehrerbietung entgegen. Dabei gewann ich Zeit, mir die richtige Antwort zurechtzulegen. „Eure Gnaden machen mir Angst.“

„Ich ängstige Euch? Aber Susanna ..." Auf Elisabeths Gesicht stand nun echte Überraschung. Sie schien kein schlechtes Gewissen zu haben. Alles, was ich bisher erlebt hatte, schien für sie völlig normal zu sein.

„Ihr seid schön, geistreich und liebenswürdig und dann wieder so grausam. Ihr bringt es fertig, Euren Mägden die Finger abzuschneiden."

„Ach, das ist es!" Sie lachte hell auf. „Glaubst du wirklich, ich hätte ihr die Finger abgeschnitten?"

Die Gräfin schlug jetzt einen vertraulichen Ton an. „Ich habe große Macht, meine Liebe, und eine große Verantwortung. Was, glaubst du, geschähe, würden meine Bediensteten mich nicht fürchten? Die Menschen sind schlecht, Susanna, vor allem der unwissende Pöbel. Ehe ich mich versähe, hätten sie mich bestohlen, hintergangen oder sogar umgebracht. Morgen halte ich eine Rechtsprechung im Schloss. Auch das obliegt mir in der Abwesenheit meines Gatten. Dann wirst du dich davon überzeugen können, dass ich die Konflikte unter meinen Untergebenen durchaus gerecht verwalte. Ich bin kein Ungeheuer." Elisabeth ließ sich auf einem mit weichem Goldstoff bespannten Holzgestell nieder, welches sie Sofa nannte und das ein Geschenk des Königs war. Das edle Teil hatte keine Rückenlehne, dafür an der Seite breite abgerundete Seitenstützen, gegen die sich die Gräfin nun lasziv lehnte. Den hübschen Kopf auf den Arm gestützt, sagte sie in forderndem Ton: „Komm her, du Dummchen, und setz dich neben mich!"

Nur zögernd kam ich der Aufforderung nach. Es war nicht einfach, in der Stoffflut unserer Röcke und mit steifem Mieder auf dem Polster nebeneinanderzusitzen. Doch Elisabeth störte das nicht. Im Gegenteil, sie schien es als angenehm zu empfinden, dass sich unsere Körper berührten. Ihr Blick wurde mit einem Mal weich und lockend. Sie nahm meine Hände zwischen die ihren und umschloss sie warm. „Was glaubst du, warum ich mir das alles von dir gefallen lasse? Keiner meiner Bediensteten wagt es, so gegen mich aufzubegehren, wie du es bisweilen tust."

Verlegen sah ich auf mein an den Hüften abstehendes Kleid, das sich über dem Reifrock aufspannte, und versuchte ihrem Blick auszuweichen. Elisabeth war plötzlich ganz anders, so verwirrend. Deshalb irritierte mich die Situation und ich versuchte ihr sanft meine Hände zu entziehen. Doch Elisabeth hielt sie mit erstaunlicher Kraft fest. Ihre Brust hob und senkte sich dabei und ihr Atem wurde kurz und heftig, während sie meine Hände an ihre Brust drückte. „Spürst du wie mein Herz schlägt, Susanna? Du bist die einzige Frau an meinem Hof, die mir sehr viel bedeutet, weißt du das? Vom ersten Augenblick an habe ich gespürt, dass wir zwei verwandte Seelen sind."

Sie ließ meine Hände los und fasste mich stattdessen an den Schultern, sodass ich ihr in die feurigen Augen sehen musste. Ich erinnerte mich, wie sie meinen Blicken einmal ausgewichen war, jetzt war ich es, die unschlüssig die Lider niederschlug.

„Ich liebe dich, Susanna!"

Das also war es, weswegen ich Elisabeths besondere Gunst genoss. Ich errötete und wendete mich verschämt ab. Sie bemerkte es, ließ sich aber nicht beirren und lächelte verführerisch. „Weißt du, was Liebe zwischen Frauen ist?"

Mittlerweile hatte ich mich wieder einigermaßen gefasst und versuchte, mich ihr unbemerkt zu entziehen. Ihre vollen Lippen kamen langsam näher, ich spürte ihren Atem auf meiner Wange. Eine äußerst unangenehme Situation. Ich versuchte, mehr Abstand zu gewinnen.

„Nein!"

„Sie ist viel schöner, viel weicher und viel zarter, als zwischen einem Mann und einer Frau", hauchte sie.

„Ich kenne mich mit dieser Liebe nicht aus, aber ich glaube zu wissen, was die Bibel sagt: dass die Liebe zwischen zwei Frauen Sünde ist", wagte ich ihr zu entgegnen und hoffte inständig auf ein Wunder, um ihren seltsamen Zudringlichkeiten entgehen zu können. Die erhoffte Hilfe kam rascher, als ich erwartete. Elisabeths Töchter, Anna und Katharina, gefolgt von dem Kindermädchen, stürzten, umringt von einer Meute Hundewelpen, durch die Tür.

„Frau Mutter, seht nur!", riefen beide, sich in ihrem Eifer übertönend. „Unsere Hündin Gombóc hat kleine Hundewelpen bekommen! Sind sie nicht süß?"

Ich wunderte mich über den Namen der Hündin. Für mich als Sächsin war Gombóc die Bezeichnung für Knödel im Hochdeutschen. Aber ich erinnerte mich daran, zwei dieser mächtigen Kangals in Elisabeths Nähe gesehen zu haben. Es waren türkische Hunde, muskulös und mit sehr dichtem Fell. Die Hündin soll Franz Elisabeth zum Geschenk gemacht haben, als treue Begleiterin während seiner Abwesenheit. Man erzählte sich im Schloss, er hätte die Hunde vom Beg als Zeichen seiner Gnade bekommen. Aber vielleicht erzählte man sich das auch nur, weil osmanische Herrscher diese edlen Tiere bevorzugt an ungarische Magnaten verschenkten, welche sie dann bei der Bären-, Eber- und Hirschjagd einsetzten. Knödel diente der Gräfin als Kammerhund und hielt nachts vor ihrem Bett Wache.

Elisabeth stürzte ihren Kindern mit ausgebreiteten Armen entgegen. „Anuschka, Katka, oh, wie süß! Rasch, zeigt sie mir!" Übermütig ließ sie sich neben ihren Kindern auf dem Boden nieder und begann ausgelassen mit den Welpen zu spielen. Es war ein Gekicher, Fiepen und Lachen zu hören und hätte mich die Gräfin nicht gerade völlig verwirrt zurückgelassen, wäre mein Herz bei diesem friedlichen Anblick aufgegangen.

„Komm her, Susanna, sieh nur! Es gibt nichts Schöneres auf der Welt als junge Hunde!", rief sie und winkte mich zu ihnen. Sie hielt einen Welpen in den Armen und herzte und küsste ihn. Dass die Gräfin Tiere über alles liebte, konnte ich bereits an ihrem Umgang mit Pferden beobachten. Elisabeth war eine gute Reiterin und schaffte es, mit viel Gefühl auf den leicht erregbaren Charakter ihrer Araber einzuwirken, von denen es mehrere erbeutete und geschenkte Tiere aus dem Orient in den Ställen gab. Sie wollte mir sogar einmal weismachen, dass das edle Araberpferd nur für sie als „Auserwählte Gottes" geschaffen worden sei.

„Nun komm schon, Susanna!", rief sie ungeduldig und streckte mir einen Welpen entgegen. „Ich möchte ihn dir zum Geschenk machen. Soll er uns immer an unsere Verbundenheit erinnern!"

Mir wären wohl vor Rührung die Tränen gekommen, hätte ich die Gräfin nicht von ihrer anderen Seite kennengelernt. In solchen Momenten war sie eine ganz normale Frau, mit weichen Gesichtszügen voller Liebe und Mütterlichkeit. Und doch hatte der Teufel diese schöne Hülle geschaffen, mit ihrem Liebreiz, der mich immer wieder von Neuem das Böse in ihr vergessen ließ. Geschmeichelt nahm ich den Hund aus ihren Händen entgegen und ließ mich von ihr auf die Wange küssen.

Einige Tage später ging das Gerücht im Schloss umher, die Gräfin veranstalte eine winterliche Treibjagd auf ein Rudel Goldschakale, das ihr Rehwild bedrohte. Mein Herz schlug vor Freude, als ich hörte, dass Gabor ebenfalls eingeladen war und diese Möglichkeit nutzte, um seiner Tante einen Besuch abzustatten. Mittlerweile bekam ich in meinem eng geschnürten Mieder immer weniger Luft und war jetzt froh über den kegelförmigen Reifrock, unter dem sich die leichte Wölbung meines Leibes gut vor Elisabeths Blicken verbergen ließ. Mittlerweile war ich mir sicher, dass die Liebesnacht mit Gabor Früchte trug, und unternahm jeden Tag wenigstens einen Versuch, das ungewollte Baby loszuwerden. Ich schlug mit Steinen auf meinen Bauch, ritt wie der Teufel und stürzte oft absichtlich. Aber nichts half. Das Kind in meinem Bauch wuchs und erinnerte mich jeden Morgen von Neuem daran, dass ich bei einer Entdeckung in Ungnade fallen würde. Deshalb war Elisabeths Neffe, in den ich immer noch verliebt war, meine einzige Hoffnung.

Am Tag der Ankunft der Gäste zog es mich früh hinaus in die winterliche Landschaft. Ich freute mich darauf, für ein paar Stunden den muffigen Geruch des Gynaeceums hinter mir zu lassen und nutzte während meines Spaziergangs mit meinem kleinen Hund die morgendliche Stille, um mir die richtigen Worte für

meinen Geliebten zurechtzulegen. Es war bitterkalt
und noch immer schneite es. Der Wind trieb große Flocken vor sich her. Ich stolperte in einem dicken weißen
Teppich, während die Wagen mit den ersten Gästen in
den Schlosshof fuhren. Die Laternen an ihren Wagen-
beschlägen leuchteten im Flockengewirr. Weit entfernt
vernahm ich das Brausen des Flusses Raab, der wie ein
Gebirgsbach zwischen den schneebedeckten Ufern dahin schoss und dessen widerhallendes Donnern an die
mächtige Stimme der Donau erinnerte. Das Geräusch
der mit dröhnendem Echo über die Brücke hinwegrol-
lenden Kutschen verstärkte diesen Eindruck noch.
Vom Torbogen aus konnte ich die Brücke bis zum Ende
einsehen, wo sich jetzt im gelblichen Schein einer La-
terne eine einzelne Gestalt näherte. Ich pfiff nach dem
Hund und wartete, bis die Person herankam und ich sie
ansprechen konnte. Die Gestalt war eine Frau mit auf-
gelösten Haaren, die etwas in ihren Armen hielt, an
dem sie schwer trug. Deshalb kam sie nur langsam vorwärts, brach immer wieder im Schnee ein und torkelte
von Zeit zu Zeit gegen die Mauerbefestigung. Beim Näherkommen sah ich, dass es Ilona war, mit ihrer Tochter Marika auf dem Arm. Mich beschlich ein unange-
nehmes Gefühl, denn Marikas Kopf hing weit hinten-
über und pendelte bei jedem Schritt ihrer Mutter leblos
hin und her. Der Körper des Mädchens war in eine
Schürze gewickelt. Ich vermutete, dass es darunter
nackt war und kämpfte gegen einen schlimmen Verdacht. Hinter meinem Rücken hörte ich, wie sich die
Wachen am Tor von einer nächtlichen Züchtigung am
Fluss erzählten. Als ich mich zu ihnen umdrehte, be-
kreuzigten sie sich. Bei jedem Schritt, den das

Kindermädchen näherkam, wurde mir elender. Meine Kehle war wie zugeschnürt und dennoch versuchte ich mich mit der Lüge zu beruhigen, dass Marika vielleicht vom Ufer abgerutscht und ins Wasser gefallen sein könnte. Ich wollte einfach nicht wahrhaben, dass die Gräfin auch diesmal wieder ihre Hände im Spiel hatte. Als Ilona auf gleicher Höhe mit mir war, trat ich ihr in den Weg und streckte ihr beide Hände entgegen, um ihr die schwere Last abzunehmen. Doch das Kindermädchen würdigte mich keines Blickes und drängte hastig an mir vorbei.

„Ilona, was um alles in der Welt ist geschehen?", rief ich mit brüchiger Stimme und kämpfte gegen den Impuls laut aufzuschreien, als ich Marikas Körper sah, der übersät von blauen und blutigen Striemen war.

„Lasst mich vorbei!", schrie Ilona gegen den Wind. In ihrer Stimme schwangen Hass und Verachtung mit. „Ich will dir doch nur helfen, Ilona!", flehte ich. „Gib mir Marika!" Doch Ilona trat mit dem Fuß nach mir, um den Weg freizubekommen. Ich musste mich an der Mauer festhalten, um nicht zu fallen.

„Ihr seid doch an allem schuld! Ich habe Euch aufgefordert, die Finger von ihr zu lassen. Aber Ihr wolltet ja nicht hören.

Ihr habt sie getötet! Ich hasse Euch!" Nur für einen kurzen Moment konnte ich ihr Gesicht unter der Kapuze sehen. Sie hatte geweint und der Blick, den sie mir zuwarf, ließ mich trotz meines wärmenden Mantels frösteln. Wieder einmal fühlte ich mich machtlos und zu schwach, um mich durchzusetzen. Mein Herz blutete und dennoch trat ich zurück und ließ sie vorbeigehen. Ich sah der wankenden Gestalt hinterher, bis sie unter dem Torbogen verschwunden war, und rannte dann wie gehetzt über die Brücke.

Pferdeschlitten kreuzten meinen Weg. Beim Ausweichen brach ich immer wieder im Schnee ein, doch jedes Mal rappelte ich mich hoch, weil ich Erklärungen zu Marikas Tod am Fluss zu finden hoffte. Vom Flussufer kam mir der Schlitten der Gräfin entgegen. Auf dem Bock saß die verhasste Darvulia und schlug mit der Peitsche auf die Kruppen der Pferde ein. Als sie mich erkannte, lenkte sie das Gefährt im Bogen auf mich zu. Ich sah noch die Gruppe Bauern, sah ihre stummen Gesichter und wie der Schlitten durch sie hindurchjagte, sodass sie erschrocken wie die Hasen auseinanderstoben. Das Weib verspottete sie und die Knechte hinter ihr auf dem Gefährt lachten dazu.

„Ihr kommt zu spät, Komtesse! Die Vorstellung ist vorbei!", schrie sie und grinste höhnisch über mein bestürztes Gesicht. Lachend steuerte sie den Schlitten im Kreis um mich herum, in immer enger werdenden Bahnen, bis die Pferde mich fast umrannten. Nur ein beherzter Sprung in den nächsten Schneehaufen rettete mich. Mit einem triumphierenden Grinsen schwang sie die Peitsche und zielte nach meinem Kopf. Dann jagte das Gespann im Galopp an mir vorbei. Der Schnee wirbelte hinter ihr auf, als sie durch das Tor raste.

Verstört blieb ich zurück und schaute mich hilflos um. Der Fluss vor mir war zugefroren. Es war bitterkalt. Eisschollen schoben sich leise knarrend gegeneinander und türmten sich an mancherlei Stellen zu kraterähnlichen Gebilden, die an den Pfeilern einer alten Holzbrücke zerbarsten. Dumpf wie das Grollen eines aufkommenden Gewitters war das Rauschen des

Flusses unter dem Eis. Dazwischen klang vereinzelt das klägliche Piepsen einiger Wasservögel, die vom plötzlichen Eis überrascht zwischen den Schollen gefangen festsaßen. Während ich noch überlegte, wohin ich mich wenden sollte, brach sich die Sonne ihren Weg durch die Wolken und verwandelte mit ihren Strahlen den Fluss in eine glitzernde Eislandschaft. Doch der Anblick der friedlichen Natur war trügerisch. Nachdem ich eine kleine Anhöhe überwunden hatte, entdeckte ich am Ufer ein großes dunkles Loch im Eis. Unweit davon befand sich ein Korb aus Weiden, so groß, dass ein Mensch darin Platz gefunden hätte. Das machte mich stutzig und als ich neben dem Korb eine missgestaltete Person bemerkte, hielt mich nichts mehr auf der Stelle und ich rannte überstürzt hinab zum Flussufer.

Es war Johannes. Über das Eisloch gebeugt starrte er gedankenversunken in die Tiefe. Dabei stützte er sich mit einer Hand an einem Holzpfahl ab, der meterhoch aus dem Eis ragte. Mir war nun klar, dass in den eisernen Ketten am Holz vor wenigen Minuten noch ein Mensch gefangen gehalten worden war.

„Johannes", sagte ich leise und trat vorsichtig über das Eis hinter ihn. Eine Weile geschah nichts, dann kam Bewegung in seinen Körper und er knurrte, ohne sich nach mir umzudrehen:

„Was wollt Ihr noch? Ich nahm an, Ihr befindet Euch schon längst auf dem Heimweg."

„Wie kannst du nur denken, dass ich alleine gehe, Johannes? Ich lasse dich und Katica nicht zurück, das weißt du doch."

„Ihr lügt! Ich habe Euch beobachtet. Ihr fühlt Euch sehr wohl in der Gesellschaft der Gräfin. Aber auch Ihr werdet Eure Strafe noch erhalten. Ich habe Euch oft genug gewarnt", äußerte er brummig und sah kurz zur Seite. Als ich seinen Blick festhalten wollte, wich er mir aus. „Was ist mit Marika geschehen?", schrie ich jetzt und rüttelte ihn an den Schultern. „Sprich endlich, was hast du mit ihrem Tod zu tun?"

Aber er schüttelte mich ab wie ein lästiges Insekt, stützte die breiten Hände auf die Oberschenkel und beugte sich nur noch tiefer über das Loch. Plötzlich spuckte er in das rauschende Wasser unter sich und murmelte: „Wenn ich doch nur den Mut fände, mich einfach hier hineinfallen zu lassen, dann wäre alles vorbei."

„Du weißt doch, dass es eine Sünde ist, selbst Hand an sich zu legen. Außerdem ist es keine Lösung. Du stirbst mit einem schlechten Gewissen, Johannes. Sag mir endlich, was hier geschieht!"

Was ich auch vorbrachte, ich erhielt von ihm keine Antwort. Stattdessen waren seine Schultern so weit nach vorn gekippt, dass ich Angst bekam, er würde die Androhung wahr machen und sich tatsächlich in das Eisloch stürzen.

Aber Johannes hing am Leben. Sich eines Besseren besinnend, drehte er mir nun langsam das Gesicht zu und richtete sich so weit auf, wie es seine kurzen Beine zuließen. „Ihr müsst doch wissen, was mit dem Mädchen passiert ist. Ihr seid doch die Konkubine der Herrin!" Er grinste mich mit einem anzüglichen Ausdruck um die Mundwinkel an.

„Was bin ich?" Ich glaubte, mich verhört zu haben. „Ich bin eine Frau und sie ist auch eine Frau. Was willst du damit andeuten?"

„Dass es Frauen gibt, mit denen die Herrin ihr Lager teilt." Nach dieser Eröffnung brauchte ich einen Moment, um seine Worte zu verdauen. „Nein, Johannes, da irrst du gewaltig, die Gräfin ist nur eine gute Freundin …"

Die letzten Worte hatte ich leiser gesprochen, denn ich erinnerte mich an Elisabeths seltsame Annäherungsversuche. Gleichzeitig fiel es mir wie Schuppen von den Augen. Mein Diener war eifersüchtig. Er liebte mich wahrhaftig und ich hatte es nicht bemerkt. Wie lange unterlag er schon der trügerischen Vorstellung, dass ich die Geliebte der Gräfin wäre? Hatte er sich deshalb geopfert? War ich schuld an seinem Unglück?

„Johannes", sagte ich, diesmal stockend und mit heiserer Stimme, „du musst mir vertrauen. Glaubst du wirklich, ich würde das Lager mit einem Weibe teilen? Wir kennen uns von Kindesbeinen an. Ist das alles meinetwegen geschehen?", fragte ich und meine Stimme zitterte. Doch es traf mich nur ein weiterer höhnischer Blick wie ein Schlag ins Gesicht. Im gleichen Moment winkte er ab und lachte böse. „Macht Euch keine Gedanken, Komtesse. Wenn Ihr nicht mit ihr das Lager teilt, dann mit ihrem Neffen. Ihr Herrschaften beißt Euch schon nicht. Nur uns Untergebene, nach uns tretet Ihr. Aber wenn Ihr es unbedingt hören wollt: Ja, ich habe Euch geliebt. Da es mir Euer Stand verbietet, Euch meine Liebe zu erklären, wollte ich wenigstens immer in Eurer Nähe sein und Euch beschützen. In der Ballnacht habe ich beobachtet, wie Ihr den Woiwoden Stefan und Gabor schöne Augen gemacht habt. Aber Ihr seid ja taub gewesen für meine Warnungen über die Gefahr, in der Ihr schwebtet. So bin ich Euch und dem

betrunkenen Fürsten gefolgt und habe auf Euer
Schreien hin die Tür mit einem Schlüssel geöffnet, den
mir die Gräfin zuvor gegeben hat. Ja, ich hätte den Woiwoden getötet. Doch Gabor, der schon im Zimmer war,
war schneller als ich. Ich wollte Eure Ehre retten, doch
er trieb ein falsches Spiel und als er mir in übertriebe-
ner Dankbarkeit die Hand reichte, klebte Stefans Blut
an meinen Händen. Doch selbst in dieser Situation hattet Ihr nur Augen für den jungen Grafen und habt mich
ohne Bedenken meinem Schicksal überlassen. Ihr tragt
die Schuld an meinem Unglück, weil Ihr meine Warnungen missachtet habt. Erwartet nichts mehr von
mir. Jetzt bin ich der ausführende Arm der Gräfin und
mein Auftrag lautete, dieses Kind zu entkleiden und an
den Pfahl zu binden. Die Darvulia hat es dann mit hundert Peitschenhieben für seinen Ungehorsam bestraft.
Dieses schlechte Weib ist eine Hexe. Sie hat sich an jedem Todesschrei des Mädchens ergötzt. Dann habe ich
es losgebunden, ein Loch in das Eis gehackt und das
halb tote Kind in dem Korb so lange unter das eiskalte
Wasser getaucht, bis es von seinen Qualen erlöst war.
Alles im Auftrag der Herrin, Eurer und meiner Gönne-
rin."

Johannes hatte leidenschaftslos gesprochen, so, als
ginge ihn das alles nichts mehr an, und widmete sich
nun wieder seiner Arbeit, den Pfahl aus dem Eis zu ziehen. Seine Verbitterung traf mich mitten ins Herz, wo
der Schmerz am heftigsten war und mein Verstand
weigerte sich zu begreifen, was hier geschah. Unfähig,
auch nur einen Schritt von ihm wegzugehen, blieb ich
stehen. Da drehte er sich blitzartig zu mir um und richtete das Beil, mit dem er das Holz beschlug, gegen mich.

„Geht mir aus den Augen! Ich habe es Euch schon einmal gesagt. Johannes ist gestorben, es gibt nur noch Ficzkó, den Diener der Gräfin Báthory. Solltet Ihr mich nicht in Ruhe lassen, dann könnt Ihr wählen: Entweder besorge ich es Euch wie der Woiwode oder ich spalte Euch den Schädel!"

Mit hocherhobenem Arm, das Beil in der Hand, machte er einen Schritt auf mich zu. Seine schwarzen Augen funkelten wild und ich begriff, dass er es todernst meinte. Mit Tränen in den Augen floh ich eilig vor ihm, bis ich die Anhöhe erreicht hatte. Als ich mich ein letztes Mal nach ihm umschaute, sah ich, dass er wieder mit seiner Arbeit beschäftigt war und mir den Rücken zuwandte.

IX. Kapitel

Aufgewühlt und verwirrt erreichte ich das Gynaeceum. An diesem Tag vermochte ich dem Lehrstoff nicht zu folgen. Ich wurde mehrfach wegen meiner Unaufmerksamkeit in Latein getadelt und Annas vergebliche Bemühungen, mich aufzumuntern, scheiterten. Johannes ging mir nicht mehr aus dem Sinn. Ich vermutete, dass seine Vorwürfe so etwas wie ein letztes Aufbegehren gewesen waren. Ich glaubte nicht mehr, dass er mich hatte töten wollen. Eher, so vermutete ich, hatte er mich weggejagt, um mich zu schützen. Ich machte mir schwere Vorwürfe, dass ich ihn an den Hof der Gräfin mitgenommen hatte. Ein junger Mensch ist wie ein junger Baum, noch leicht vom Wind zu brechen. Und Johannes' Seele war gebrochen. Die Gräfin hatte aus ihm ein willfähriges, reißendes Tier gemacht.

Zu Elisabeths Morgentoilette, wie auch zum gemeinsamen Frühstück, hatte ich mich unpässlich gemeldet und nachdem ich am Nachmittag mehrere Stunden wie ein weidwundes Tier in meinem Gemach auf und ab gelaufen war, beschloss ich, die Gräfin um meinen Abschied und Katicas Entlassung aus ihren Diensten zu bitten. Doch vergeblich. Ihr Sekretär wies mich mit der Erklärung ab, die Herrin hielte sich in den unteren Räumlichkeiten des Schlosses auf und wünschte keine

Störung. Doch jedes Hinauszögern meines Aufenthaltes erschien mir aufgrund der Vorfälle mit weiteren Qualen verbunden und da ich eine Vermutung hatte, wo sie sich aufhalten könnte, beschloss ich, in den Gemächern des Kellergewölbes nach ihr zu suchen. Auf dem Weg dorthin zwang mich plötzlich ein Stich im Unterleib, stehen zu bleiben. Ich presste meine Hände auf meinen Leib und während ich tief Luft holte, dachte ich: „Vielleicht stirbt es jetzt!" Denn so viele Schrecken auf einmal konnte das heranwachsende Wesen in mir nicht überlebt haben. Sicher war es bei dem Sprung in den Schnee passiert oder durch den Schlitten, der mich gegen die Mauer geworfen hatte. Das Grauen der letzten Stunden steckte mir noch in den Gliedern und mein Gemüt war angeschlagen. Gerade deshalb wünschte ich mir nichts sehnlicher, als dass das Kind stürbe, doch die Angst, dass jemand mich in diesem Zustand finden könnte, trieb mich weiter. Ich nahm all meine Kräfte zusammen und nach einem kurzen Augenblick ging es mir tatsächlich wieder besser. Die Richtung war mir bekannt und so erreichte ich ohne weitere Vorkommnisse die Tür am Ende des Kellers. Verstärkt durch den muffigen Geruch des kalten Gesteins und das eisige Schweigen in den unteren Gängen wuchs mein Unbehagen, je näher ich der Frauenhauspforte kam.

Unschlüssig blieb ich vor der schweren, eisenbeschlagenen Tür stehen. Die Erinnerung an die mit Stecknadeln gemarterte Näherin war noch allzu lebendig. Doch dann fasste ich mir ein Herz und drückte die Klinke. Gähnende Leere empfing mich. Elisabeths gesamter Hofstaat schien mit den Vorbereitungen zur

Jagd beschäftigt zu sein. Dennoch wollte ich nicht umkehren, bevor ich nicht die Gräfin gesprochen hatte. Ich vermutete Elisabeth in ihrer Kammer und suchte im Halbdunkel zwischen Nähutensilien, Spinnrädern und Leinwänden, bis ich hinter der riesigen Druckmaschine auf den verborgenen Zugang stieß. Mir war aufgefallen, dass ich auf meinem Weg keinem Wachposten begegnet war. War es Leichtsinn oder Absicht gewesen? Ich vergaß die Überlegung aber rasch wieder, als durch die Tür ein seltsames Gemurmel drang, das sich wie ein monotones Gebet anhörte.

Leise, aber entschlossen öffnete ich die Tür. Zunächst vernahm ich das Knistern des Feuers im Kamin und für einen Moment war ich wie geblendet. Ich hatte das Gefühl, in einem rötlich gelben Licht zu schwimmen. Die Luft war angefüllt von fremdartigen Gerüchen, die mich schwindlig werden ließen und meinen Verstand umnebelten. Anstatt einzutreten, zog ich die Tür bis auf einen Spaltbreit leise wieder zu mir heran, gerade so viel, dass ich mitbekommen konnte, was in dem Raum vor sich ging. Was ich in dem rötlichen Nebel wahrnahm, war das verhasste Weib, Darvulia. Eigentlich wäre es nach dieser Entdeckung sinnvoller gewesen, wieder umzukehren. Doch dann erblickte ich Elisabeth. Die Gräfin kniete mit dem Rücken zu mir im Licht unzähliger flackernder Kerzen vor dem großen Katzenspiegel und betete. Ihr Haar hatte sie gelöst, es umspielte ihren schlanken Körper wie ein langer, wallender, schwarzer Mantel. Über sie gebeugt stand die Darvulia und hielt das Buch der schwarzen Kunst, den Grimoire, aufgeschlagen zwischen den Händen. Die Hexe schien sich voll auf ihre Herrin zu konzentrieren.

Ihre Lippen formten dabei seltsame Beschwörungen. Rechts von ihr, da, wo sich die Staffel mit dem Bildnis des Grafen befunden hatte, stand ein schmaler Holzsarg mit seidenen Kissen und Fellen, wie zu einem Bett hergerichtet. In ihm lag Marika. Auch sie trug ihre Haare offen, als Zeichen dafür, dass sie als Jungfrau gestorben war. Sie hatte die kleinen Hände über einem silbernen Kreuz gefaltet und ihre feinen Gesichtszüge wirkten so friedlich und sanft, als schliefe sie nur.

Die Gräfin betete leise mit monoton singender Stimme vor sich hin, sie betete für Marika. „Herr, vergib mir!", flehte sie.

„Vergib mir, dass ich Todsünde auf mich geladen habe. Vergib mir, dass ich mich an deiner Schöpfung vergangen habe. Herr, ich flehe dich an, nimm dieses unschuldige Kind in dein Reich auf." Sie hielt die Augen geschlossen, doch bei jedem Satz liefen ihr die Tränen über die Wangen und ihre schönen Züge waren von so unendlichem Leid geprägt, dass ich letztendlich auch mit ihr ein gewisses Mitleid empfand. Dennoch erschien mir die Szene eher unwirklich und rätselhaft. Sie steigerte meine Verwirrung noch viel mehr.

Die Darvulia schwenkte jetzt mit der anderen Hand ein kleines silbernes Gefäß über Elisabeths Kopf. In dem grünlichen Nebel, der ihm zischend entwich, wurden ihre Beschwörungen lauter und deutlicher: „Ich beschwöre Euch, ihr Mächte der Finsternis ... Ich rufe dich, Katzenkönig ... Erlöse mein Kind und nimm diesen Fluch von ihr", hörte ich sie bitten. Zwischendurch malte sie seltsame Zeichen in die Luft und murmelte Worte in einer Sprache, die ich nicht verstand. Das Gesicht der Hexe wirkte wie in Trance. Es trug noch die

Spuren der Färbeflüssigkeit. Wulstige rote Vernarbungen zierten die unteren Augenlider und selbst ihre bis ins Weiße verdrehten Augäpfel schienen entzündet. Ihr Körper dagegen wirkte wie aus Stein gehauen, während sie ihren Blick auf einen unbestimmten Punkt im Spiegel gerichtet hielt. Indessen Elisabeth um das getötete Mädchen Tränen vergoss, vergoss die Darvulia Tränen um ihre Herrin.

Als Elisabeth an ihrem schauspielerischen Höhepunkt angelangt war und weinend Marikas kalte Stirn küsste, legte die Darvulia das Buch auf den Tisch zurück, schraubte das silberne Gefäß in der Mitte auf und reichte Elisabeth die Schale mit einer grünlichen Flüssigkeit. „Trink, mein Kind!", forderte sie Elisabeth auf. „Danach wird es dir besser gehen. Du musst endlich lernen, alle traumatischen Erlebnisse aus deiner Seele zu verbannen. Verbanne den Zigeuner, der dir und deinen Schwestern einst Gewalt angetan hat. Schließe deine Ohren vor den Schreien des Pferdes, in dessen aufgeschlitzten Bauch er zur Strafe eingenäht wurde. Löse dich von den Barbaren, die mit Äxten euer Schloss Ecsed verwüsteten, die Kindermädchen vergewaltigten und ihnen die Kehlen aufschlitzten. Vergiss die Schreie der Hochzeitsgäste, als sie sich am Roggenmehl vergifteten und die Scham der Mägde, die nach eurer Hochzeitsnacht gezwungen wurden, nackt im Schloss umherzulaufen!"

Mit fahrigen Bewegungen nahm Elisabeth die Schale entgegen, nippte daran und trank ihren Inhalt dann in einem Zug leer.

„Dein Mann kehrt aus der Schlacht zurück, mit ihm sein engster Freund, dein Verwalter Emmerich

Megyery. Er wird dein Schicksal werden, wenn du nicht aufpasst. So rot wie sein Haar ist, so rot wird das Feuer sein, das er wieder in dir entfacht", prophezeite die Darvulia nun und hob Elisabeths Kinn an, sodass die Gräfin ihr in die zerstörten Augen sehen musste. Mir lief ein Schauer nach dem anderen den Rücken herunter, als ich den kalten, umflorten Blick des Hexenweibes sah. Sie erschien mir wie der Leibhaftige persönlich. Warum ließ Elisabeth sich das von ihr gefallen? Weshalb ließ sie es zu, dass die Hexe Macht auf sie ausübte? Ein Wink von ihr würde genügen, um das unverschämte Weib für immer aus ihrer Nähe zu verbannen. Stattdessen schien sich die Gräfin völlig in ihre Hände zu begeben. Denn als die Darvulia plötzlich hauchte: „Findest du mich schön, Elisabeth?", nickte die Gräfin und lächelte wie verklärt. Das grüne Gebräu tat seine Wirkung. „Reiß sie beide, deinen Gatten und Megyery, aus deiner Brust! Kein Mann der Welt ist es wert, dass man ihm nachtrauert. Lass beide deine Verachtung spüren. Denn du bist dazu geboren, Liebe nur durch mich zu empfangen. Nur ich kann dich Einsamkeit und Angst vergessen machen!"

Das Getränk schien Elisabeth völlig zu verändern. Zur Antwort schob sie ihr in hitzigem Verlangen ihren schönen Körper entgegen. Sie wand sich an ihr hoch, während ihr die Darvulia das Hemd von den runden Schultern riss, sich wie ein Mann über sie beugte und sie in wollüstigem Verlangen auf den Mund küsste.

Ich hatte genug gesehen und gehört und wollte nur noch weglaufen. Während ich durch Gänge und Arkaden zurückhastete und Treppen hinauf und hinab lief, stürzten Fragen auf mich ein, auf die ich keine

Antworten fand. Wurde die Gräfin etwa von dieser Frau beherrscht? Gab es ein Geheimnis zwischen ihnen? Lag der Grund vielleicht in ihrer frühesten Kindheit? Verabreichte ihr die Hexe tagtäglich dieses Gebräu? War die Darvulia die eigentliche Ursache für die grausamen Bestrafungen der Mägde? Und wer war dieser Emmerich Megyery?

Atemlos und erschöpft lehnte ich mich zum Durchatmen an eine Säule. Durch die angelehnte Salontür sah ich Gäste in Reisekleidung und mit Federbüscheln an den Hüten beim Kartenspiel. Wachen kreuzten vereinzelt meinen Weg und leise Musik wehte mir entgegen. Meine nächsten Gedanken galten der Schlossküche und den Mägdekammern. Johannes hatte ich verloren, Katica noch nicht. Ich hoffte, sie im Dienstbereich des Schlosses zu finden und malte mir aus, wie wir beide zu Pferde vom Schloss flüchteten. Doch rasch verwarf ich diesen unsinnigen Gedanken wieder. Was würde uns eine Flucht zu Pferde nützen? Zwei Frauen ohne Schutz durch die Weite der Karpaten. Wahrscheinlich würden wir auf halbem Wege die Beute osmanischer Sklavenhändler werden oder unser Leben im Kugelhagel versprengter Soldatentrupps aushauchen. Da ich erneut von einem leichten Unwohlsein befallen wurde, beugte ich mich über den Vorsprung des nächsten offen stehenden Fensters und atmete in kräftigen Zügen die frische Winterluft in meine Lungen. Dabei blickte ich verzweifelt auf das Lichtermeer von Fackeln, als ob ich dort die Lösung für mein Problem fände. Das helle Klingeln der Glöckchen an den mit Fellen beladenen Pferdeschlitten, Rosswiehern, Hundegebell und verschneite Kutschen verrieten mir, dass sich weitere

Jagdgäste eingefunden hatten. Zwischen den Husaren, Fähnlein und Heiducken zogen nach längerem Hinschauen zwei Männer meine Aufmerksamkeit auf sich. Sie schienen von hohem Rang zu sein, da ihnen jeder mit großem Respekt begegnete. In einem der beiden Männer vermutete ich den Grafen, Franz Nádasdy. Er war an seinem prächtigen Rossschweif zu erkennen. Zudem trug er einen schwarzen Brustpanzer unter der hellen Suba und an seinem Rückenpanzer waren noch die großen Flügelstangen befestigt, die seinen Kopf weit überragten. Die mächtigen Schultern des anderen umhüllte ein weiter bodenlanger Umhang aus schwarzem Schaffell. Unter seinem türkischen Shishak, einem zwiebelförmigen Helm mit kurzem Augenschirm, wallte langes rotes Haar hervor. Das musste Emmerich Megyery sein, von dem ich die Darvulia hatte sprechen hören. Einen kurzen Moment war mir, als ob er mich am Fenster entdeckt hatte und interessiert zu mir hinaufschaute. Doch da mir kalt wurde, beschloss ich weiterzugehen, um im beheizten Gemach über meine Fluchtpläne nachzudenken.

Doch plötzlich schoss aus einer mit Blumen vertäfelten Tür im westlichen Flügel blitzschnell eine Hand hervor und zog mich in den dahinter liegenden Salon. Gedankenversunken und viel zu sehr mit mir selber beschäftigt, hatte ich die angelehnte Tür übersehen und war nun umso erschrockener und überraschter, als ich Gabor gegenüberstand. In meinen Träumen hatte ich mir die Begegnung mit ihm wohl an die hundert Mal in allen Facetten ausgemalt und mir nichts sehnlicher gewünscht, als ihn wiederzusehen. Dennoch wollte ich es ihm nicht so einfach machen und ihn mit ein wenig

Verachtung strafen. Diese hatte er durchaus verdient und so hoffte ich nicht nur auf eine Erklärung, sondern auf ein wenig verliebte Reue von ihm und einen Liebesschwur, der mich und das in mir heranwachsende Kind mit ihm vereinen würde.

Aber was war ich für eine Närrin, die noch immer nicht begreifen wollte, dass für einen Báthory Liebe, Ehre und Gesetze nichts galten. Letztendlich gelang mir aufgrund meines heftig schlagenden Herzens lediglich eine hilflose Verbeugung. Er stand in einem mit kostbaren Pelzen gefütterten Mantel vor mir und musterte mich mit spöttischen Blicken, während meine Beine zitterten und drohten einzuknicken. Mein Blick saugte sich krampfhaft am Boden fest. Nach einem Augenblick, der mir endlos vorkam, hob er mein Kinn an und sagte, während er weiterhin belustigt auf mich herabschaute: „Was soll die Komödie, Komtesse? Weshalb so geziert? Ihr wisst genau, dass Euer Anblick mein Blut in Wallung bringt. Zumal Ihr noch schöner geworden seid, wie ich feststellen muss, vielleicht ein wenig runder …? Kommt endlich in meine Arme oder habt Ihr unsere leidenschaftliche Ballnacht schon vergessen?“

Oh, wie hätte ich sie jemals vergessen können! Trug ich doch die Frucht dieser unseligen Nacht unter meinem Herzen und wurde bei jeder Gelegenheit daran erinnert. „Nein, Graf“, erwiderte ich. „Wie sollte ich sie jemals vergessen haben, unsere Liebesnacht?“

„Dann war ich also gut?“, fragte er lachend. „Und habe Eindruck bei dir hinterlassen? Ach, lassen wir doch die Förmlichkeiten.“ Er breitete die Hände aus. „Komm, Susanna, machen wir da weiter, wo wir aufgehört haben.“

Er stand noch immer mit ausgebreiteten Armen vor
mir, während ich zögerte. Sein Ansinnen war so res-
pektlos, so erniedrigend. Doch das lodernde Feuer in
seinen schwarzen Augen schien mich bereits wieder zu
verbrennen und brachte meine Standhaftigkeit ins
Wanken. „Du hast mich allein zurückgelassen, warum?", schmollte ich und wartete auf ein Wort der Entschuldigung, auf einen kleinen Liebesbeweis. Doch ein
Báthory musste sich vor mir nicht rechtfertigen. Statt
einer Antwort fand ich mich in seinen Armen wieder
und spürte seine heißen Lippen auf meinem Mund. Als
ich atemlos nach Luft rang, umfasste er meine Hüften,
hob mich lachend an und trug mich rückwärtsgehend
zum Bett. Als wir in die Kissen fielen, schrie ich kurz
auf. Hatte er etwas bemerkt? Doch da stand er bereits
wieder auf den Füßen und sah mit gerunzelten Brauen
auf mich herab. Mit gefährlich verengten Augen suchte
er meinen Leib ab und blieb dann an der leicht gewölbten Stelle unter meinem Mieder hängen. „Was verbirgst du da vor mir?", fragte er ungehalten und ehe ich
mich versah, spürte ich seine Hände überall, aber nicht
zärtlich und gefühlvoll, sondern grob und brutal. Er
hatte meinen Zustand entdeckt und begann nun, wie
ein Wilder an dem Rockstoff zu reißen, bis mein nackter gewölbter Leib zum Vorschein kam. „Dachte ich es
mir doch! Da wächst ein Bastard heran. Wer war es,
Hure? Welcher Mistkerl erdreistet sich, auf meinem
Acker zu pflügen?"

„Niemand! Es ist dein Kind, Gabor, das in meinem
Bauch heranwächst." Verwirrt erhob ich mich und versuchte, meinen Leib wieder unter der Seide zu verbergen.

„Dass ich nicht lache, Metze!" Er ließ sich rücklings auf dem Bett nieder, stützte sich auf die Ellbogen und verfolgte mich jetzt mit wütenden Blicken. „Du willst mir, einem Báthory, etwas unterjubeln! Gib es zu, du willst dich auf so eine infame Art in meine Familie einschleichen! Aber das wird dir nicht gelingen. Weiß es meine Tante schon?"

Das eben Erlebte noch immer nicht begreifend, schüttelte ich den Kopf und griff mir mit einer hilflosen Bewegung an den Hals. Mich befiel plötzlich das Gefühl, als ob mich etwas würgte. „Elisabeth weiß es nicht. Niemand weiß etwas davon!"

„Dann wird sie dafür sorgen, dass dir der Bastard herausgeschnitten wird!"

Mit welcher Eiseskälte er das zu mir sagte. Dabei glich sein Gesicht einem Engel. Er war noch so jung und schon so erbarmungslos. Mich fror plötzlich an allen Gliedern. Vor Angst begann ich, am ganzen Körper zu zittern, und Kreise tanzten vor meinen Augen. In meiner Verzweiflung warf ich mich ihm zu Füßen. „Bitte, bei unserer Liebe, Gabor. Berichte Elisabeth nichts von dem Kind. Ich finde einen Ausweg."

„Was für einen Ausweg?" Gabor beugte sich zu mir hinab, fasste mir in das Haar und riss meinen Kopf nach hinten, sodass ich ihm ins Gesicht sehen musste. „Es gibt nur diesen Weg und den beherrscht meine Tante am besten!"

„Bitte ..." Ich ergriff beschwörend seine Hände. Er versuchte sie mir zu entziehen. „Nur nicht Elisabeth. Niemand im Schloss wird etwas von dem Kind erfahren. Bei Gott, unserem Herrn, ich schwöre es dir!"

Gabor zu bitten, die Frucht seiner Lenden anzuerkennen, wagte ich nach diesem Auftritt nicht mehr. Nichts an ihm verriet mehr, dass er mich eben noch heiß begehrt hatte. Stattdessen stieß er mich mit der Stiefelspitze von sich und erhob sich. Einen Augenblick lang lief er nachdenklich, die Hände auf dem Rücken, vor mir auf und ab. Das Schweigen in diesem Moment war qualvoll, denn es entschied über mein Schicksal. Plötzlich blieb er abrupt vor mir stehen und sah mir fest in die Augen, bevor er leise, mit Gesten, die keinen Widerspruch zuließen, bestimmte: „Gut, wie du es meiner Tante erklärst, ist deine Angelegenheit. Aber wehe dir, du verrätst ihr, dass ich der Vater bin! Wenn es ein echter Báthory ist, werde ich den Säugling gleich nach seiner Geburt nach Siebenbürgen holen lassen. Du wirst dein Kind nie wiedersehen und niemals nach ihm suchen, schwöre mir, dass du dich daran hältst! Nur dann kann ich dir garantieren, dass du und dein Kind am Leben bleiben.“

Neue Hoffnung erfüllte mich und ich nickte eifrig, obwohl mir klar wurde, dass ich ihn und das noch ungeborene Kind für immer verloren hatte. Das Kind war mir sowieso fremd. Für mich war wichtig, dass ich zunächst der Gefahr entronnen war, was dem Wunsch in mir entgegenkam, schnellstmöglich das Schloss zu verlassen. Denn ohne einen Vater für das Kind war ich gebrandmarkt, und nach dem, was ich unter Elisabeths Herrschaft erlebt hatte, war ich sicher, dass mich ein grausames Schicksal erwartete.

Drei Tage waren seither vergangen und ich hatte es geschafft Katica ausfindig zu machen und ihr von meinen Plänen zu erzählen. Das völlig verstörte Mädchen war mir vor Glückseligkeit um den Hals gefallen. Rasch hatte sie sich bereit erklärt, zwei Knechte, die ihr als Begleitung geeignet schienen, für unsere Flucht anzuwerben. Ich gab ihr dafür einen Beutel Goldforints und harrte zum vereinbarten Zeitpunkt in meinem Gemach auf die Nachricht, die sie mir durch Katharina zukommen lassen wollte. Mit dieser Dienerin Elisabeths hatte ich bisher nur wenige Worte gewechselt. Sie war mir immer ausgewichen. Meistens sah ich sie mit gebeugten Schultern und gesenktem Blick daherkommen, so, als ob sie Angst vor den anderen hatte. Sie sprach wenig und manchmal konnte ich mich des Gefühls nicht erwehren, dass sie nur eine Mitläuferin war. Aber sie gehörte nun mal ebenso wie Dorkó, Ilona Jó, Anna Darvulia und Johannes zu den engsten Vertrauten der Gräfin. Bisher hatte ich es noch nicht geschafft, einen Zugang zu einer dieser Frauen zu finden. Sie waren wie eine dunkle verschworene Gemeinschaft und ließen niemanden an sich heran.

Die dreitägige Jagd war vorüber und die letzten Gäste befanden sich, gut eingepackt, in ihren Schlitten auf dem Nachhauseweg in die einzelnen Woiwodschaften Ungarns. Gabor begleitete mit seinen Heiducken die letzte Kutsche, bis sie sicher den Schlosshof verlassen hatte. Ganz wie es seine wilde Art war, mit lautem Gejohle, den Schnee kräftig aufwirbelnd, grüßte er mit erhobener Peitsche, als sei nie etwas vorgefallen, zu meinem Fenster hinauf. Ich liebte diesen Mann und hasste ihn zugleich. Dennoch erging es mir mit ihm ähnlich wie mit Elisabeth. Sein seltsamer, wandelbarer Charakter zog mich immer wieder von Neuem in seinen Bann.

Als sich das mächtige Tor hinter dem letzten Gefährt rasselnd geschlossen hatte, betraten Darvulia, Dorkó, Ilona und Katharina mein Gemach.

Ihr unerwartetes Auftauchen und ihre ernsten Gesichter irritierten mich. Nichts Gutes ahnend, zog ich mich vom Fenster hinter meinen Schreibtisch zurück. Die beste Methode gegen die Angst und um mir die Frauen vom Leib zu halten, war ein Gegenangriff. Also herrschte ich sie an: „Was erdreistet Ihr Euch, Darvulia, unangemeldet mein Gemach zu betreten? Ich habe Euch nicht gerufen und werde diesen Vorfall umgehend der Gräfin melden."

Doch die Darvulia ließ sich von meinem Auftreten nicht beeindrucken. Mit ihrem zynischen Lächeln baute sie sich vor dem Schreibtisch auf und gab den anderen Hofdamen ein Zeichen, worauf Ilona und Dorkó rasch um das Möbel herumtraten und mich ziemlich unsanft an den Armen packten. „Es ist nicht zu übersehen, dass Ihr guter Hoffnung seid, Komtesse. Lange genug habt Ihr es verstanden, diesen Umstand vor uns zu verstecken. Ihr habt zwei Möglichkeiten: Ihr nennt uns den Vater, der dann entscheiden wird, was aus Euch und dem heranwachsenden Kind wird, oder ihr schweigt über Eure amouröse Liebesaffäre und wir werden die Angelegenheit in die Hand nehmen. Ich verspreche Euch, Ihr verspürt keine Schmerzen. Also überlegt gut, was Ihr uns antwortet!"

In Sekundenschnelle schossen mir vergangene Bilder und Szenen durch den Kopf. Ich sah, wie Elisabeth sich der hässlichen Matrone zum Kuss entgegenreckte, und sah Gabor wütend über mir, nicht wissend, ob er mich am Leben lassen oder töten würde. Seine warnenden Worte, ihn als Kindsvater nicht zu verraten, klangen mir noch deutlich in den Ohren. Hatte er das Geheimnis Elisabeth preisgegeben? Oder war ich das Opfer eines Komplotts geworden? Andererseits hatte ich damit rechnen müssen, dass mein Zustand nicht länger unbemerkt bleiben würde. Zugleich keimte in mir der furchtbare Verdacht auf, dass sie eigenmächtig, ohne das Wissen der Gräfin, handelten, weil sie mich hassten. „Ich werde Euch den Namen des Vaters nicht nennen. Ihr habt keine Berechtigung dazu, ihn zu erfahren. Einzig die Gräfin darf das von mir verlangen."

„Die Gräfin?" Anna Darvulia lachte hart auf. „Wenn Ihr unbedingt ihren Zorn heraufbeschwören wollt, dann nur zu! Die Gräfin wird ganz bestimmt nicht so gnädig mit Euch verfahren, wie wir es vorhaben. Sie wird die Leibesfrucht aus Euch herausprügeln!"

„Wie komme ich dann zu der Ehre, dass Ihr mich vor ihr schützen wollt?", entfuhr es mir nicht ohne eine gewisse Ironie. Ich war jetzt nur noch wütend und wollte mich den Griffen der Frauen entziehen. Doch diese Weiber verfügten allesamt über fast herkulische Kräfte und sie waren in der Übermacht. Je mehr ich mich wehrte, umso roher drängten sie mich zum Bett. „Weil ihr eine Hofdame von Adel seid!", keuchte die Darvulia und schlug mir ins Gesicht, als ich nach ihr trat. „Danket dem Herrgott, dass Ihr keine Bauerndirne seid!"

Zum ersten Mal verspürte ich Angst um mein Kind. Verzweifelt wand ich mich zwischen den Händen, die mich festhielten, schubsten und kniffen, und trat mit den Füßen nach ihnen. Als ich auf das Bett geworfen wurde, waren die Weiber nicht schnell genug und ich konnte mich befreien. Mit einem Sprung war ich an der Tür. Doch als ich sie aufriss, um auf den Gang zu flüchten, flog ich Johannes in die Arme.

Der Schock, ihm so unmittelbar gegenüberzustehen, machte mich sekundenlang fluchtunfähig. Johannes hatte vor der Tür Wache gehalten und ich unterlag der trügerischen Hoffnung, dass er gekommen war, um mir zu helfen. Wie falsch ich mit meiner Annahme lag, sollte ich sogleich schmerzlich erfahren. Blitzschnell nutzte er meine Verblüffung, um mir die Arme auf den Rücken zu drehen. Dann stieß er mich, sich an meiner Hilflosigkeit weidend, zurück in den Raum, sodass ich hart auf das Parkett stürzte. Aber ich war ebenso schnell gewesen und hatte noch im Fallen den Griff seines Säbels zu fassen bekommen. In meiner Furcht war ich zu allem bereit. Mit der blitzenden Waffe in der Hand stand ich nun, wie eine in die Enge getriebene Katze, meinen Peinigern gegenüber. „Nun, was steht Ihr und glotzt? Kommt schon! Den Ersten, der sich an mir vergreift, werde ich von den Haarwurzeln bis zu den Füßen aufschlitzen! Du weißt, Ficzkó, dass ich mit dem Säbel sehr gut umgehen kann. Wenn du unbedingt durch meine Hand sterben möchtest, dann mach den Anfang!"

Ich ließ Johannes, immer noch in der Hoffnung, ihn für mich umzustimmen, nicht aus den Augen. Mein Auftritt zeigte Wirkung. Er wurde unsicher. Mit ausgestreckter Hand stand er vor mir. „Gebt mir den Säbel zurück! Ihr macht es nur noch schlimmer, Komtesse! Es ist doch auch zu Eurem Wohl. Wenn es die Gräfin erfährt, ist Euer Leben nichts mehr wert. Ich habe die

Weiber zu der Abtreibung überredet und die Gräfin in der Annahme gelassen, dass Ihr Euch unpässlich fühlt. Wir müssen uns beeilen."

„Von dir also kommt das alles, Johannes? So dankst du mir unsere Freundschaft?" Ich war erschüttert. Dennoch bildete ich mir ein, ein verstecktes Flehen in seinen verengten Augen gesehen zu haben. Die Weiber begannen, mich einzukreisen, und ihren wölfischen Blicken nach zu urteilen, waren sie zu vielem mehr bereit.

Durch die Rangelei hatte Johannes vergessen, die Tür hinter sich zu schließen, und so hatte der Lärm unverhoffte Hilfe angelockt. Denn plötzlich wurde die Tür aufgestoßen und im Rahmen erschien der Hausherr, den Helm mit dem Rossschweif unter dem Arm, in Begleitung seines engsten Freundes, Graf Emmerich Megyery. Das Auftauchen der beiden von Gott gesandten Magnaten stiftete unter meinen Peinigern Verwirrung. Während die beiden Männer noch überrascht auf die Szene schauten, die sich ihren Augen bot, krümmten die Weiber und Johannes den Rücken bereits in tiefer Ehrerbietung. Mir fiel ein Stein vom Herzen und ich dankte dem Herrgott für diese Rettung. Allerdings war es mir mit gezücktem Säbel nicht möglich, den Hoheiten den gebührenden Respekt entgegenzubringen. Ich hatte wohl auch einen seltsamen Eindruck bei ihnen hinterlassen, mit meinen gelösten, vom Kampf zerzausten Haaren und meiner durcheinandergeratenen Kleidung. Graf Nádasdy, der „Schwarze Ritter", wie ihn die Ungarn unter ihresgleichen gern nannten, schlug sich plötzlich auf die Schenkel und begann, lauthals zu lachen. Doch so plötzlich wie sein Heiterkeitsausbruch gekommen war, brach er wieder ab. Mit einem spöttischen Lächeln auf dem Gesicht, die langen schwarzen Locken schüttelnd, zog er nun gleichfalls seinen Säbel, an dessen glänzender Klinge noch das Blut seiner Feinde klebte und parierte mit der Aufforderung: „Nun, schöne Maid, wie steht es mit Euren Fechtkünsten? Möchtet Ihr nicht mit mir die Klingen kreuzen? Oder schlagt Ihr Euch lieber mit der Dienerschaft?" Seine Worte trafen mich siedend heiß und ich spürte, wie ich bis zu den Haarwurzeln errötete. Respektvoll neigte ich den Kopf und senkte den Säbel. Obwohl ich dem Grafen schon einmal begegnet war, erstaunte mich der offene, warme Blick seiner dunkelbraunen Augen, die nun schalkhaft auf mir ruhten. Dass er mich gerade aus großer Gefahr gerettet hatte, schien ihn nicht zu beeindrucken, eher hielt er das Ganze für eine amüsante Komödie.

„Entschuldigt mein Auftreten, Hoheit", erwiderte ich artig.

„Ihr habt richtig gesehen, ich präsentiere den Damen Eures Hofes gerade, wie Eure Hoheit den Osmanen ihre Schandtaten an der christlichen Bevölkerung des Balkans heimzahlt", log ich und fing einen zweifelnden Blick seines Begleiters ein. Einen Blick, den ich mein Leben lang niemals mehr vergessen sollte. Diese stahlblauen, von langen Wimpern gerahmten Augen ruhten mit lächelnder Anteilnahme auf mir und vermittelten mir das Gefühl, als könne er mich wie ein offenes Buch lesen. Ich hatte das Gefühl, vor diesen Augen nichts verbergen zu können. Sie waren wie ein lebendiger Spiegel und hatten sicher schon viel im Leben gesehen. Graf Megyery beeindruckte mich sehr. Er strahlte alles das aus, was ich bisher am Hof der Nádasdys zu finden gehofft hatte: Herzenswärme, Leidenschaft und Geborgenheit. Sicher hatten auch ihn die Kriege, Siege, Plünderungen und Grausamkeiten dieser Zeit geprägt. Doch er war eine bemerkenswerte Erscheinung und das lag nicht nur an seinem feuerroten Haar und der mächtigen Gestalt unter dem weiten schwarzen Pelzumhang, der seine breiten Schultern noch kräftiger erschienen ließ.

„Franz, hättet Ihr erwartet, dass wir noch eine Festung, und diesmal eine so schöne, erobern müssen?", fragte er augenzwinkernd den Grafen, der darauf belustigt antwortete, während er mit zwei Fingern die Klinge meines Säbels prüfte: „Das ist natürlich eine weit angenehmere Eroberung, als sich mit den Begs von Mohács und Pécs auf den zugefrorenen Flüssen zu schlagen. Aber wir haben Kanizsa besetzt und die Osmanen in die Sümpfe gejagt, da sollte es uns bei dieser hübschen Festung nicht schwerfallen, sie ebenfalls zu gewinnen." Er winkte mich näher zu sich und gab gleichzeitig der Darvulia und ihrem Anhang zu verstehen, dass sie uns zu verlassen hatten. Unterwürfig, im Rückwärtsgang seine Hoheit lobpreisend, entfernten sie sich. Nachdem wir nur noch zu dritt waren, ließ er sich auf einer zierlichen türkischen Ottomane nieder und gebot mir, mich neben ihn zu setzen. Vor Aufregung wurde mein Hals ganz trocken. Man munkelte am Hof, dass der Graf, ob im Feld oder auf seinen unzähligen Besitztümern, zahlreiche Affären hatte und er dabei keine großen Unterschiede zwischen einer Hofdame, einer Bauerntochter oder einer Gefangenen machte. Zur Belohnung gab es Pelze, Schmuckstücke oder Kleider und für weibliche Gefangene die Freiheit.

Meine Abenteuer am Hof hatten meine Sinne extrem geschärft, zudem war ich in Liebesdingen nicht mehr ganz so unerfahren. Der Graf interessierte sich offensichtlich für mich und ich ahnte, was das bedeutete.

Graf Megyery hatte sich uns gegenüber im Sessel niedergelassen und steckte sich eine Pfeife an, während sein Blick weiterhin ruhig und mit Wohlgefallen auf mir ruhte. Da der Hausherr die uneingeschränkte Macht in allen Räumen des Schlosses hatte, nahm ich unsicher neben ihm Platz. Doch anders, als ich erwartet hatte, blieb Franz ein Muster an Zurückhaltung. Er hielt den gebührenden Abstand zwischen uns ein und schenkte mit eigener Hand Wein aus dem Porzellangefäß, das auf seinen Befehl gebracht wurde, in drei goldene Porzellanbecher.

„Dieses Service ist ein Geschenk des Sultans", lächelte er, als er meinen bewundernden Blick auf das Goldgeschirr sah, und führte meine Hand an seine Lippen. „Nun, wollt Ihr mir erzählen, was wirklich vorgefallen ist? Für die Buhle meiner Frau und ihre nicht minder schlechte Gefolgschaft habt Ihr sicher keinen Fechtunterricht gegeben. Ich habe Furcht in Euren Augen gesehen."

Ich hatte geahnt, dass er diese Frage stellen würde, und senkte verschämt den Blick. Was sollte ich ihm darauf antworten? Die Wahrheit hätte mir nicht geholfen. Er spürte, dass ich etwas vor ihm verbarg, berührte meine Hände und strich zart über meine Finger. „Ihr wollt es mir nicht sagen?" Sein Gesicht kam dem meinen sehr nahe. Ich spürte seinen Atem an meiner Stirn. Doch Graf Megyery, der mich nicht aus den Augen gelassen hatte, rettete die Situation. Er erhob sich, legte

dem Grafen die Hand auf die Schulter und beugte sich
zu ihm hinab. „Ihr solltet Euer Eheweib nicht länger
warten lassen, Graf. Elisabeth hält sicher schon mit Ungeduld nach Euch Ausschau. Außerdem erwarten wir
noch eine Gesandtschaft des polnischen Königs."

„Ach ja, mein Weib", antwortete Franz zerstreut. Man
sah, dass ein leichter Schatten die scharf geschnittenen
Züge überzog und dass ihm die Störung ungelegen
kam. Die Gelegenheit nutzend, erhob ich mich ebenfalls und verneigte mich erleichtert vor ihm. Er verabschiedete sich mit einem charmanten Handkuss, den
ich dem Kriegsmann nicht zugetraut hätte, und hielt
meinen Blick länger, als es erlaubt war, fest. Als seine
stattliche Figur in der Tür verschwand, drehte sich Graf
Megyery noch einmal zu mir um und warnte mich
leise: „Seid vorsichtig, Komtesse. Der Graf hat ein Auge
auf Euch geworfen. Ein so schönes und unschuldiges
Geschöpf wie Ihr eignet sich nicht zur Mätresse. Ich
vermute, Ihr habt Hilfe bitter nötig. Nehmt meine
Freundschaft, ich bin gern Euer Diener, und ruft nach
mir, wenn Ihr mich braucht!"

Eine kurze Verbeugung und ein offener bewegter
Blick aus seinen blauen Augen – dann machte er auf
dem Absatz kehrt und verließ mit wehendem Mantel
den Raum.

X. Kapitel

Während Susanna sich noch im Gespräch mit dem Grafen befand, hatte die Hexe Darvulia nichts Besseres vor, als raschen Fußes zur Gräfin zu laufen, um ihr zu berichten, was vorgefallen war. Auf dem Weg zu ihren Gemächern begegnete sie Gabor, der es eilig zu haben schien. Sie verneigte sich respektvoll vor ihm. Normalerweise verschwendete der Graf keinen Blick an das Weib. Doch diesmal blieb er stehen und sah einen Augenblick nachdenklich auf ihren gesenkten Rücken herab. Dann gab er seinen Heiducken mit einem Wink zu verstehen, dass sie sich zu entfernen hatten und sagte: „Erhebe dich, Weib! Was willst du? Ich weiß genau, dass deine Ehrerbietung von falschem Herzen kommt und du mir lieber dein Gift ins Gesicht spritzen würdest. Wie ich sehe, bist du auf dem Weg zu meiner Tante?"

„Ihr habt richtig bemerkt, Eure Hoheit", antwortete die Darvulia und richtete sich auf, hielt den Blick aber weiterhin an den Boden geheftet.

„Du bist aus den Gemächern der Gräfin von Weißenburg gekommen. Was hast du da gesucht?"

„Die Komtesse war unpässlich", log sie. „Sie brauchte meine Hilfe."

Gabor runzelte die Brauen und schürzte die Lippen. Zugleich hob er mit der Reitpeitsche ihr Gesicht so weit an, dass sie seinem Blick nicht mehr ausweichen konnte. „Wieso unpässlich? Wolltest du ihr mit deiner Hexerei oder mit dem Geburtsbesteck gegen die Unpässlichkeit helfen?" Sein Blick bohrte sich jetzt lauernd in ihre roten Augen.

Auf diese Frage war das Weib nicht gefasst gewesen und wäre nun vor Scham am liebsten im Boden versunken. Während die Hexe noch überlegte, woher er von ihrem Vorhaben wissen konnte und wer sie verraten hatte, griff er ihr in den steifen Kragen und zog sie näher an sein Gesicht. Seine Lippen formten sich jetzt zu schmalen Strichen und seine ganze Haltung bekam einen drohenden Charakter. „Du weißt von der Schwangerschaft? Mir ist bekannt, dass deinen Ohren und deinen kranken Augen nichts im Schloss entgeht. Aber wage es, der Gräfin gegenüber ein Sterbenswörtchen davon zu erwähnen oder sie gar gegen die Komtesse aufzuhetzen, dann gnade dir Gott, verfluchtes Weib!"

Anna Darvulia machte sich steif und versuchte, sich seinem Griff zu entziehen. „Die Herrin wird es irgendwann selbst entdecken", wagte sie ihm zu entgegnen.

„Dann wirst du dafür sorgen, dass sie es nicht entdeckt, Metze! Aber wehe dir, du schlachtest das Kind ab! Sobald es auf der Welt ist, schickst du es mit einem Boten zu mir. Wage es ja nicht, dem Kind auch nur ein Haar zu krümmen! Dann, das schwöre ich dir, ist dein Leben keinen Forint mehr wert!"

„Wie Hoheit befehlen, immer zu Euren Diensten!", krächzte sie.

Auch wenn Anna Darvulia zu Elisabeths Hofstaat gehörte und einzig ihr unterstellt war, nahm sie Gabors Drohung ernst. Sie kannte den jungen Neffen der

Gräfin als ebenso unbeherrscht wie Elisabeth selbst und wusste, dass sie ihn nicht unterschätzen durfte. Wenn es die Situation erforderte, dann würde er sich auch gegen seine Tante stellen. Aber ebenso wie Elisabeth wusste er, wie man sich Mitwisser gefügig machte. Er ließ die Darvulia los, sodass sie rückwärts strauchelte, zog unter seinem Umhang einen kleinen Beutel hervor und ließ ihn vor ihrer Nase hin und her tanzen. Die Goldmünzen klimperten und der Blick des gierigen Weibes wurde immer begehrlicher. „Nimm das Geld für deinen Dienst und bedenke, dass du damit deine Seele an mich verkauft hast." Mit einem höhnischen Lachen warf er ihr den Beutel zu, den sie hastig auffing und in ihrem Mieder versteckte. Letztlich sah sie ihm mit einem verkniffenen, bösartigen Ausdruck hinterher, als er mit klirrenden Waffen und wehendem Mantel hinter einem Vorsprung verschwand und sie mit erhobener Faust an ihr Versprechen erinnerte.

Elisabeth befand sich bereits im Nachtgewand, als die Darvulia bei ihr eintrat. Es war spät am Abend und eine Zofe löschte gerade die Kerzen im Schlafgemach. Die Gräfin stand über ihren Sekretär gebeugt und schien nach etwas zu suchen. „Tritt näher!", forderte sie das Hexenweib auf, ohne sich von ihr in ihrer Suche stören zu lassen. „Du musst mir helfen. Ich habe einen Brief an Graf Thurzo geschrieben und mein Siegel nicht zur Hand. Deshalb wollte ich eine Münze in das Wachs drücken und nun ist sie verschwunden."

Es flackerten nur noch wenige Kerzen in dem halbdunklen Raum, doch die Darvulia brauchte kein Licht. Sie fand ihren Weg trotz der Verletzung ihrer Augen auch in der Nacht so sicher wie ein Sehender. Ihr Augenlicht verschlechterte sich tagtäglich. Doch je dunkler es um sie herum wurde, umso besser konnte sie die Dinge unterscheiden. „Wo hast du ihn denn hingelegt, mein Kind?", fragte sie. Der Schatten der Kerze auf Elisabeths Sekretär hob das breite, scharf geschnittene Gesicht des alternden Weibes mit den unruhigen Augen und der gebogenen Nase noch stärker hervor. Sie sah etwas unschlüssig auf Elisabeth herab, die nun den Teppich unter dem Sekretär nach der Münze absuchte und dabei genervt mit der Faust auf den Boden hämmerte.

Anna Darvulia fand das Aufheben um eine einzelne Münze übertrieben, spürte aber mit ihrem feinen Instinkt, dass die Gräfin ein Ventil brauchte, wenn sie die Nacht ruhig und entspannt überstehen sollte. Da sie nicht erkennen konnte, was in dem Brief geschrieben stand, tastete sie mit spitzen Fingern die Umgebung des Schreibtischs ab und entdeckte dabei, unter einer Papierrolle, die gesuchte Münze. Rasch kam ihr eine Idee und während sie das Goldstück hinter ihrem Rücken verbarg, sagte sie: „Mein Kind, du regst dich viel zu oft über Kleinigkeiten auf. Denk daran, dass es dir schadet. Die Münze hat sicher die Zofe genommen. Das Pack stiehlt doch, wo es die Gelegenheit bekommt." Zur Bestätigung bedachte sie das Mädchen, das gerade die Kerzen vor dem baldachingekrönten Bett löschte, mit einem abfälligen Blick. Der Hinweis hatte der Gräfin genügt, um sich kerzengrade aufzurichten. Verblüfft starrte sie das Weib an. „Aber sicher, dass ich nicht gleich darauf gekommen bin!"

Augenblicklich galt ihr ganzes Interesse dem Mädchen.

„Komm zu mir, Kind!", befahl sie ihr. Nur zögerlich
folgte die Zofe dem Befehl ihrer Herrin. Als sie mit gesenktem Blick vor ihr stand, fuhr die Hand der Darvulia blitzschnell in deren Schürzentasche und brachte
triumphierend das Geldstück hervor. „Nun, was habe
ich gesagt?" Sie grinste das Mädchen boshaft an. „Die
Dirne hat die Münze gestohlen. Hat wohl geglaubt, die
Herrin bemerke es nicht. Man kann tatsächlich keiner
von ihnen trauen", stellte sie gehässig fest und wendete
sich wieder an Elisabeth, die vor Empörung rot anlief.

„Metze, bekommst du nicht genug von mir, dass du
mich bestehlen musst?", schimpfte sie und begann nun
ihrerseits, hastig die Schürze des Mädchens nach weiterem Diebesgut zu untersuchen. Die Zofe wimmerte
und beteuerte mit vor Angst weit aufgerissenen Augen
ihre Unschuld. „Ich habe die Münze nicht genommen,
Herrin, bei Gott, unserem Herrn, ich schwöre es ... Ich
weiß nicht, wie sie in die Schürze gekommen ist."

„Du wagst es auch noch zu lügen?", entgegnete Elisabeth und schlug ihr mit der flachen Hand ins Gesicht.
Plötzlich schien sie auf eine höllische Idee zu kommen.
Ihr Gesicht entspannte sich, die hektischen Flecken
verschwanden. „Bring mir den Dolch von meinem
Schminktisch, Anna!" Das Weib beeilte sich und
brachte ihr das Gewünschte, ein kleines Kunstwerk osmanischer Schmiedekunst. Elisabeth legte die Münze
auf die Spitze der Schneide und hielt beides über die
Kerze. Es dauerte nicht lange und die Flamme färbte
die Münze blutrot. Nun befahl Elisabeth dem Mädchen,
die Hand, mit der sie die Münze genommen hatte, vor

ihr auszustrecken. Als das verstörte Mädchen dem Befehl nicht nachkam, öffnete ihr die Darvulia mit Gewalt die verkrampften Finger.

„Für diesen Diebstahl, mein Kind, muss ich dich bestrafen, das siehst du doch ein", stellte die Gräfin ganz ruhig fest und ließ das glühende Geldstück auf die ausgestreckte Handfläche fallen. Das Mädchen stieß einen spitzen Schrei aus und wollte die Hand zurückziehen. Doch Elisabeth schrie „Mach eine Faust, Metze!" und presste ihr die Schneide mit der glühenden Münze so lange auf die Handfläche, bis es aufhörte zu zischen und der Geruch von verbranntem Fleisch den Raum durchzog. Das Mädchen wimmerte, hielt aber gehorsam still und schluckte an ihren Tränen, bis Elisabeth ihr befahl: „Nun geh und denk über deinen Ungehorsam nach! Bestiehlst du mich noch einmal, bin ich nicht so gnädig zu dir, sondern lasse dich auspeitschen, bis du in deinem eigenen Blut badest!"

Nachdem die Zofe das Gemach verlassen hatte, setzte sich Elisabeth wieder vor ihren Sekretär. Anna Darvulia trat hinter sie, umfasste zärtlich ihre Schultern und massierte mit den Fingern ihren Nacken. „Was hast du Graf Thurzo geschrieben, mein Kind?", fragte das Weib und beugte sich lauernd über sie.

„Ich wollte ihn bitten, mir bei meiner nächsten Reise nach Beczkó seinen Aufenthaltsort mitzuteilen. Ich möchte ihm auf diesem Wege meine Aufwartung machen."

„Ist es nicht eher ein Versuch, ihn in dein Bett zu bekommen? Der Palatin ist dir, der Herrscherin, sehr ergeben, aber er hat dich als Weib abgewiesen. Was willst du noch von ihm?"

„Einen Sohn!", erwiderte Elisabeth. Es sollte scherzhaft klingen, endete jedoch in einem Seufzer.

„Dafür hat dein Ehemann zu sorgen."

Die Darvulia hatte aufgehört, Elisabeths Nacken zu kneten. Sie beugte sich tiefer über sie und stützte demonstrativ ihre Hände auf den Schreibtisch ab. Keiner im Schloss, nicht einmal der Graf, hatte eine Ahnung davon, dass die mächtigste Frau Ungarns vor diesem alternden, hässlichen Weib insgeheim zitterte.

„Anna, du weißt, dass seine Besuche bei mir immer seltener werden. Franz ist ein Kriegsmann, die Grausamkeiten des Krieges haben seine Gefühle für mich geprägt. Er wird niemals mehr ein galanter Liebhaber sein. Und ich lass mich von ihm nicht länger demütigen. Ich bin keine seiner Huren." Wütend stampfte Elisabeth mit dem Fuß auf.

„Ich erinnere mich, mein Kind." Die Darvulia strich ihr beruhigend über das gelöste schwarze Haar. „Dein Gatte soll sehr brutal sein beim Akt. Vielleicht hast du deswegen zwei deiner vier Kinder verloren. Wäre dein Sohn Andreas nicht gestorben, brauchtest du dir jetzt keine Sorgen um einen Sohn und Nachfolger zu machen."

„Das stimmt so nicht, Anna. Meine kränkelnde Gesundheit trägt die Schuld daran, dass die Kinder nicht lebensfähig waren. Ich liebe meinen Mann und ich sehne mich nach ihm. Aber er ist wie ein wildes Tier und will, dass ich während des Beischlafs seinen ausgefallenen Wünschen nachkomme. Da ich das nicht kann, demonstriert er mir während des Liebesaktes mit Gewalt seine Überlegenheit. Das ist es, was ihn in meinem Bett zum Mann macht. Vielleicht demütigt er mich auch aus Rache, für die Liebe zwischen uns Frauen, in die du mich vor unserer Hochzeitsnacht eingewiesen hast."

„Du warst noch ein Kind. Ich habe dir nur vor Augen geführt, was dein Ehemann von dir erwartet. Du warst so verstört und so ängstlich", rechtfertigte sich die Darvulia. „Dafür hat er mich ja auch aus deiner Nähe verbannt."

„Aber du hast ihn gedemütigt, Anna, indem du mir beigebracht hast, dass Liebe zwischen Frauen schön sein kann. Deshalb geht er zu seinen jungen Huren und sie werden immer jünger, je älter ich werde. Zu mir kommt er nur noch mit Widerwillen. Aber zur Frau werde ich doch erst durch einen Mann. Er ist mein Spiegel."

„Er wird schon noch zu dir kommen", tröstete sie die Darvulia. „Aber der Palatin ist keine Lösung dafür und auch nicht der rote Megyery. Er wird dir eher Unglück bringen, Kind!"

„Woher weißt du ...?" Elisabeth hob überrascht die Brauen.

„Ich habe gesehen, wie du Megyery heute Nachmittag beim Empfang schöne Augen gemacht und ihn wie eine Spinne umgarnt hast."

Elisabeth zuckte mit den Schultern. „Na und? Ich wollte Franz eifersüchtig machen."

„Du solltest deine Reize anders einsetzen. Nicht mehr lange und du bist eine alte Frau. Denk an deine Aufgabe, für einen Erben zu sorgen. Schon Königinnen brachten sich um Leib und Gut, weil sie ohne männliche Nachfolge blieben. Manche wurden von ihren Ehemännern sogar geköpft."

„Und was hast du für einen Vorschlag?"

Das Gespräch begann, Elisabeth zu ermüden. Erschöpft erhob sie sich und begab sich zum Bett. Die Darvulia entfernte rasch die Bettpfanne. Mit der eisernen Pfanne in der Hand sagte sie: „Wenn dein Gemahl heute Nacht wieder nicht zu dir kommt, habe ich etwas gegen deinen Kummer. Ich hol dir morgen seinen Knecht in dein Bett. Er sieht Franz ähnlich, ist jung, gesund und kräftig. Außerdem habe ich das Orakel befragt. Der Katzenkönig sagt, dass es ein Fremder ist, der dir einen Sohn schenken wird. Vor seiner Abreise werde ich Franz einen Trank bereiten. Danach wird er nicht mehr wissen, ob er dir beigewohnt hat und niemand erfährt, dass es nicht sein leiblicher Sohn ist, den du gebären wirst."

„Sprichst du von Vitus?" Die Gräfin schien zu überlegen.

„Ja, er ist wahrlich ein stattlicher Bursche. Ich habe ihn schon in Franz' Begleitung gesehen. Aber er könnte über die Liebesnacht plaudern!"

„Dafür lass mich sorgen. Der Tod auf dem Schlachtfeld wird ihm gewiss sein", antwortete die Darvulia.

Die Gräfin schloss die Augen und die Hofdame bettete sie wie ein Kind in die Kissen. Mit den Fingern massierte sie ihr die

Schläfen und summte dazu leise eine Melodie. Doch plötzlich unterbrach sie ihre Tätigkeit und sagte: „Ich habe den Herrn heute Abend im Gemach der jungen Komtesse Susanna belauscht. Es könnte sein, dass er sie zu seiner Favoritin macht."

„Ach", winkte die Gräfin müde ab. „Sie ist keine Jungfrau mehr und sie genießt mein Vertrauen. Meine

Gunst wird die Komtesse doch nicht für eine Liebelei mit meinem Gemahl aufs Spiel setzen."

„Wenn sie es aber doch tut?", fragte die Intrigantin lauernd.

„Ich werde sie morgen darüber befragen", murmelte Elisabeth. Die Darvulia zog ihr die Seidendecke bis zum Kinn und deckte sie mit einem Fell warm zu, als sie sah, dass die Gräfin eingeschlafen war.

***

In der folgenden Nacht wurde ich von seltsamen dumpfen Geräuschen geweckt. Ich beschloss, den Geräuschen auf den Grund zu gehen, die von irgendwo aus einem versteckten Teil des Schlosstraktes zu kommen schienen, ohne zu ahnen, dass die Gräfin das Gleiche vorhatte. Da es Elisabeths Wille war, ihren Gemahl am nächsten Tag mit einem üppigen Festessen zu verabschieden, sehnte ich mich nach einem ungestörten Schlaf. Ihr Vorhaben bedeutete für mich, früh aufzustehen. Die Gräfin würde auf meine Hilfe bei der aufwendigen Toilette, mit der sie ihrem Gemahl zu gefallen gedachte, nicht verzichten wollen. „Es werden Jahre vergehen, ich werde ein altes und hässliches Weib sein, wenn er zurückkommt", hatte sie mir ihr Leid geklagt und dann erklärt, weshalb Franz sie verließ: „Uns steht ein langer Krieg gegen die Osmanen bevor. Deshalb hat der Kaiser meinen Gemahl, ein Mitglied der Abgeordneten der ungarischen und slowenischen Volksversammlung, ganz plötzlich nach Prag abberufen. Aber in Wirklichkeit sind es sein Mut, seine Verlässlichkeit und sein Unternehmungsgeist, insbesondere aber

184

seine Kenntnisse über die politischen und militärischen Verhältnisse, die der Kaiser so an ihm schätzt.“

Nun taumelte ich im trüben Schein der flackernden Wandbeleuchtung verschlafen vorwärts, peinlich bestrebt, keinen Lärm zu machen, um nicht die in den Loggien und Galerien schlafenden Diener zu wecken. Ich folgte dem langen Gang vor meinem Gemach und als ich feststellte, dass der Lärm aus den unteren Räumlichkeiten kam, stieg ich ein Stockwerk tiefer. Angelockt von gedämpften Stimmen, wandte ich mich nach einer Biegung zur rechten Seite, machte noch ein paar Schritte und verbarg mich dann erschrocken hinter einer Säule. Nur wenige Meter vor mir, verdeckt hinter einer antiken Skulptur, entdeckte ich den Schatten einer Frau. Es war die Gräfin. Sie trug nur ein seidenes Nachtgewand und gegen die Kälte ein Schaffell. Ich sah, wie sie die Hand erregt im Haarkleid ihrer Hündin vergrub, und beschloss abzuwarten, was geschah.

Fröstelnd zog ich meinen Umhang fester um die Schultern. Auf den Gängen war es empfindlich kalt. Wohlig beheizt wurden im Allgemeinen nur die Privatgemächer. Elisabeths Brust hob und senkte sich. Sie stierte geradeaus und schien außer Atem. Ich schloss daraus, dass sie sehr aufgewühlt war. Als ich ihrem Blick folgte, erklärte sich mir einiges. Vor mir lag in einer Senke ein freier Raum, ähnlich dem Kammergarten des Kaisers, der über eine schmale Wendeltreppe zu erreichen war. Wie lange die Gräfin hier schon in der Kälte stand und die illustre Runde, bestehend aus ihrem Gemahl, Graf Megyery und ihrem Neffen Gabor, beobachtete, entzog sich meiner Kenntnis.

Die drei Männer wähnten sich allein und fläzten sich auf ihren mit Seidenbrokat bezogenen Sitzmöbeln mit übereinandergeschlagenen Beinen vor einem weißgoldenen Prunkofen, zwischen mit rotem Stoff bespannten Wänden, goldenen Spiegeln, Rüstungen und kunstvollen Waffenschränken. Zu ihren Füßen, auf Fellen und weichen Perserteppichen, räkelten sich ihre Hunde. Die Männer schnupften aus goldenen Tabakdosen und der Wein floss in Strömen. Doch das Erschütterndste musste für Elisabeth gewesen sein, dass jeder der Männer ein blutjunges Mädchen aus ihrem Hofstaat in seinen Armen hielt. Die drallen Dirnen kicherten über die Anekdoten und Kriegsberichte, die Franz fantasievoll und witzig zum Besten gab. Mit vom Weingenuss leicht brüchiger Stimme brüstete er sich nicht nur lautstark mit seinen siegreichen Taten vor den Mädchen, sondern es bereitete ihm offenbar auch ein besonderes Vergnügen, ihnen Angst einzujagen.

„Solche jungen Dinger wie Euch verschleppen die Osmanen auf den Sklavenmarkt oder vergewaltigen und foltern sie bestialisch!", schockte er sie und schien es zu genießen, wenn sie erschrocken bei ihm Schutz suchten. „Den Opfern werden die Kleider vom Leibe gerissen und sie werden wie Vieh an Stangen gebunden und auf kleinem Feuer geröstet!", schob er noch hinterher und ließ sich im gleichen Moment von ihnen als Held feiern. Denn nun kam er auf die Belagerung seiner Besitztümer in Stuhlweißenburg und Pákozd zu sprechen, welche die Türken zahlreiche Tote und vierundvierzig Kanonen gekostet hatte. Mit den Worten: „Die Osmanen nennen mich den ‚schwarzen Beg‘. Nicht umsonst zittern sie vor der Nennung dieses Namens und reden von mir nur in Ehrfurcht. Denn ich, Graf Nádasdy, vergesse niemals und zahle ihnen all ihre Grausamkeiten mit gleicher Münze zurück.", warf er sich vor ihnen in die Brust und genoss es, dass sie ihn dafür anhimmelten. „Mein Freund Emmerich kann bestätigen, dass wir keine Gefangenen machen. Ja, seht ihn Euch gut an. Er trägt seinen Namen, ‚der rote Megyery' nicht nur seiner Haarfarbe wegen, sondern wegen des vielen Blutes, das er für seinen Herrn vergossen hat. Viele Tausende unserer Feinde starben durch seine Hand und ich verdanke ihm nicht nur einmal mein Leben. Es stimmt doch, mein Emmerich", sagte er und klopfte Megyery auf die Schulter. „Sollte ich einmal einen Sohn haben, wirst du, mein Freund, sein Lehrmeister in der Kriegskunst sein! Das schwöre ich dir, so wahr ich, der ‚Schwarze Ritter', der Türkenschlächter, bin!"

„Mir ist zu Ohren gekommen, Ihr habt den Aufstand in Pápa ebenfalls so glanzvoll niedergemetzelt?", erhob Gabor, der sich bis jetzt mit einem eingefrorenen Lächeln auf den Lippen, zurückgehalten hatte, das Wort. Er blieb die ganze Zeit über ein stiller Zuhörer und es schien, als verberge er hinter seiner lächelnden Maske, was er wirklich dachte. Nach all den Lobpreisungen schien es mir, als wollte er Franz jetzt auf den Zahn fühlen. „Wie viele aufständische Söldner habt Ihr für ihren Frevel, die Stadt an den Beg zu verkaufen, getötet, Graf?"

Franz warf ihm einen seltsamen Blick zu, nahm dann eine Prise Schnupftabak und einen kräftigen Schluck aus dem Becher, griff gleich darauf seiner Schönen mit der Hand ins Mieder und riss ihr brutal den Stoff von den Schultern. Beim Anblick der nackten reifen Früchte rollte er mit den Augen und versenkte seine Nase zwischen ihren Brüsten. Das Mädchen quietschte, lachte und bog wollüstig den Hals nach hinten.

„Was für eine Frage, Gabor", brummte er unter Küssen und Grunzen. „Zweitausend waren es, soweit ich mich erinnere. Gezählt habe ich sie nicht! Aber das Weib hier wiegt alle draufgegangenen Feinde auf. Weiber, Gabor, sind das Leben. Es gibt nichts Schöneres als zwei junge knackige Brüste und weiche Hände, die dein bestes Stück kneten!"

„Was meint Ihr dazu, Emmerich?", zwinkerte er dem Freund mit verschwitztem, hochrotem Gesicht zu.

Megyery schien der Nüchternste von den dreien zu sein. Er versuchte sanft, das Mädchen loszuwerden, das ihn mit ihren weißen Armen umschlungen hielt und ihm ihren Busen auffordernd entgegenstreckte. Man sah seinem Gesicht an, dass ihm die Frage unangenehm war. Schließlich war er nicht der Mann, der sich gern mit seinen erschlagenen Feinden brüstete. „Ich erinnere mich nicht genau", antwortete er nachdenklich. „Aber wenn Ihr es sagt, werden es wohl so viele gewesen sein. Bis auf wenige schmücken ihre Köpfe jetzt Eure Burgzinnen."

„Soll das ein Vorwurf sein, dass wir keinen am Leben ließen, mein Freund? Dann erinnert Euch an Buda, wo wir gemeinsam den gehuldigten Flecken Budaorszi plünderten. Wie vielen Christen schenkten wir ein neues Leben, als wir sie aus türkischer Hand befreiten? Und wie viele unserer Bauern küssten uns aus Dankbarkeit die Füße über die erbeuteten Rinder und Pferde?", erwiderte der Graf ungehalten. Er hatte dem

Mädchen nun vollständig die Kleider vom Leib gerissen und kniete vor ihrem Schoß.

Während er ungeduldig an seiner Hose nestelte, sagte er zu seinem Neffen, dessen aufgesetztes Lächeln unverändert geblieben war und der nur darauf lauerte, seine eigenen Interessen in diesem Krieg durchzusetzen: „Im Grunde sind wir Ungarn doch der Zankapfel zwischen den Habsburgern und den Osmanen. Für jemanden wie Euch, Gabor, der bereits seine eigenen Ziele verfolgt, sollte es ein Gewinn sein, dass Fürst Sigismund Báthory sich zusammen mit den Fürstentümern Moldau und Walachei aus der Oberhoheit der Pforte gelöst hat und den Thron von Siebenbürgen an den Kaiser abgegeben hat. Aber wir sind nicht hier zusammengekommen, um uns gegenseitig die Fehler dieses Krieges zuzuschieben. Mir wäre es auch lieber, könnte ich meinen eigenen Acker bestellen und müsste nicht immerfort die osmanischen Eindringlinge von ihm vertreiben. Deshalb wenden wir uns lieber den angenehmeren Dingen des Lebens zu, bevor es wieder hinaus ins Feld geht. Oder wie denkt Ihr darüber, mein junger Freund Gabor? Ich glaube, Ihr werdet es eines Tages noch weit bringen. Das Zeug dazu habt Ihr, wie mir scheint."

Gabor hatte den intriganten Hinweis nicht überhört und konterte nun lächelnd: „Dann solltet Ihr eine solche Schönheit wie meine Tante nicht mehr länger schmoren lassen, Franz. Überhaupt vernachlässigt Ihr die Gräfin viel zu sehr. Sie hat sich erst kürzlich bei mir ausgeweint, dass sie keinem Mann mehr zugetan ist als Euch, Franz, Euch aber immer seltener zu Gesicht bekommt! Es ist nicht gut, ein so heißblütiges Weib wie

Elisabeth zu verärgern. Ihren Unmut darüber hat ihr Gesinde auszubaden. Unser Pastor beschwert sich schon darüber, dass sie ziemlich unchristlich mit ihren Mädchen umgeht und selbst in der Kirche zur heiligen Messe auf sie einprügelt, wann immer ihr danach ist."

Bei diesen Worten krallte Elisabeth ihre Hand so fest in das Fell ihres Hundes, dass dieser leise aufheulte. Sie hatte genug gehört und gesehen. Wie gejagt lief sie den Weg, den sie gekommen war, zurück. Mein Gefühl sagte mir, dass es ein furchtbares Drama geben würde, und ich fürchtete in diesem Augenblick um die jungen unschuldigen Gespielinnen. Das Mädchen in Franz' Armen wurde von allen Zsuzska gerufen und war die Tochter einer ziemlich begüterten Witwe. Die beiden anderen Mädchen waren mir unbekannt. Ich war nur froh, dass Katica nicht zu ihnen gehörte. Aber schon am nächsten Tag konnte der Graf sie für seine Gelüste auswählen und so hoffte ich in diesem Augenblick auf nichts sehnlicher, als dass sie rasch männlichen Schutz für unsere bevorstehende Flucht fand. Immerhin wusste ich um die Unberechenbarkeit der Gräfin. Deshalb brachte ich es trotz meiner zitternden Knie fertig, ihr in einem gewissen Abstand heimlich zu folgen. Ich musste mich beeilen, denn sie lief sehr rasch. Je näher sie ihrem Ziel kam, umso öfter schaute sie sich um. Mir blieb in solchen Momenten nur, hinter einer Säule Schutz zu suchen. Da ich ahnte, welchen Weg sie nehmen würde, folgte ich ihr bis zu der mir bekannten Tür im unteren Gewölbe des Frauenhauses. Sie riss sie auf und stürzte, ohne sie hinter sich zu schließen, direkt in die Arme ihrer alten Vertrauten. „Anna!", hörte ich sie schluchzen. „Er wird nicht zu mir kommen. Er ist schon wieder bei seinen Huren. Oh, ich halte es nicht länger aus. Anna, hilf mir! Warum tut er mir das an?“

Anna Darvulia hielt sie in ihren Armen und strich ihr wie eine Mutter sanft über das gelöste Haar. Sie trocknete ihre Tränen und küsste die Schluchzende, bis diese sich einigermaßen beruhigt hatte. Dann begab sie sich zu einem Gemälde, welches Elisabeth mit ihrem Gatten Franz zeigte, und fuhr mit ihren Fingern am Rahmen entlang. Als sie gefunden hatte, wonach sie suchte, schob sich das Bild knarrend aufwärts und eine Geheimtür kam zum Vorschein. „Komm, Elisabeth, die Mächte des Katzenkönigs werden eine Lösung bieten!“, forderte Anna die Verzweifelte auf und beide verschwanden hinter der Tür in der Wand, die sich sofort wieder selbstständig mit dem Gemälde verschloss. Zu gern hätte ich erfahren, was sich hinter dem Bild befand. Doch der Wächter, der mich schon längere Zeit verschlafen beobachtete, hielt mich davon ab, ihnen zu folgen. Enttäuscht und müde trat ich den Rückweg an, als ich plötzlich eine Hand auf meiner Schulter verspürte. Erschrocken wandte ich mich um und sah in Katharinas verschlafenes Gesicht.

Die Dienerin wies mit dem Finger auf ihre Lippen und gebot mir zu schweigen. „Was macht Ihr hier zu so später Stunde, Komtesse?“, wisperte sie. „Spioniert Ihr herum?“

Ich schüttelte heftig mit dem Kopf und log: „Ich habe schlecht geschlafen und mir nur ein wenig die Füße vertreten.“

Katharina hob überrascht die Augenbrauen. In ihrem Gesicht zuckte es nervös. Die Angst davor, sich hier unten mit mir zu unterhalten und dabei entdeckt zu werden, konnte ich fast riechen. Dennoch hatte sie mich durchschaut und schob mich vor sich her zur Treppe. „Ihr habt hier nichts zu suchen, geht nach oben in Euer Gemach!"

Verärgert und zugleich verwundert über ihren Ton, drehte ich ihr das Gesicht zu. Doch noch bevor ich mich in Worte fassen konnte, flüsterte sie weinerlich: „Hier unten bestimmt die Darvulia, was gemacht wird. Deshalb gebe ich Euch den Rat, verlauft Euch nicht wieder in diesen Bereich des Schlosses. Nicht nur Euer Leben riskiert Ihr damit."

Sie nahm die Hand mit der Fackel und leuchtete an mir herunter. „Ihr habt an Leibesfülle zugenommen." Ich wusste sofort, was sie meinte und nickte. „Ihr habt Euch schwängern lassen. Wie unklug von Euch. Beherzigt meinen wohlgemeinten Rat, treibt es ab oder verlasst das Schloss! Es lässt sich nicht mehr länger verbergen."

Unter meinem losen Umhang wölbte sich eine Kugel. In meinem Eifer hatte ich vergessen, dass ich nur einen Mantel trug, der jede Unebenheit meines Körpers gnadenlos preisgab. Katharina schien als Einzige ein Herz zu besitzen. Dankbar ergriff ich ihre Hände, in der Hoffnung, sie vielleicht für meine Fluchtpläne zu gewinnen. Doch sie entzog sie mir hastig. „Ich gehöre der Gräfin. Erwartet keine Hilfe von mir. Ihr seid mir nur sympathisch, deshalb verrate ich Euch nicht. Aber verlasst endlich diesen Ort!"

Sie verabschiedete sich mit einem heftigen Stoß, der mich fast zum Stolpern brachte, und verschwand rasch im Dunkel des Gewölbes. Ich blickte ihr einen Moment lang hinterher und sah mich dann in meiner Annahme bestätigt, dass Katharina sehr ängstlich und vorsichtig war. Offenbar war sie in der Gruppe der fünf Vertrauten der Gräfin das letzte Glied. Ihre Meinung galt nichts und wie ich beobachten konnte, wurde sie zu den niedrigsten Arbeiten herangezogen, vor denen sich die anderen scheuten.

***

Während Susanna wenige Minuten später einem unruhigen Schlaf entgegendöste, führte der Graf im großen Thronsaal des Schlosses ein seltsames Gespräch mit der Darvulia.

Franz träumte mit offenen Augen, zurückgelehnt in einem großen schweren Sessel und stierte auf die riesigen, vom Feuer angeleuchteten Gemälde seiner ruhmreichen Taten. In seinem Wachtraum tummelten sich die Schreckgespenster eines übermäßigen Weingenusses. Wie ein schlechtes Gewissen erinnerten sie ihn an die grausigen Szenen seiner siegreichen Schlachten und peinigten ihn mit Halluzinationen. Plötzlich waren sie wieder da, die schweren Kanonen der Osmanen, die unlängst Sárvár erschütterten und die Festung wie ein gewaltiges Feuerwerk erbeben ließen. Ihre Donnerschläge hallten durch den Saal, Reiter, Menschen und abgerissene Gliedmaßen schwirrten umher. In seinen Ohren dröhnten die Schreie der Pferde mit ihren aufgerissenen Leibern, das Gebrüll seiner heidnischen Feinde und die Schreie der Getöteten, während er, der „Schwarze Ritter", mit seinem Säbel wie ein Rasender zur Vergeltung über sie hinwegfegte. Aber nicht die rollenden Köpfe und ihre vor Entsetzen weit aufgerissenen Augen ließen ihn die Stirn kräuseln. Es waren die Unsummen, die er seinen Heiducken bei der Landesverteidigung ständig aus eigener Tasche vorstreckte, und er fragte sich, ob der Kaiser jemals seine Schuld an ihn bezahlen würde.

In diesem Augenblick riss ihn ein zu dieser Stunde ungewöhnliches Gezeter aus seinen Träumen. Die Tür wurde aufgerissen und die Hexe Darvulia, zappelnd wie eine Schmeißfliege unter dem festen Griff des Wachmanns, wurde in den Raum geschoben. „Verzeiht, Hoheit", sagte der Heiduck und verneigte sich ehrerbietig vor seinem Herrn. Sein von unzähligen Narben entstelltes Gesicht unter der zwiebelförmigen Lederkappe war vor Anstrengung rot angelaufen. Der Krummsäbel an seiner Seite machte ein klirrendes Geräusch, als die Hexe wütend nach ihm trat, weil seine Faust wie ein Schraubstock in ihrem Nacken saß.

Mit müdem und schwerem Kopf winkte Franz der Wache, sie loszulassen: „Was willst du hier, Weib?", fragte er ungehalten. „Ist mein Bett wie befohlen gerichtet?"

Die Darvulia, nun wieder frei, atmete hörbar auf und machte mutig ein paar Schritte auf den Grafen zu. „Wie Eure Durchlaucht befohlen haben. Ich habe es extra für Euch vorgewärmt."

Sie verneigte sich und fügte im gleichen Atemzug hinzu:

„Aber nicht deswegen komme ich zu Euch. Ich bitte Euch ergebenst, mich anzuhören."

„Dich Hexe anhören – um diese unchristliche Zeit? Du weißt, dass ich dir mit einem Säbelhieb den Kopf spalten kann?!", knurrte er.

„Ich erinnere mich, Hoheit, dass Ihr meine Gegenwart verabscheut, aber ich komme auch nicht, um für mich zu bitten, sondern für Eure Gemahlin, Elisabeth.“

„Was ist mit Elisabeth? Beschwert sie sich wieder über mich?“

„Nein, sie ahnt nichts von meinem Besuch bei Euch, Hoheit“, gestand die Hexe reumütig und verneigte sich so tief, dass ihr Kopf fast den Boden berührte.

„Sie hätte dich Natter auch ganz bestimmt nicht zu mir geschickt. Also, was ist es Dringendes, weswegen du mich in meinen nächtlichen Gedanken störst?“

„Verzeiht mir meine Vermessenheit, aber die Gräfin erwartet Euch sehnlichst in ihrem Bett.“

Franz lachte höhnisch auf und stützte den Kopf auf die Hände. „Wieso nimmt sie nicht vorlieb mit dir, du Vettel, bist ihr wohl zu alt geworden?“

Die Darvulia ließ sich von seinem Spott nicht beirren und antwortete in ruhigem Ton: „Ich denke, die Entfremdung Eurer Gattin durch mich ist längst nicht mehr der Grund für Euren Groll auf sie. Ihr wisst selbst, dass Ihr dringend einen männlichen Nachkommen benötigt, falls Ihr, Gott beschütze Euch davor, als Toter aus der Schlacht zurückkehren solltet. Die guten Geister haben mir verraten, dass Ihr aus Liebe zu Eurer Gattin ihr Lager meidet. Dass Ihr sie nur vor Euch beschützt, Hoheit.“ Die Darvulia wusste, dass sie mit ihrem Leben spielte, dennoch pokerte sie hoch und sie hatte ihre Gründe dafür.

„Was redest du Hexe da für Unsinn? Achte auf deine Worte!“ Franz stützte jetzt beide Unterarme auf die Sessellehne und knetete mit den Händen das Ende mit dem Löwenkopfgriff. Mit vorgebeugtem Oberkörper lauerte er auf ihre Antwort. Die stark verengten Augen und das vorgeschobene Kinn mit den aufeinandergepressten Lippen verrieten seinen Gemütszustand. Er konnte sich nur schwer zurückhalten, ihr die Haut über die Ohren zu ziehen. „Sprich, auf was spielst du an, Teufelsweib?", forderte er sie mit gepresster Stimme auf, als sie zögerte.

„Eure Hoheit, Euch ist bekannt, dass meine Wiege in Kroatien liegt und ich mir dort durch jahrelange Studien in der Kräuterkunde ein umfangreiches medizinisches Wissen angeeignet habe."

„Komm zur Sache, Weib!" Forschend blickte er ihr in die trüben Augen und machte eine Bewegung mit der Hand, die ihm bestätigte, dass die Darvulia fast erblindet war. „Mir ist bekannt, dass du eine Hexe bist und dunkle, orakelhafte Machenschaften und Alchemie praktizierst. Allein meiner Gemahlin hast du es zu verdanken, dass du noch lebst. Wenn es nach mir ginge, würdest du Hexenweib längst mit einem Pfahl im Arsch an der höchsten Zinne hängen!"

Doch an der Darvulia prallten auch diese Drohungen ab.

„Schon vor langer Zeit, Hoheit, ist mir aufgefallen, dass Ihr an einer Krankheit leidet. Ich habe gehört, dass Euch die Lieblingssklavin des Beg von Szigeth diese als Liebesgabe mitgegeben haben soll. Der Beg konnte Euch im Felde nicht besiegen. Doch er sorgte über seinen Tod hinaus dafür, dass Ihr eines langsamen Todes sterben würdet, dem ihr nicht entrinnen könnt.

Die Osmanen beeinflussen mittlerweile nicht nur unsere Kultur, sie haben auch die größten Gelehrten des Abendlandes in ihren Reihen. Ihr habt genügend

Verstand, um zu wissen, um was für eine Seuche es sich handelt. Eure Leibärzte sind Quacksalber. Sie haben Euch viele Jahre falsch behandelt. Nachdem nun zwei Eurer vier Kinder an einer rätselhaften Krankheit verstarben und auch Eure Tochter Katharina immer wieder kränkelt, lebt Ihr in der ständigen Furcht, Ihr könntet die Ursache dafür sein. Auch die schmerzvollen Anfälle Eures Weibes und ihre wachsenden Grausamkeiten gegenüber Euren Untergebenen bereiten Euch Kopfzerbrechen. Mit Euren wilden Ausschweifungen mit blutjungen Mädchen belügt Ihr Euch ständig selbst, noch ein vollwertiger Mann zu sein."

Franz hatte es die Sprache verschlagen. Sein Blick bohrte sich in ihre trüben Augen und wie im Rausch gaukelte ihm der Wein lodernde Scheiterhaufen und an Ketten geschmiedete Hexen vor. Ihm war, als murmelte die Darvulia, umgeben vom Schwefelgestank der Hölle, leise magische Beschwörungen. Angewidert verspürte er das ätherische Aroma der Alraunwurzel und den bitteren Geschmack der Mistelbeeren auf seiner Zunge, die ihm seine Leibärzte tagtäglich gegen die angehexte Krankheit verabreichten. Noch nie in seinem Leben hatte er Schwäche oder gar Angst gezeigt. Seine unbeugsame Tatkraft, Tapferkeit und Ausdauer hatten ihn von Kindesbeinen an erfolgreich durch das Leben geführt. Doch dieses Weib hielt ihm gerade einen Spiegel vor das Gesicht, der ihm ein unwürdiges, von der Lustseuche beherrschtes, langsames Sterben offenbarte. Fröstelnd zog er den weiten, kostbaren Pelzumhang enger um die breiten Schultern. „Was also, Hexe, schlägst du mir vor? Soll ich einen weiteren Sohn dem Tod überantworten? Soll ich mich zu meinem Weib ins

Bett legen und vergessen, dass ich sie und mein Kind mit jedem Stoß meiner Lenden dem Tode näher bringe? Ich liebe Elisabeth und weiß längst, dass du in deiner geheimen Teufelskammer Salben und Getränke gegen die Krankheit für sie braust. Eine weise alte Zigeunerin sagte mir einmal, dass Jungfrauen mich von der Krankheit zu heilen vermögen. Deshalb teilen sie mein Lager. Ihre Unschuld soll das Gift aus meinem Körper saugen. Wie du siehst, bin ich noch ein Mann, voll in der Blüte seines Lebens." Er lachte hart auf. „Ein guter Hengst braucht seine jungen Stuten! Aber meine Gemahlin habe ich nicht angesteckt. Ihre Prügelattacken sind wohl eher auf deinem Mist gewachsen. Aber sag mir, von wem hast du das mit meiner Krankheit? Du hast es nicht allein herausgefunden. Immerhin habe ich versucht, sie vor der Welt geheim zu halten. Weiß noch jemand von der Seuche?"

Die Darvulia war sich bewusst, was ihr geschehen würde, wenn sie jetzt nicht log. Sie bekreuzigte sich und hob die Hand wie zum Schwur: „Bei Gott dem Allmächtigen, niemand außer mir weiß über Eure Krankheit Bescheid, nicht einmal Euer Weib selbst. Sie vermutet, dass sie an derselben Krankheit wie ihre Tante leidet und dass auch ihre ersten beiden Kinder daran verstorben sind. Aus Treue zu meiner Herrin und Euch, Hoheit, habe ich gegen das Übel einen Trank gebraut ..."

Sie brachte aus ihrem Mieder einen Flakon hervor, den sie vor seinen Augen entstöpselte und die enthaltene Flüssigkeit in eine silberne Schale füllte. „Trinkt das!", forderte sie ihn auf und reichte ihm das Gefäß. „Der Sud wird verhindern, dass Ihr Eure Gattin während des Beischlafs ansteckt. Er wird Euch die

einmalige Gelegenheit geben, mit der Gräfin einen
Sohn, Euren Sohn, zu zeugen."

Lauernd stand sie vor ihm mit dem Wein als Verbündeten, um seinen Verstand auszuschalten. Seitdem ihre
Sehkraft immer stärker nachließ, sah sie mit den Ohren. Und so lauschte sie jetzt mit dem feinen Gehör eines wilden Luchses nach jeder seiner Handbewegungen, in der Angst, dass er zum Säbel greifen und ihr den
Kopf abschlagen könnte. Doch wider Erwarten griff
Franz nicht zum Säbel, um sie für diese Vermessenheit
zu strafen. Stattdessen schien er darüber nachzudenken, bevor er sie misstrauisch, in rauem Ton, fragte:
„Und das Gebräu ist kein Gift, mit dem du mich beseitigen willst?"

„Ich schwöre bei Gott, unserem Herrn ..." Sie hob abermals die Hand zum Schwur. „Gut, dann koste du zuerst
davon!", herrschte er sie an und schob die von ihr dargereichte Schale mit der Hand zurück. Die Darvulia zögerte einen Augenblick, dann setzte sie das Gefäß an
die Lippen und nahm einen Schluck. Danach leckte sie
sich die Lippen und reichte es ihm erneut.

„Ruf die Wache her! Sie soll davon kosten!", befahl er
und beobachtete argwöhnisch jede ihrer Bewegungen.
Nachdem auch der Wachmann von dem Trank genippt
hatte und nichts Ungewöhnliches geschehen war,
winkte er sie wieder zu sich. Der Trank hatte eine grünliche Farbe und versprühte ein Duftgemisch von Lorbeer, Baldrian und Zitronenmelisse. Angewidert starrte
er auf das Gebräu, roch daran, verzog die Mundwinkel
und beobachtete die Hexe scharf über den Rand der
Schale. Plötzlich setzte er das Gefäß mit den Worten
„Nun gut, ich vertraue dir ausnahmsweise. Doch gnade

dir Gott, solltest du mich hinters Licht führen!" an seine Lippen. Nur wenige Minuten später sah man ihn in das Gemach seiner Gattin taumeln.

Die Gräfin, eingeweiht in den unschönen Plan ihrer Amme, empfing ihn auf einem türkischen Ruhebett, mit gelösten Haaren, in einem leichten Schlafrock, der ihre üppigen Reize auffallend hob. Um sie herum flackerten unzählige Lichter, um ihrer Schönheit noch mehr Kraft zu verleihen. Trotz der späten Stunde hatte sie auf silbernen Schalen die köstlichsten Süßigkeiten, kandierte Früchte, Safran und Kaffee als starkes Aphrodisiakum bringen lassen. Es roch nach Weihrauch und Anis.

Der Trank der Hexe wirkte schnell. Franz sah seine Gemahlin wie durch einen Schleier. Er lallte etwas und schaffte es gerade noch, den Säbel und den Brustpanzer abzulegen, als er, kaum auf ihrem Bett, auch schon im tiefsten Schlaf selig vor sich hin schnarchte. Elisabeth strich ihm sanft über das verschwitzte Haar, küsste ihn auf den Mund und befreite ihn von seinen Kleidern. Als er nackt, wie Gott ihn geschaffen hatte, zwischen ihren Kissen lag, liebkoste sie einen Augenblick sanft den starken, männlichen Körper, bevor sie zur Darvulia sagte: „Nun lass ihn in sein Gemach bringen und hole den anderen!"

Die Darvulia steckte den Kopf zur Tür hinaus, rief leise nach Katharina, Ilona und Dorkó und wies die Frauen an, den Grafen vorsichtig in sein Bett zu bringen. „Die Kleider lasst hier bei der Gräfin", sagte sie, „damit er am Morgen noch weiß, dass er bei seinem Weib gelegen hat. Ach ja, und deckt ihn gut zu. Der Trank ist ein starkes Narkotikum. Sicher wird er davon träumen, wie er sich mit seinem Weib vereint." Sie musste unwillkürlich an Elisabeths Hochzeit denken, als es Franz mit dem König ebenso gehalten hatte, und dachte gehässig, dass sich doch jede Gemeinheit im Leben irgendwann rächte. Dann raffte sie ihre Röcke und huschte zur Tür hinaus, um gleich darauf mit einem jungen Mann an der Hand wieder zu erscheinen. Dem Jüngling hatte man mit einem Tuch die Augen verbunden.

Der Mann, der mit der Gräfin den Sohn zeugen sollte, war in der Tat ein hübscher Kerl. Abgesehen von den semmelblonden Haaren, unterschied er sich nicht wesentlich von dem hochgewachsenen, muskulösen Franz. Er war ebenso schlank, sehnig und biegsam, dazu von heller Haut und mit zarten weiblichen Zügen und vermochte ein Herz wie das Elisabeths leicht zu betören. Das Hexenweib, das den jungen Mann unter den Knechten des Grafen ausgesucht hatte, wusste am allerbesten von Elisabeths heimlicher Vorliebe für junge, schöne Frauen und dieser Vitus vereinte beides in sich, Mann wie Frau.

„Hier ist der Ersatz für deinen Gemahl, meine Rosenblüte", wisperte sie und schob den Jüngling bis vor Elisabeths Bett.

„Gleicht er nicht einem Gott?" Sie kicherte und nahm ihm das Tuch von den Augen. „Ein Adonis, makellos wie von Künstlerhand geschaffen. Ich bin davon überzeugt, dass er dir einen prächtigen Sohn machen wird, schöner, als ihn je eine Báthory geboren hat."

„Aber er hat blondes Haar", entgegnete Elisabeth zweifelnd. „Mein Sohn wird später kein Ungar sein.

Was ist, wenn sein Haar ebenfalls blond wird und Franz hinter den Betrug kommt?"

„Das wird er nicht, lass mich nur machen", antwortete die Darvulia und verließ auf Zehenspitzen den Raum.

Elisabeth befahl dem Knecht, eine Maske aufzusetzen, um nicht daran erinnert zu werden, dass es nicht Franz war, der sie begattete. Nachdem der Liebhaber das Gesicht hinter einer schimmernden, dunklen Maske verborgen hatte, empfand sie einen solchen Heidenspaß an der Maskerade, dass sie sich ebenfalls verkleidete.

Dann, als der Knecht sich über sie beugte und mit einer Sanftmut, die sonst nur eines Weibes eigen war, ihre Lippen, ihren Hals und ihre Brüste berührte, überfielen sie seltsame Fantasien. Sie konnte sich vom Gedanken an Franz' Untreue nicht lösen und je zügelloser sie sich dem Mann hingab, umso mehr wuchs der Hass auf die Verführerinnen ihres Gatten, bis sie sich in einer teuflischen Eingebung inmitten makelloser junger Mädchen in einem riesigen See von Blut stehen sah. Sie steigerte sich regelrecht in das Verlangen, die Jungfrauen zu töten, hinein und schwelgte in der Vorstellung, mit jedem Tropfen ihres Blutes selbst an Jugend und Schönheit zu gewinnen. Das Gefühl war so erhebend, dass sie sich der Liebe des jungen Mannes in grenzenloser Wollust hingab und sie hemmungslos genoss, bis er völlig ermattet, vor dem ersten Hahnenschrei, ihr Bett verließ und von der Hexe in Empfang genommen wurde. Danach erhob sie sich, übermüdet, aber mit einem glücklichen Lächeln auf den Lippen.

XI. Kapitel

In der folgenden Nacht hörte ich die Schreie zum ersten Mal. Von unheilvollen Träumen gequält hatte ich mich immer wieder von einer Seite auf die andere gewälzt, bis ich plötzlich schweißgebadet hochfuhr. Ich saß aufrecht mit jagendem Herzen im Bett und lauschte mit weit aufgerissenen Augen in die Finsternis. Im Raum herrschte eine unheilvolle Stille und doch musste mich etwas aufgeschreckt haben. Mittlerweile war mein Nervenkostüm dünner als ein Blatt Papier geworden. Ich sah und hörte überall Gefahren, die mich verunsicherten und ängstigten. Deshalb war an eine normale Nachtruhe nicht mehr zu denken. Beim kleinsten Geräusch schreckte ich sofort hoch und lauschte in die Dunkelheit. Der Schrei hatte sich tief in mein Unterbewusstsein gegraben und beherrschte alle meine Sinne. Doch erst am nächsten Vormittag, nachdem ich mit einer recht oberflächlichen Toilette und einem schlechten Gewissen der Gräfin meine Aufwartung gemacht hatte, sollte ich erneut daran erinnert werden, dass ich mich nicht verhört hatte.

In den Schlosshöfen war das tägliche Treiben bereits in vollem Gange. Die Sonne lachte vom Himmel, der Schnee glitzerte und die Luft war von Pferdewiehern, Gewehrsalven und lauten Rufen erfüllt, als ich im östlichen Flügel einen Priester und vier Knechte beobachtete, welche eine schwarze Kiste auf ihren Schultern zu einem Schlitten trugen. Wahrscheinlich wäre ich weitergelaufen, hätte ich nicht in einem der Träger Johannes erkannt. Misstrauisch geworden blieb ich stehen und wollte die Männer vorbeilassen, als mein Blick für einen Moment auf eine zweite, geöffnete Kiste auf dem Schlitten fiel.

Das, was ich nun zu Gesicht bekam, bannte mich fassungslos auf die Stelle. Zutiefst erschrocken musste ich mich am Pfeiler abstützen, um gegen das Zittern meiner Knie anzukämpfen. Denn ich starrte geradewegs auf das totenbleiche Gesicht des Mädchens, das ich noch vor wenigen Nächten lachend und kokettierend auf den Knien des Grafen gesehen hatte. Was mich dabei am meisten verwirrte, war, dass man sie bis zum Kinn mit einem groben dunklen Tuch zugedeckt hatte. Mich befiel plötzlich ein unheimlicher Verdacht und Elisabeths versteinertes Gesicht, als sie Franz beobachtet hatte, kam mir in Erinnerung. Ich vermutete sofort, dass die Magd keines natürlichen Todes gestorben war. Sicher war die nächtliche Gespielin ihres Gatten von Elisabeth gequält worden und die Spuren versuchte sie nun unter einer wollenen Decke zu verbergen. Ich musste mich davon überzeugen, ob ich mit meiner Vermutung richtiglag, und trat zögernd an den Schlitten heran.

Die Knechte hatten die zweite Kiste achtlos daneben abgesetzt und kamen nun mit einer weiteren Kiste auf den Schultern zurück. Mir war klar, dass es sich hierbei um das dritte Mädchen handelte, und ich versuchte, in einem unbeobachteten Augenblick die Decke etwas anzuheben. In diesem Moment spürte ich, wie sich eine Hand auf die meine legte, eine Hand in einem weichen, warmen Lederhandschuh, und als ich erschrocken aufblickte, sah ich in das lächelnde Gesicht des Grafen Nádasdy.

„Vorsicht, mein Fräulein", sagte er. „Ihr wollt Euch doch nicht anstecken. Die Mädchen sind heute Nacht überraschend an Milzbrand verstorben. Deshalb würde ich Euch raten, die Decke nicht zu lüften. Wir haben viele osmanische Gefangene in unseren Mauern. Man weiß nie, welche Krankheiten sie mitbringen oder ob sie eingeschleppt wurden, um uns zu vernichten. Es wäre schade um ein so schönes Gesicht wie das Eure, Komtesse."

Er nahm meine Hand und führte sie sanft an seine Lippen. Dabei blitzten seine Augen verführerisch. Doch irgendwie konnte ich mich des seltsamen Gefühls nicht erwehren, dass er über die wahren Todesumstände der Mädchen Bescheid wusste. Während er verhinderte, dass ich mich vor ihm verbeugte und meinen Blick festhielt, hatte ich das Gefühl, dass ich beobachtet wurde. Instinktiv lugte ich nach oben und bemerkte am Fenster über mir Elisabeth. Ihre Gesichtszüge waren ebenso versteinert wie in der Nacht, als sie ihren Gemahl bei seinen Liebesabenteuern überraschte. Aus ihrem Verhalten schloss ich, dass sie mich gerade den Huren ihres Gatten zuordnete und mir eine Liaison mit Franz zutraute. Ich konnte das Unheil, welches nun mit riesigen Schritten auf mich zukam, bereits riechen, als der Graf, mit einem Schmunzeln auf dem Gesicht, sagte: „Ich hatte Euch eigentlich in der Gesellschaft meiner Gemahlin vermutet. Wie soll Elisabeth nur ohne Eure geschickten Hände auskommen? Das Bankett bei Hofe beginnt gleich. Ich glaube, Ihr müsst Euch sputen, wollt Ihr sie nicht in schlechte Laune versetzen. Ihr wisst doch, wie rasch sie wütend wird."

Ich faselte etwas von „schlecht geschlafen" und „Kopfschmerzen", bevor ich mich mit einem Hofknicks von ihm verabschiedete. Aber ich lief nicht wie beabsichtigt sofort zur Gräfin, sondern hoffte, im Schlosshof auf Katica zu treffen. Als ich mich aufmachte, um nach meiner Zofe zu suchen, sah ich, wie Dorkó den Schlitten bestieg, der von singenden Scholaren umringt wurde. Sie setzte sich neben den Priester und ich hörte sie schreien: „Nach Sárvár zur Kirche! Macht Platz, Ihr Tölpel!" Um ihrem Befehl Nachdruck zu verleihen, schwang sie drohend die Peitsche über dem Kopf. Rasch nutzte ich das Anfahren des Schlittens, der von den Knechten angeschoben werden musste, um die festgefrorenen Kufen vom Boden zu lösen, um weiter nach Katica zu suchen. Vor der Schlossküche fand ich sie endlich. Sie belud gerade einen Holzkarren mit Milchkannen und ich sah, wie schwer ihr diese Arbeit fiel. Als ich auf sie zutrat, erschrak sie. Mir entging dabei nicht, dass sie sich ängstlich nach allen Seiten umblickte, bevor sie sich hastig hinter dem mit Kannen beladenen Wagen versteckte.

„Katica?", sprach ich sie an und tätschelte den Pferdehals. Das schwere Zugpferd bot mir Schutz vor unliebsamen Blicken. „Hast du etwas erreichen können?"

„Heute Abend, Herrin, ist es so weit. Ich habe zwei vertrauenswürdige Knechte gefunden", flüsterte sie, ohne die Lippen zu bewegen.

„Aber das ist zu spät“, drängte ich, während mir die Angst im Nacken saß. „Es muss jetzt gleich sein!“

„Das geht nicht. Heute Abend, wenn es dunkelt, verlässt ein zweiter Schlitten das Schloss. Sie bringen noch ein Mädchen aus dem Schloss.“

„Was …?“ Ich glaubte, nicht richtig zu hören.

„Es ist kein Bauernmädchen. Deshalb die Vorsichtsmaßnahmen. Wir werden uns unter den Decken verstecken und mitfahren, bis ihre Familie sie in Empfang nimmt. Man wird uns nicht verraten. Ich habe alles organisiert. Diese Familie muss erfahren, woran ihre Tochter gestorben ist.“

„Sie ist eine Adlige? Was geht hier vor? Sind die Mädchen getötet worden oder sind sie an einer Krankheit gestorben?“

„Jetzt nicht! Ich erzähle Euch alles später. Im Schloss geschehen zu viele merkwürdige Dinge. Außerdem solltet Ihr nicht so nah bei mir stehen, Herrin. Überall lauert Gefahr. Selbst Johannes könnte zur Gefahr für Euch werden. Ich hoffe, Ihr vertraut nicht immer noch auf ihn. Vor zwei Tagen erst sah ich Euren Vater am Hof vorsprechen.“

„Mein Vater? Aber warum weiß ich nichts davon? Warum hat die Gräfin nichts zu mir gesagt?“ Bei der Erwähnung meines Vaters krallten sich meine Fingernägel nervös in die Pferdemähne.

„Ich weiß es nicht, Herrin. Sie hat ihn freundlich empfangen und Euch mit Unwohlsein entschuldigt. Danach hat sie ihm einen Brief von Euch gegeben, der ihn beruhigt wieder hat abziehen lassen.“

„Einen Brief? Das war aber nicht der Brief, den ich an ihn geschrieben habe, der hätte ihn zutiefst beunruhigt“, dachte ich laut. Dabei kroch mir die Angst bis zum Hals hinauf. Hastig suchte ich nach dem Beutel mit Geldstücken in meinem Rock, den ich schon länger zu diesem Zweck bei mir trug. „Brauchst du noch Geld, Katica? Ich habe noch mehr davon. Gib es den Knechten, wenn sie mehr verlangen. Die Männer sollen sich beeilen. Wir müssen hier verschwinden, Katica. Und“, ich packte sie an den Schultern, sodass sie mir ins Gesicht sehen musste, „sollte ich es bis heute Abend nicht schaffen, dann flieh ohne mich! Hörst du? Mein Vater muss unbedingt erfahren, was hier passiert!“

„Mir ist zu Ohren gekommen, dass Euer Herr Vater sehr in Eile war, weil er sich auf einem Feldzug in die Walachei befand, um an der Seite von Fürst Sigismund gegen die Osmanen zu kämpfen.“

„Das sagst du mir erst jetzt, Katica?“ Ich musste sie dabei so entsetzt angeschaut haben, dass sie in Tränen ausbrach.

„Ich hatte keine Gelegenheit, Herrin. Sie überwachen mich, die Darvulia, die Dorkó und die Ilona. Ihr wisst ja nicht, zu was diese Hexen fähig sind. Jeden Abend und jeden Morgen habe ich für uns zu Gott gebetet, dass er uns heil von hier wegkommen lässt.“

Nach dem Gespräch mit meiner Zofe stellt sich die Frage, warum ich nicht auf unsere sofortige Flucht beharrte oder mich wenigstens bis zur vereinbarten Zeit im Schloss versteckte. Ich hätte ein schlimmes Unwohlsein vorschützen oder eine andere Ausrede erfinden können. Aber ich fühlte mich aufgrund der auf mich einstürmenden Ereignisse so zerrissen, dass ich an diesem Tag zu keinem vernünftigen Gedanken mehr fähig war. Hinter der liebenswerten Anmut der Gräfin versteckte sich eine Bestie, vor der ich mich fürchten sollte. Dennoch wehrte ich mich noch immer gegen diese Erkenntnis. Ich musste noch einmal zu Elisabeth zurück. Es war wie ein innerer Zwang.

Wenige Minuten später hastete ich durch die Gänge zurück. Doch obwohl ich mich in größter Eile befand, ließ ich mich dazu hinreißen, kurz vor meinem Ziel ein Gespräch zwischen einem Adligen und dem Kastellan der Burg zu belauschen. Versteckt hinter einer Säule beobachtete ich die beiden Männer. Bereits die ersten Worte ließen mich aufhorchen und das im Flüsterton gehaltene Gespräch weiterverfolgen.

„Es ist schon verwunderlich, dass immer mehr Mädchen aus dem Gefolge der Gräfin das Schloss mit den Füßen zuerst verlassen.

Wo soll das noch hinführen? Warum schreitet unser hochlöblicher Graf Nádasdy nicht endlich ein? Er muss doch von den seltsamen Vorgängen wissen? Stellt Euch nur vor, als unsere Frau Gräfin nach dem Tode ihres Bruders Stefan zu dessen Gütern reiste, sollen zwei Mädchen in ihrer Begleitung gesehen worden sein, die an beiden Händen so verbrannt waren, dass sie nichts anfassen konnten und ihnen beim Besteigen des Wagens sogar geholfen werden musste. Wie kann so etwas vor so vielen Augen geschehen? Mittlerweile spricht ganz Sárvár davon, dass es die Gräfin ist, die ihre Mädchen so grausam quält", wisperte der Adlige hinter vorgehaltener Hand.

Der Kastellan sah sich bei seinen Worten vorsichtig nach eventuellen Lauschern um: „Ihr habt ganz recht beobachtet, edler Herr", hörte ich ihn antworten. „Ich habe schon so manchen Sarg mit toten Mädchen das Schloss verlassen sehen. In der letzten Zeit wurden es immer mehr Jungfrauen. Die Herrschaften verunsichern uns und reden von Krankheiten, die sich Typhus oder Milzbrand nennen. Aber die toten Mädchen sind nicht krank. Man munkelt, im Schloss gebe es ein ‚geheimes Haus‘, eine Kammer im Keller, zu der ich leider keinen Zutritt habe. Aber ein Wachmann hat mir einmal erzählt, dass dort die Wände blutig sind und man die Mädchen in der Kammer festhält und so grausam auspeitscht, dass das Gesinde das Klatschen der Schläge bis auf die Mauer hinaus hört. Ich habe selbst gesehen, wie die Frau Gräfin sich kurze, am Ende zusammengebundene Ruten ins Schloss hat bringen lassen. Von unserem Pastor habe ich gehört, dass sie den Mädchen die Hände regelmäßig mit dem Plätteisen verbrennt. Unser ehrenwerter Herr Apotheker bringt in letzter Zeit Unmengen an Heilpflastern zur Gräfin. Schon das ist doch höchst verdächtig."

„Oh, werter Herr, wem sagt Ihr das?", vernahm ich den Adligen, als ich bereits glaubte, genug gehört zu haben. „Man spricht ja schon lange hinter vorgehaltener Hand, dass die Gattin unseres ehrenwerten Franz Nádasdy am Martern und Morden jungfräulicher Mädchen Freude und Befriedigung finden soll. Es handelt sich wohl um eine schleichende Krankheit. Man spricht aber auch von Hexerei, hinter der das Weib Anna Darvulia stecken soll."

Hätte ich nicht selbst die Leichen mit eigenen Augen gesehen, dann hätte mich das Gerede wohl nicht interessiert und mir eher ein Schmunzeln entlockt. Geredet

wurde überall und über jeden, besonders gern über die
Leute am Hof, die Macht und Geld besaßen. Insbesondere die ungarischen Magnaten, die vornehmsten
Adelsgeschlechter und Landesvertreter, boten immer
wieder neuen Gesprächsstoff. Doch das Gehörte ver-
mehrte nur noch mehr meine Ängste und so hastete ich
weiter. Während ich mir im Kopf hastig eine Erklärung
für mein Zuspätkommen zurechtlegte, vertraute ich
darauf, dass Elisabeth mir die Verspätung nachsehen
würde. Aber sicher war ich mir nach dem gerade Erleb-
ten nicht mehr.

Als ich ihr Gemach betrat, verabschiedete sich gerade
der Pastor von ihr. Der Geistliche schien außer sich und
während er an mir vorbeistürmte, standen seine Worte
drohend im Saal:

„Das Maß ist voll, Euer Gnaden! Beim Leichenbegäng-
nis konnte man deutlich Spuren von Folterungen sehen! Die Mädchen sind wegen Eurer Nachsicht gegenüber einer bösen Frau gestorben, die eine tyrannische
Grausamkeit an Eurem Hof praktiziert! Ich ermahne
Euch Gräfin und Euren Gatten zu Reue und Buße. Sonst
werden die hohen Herrschaften, ebenso wie diese un-
menschliche Weibsperson, für alle Ewigkeiten dem
Tisch des Herrn fernbleiben, so wahr ich Pastor von
Sárvár bin!“

Von Elisabeth wusste ich, dass István Magyari der be-
deutendste protestantische Kirchenmann und Gelehrte von Sárvár war und dass er sich gerade um Kopf
und Kragen redete. Erst später erfuhr ich, dass der Pastor in seinem schwierigen Kampf gegen die mächtigste
Frau Ungarns Unterstützung von seinen benachbarten
geistlichen Kollegen erhielt und sich nur deshalb ihr

gegenüber so anmaßend benehmen konnte. Ich hätte niemals für möglich gehalten, dass ein so fülliger kleiner Mann zu solch einer wuchtigen Stimme fähig war. Doch Elisabeth ließ sich auch von Gott und seinem irdischen Vertreter nicht einschüchtern. Sie antwortete ihm aufs Heftigste und drohte, dass sie dem Herrn, ihrem Gemahl, sagen werde, welche Schande er ihr in die Schuhe schöbe und dass sie sich durch seine Vorwürfe, die ihre Vertraute Anna Darvulia beträfen, nun öffentlich angeprangert fühle.

Als der Mann mit wehender Soutane durch die Tür verschwand, fiel Elisabeths Blick auf mich. Ich sah, dass sie sich erst sammeln musste und mit dem Hexenweib, welches sich ebenfalls im Raum befand, heimlich Blicke tauschte. Die Gräfin befand sich bereits in fertiger Empfangsrobe und sah wie immer blendend aus. Nicht der kleinste Schatten unter den Augen, nicht die winzigste Falte auf den rosigen Wangen verrieten, dass sie in dieser Nacht ebenso wenig geschlafen hatte wie ich. Diesmal trug sie ein schwarzes, eng geschnürtes, mit goldenen Tressen besetztes Mieder mit einem großen, eckigen Dekolleté zu einem weich fallenden, schwarzen Brokatrock. Ein großer, mit weißer Spitze und goldenen Perlen umrahmter Stehkragen umschloss ihren weißen Hals. Wie immer hatte sie das hochgesteckte Haar mit einem Netz aus Diamanten und Rubinen umwebt. Elisabeth strahlte förmlich von innen heraus und ich wunderte mich über diese Veränderung. Ihre Wangen zeichneten sich rosig wie nie zuvor ab, ihre Lippen hatten die Farbe reifer Kirschen und ihre großen Augen leuchteten in einem unbeschreiblichen Glanz.

„Nun, Komtesse, wo seid Ihr so lange gewesen? Ich habe Euch schon vor einer Stunde erwartet", erkundigte sie sich süffisant.

Während ich mich ehrfürchtig vor ihr verneigte und mir die Antwort zurechtlegte, redete sie bereits weiter und rügte mich: „Und was ist das für eine nachlässige Toilette? Nicht einmal Euer Haar habt Ihr hochgesteckt. Ihr wisst doch, dass wir Gesandte des neuen polnischen Königs Sigismund erwarten. Euer Auftritt ist nicht angemessen und peinlich vor den hohen Herrschaften. Als Vertreter unseres Landes sind wir dem polnischen König, in seinem Bestreben um die Allianz mit den Habsburgern und Schweden, verpflichtet. Wir können solche wichtigen politischen Entscheidungen nicht wegen einer unpünktlichen Hofdame gefährden."

„Euer Gnaden!" Ich verblieb in meiner Haltung, mit dem Gesicht am Boden und bemerkte, als ich einmal kurz aufblickte, wie die Darvulia eine Tasse Tee schlürfte und mich über den Tassenrand fixierte. „Ich bedaure zutiefst meine Verspätung, aber ich wurde in den Morgenstunden von einem schlimmen Unwohlsein befallen, das es mir unmöglich machte, rechtzeitig zu Eurer Toilette zu erscheinen. Deshalb wollte ich Euch auch bitten, mich bei dem Bankett zu entschuldigen." Irgendwie spürte ich, dass sie mich durchschaute und mein Geflunker längst erraten hatte.

„So ...", meinte sie gedehnt und spielte mit der Peitsche in ihren Händen. „Unwohl war dir?" Sie ließ die Etikette wieder fallen, was für mich ein Zeichen war, auf der Hut zu sein. „Aber vor wenigen Minuten auf dem Hof schien es dir in der Gesellschaft meines Gemahls noch sehr gut gegangen zu sein. Zumindest hast du eifrig mit ihm kokettiert. Oder kommt dein Unwohlsein etwa davon?" Zur Unterstützung ihrer Worte zielte sie mit der Spitze ihrer Knute auf meinen Leib.

In diesem Moment glaubte ich, dass alle goldenen Fresken, Säulen und Bilder von den Wänden auf mich einstürzten. Die Gräfin wusste von meiner Schwangerschaft. Ich sah das gehässige Grinsen der Darvulia und war der festen Überzeugung, dass Elisabeth es nur von ihr erfahren haben konnte. „Ich weiß nicht, was Ihr meint", versuchte ich mich stotternd herauszureden.

„Nun rede dich nicht heraus, Susanna. Wie lange trägst du den Bastard schon in dir?"

„Ich weiß es nicht, Eure Hoheit. Aber ich werde dafür sorgen, dass niemand etwas davon bemerkt. Ich schwöre es Euch", unternahm ich den vagen Versuch, sie gnädig zu stimmen.

„Von wem ist der Bastard? Von Stefan, von Gabor oder ist er gar vom Grafen? Sollte mein Gemahl der Vater sein, werde ich dir das Balg eigenhändig aus dem Leib prügeln."

Ihre Augen hatten sich jetzt stark verengt. Sie wirkte auf mich wie eine Katze in Lauerstellung. Sie trippelte um mich herum und beobachtete mich. Das Klappern ihrer Absätze auf dem Parkett schabte an meinen Nerven. Ich stand Höllenängste aus und betete, dass nicht alles, was sie mir an Gunst und Aufmerksamkeiten hatte zukommen lassen, gespielt gewesen war. Doch plötzlich unterbrach sie abrupt ihren Lauf und blieb ganz dicht vor mir stehen, sodass mir nichts anderes übrig blieb, als ihr in die Augen zu schauen. Als sie den Arm hob und ich die Hand mit der Peitsche über mir sah, schalt ich mich eine Närrin, dass ich mich von dem wenigen Guten in ihr hatte täuschen lassen. Doch für Reue war es zu spät. Ich spürte einen höllischen Schmerz, hörte, wie der Stoff meines Kleides riss, und krümmte mich mit den Händen vor dem Leib, um ihn vor weiteren Peitschenschlägen zu schützen.

„Ich habe dir vertraut, habe dir alles gegeben, dir mein Innerstes offenbart und du hintergehst mich so schändlich! Was hast du dir dabei gedacht? Hast du an die Tränen gedacht, die ich nun weinen werde? Gib es zu, es ist von Franz!", schrie sie und wollte erneut ausholen, als sie von der Darvulia unterbrochen wurde. „Mein Kind, du wirst auf dem Bankett erwartet, willst du dir dein Kleid mit dem Blut dieser Unwürdigen verderben? Hebe dir die Bestrafung für später auf."

Ich zitterte am ganzen Körper und als ich an meinen Handflächen Blut entdeckte, wurde mir vor Angst übel. Die Haut über meinem Bauch war gerissen. Das Kind, dachte ich unter Tränen, hilflos und wütend zugleich, dessen sanfte Bewegungen mittlerweile Muttergefühle in mir geweckt hatten, war noch nicht einmal geboren und sie hatte es bereits fast totgeprügelt, nur weil sie davon überzeugt war, dass ihr Gemahl der Vater war.

Oh, wie einsam musste die Frau sein und wie gedemütigt musste sie sich selbst gefühlt haben, dass sie sich in so eine Vorstellung hineinsteigerte. Aber was sollte ich ihr auch antworten?! Ich hatte Gabor versprochen zu schweigen und mein Wort brach ich nie.

Die Peitsche sauste noch einmal auf mich herab, diesmal in abgeschwächter Form. Sie streifte meine Schulter und riss den Ärmel meines Kleides herunter. Der Striemen auf meiner entblößten Haut brannte höllisch.

Dann hörte ich sie zu dem Hexenweib sagen: „Gut, dass du mich daran erinnerst, Anna. Auf eine solche Freundin kann ich verzichten. Bring sie nach unten!" Sie warf mir einen letzten höhnischen, aber auch verletzten Blick zu und rauschte hocherhobenen Kopfes zur Tür hinaus.

Die Darvulia setzte den Befehl ihrer Herrin augenblicklich in die Tat um. Der Triumph, über mich gesiegt zu haben, war ihren derben Gesichtszügen anzusehen. Mit einem Frohlocken in den seelenlosen Augen packte sie mich bei den Haaren und sagte kichernd: „Nun bist du in ihrer Gunst gefallen und ich brauchte nicht einmal viel dafür tun. Ich habe dich gewarnt, wer hochsteigt, wird auch tief fallen können. Ab jetzt muss ich Elisabeth nicht mehr mit dir teilen."

Sie wickelte meinen Zopf um ihre Hand und riss mich an den Haaren hoch. Unbarmherzig präsentierte der zerfetzte Stoff über meinem Leib die kleine, von blutroten Striemen gezeichnete Wölbung. Die Fetzen zusammenhaltend stolperte ich hinter der Hexe her, die mich gnadenlos zum Frauenhaus in das Kellergewölbe schleifte. Schnellen Schrittes lief sie voraus und erreichte nach kurzer Zeit den mir bekannten Keller des Schlosses. Sosehr ich auch versuchte, mich ihrem Griff zu entziehen, es gelang mir nicht. Die Darvulia hatte zwar ihre Sehkraft eingebüßt, aber nicht ihre herkulischen Kräfte. Wen sie einmal gepackt hatte, der war ihr hilflos ausgeliefert.

Nachdem sie mich durch die versteckte Kammer im Frauenhaus geschubst hatte und mich in den verborgenen Gang hinter dem Gemälde zerrte, verlor ich die Orientierung in dem Gewirr der nun folgenden Gänge. Ich hatte mir mannshohe Weinfässer eingeprägt und schwere, eisenbeschlagene Türen. Von hier unten drang kein Laut an das Tageslicht und bei dem Gedanken daran, zwischen den kalten, dunklen Mauern zu vermodern, begann ich, vor Angst mit den Zähnen zu klappern. Als die Hexe endlich, unter lautem Knarren, eine der schweren Türen öffnete, tat sich vor mir eine steile, glitschige Wendeltreppe auf, die hinab in einen engen Stollen führte. Als ich verzweifelt versuchte, mich an der feuchten Wand festzuhalten, bemerkte ich mit Grausen, dass sie mit klebrigen, blutigen Flecken übersät war. Die Stufen schienen kein Ende zu nehmen und je näher wir dem gefürchteten Ziel kamen, desto beklemmender und modriger wurde die Luft um mich herum. Ein seltsames Wimmern hallte von den lehmigen Steinen und kroch bis in meine Fingerspitzen. Doch noch bevor ich darüber nachdenken konnte, woher es kam, torkelte ich hinter dem Weib in einen unterirdischen Hohlraum, aus dem mir eine Aura des Todes entgegenströmte. Das Wimmern schwoll zu einem schauerlichen Klagen an, Kettengerassel drang an meine Ohren und mich überfielen Zweifel, ob ich hier jemals wieder lebend herauskommen oder allein herausfinden würde. Dies war also jenes „geheime Haus", von dem der Kaplan gesprochen hatte. Eine Folterkammer tief im Gewölbe, von der kaum jemand etwas wusste, vielleicht nicht einmal der Hausherr selbst.

Ich benötigte einen Moment, bevor meine Augen sich an das Dämmerlicht gewöhnten. Als die Konturen vor mir langsam Formen annahmen, schoss mir das Blut ins Gesicht und ich hielt vor Schaudern den Atem an. Zu meinen Füßen, auf dem von eingetrockneten

Blutflecken übersäten Steinfußboden, huschten fette Ratten umher und schwarze Schnecken zogen ihre Schleimspuren auf den Steinen. Aber das Entsetzlichste waren die zwei an den Boden geketteten Mädchen, die sich ängstlich umklammert hielten, als könnte sie nichts und niemand mehr trennen, nicht einmal der Tod. Eines der Mädchen erkannte ich, es war die kleine Näherin, der Elisabeth Stecknadeln unter die Fingernägel getrieben hatte. Im schwachen Fackelschein konnte ich erkennen, dass ihre malträtierten Fingerkuppen bereits stark entzündet waren. Aber noch schlimmer dran war ihr Leib, denn sie war nackt, wie das Mädchen neben ihr. Er war unnatürlich zu einer prallen Kugel aufgetrieben, von bläulich-grüner Farbe und von blutverkrusteten Striemen übersät. Als mein Blick zu der anderen wanderte, zerrte mich die Darvulia von der letzten Stufe hinab in das Gewölbe und stieß mich mit den Füßen vor die glitschige Wand, wo sie mein rechtes Handgelenk mit einem Eisenring umschloss, den Schlüssel abzog und gehässig lachend in ihrem Mieder verschwinden ließ. Ich war nun ebenso wie die Mädchen an die kalten, feuchten Steine gekettet und wusste nicht, welches Schicksal meiner harrte und ob mich der Tod jetzt oder später erlösen würde. Nachdem die schwere Tür hinter der Hexe ins Schloss gefallen war, breitete sich Totenstille aus. Ich zitterte noch immer am ganzen Körper, mittlerweile auch von der Kälte, die von dem feuchten Boden durch den dünnen Stoff des Kleides drang. Irgendwann begann eines der Mädchen zu wimmern. Ich wollte sie beruhigen und kroch, soweit es die rostige Kette zuließ, zu ihr hin.

„Durst", flüsterte sie immer wieder, „Durst."

„Wie lange seid ihr schon hier unten?", fragte ich und erhoffte mir von der anderen eine Antwort. Doch es war das wimmernde Mädchen, das mir unter Schluchzen antwortete: „Wir haben das Zeitgefühl verloren, Komtesse. Ob es Stunden oder Tage sind, wir wissen es nicht. Aber die Herrin wird kommen und uns wieder herausholen. Sie wird unsere Wunden pflegen und unter Tränen bereuen, was sie uns angetan hat."

Ich staunte, dass das Mädchen mit den verstümmelten Fingern offensichtlich wusste, wer ich war und fragte: „Du hast großen Durst, wie mir scheint, ihr seid also schon länger eingesperrt. Aber warum nimmst du die Gräfin in Schutz? Mädchen sterben im Schloss! Vielleicht seid ihr die Nächsten! Warum glaubst du, dass sie euch aus dem Loch wieder herausholen wird?"

„Weil sie es immer getan hat. Erst prügelt sie uns, danach leidet sie. Aber sie leidet auch, wenn sie uns nicht prügeln kann."

Mittlerweile hatte ich mir die verstümmelte Hand des Mädchens genauer angesehen und versuchte sie nun mit einem Fetzen Stoff von meinem Rock zu verbinden. Ihre Worte erschienen mir völlig unverständlich und ich nahm an, dass sie im Fieber fantasierte. Dennoch fragte ich sie: „Was meinst du damit, der Gräfin gehe es schlecht, wenn sie euch nicht prügelt? Ich verstehe deine Worte nicht."

„Sie meint damit", antwortete nun das andere, ein sehr junges, noch sehr kindliches Mädchen, „dass die Herrin uns alle sehr lieb hat und uns nichts Böses will. Aber die Anna Darvulia sagt immer, dass es nicht die Herrin ist, die uns prügelt und quält, sondern ihre

Krankheit, die sie vom Teufel hat. Die Herrin muss oft viele Stunden vor ihrem Spiegel sitzen und mit dem Teufel sprechen. Danach fühlt sie sich dann immer sehr krank und ist nicht mehr sie selbst. Die Herrin ärgern oftmals schon Kleinigkeiten. Ich hatte nur etwas Tee verschüttet, und Maria", sie wies auf die junge Näherin, „ist mit der Nadel nicht so rasch wie die anderen. Aber wenn der Teufel dann wieder von ihr ablässt, bereut die Herrin, was sie uns angetan hat und weint und betet für uns. Wir bekommen unsere Wunden gepflegt und alles, was wir uns wünschen, von ihr."

„Ja, wenn ihr dann noch lebt!" Ich war wütend über diese unsinnigen Worte. Dass mit Elisabeth etwas nicht stimmte, hatte ich nun schon zur Genüge erfahren müssen. Der Peitschenhieb an mir wäre sogar zu verzeihen gewesen. Schließlich hatte mir der Graf Avancen gemacht. Aber die getöteten Mädchen gingen mir nicht aus dem Sinn und es erschien mir völlig absurd, jemanden erst halb totzuprügeln, um ihn dann später mit Geschenken und Liebe zu überhäufen.

„Niemand wird kommen und uns die Tür öffnen. Wir müssen uns schon selbst helfen", konterte ich wütend und riss an meiner Kette, als ich sah, wie sich die Mädchen wimmernd in ihr Schicksal ergaben, einzig von der Hoffnung beseelt, dass Elisabeth irgendwann durch die Tür treten würde, so, als sei nie etwas derartig Grausames geschehen.

XII. Kapitel

Die Stunden vergingen in stumpfsinniger Einsamkeit und während Susanna auf dem eiskalten Steinfußboden hockte, mit ihrem Schicksal haderte und betete, dass sich endlich die erlösende Tür öffnen möge, ging das Leben in den oberen Etagen weiter.

Vor dem Bankett bat Franz seine Gemahlin zu einem ungestörten Gespräch in ein Eckzimmer, wo es zu folgender Auseinandersetzung kam:

„Ihr habt in unserer letzten Nacht nicht bei mir gelegen", steuerte er ohne Umschweife auf sein Ziel zu.

Ein unterdrücktes Lächeln umspielte Elisabeths Lippen. „Wie kommt Ihr darauf, Franz? Bin ich Euch so wenig wert, dass Ihr unsere Liebesnacht so schnell vergesst?"

„Wie könnte ich sie vergessen, hätte sie stattgefunden. Aber Ihr habt mich betrogen und das Lager mit einem anderen geteilt."

Elisabeth vermutete, dass er informiert war, und wurde merklich blasser. Doch als sie an die Geschehnisse in der Nacht zurückdachte, an die kleinen Huren in seinen Armen, an den Todesstoß, den er ihr versetzt hatte, an ihre ohnmächtigen Schmerzen und die Erkenntnis, dass seine Huren immer jünger und schöner wurden, während sie, die ihm den Rücken stärkte, stetig alterte, empfand sie eine höllische Schadenfreude.

Doch sie wahrte ihr Gesicht vor ihm und lächelte unschuldig.

„Aber dass mich nun schon ein Stallknecht ersetzen muss, das beleidigt mich zutiefst. Habt Ihr keine Ehre im Leib, Weib? Außerdem gibt es schon wieder drei tote Mädchen. Was habt Ihr mir dazu zu sagen?"

„Aber Franz, ich verstehe Eure Worte nicht ..." Gefasst und mit einem koketten Augenaufschlag ließ sie sich auf einem Sessel nieder, räkelte sich lasziv und sah mit unschuldiger Miene zu ihm auf. Das kaum merkliche Zittern ihrer schlanken Finger verbarg sie in der Spitze ihres Rockes.

„Zu Eurem Unglück habe ich in jener Nacht nicht durchgeschlafen, wie es die alte Hexe mit ihrem Trank beabsichtigte, sondern wurde von der Wache geweckt. Noch spät in der Nacht hatten sich Abgesandte des jungen persischen Herrschers Schah Abbas eingefunden, um uns ungarische Fürsten zu einem Bündnis und zum gemeinsamen Krieg gegen die Osmanen aufzurufen. Als ich bemerkte, dass ich in meinem eigenen Bett lag, schwante mir, dass ich wie damals in unserer ersten Nacht auf das alte Hexenweib Darvulia hereingefallen war."

Er machte eine Pause. Es fiel ihm schwer, weiterzureden. Zu tief hatte sie ihn in seiner Ehre gekränkt. Er war ihr Mann, ein Herrscher, den man nicht mit einem Knecht demütigen durfte.

„Graf Emmerich brachte mir später die Nachricht, dass Euch mein Kriegsknecht Vitus an meiner statt beilag und man Euer wildes Stöhnen in allen Winkeln des Schlosses gehört haben soll. Ich erwarte eine Antwort von Euch, Elisabeth!"

Elisabeth bewahrte noch immer Haltung. Nur ein einziges Mal irrten ihre Blicke hilflos im Raum umher, sie suchten nach ihrer Dienerin Darvulia. „Ich habe mir keine Vorwürfe zu machen, Franz", sagte sie und lächelte ihn selbstgefällig an. „Ihr seid unfähig, mit mir zu schlafen. Nur unter dem Einfluss von Alkohol gelang Euch bei mir das, was Ihr tagtäglich mit Euren Huren treibt. Und lagt Ihr mir bei, weil es die Ehe und Gott so verlangten, dann musste ich mich hinterher tagelang von den Blessuren und Schmerzen erholen. Erinnert Ihr Euch noch daran, als Ihr in Eurer Lüsternheit eine Eurer Huren rufen ließet, weil Euch Euer Weib allein nicht genügte?"

Ihre Worte trafen Franz bis ins Mark. Spitz antwortete er ihr: „Anscheinend hat es Eurer Zunge nichts abgetan, Elisabeth. Mir scheint nur, Ihr vertragt keinen kriegserprobten Mann, eher ein Weib, wie die Darvulia."

„Ja, auf dem Feld der Ehre, da seid Ihr zu Hause. Dennoch war ich Euch immer ein treues Weib, denn ich liebe Euch trotz allem, das wisst Ihr nur zu gut. Euer Knecht sollte mir lediglich den gewünschten Sohn bringen, den Ihr mit mir zu zeugen nicht imstande seid! Unser Volk und sogar der König verlangen von uns einen Sohn, um die Erbfolge zu sichern."

„Ein Nádasdy, gezeugt von einem Knecht? Dass ich nicht lache! Das sind nicht nur Betrug und eine Schmach für mich, Euren Herrn, das ist Gotteslästerung, Elisabeth. Ihr wolltet mir ein Kuckucksei unterschieben. Ich könnte Euch dafür pfählen lassen!"

In seinem Kopf arbeitete es, er fühlte sich so gekränkt, dass er nicht einmal wütend sein konnte. „Glaubt Ihr, ich empfinde keine Liebe für Euch? Ich wollte Euch in meinen Armen halten und Euch lieben und die Darvulia, mit ihren Zaubertränken, sollte uns das Liebesspiel angenehm machen. Was seid Ihr nur für ein Gezücht, Ihr, Eure Tante, Euer Bruder und Euer Neffe."

Nun war es an Elisabeth, beleidigt zu sein. Das Lächeln in ihrem Gesicht gefror zu einer Grimasse, während sie sich abrupt erhob. Für sie schien das Gespräch beendet zu sein und sie machte Anstalten, den Raum zu verlassen. Als sie an ihm vorbeirauschte, verstellte er ihr den Weg. „Was ist nur für eine Schlange aus Euch geworden, Ihr seid mein Eheweib!"

„Ihr habt unsere Ehe, die vor Gott geschlossen wurde, schmählich gebrochen. Für Euch habe ich meine Jugend und Schönheit geopfert. Bald werde ich alt sein und dann wird sich niemand mehr an mich erinnern. Warum könnt Ihr nicht verstehen, dass auch ich Angst habe? Ich brauche Liebe und Aufmerksamkeit, Franz! Ein schönes Weib zu vernachlässigen ist eine Sünde. Aber Ihr kennt ja diese Gespräche zwischen uns, Franz. Und zu den toten Mädchen – es waren Eure Huren und sie haben nur bekommen, was sie verdienten. Durch ihre Jugend entwürdigt Ihr mich und verurteilt mich zu einem einsamen Altern an Eurer Seite!"

Wenige Augenblicke später thronte das Paar im großen Saal am Kopf einer langen, mit erlesenen Speisen gedeckten Tafel, scherzte und philosophierte mit den Gästen über Religion und Politik. Niemand der hohen Gäste bemerkte die Unstimmigkeit zwischen dem Herrscherpaar. Sie gaben sich zwanglos und der Etikette entsprechend würdevoll. Zur linken Seite

Elisabeths saß Emmerich Megyery und zu Franz' Rechten, Graf Georg Thurzo. Die Gräfin lächelte mal erhaben, mal kokett, sie scherzte und hielt geistvolle Reden mit ihren Tischnachbarn. Bei genauerem Hinsehen hätte man bemerkt, dass sie, facettenreich und mit geübtem Charme, versuchte, die Aufmerksamkeit der Gäste auf sich zu lenken. Das Hauptgesprächsthema unter den zusammengekommenen ungarischen Woiwoden war der große, lange Türkenkrieg. Franz war nach dem Streit dem Alkohol besonders zugetan und ließ den Becher nie leer werden. Sein Mundschenk hatte alle Hände voll zu tun, seinem Herrn Wein nachzuschenken. Zugleich war Franz Wortführer und ging ganz in seiner Rolle als Kriegsherr auf. Hoch aufgerichtet, den Weinkelch in der Hand, befand er sich mitten im Kriegsgeschehen, in dem eine Frau wie Elisabeth nichts zu suchen hatte. Er bedachte sie nur selten eines Blickes, stattdessen donnerten seine Worte über die Köpfe der Gäste hinweg, während er mit der freien Hand eine Karte mit den wichtigsten strategischen Punkten Kroatiens, Siebenbürgens, Wiens und Österreichs vor sich ausbreitete.

„Edle Herren!", begann er mit etwas schwerer Zunge und schickte seine Blicke wie ein Adler reihum. „Heute Abend reise ich mit den ausgesuchtesten ungarischen Heerführern an den Hof nach Prag zu unserem Kaiser und ungarischen König Rudolf. Wir müssen endlich wissen, ob wir mit den Türken Krieg oder Frieden haben. Die Verhandlungen mit der Pforte um das Bestehen Ungarns dürfen nicht weiter durch Fremde geführt und geheim gehalten werden. Die Nation muss endlich ihre Freiheit wiedererlangen, denn nur wer frei ist, kann mit Mut kämpfen! Wir müssen den Blick auf Siebenbürgen richten, das eine wichtige Stellung zu den beiden feindlichen Mächten innehat. Die Jesuiten, die schon früh den Geist und das Herz des Fürsten Sigismund Báthory beeinflussten, haben erreicht, dass er sich endgültig dem geistlichen Stand zuwendet und für immer von seinem Fürstenthron herabsteigt. Zu gern sähen sie es, wenn Siebenbürgen unter die Herrschaft des streng katholischen, ihnen ergebenen Kaiserhauses käme. Aber die Streitmacht der Habsburger ist der türkischen nicht gewachsen."

Im Saal wurden zustimmende Rufe laut. Waffengeklirr erklang. „Meine Herren, der Zustand Siebenbürgens gemäß den politischen Voraussetzungen zur Selbstständigkeit, wie sie in der Mitte unseres Jahrhunderts geschaffen wurden, muss unangetastet bleiben. Wir dürfen nicht länger tatenlos zusehen, wie seine Bewohner von den Söldnern des Statthalters Giorgio Basta mit Plünderungen und Grausamkeiten terrorisiert werden. Sie leiden Hunger und die gefürchtete Pest ist bereits auf dem Vormarsch nach Ungarn. Zudem macht sich unter den siebenbürgischen Ständen Unzufriedenheit breit, wegen der gegenreformatorischen Bestrebungen des Wiener Hofes. Die Stände werden sich der neuen Bewegung Stefan Bocskais anschließen und ihn zu ihrem Fürsten wählen. Wie Euch bekannt sein dürfte, meine Herren, war er bisher die wichtigste Verbindung zwischen den Habsburgern und Sigismund Báthory im Kampf gegen die Türken. Doch jetzt ändert er seine Gesinnung und plant einen ungarischen Aufstand gegen die Habsburger, das bedeutet, dass er sich als absoluter Nachfolger an die Spitze des oberungarischen Adels stellt."

Allgemeines Gemurmel wurde laut, das Graf Emmerich nutzte, um sich unauffällig zur Gräfin herabzubeugen. Mit der Serviette vor dem Mund fragte er sie leise: „Ich vermisse die siebenbürgische Schönheit unter Euren Zofen. Fühlt sie sich vielleicht nicht wohl?"

Elisabeth lächelte verführerisch und flüsterte: „Empfindet Ihr es nicht als unhöflich, Graf, in meiner Gegenwart an ein anderes Mädchen zu denken? Reicht Euch meine Schönheit nicht? Ihr beschämt mich."

„Die Türken blenden mit einer zahlenmäßigen Übermacht und durch einen gut organisierten Nachschub, während die Heeresreserve der kaiserlichen Truppen sich auf die von den Ständen der Habsburgländer angebotenen Hilfen stützen. Das hat zur Folge, dass das christliche Heer immer unbeweglicher wird", polterte Franz in ihr Gespräch und holte sich Emmerichs Aufmerksamkeit zurück.

„Deshalb, edle Herren, lenken wir unser Auge auf einen weiteren eventuellen Verbündeten gegen das osmanische Heer, den Herrscher Persiens, Schah Abbas. Sein Interesse an diesem Krieg haben wir dem König zu verdanken, der diplomatische Beziehungen mit Persien aufgenommen hat, um so die Osmanen in einen Zweifrontenkrieg zu verwickeln."

Eine vielstimmige Entrüstung war die Antwort und Graf Emmerich warf zweifelnd dazwischen: „Es wird nie zu einem Bündnis mit dem Schah kommen. Eine Krähe hackt der anderen nicht die Augen aus!"

Sein Einwurf löste eine heftige Diskussion aus und manche der Walachen erhoben sich empört. Doch

Franz hob Ruhe gebietend den Arm und donnerte, als wieder Stille eingetreten war: „Keine Aufregung, edle Herren, bedenkt, dass der Schah jung und begabt in der Kriegskunst ist. Er hat nach osmanischem Vorbild ein riesiges zwanzigtausend Mann starkes, stehendes Heer mit modernsten Feuerwaffen, einer Artillerietruppe und Schützeneinheiten geschaffen. Selbst wenn es nicht zu einem Bündnis kommt, wird Schah Abbas, der die Schwäche des Osmanischen Reiches wie kein anderer kennt, auch ohne unsere Hilfe einen Angriff gegen die ungarischen Ostgrenzen der Türken führen. Die Pforte fordert Friedensverhandlungen mit unserem ungarischen König Rudolf und wir Ungarn brauchen endlich unseren ungarischen Frieden!"

Während es die Walachen von den Stühlen riss und man seinen Worten laut applaudierte, ergriff Franz Elisabeths Hand, hauchte einen Kuss darauf und sagte: „Während ich mich nun heute Nacht zu dieser wichtigen Entscheidung nach Prag aufmache, wird mein Neffe Gabor die Verteidigungsstellung gegen räuberische Einfälle der Osmanen sichern und mein Weib und meine Kinder werden, bis ich zurückkehre, unter dem Schutz unseres edlen, königlichen Beraters und kaiserlichen Mundschenks, Graf Thurzo, stehen." Zum Schluss hob Franz den Becher hoch über seinen Kopf und brüllte: „Für ein freies Ungarn!" Die Gäste huldigten ihm mit einem ungarischen Freiheitsgesang, bis anschließend jeder seine eigene Meinung über die Osmanen und Habsburger im Weinrausch lautstark kundtat.

Der Einzige, der sich der heftigen Debatte enthielt, war Graf Emmerich. Sein Blick glitt immer wieder suchend zur Saaltür, als erwartete er dort jemanden. Die

Gräfin, die sich langweilte, versuchte ihn schon geraume Zeit in ein Gespräch zu verwickeln. Letztendlich schaffte sie es, seine Aufmerksamkeit auf sich zu lenken und schon wenige Augenblicke später konnte sie von seinen zurückhaltenden Schmeicheleien nicht genug bekommen. Mit geziertem Augenaufschlag und einem verfänglichen Lächeln versuchte sie, Emmerich Megyery zu betören. Aber auch wenn der Kriegsmann sich aus lauter Höflichkeit als ein aufgeschlossener Gesprächspartner gab, blieb er ihren Verführungskünsten gegenüber standhaft. Als sie sich einmal mit vor Empörung aufgeschürztem Schmollmund bei ihm über ihre nachlässige Dienerschaft beschwerte, kam er wieder auf Susannas Abwesenheit zu sprechen: „Bevor ich Euren Gemahl nach Prag begleite, würde ich mich gern von Eurer Hofdame, der Komtesse von Weißenburg verabschieden. In welchem Teil des Schlosses kann ich die Schönheit finden?"

Das Umschwenken Emmerichs, sein Interesse an einer ihrer Hofdamen, brachte Elisabeth aus der Fassung. Sie spürte, dass sie nicht mehr der Mittelpunkt der Aufmerksamkeit dieses Mannes war, verlor an Gesichtsfarbe und schützte plötzlich heftige Kopfschmerzen vor. Mit einem Parfüm aus einem silbernen Flakon, den sie von der aufmerksamen Darvulia gereicht bekam, rieb sie sich die schmerzenden Schläfen. Während sie der Frage mit leidvoller Miene auswich, flüsterte sie ihrer Dienerin ins Ohr: „Sie muss sofort aus dem Keller in ihr Gemach gebracht werden und sorge dafür, dass man ihr die Strafe nicht ansieht."

XIII. Kapitel

Das Licht im Keller war heruntergebrannt und tiefste Dunkelheit umgab mich. Es ist ein furchtbares Gefühl, völlige Nacht um sich zu spüren und nicht zu wissen, was passiert. Schon nach ein paar Stunden hinterlässt es die furchtbarsten Visionen und Ängste. Mein Körper reagierte mit Zittern, Herzrasen, Atemnot, Krämpfen und furchtbarsten Trugbildern. Bereits nach kurzer Zeit begann ich, die beiden Mädchen mit Wimmern und Zähneklappern zu übertönen und drückte mich aus Angst vor den angriffslustigen Ratten immer weiter an die kalte Wand hinter mir. Die Feuchtigkeit drang durch meine Kleider, meine Glieder schmerzten und ich konnte meine Blase nicht mehr kontrollieren. Eines der beiden Mädchen, ich vermochte in der Dunkelheit nicht mehr zu unterscheiden welches, bemerkte es und riet mir: „Ihr müsst es nicht weglaufen lassen, sondern mit den Händen auffangen und trinken. Sollte Euch niemand hier herausholen und ihr länger in dem Verlies eingesperrt bleiben, wird Euch das vor dem Verdursten retten." Welch schreckliche Vorstellung. Was mussten die Mädchen bereits gelitten haben, um derartige Ratschläge erteilen zu können.

Doch entgegen meiner Angst, in dem Kellergewölbe zu verfaulen, vernahm ich irgendwann das Knarren des sich im Schloss drehenden Schlüssels. Als sich gleich darauf die schwere Eichentür bewegte, umschmeichelte das ohrenbetäubende Rasseln und Quietschen meine Ohren wie eine wunderschöne Melodie. Die Mädchen hatten recht behalten mit ihren Ansichten über das seltsame Verhalten der Gräfin. Nur war es nicht Elisabeth, die im Schein der Fackel die Öffnung ausfüllte, sondern wieder das verhasste Hexenweib Darvulia.

„Mitkommen!", herrschte sie mich an und ich konnte in ihren verbissenen Gesichtszügen lesen, wie unangenehm es ihr war, mir die Fesseln lösen zu müssen. „Ich bringe dich auf Geheiß der Gräfin zurück in dein Gemach. Dort wirst du dich umziehen. Die Katharina wird dir dabei helfen und du wirst niemandem auch nur ein Sterbenswörtchen von dem erzählen, was du gesehen hast, ansonsten werde ich dich verprügeln, bis dir das Fleisch von den Knochen fällt."

Sie wollte mich an den Haaren packen, doch ich nahm ruckartig den Kopf zur Seite. Für einen kurzen Augenblick tastete sie ziellos mit den Händen ins Leere, woran ich erkannte, dass es mit ihrem Augenlicht schlechter wurde. Für den Bruchteil einer Sekunde keimte der Gedanke an Flucht in mir auf, aber das Weib schien Gedanken erraten zu können. Sie umklammerte mich wie eine Spinne und würgte mich mit ihren kräftigen Armen. „Du wirst machen, was ich dir sage", zischte sie, „sonst stoße ich dir persönlich meinen Dolch zwischen die Rippen. Dass du mich geblendet hast, werde ich dir nie verzeihen. Nimm dich vor mir in Acht. Der Moment meiner Rache wird kommen. Und jetzt geh!" Sie stieß mich die Treppe hinauf. Am oberen

Treppenabsatz erschien ein Schatten, es war Dorkó. An eine Flucht war nicht mehr zu denken.

„Was wird aus den beiden Mädchen?", fragte ich. Doch statt einer Antwort erhielt ich einen schmerzhaften Schlag ins Kreuz, der mir die Luft zum Atmen raubte. Ohne weitere Gegenwehr ließ ich mich von ihr auf mein Zimmer bringen. Katharina hatte mir bereits ein Kleid zurechtgelegt. Während ich mein zerrissenes, von Rattenkot und Urin beschmutztes Gewand gegen Samt und Seide tauschte, verwandelte ich mich unter Katharinas geschickten Fingern rasch wieder in eine vornehme Hofdame. Von den Blessuren der überstandenen Qualen war mir nichts mehr anzusehen. Dass ausgerechnet Katharina zu meiner Toilette abgestellt war, kam mir ganz gelegen. Denn während sie mein Haar bändigte und zu einer kunstvollen Frisur aufsteckte, versuchte ich, sie über Katica auszufragen.

„Ich habe eine Zofe, die ebenso geschickte Finger hat wie du, Katharina", schmeichelte ich ihr und hatte Glück im Unglück.

Die einfältige Katharina nickte und antwortete: „Ja, Komtesse, ich kenne die Jungfer. Es ist die Katica. Aber Eure Zofe wurde von einem Knecht verraten. Sie wollte die Gräfin verlassen, ohne sie davon in Kenntnis zu setzen. Jetzt droht ihr eine harte Strafe."

Diese Eröffnung war für mich wie ein Keulenschlag. Sollte ich jetzt auch meine Zofe, auf die ich all meine Hoffnungen gesetzt hatte, verlieren? Mir fiel der Beutel mit den Forint ein. Vielleicht hatte ich ihr zu wenig gegeben? Ich machte mir Vorwürfe und das Schlimmste war, dass ich Katica nicht helfen konnte.

Doch um mir den Kopf darüber zu zerbrechen, blieb mir keine Zeit. Denn als Katharina die letzte Locke befestigt hatte, öffnete sich die Tür und Elisabeth stürzte herein. „Oh, wie schön du wieder bist, Susanna! Der Herrgott strafe mich für das, was ich dir angetan habe!", rief sie schon an der Tür. Einen Augenblick später spürte ich ihre Arme um meinen Hals und ihr tränennasses Gesicht in den Falten meines Halsausschnittes.

„Verzeih mir, ich war nicht Herr meiner Sinne. Ich liebe dich doch, Susanna. Der Herrgott soll mich strafen, wenn ich dir jemals wieder ein Leid zufüge. Ich weiß ja selbst nicht, warum ich so heftig reagiert habe. Ich brauche dich doch so sehr."

Angesichts ihres verwirrenden Ausbruchs war ich völlig überrascht. Da ich nicht wusste, wie ich mich verhalten sollte und eigentlich diejenige war, die Trost nötig hatte, wich ich vor ihr zurück wie vor einer Geisteskranken. Ganz nebenbei fragte ich mich, ob Elisabeth vielleicht an einem geringen Selbstwertgefühl litt. Doch den Gedanken zu Ende zu spinnen kam ich nicht. Zum zweiten Mal öffnete sich die Tür und ein Diener meldete: „Komtesse, Graf Emmerich Megyery möchte Euch seine Aufwartung machen."

Plötzlich glaubte ich zu wissen, warum die Gräfin sich so aufführte. Denn als gleich darauf der Graf ins Zimmer trat, strahlte auf ihrem Gesicht ein honigsüßes Lächeln und ihm die Hand zum Kuss darbietend, schwebte sie freudig auf ihn zu.

„Nun, Graf Megyery, habe ich Euch zu viel versprochen?", flötete sie. „Wie Ihr Euch überzeugen könnt, ist unsere Komtesse wieder ganz wohlauf. Seht nur, welch zarte Röte auf den eben noch so blassen Wangen! Oder liegt es gar an Euch, mein Lieber?"

Lächelnd drehte sie sich nach mir um und ein warnendes Aufblitzen aus den dunklen Pupillen traf mich. „Aber wie ich sehe, beraubt Euch der Anblick zweier solcher Schönheiten all Eurer Worte, Graf." Sie strahlte den leicht befangenen Megyery an. Doch da Emmerich sich in ihr Spiel nicht hineinziehen ließ und höflich auf Abstand ging, wies sie Katharina an, auf mich achtzugeben, damit ich keinen Rückfall bekäme, und rauschte, ihre leidigen Kopfschmerzen vorschützend, aus dem Zimmer. Emmerich wartete, bis die Tür sich hinter der Gräfin geschlossen hatte, trat einen Schritt auf mich zu und gab mir mit den Augen zu verstehen, dass Katharina, die sich am Schminktisch zu schaffen machte, störte. Ich begriff und wies die Dienerin an: „Würdest du uns etwas Wein bringen, den besten von dem ungarischen und eine neue Karaffe mit Gläsern?" Katharina sträubte sich, immerhin hatte ihr die Gräfin die Anweisung gegeben, während ihrer Abwesenheit Augen und Ohren offen zu halten. Doch letztendlich folgte sie meinem Drängen und verließ uns, um das Gewünschte zu holen. Kaum waren wir allerdings allein, näherte Emmerich sich mir und fragte besorgt: „Komtesse, was ist mit Euch geschehen? Ich habe den ganzen Tag versucht, Euch zu sprechen. Niemand teilte mir Euren Aufenthalt mit und zu Eurem Gemach verwehrte man mir den Zutritt. Bitte, befreit mich von dem Gedanken, dass Schlimmes mit Euch geschehen ist! Seitdem Ihr mir vorgestellt wurdet, fühle ich mich Euch aus tiefstem Herzen verbunden und möchte Euer

Beschützer sein. Vielleicht ist meine Angst unbegründet, doch ich habe bemerkt, dass Ihr Euch in guter Hoffnung befindet. Gibt es einen Vater für das Kind?"

Seine Anteilnahme tat mir gut. Dennoch verschränkte ich instinktiv die Hände vor meinem Leib und versuchte die Wölbung vor ihm zu verbergen. „Es gibt keinen Vater, Graf", murmelte ich und blickte schuldbewusst zu Boden.

„Ihr müsst Euch für Eure Mutterschaft nicht schämen. Aber die edle Frau, was sagt sie dazu? Befindet Ihr Euch in Gefahr?"

Ich schüttelte heftig mit dem Kopf. Mir schossen die Tränen in die Augen und es drängte mich, ihm mein Herz zu öffnen. Doch die vergangenen Ereignisse hatten mich vorsichtig werden lassen. Ich vertraute niemandem, auch ihm nicht.

„Ich möchte Euch helfen", fuhr er fort und ergriff meine Hände. „Ihr seid so zerbrechlich wie eine Schneeblume."

„Ich sehe es als eine Ehre an, Graf, dass Ihr Euch um mich sorgt", antwortete ich manierlich, während mir glcich darauf die Frage entschlüpfte: „Aber weshalb bietet Ihr mir Eure Hilfe an? Ihr seid ein großer Kriegsherr und verlasst in Bälde das Schloss."

Sein Angebot, mir zu helfen, erschien mir absurd und dennoch wie ein rettender Strohhalm. Ich hob den Blick und sah ihn herausfordernd an. Er hatte warme blaue Augen, in denen echte Sorge um mich stand.

„Ihr misstraut mir, aber ich sehe, dass Euch etwas bedrückt. Ist es die Gräfin?"

Ängstlich wich ich ihm aus und zog es vor, zu schweigen. Was würde mir die Wahrheit bringen? Ich hätte ihm so gern vertraut. Durch mein Zögern entstand eine fast schmerzhafte Stille. Ich sah, dass er auf eine Antwort wartete, und ich suchte nach den richtigen Worten. Plötzlich erklärte er mir: „Die Gräfin ist eine sehr schöne, äußerlich starke Frau, ich kannte sie schon vor ihrer Hochzeit mit dem Grafen Nádasdy. Als junger Mann war ich, wie so viele andere auch, in sie verliebt, bis mein Kriegskamerad Franz sie geheiratet hat. Seitdem verwaltet sie mit starker Hand ganz allein das riesige Erbe ihrer beider Familien. Man erzählt sich, dass ihr Vorfahre, ein mächtiger Ritter, einmal einen Drachen, der das Land verwüstete, mit drei Lanzenstichen niederstreckte und für diese Heldentat den Familienbesitz Ecsed erhielt. Vielleicht ist das die Quelle, aus der sie ihre gewaltige Kraft schöpft."

„Vielleicht aber auch die Quelle allen Unheils, das sie stiftet", warf ich ein.

„Möglich", lachte er. „Aber ich weiß auch, dass sie als Kind bereits unter ihrer übermächtigen Mutter litt. Nach deren frühem Tod hat sie sich ihrer Tante Klara angeschlossen, die bis zu ihrer Hinrichtung einen bösen Einfluss auf sie ausübte."

„Die Gräfin Klara ist tot?" Ich war sprachlos und erinnerte mich an den Hofball, auf dem ich sie noch voller Lebensfreude erlebt hatte.

„Ja, die Gräfin Klara soll einen ihrer zahlreichen Liebhaber dazu überredet haben, ihren zweiten Ehemann zu ermorden. Zudem stand sie schon seit Langem in dem Ruf, eine Hexe zu sein und soll aufgrund dessen hingerichtet worden sein. Was mir Sorgen macht, ist Elisabeths einstige Amme, die Darvulia. Sie gewinnt immer größeren Einfluss über sie. Elisabeths Sucht,

Franz zu gefallen, ihre perfekte Sauberkeit, ihr Hass auf die blutjungen Mädchen und die Angst, ohne Sohn zu sterben, geben ihr die Macht, sie völlig zu beherrschen. Elisabeth wird in Bälde achtunddreißig Jahre alt und hat Franz noch keinen Erben geschenkt. Nun, erratet Ihr, warum ich Euch das erzähle, Komtesse?"

Ich zuckte mit den Schultern. „Weil Ihr sie immer noch liebt?"

„Nein, weil diese Entwicklung für Euch ein böses Ende nehmen wird und Elisabeth eine Gefahr für jede junge Frau ist. Ich habe beobachtet, dass sich die Gräfin immer stärker von Sinneseindrücken und Stimmungen leiten lässt. Sie altert und will es nicht wahrhaben. Mal ist sie traurig, dann wieder verloren. Mal erlebt man sie verwirrt, dann wieder neidisch, gierig oder cholerisch. Sie ist krankhaft selbstsüchtig und duldet ganz bestimmt keine blutjunge Favoritin an ihrer Seite, die sich schwängern lässt. Die Züchtigungen an den Mädchen werden häufiger, grausamer und einfallsreicher. Jetzt sind die Ersten an den Auswirkungen gestorben. Ich glaube nicht, dass sie sie ursprünglich töten wollte, aber es werden weitere folgen und dann wird sie es sein, die tötet, weil sie einem zwanghaften Impuls zum Morden folgt, durch den ihre einsame Herrscherseele Beruhigung erfährt."

Ich hatte noch nie jemanden in dieser Weise von der Gräfin reden hören und staunte über seine Menschenkenntnis.

„Ihr müsst Elisabeth gut kennen, Graf Emmerich", sagte ich und betrachtete ihn nun mit ganz anderen Augen. Mit seinen überzeugenden Worten hatte er den Zugang zu meiner Seele gefunden und nicht nur das:

Ich spürte tief in mir, dass ich diesem Menschen blind vertrauen konnte. Seine ganze Art, wie er mich ansah, wie er mit mir sprach, gaben mir ein Gefühl von Sicherheit.

Inzwischen war Katharina mit dem Wein zurückgekehrt. Als sie die Gläser füllte, bemerkte ich, dass er den Blick nicht von mir lösen konnte. Amors Pfeil hatte ihn mitten ins Herz getroffen. Aber anstatt mich mit Schmeicheleien zu umgarnen, verwirrte diese Erkenntnis ihn und machte ihn schweigsam. Ich schrieb es der Anwesenheit von Elisabeths Dienerin zu, dass er mir nicht das sagte, was sein Herz fühlte. Die Gläser klirrten, der Wein machte glucksende Geräusche, wir schwiegen und verständigten uns mit Blicken. Irgendwann beendete er das Schweigen und sagte: „Ich werde Euch mitnehmen, Komtesse, und Euch sicher nach Siebenbürgen bringen. Heute Abend reise ich mit Franz nach Prag, Weißenburg liegt auf unserem Weg.“

Er hatte noch nicht ganz ausgesprochen, da rauschte die Gräfin mit Ilona und Dorkó im Schlepptau durch die Tür und rief Überraschung heuchelnd: „Oh, Graf Megyery, Ihr seid immer noch hier? Mein Gemahl sucht schon geraume Zeit nach Euch.“

„Ihr habt ja so recht, Gräfin“, antwortete er ihr mit einer leichten Verbeugung. „Ich habe gar nicht bemerkt, wie schnell die Zeit in angenehmer Damengesellschaft vergehen kann. Es wäre jetzt unhöflich, Euren Gatten noch länger warten zu lassen. Deshalb möchte ich mich verabschieden. Doch zuvor, Gräfin, gewährt mir noch einen Wunsch.“

„Er sei Euch jetzt schon gewährt“, lachte sie und reichte ihm kokett die Hand. „Ich möchte Euch die

Komtesse entführen, ihre Anwesenheit wird dringend auf dem Besitz ihres Vaters gewünscht", log er ohne Umschweife, während ich die Hände über meinen Leib legte, in dem sich der Spross der Báthorys regte. Das Kind in meinem Bauch versetzte mir kleine heftige Tritte, ganz wie sein Erzeuger. Erschrocken hielt ich die Luft an, während meine Augen gebannt an den Lippen der Gräfin hingen.

Doch auf Elisabeth wirkte seine Forderung wie ein Keulenschlag. Das honigsüße Lächeln auf ihrem Gesicht erstarrte förmlich zu Eis. Zweifelnd sah sie von einem zum anderen, so als hätte sie nicht richtig verstanden, was er soeben zu ihr gesagt hatte. Dann machte sie sich hysterisch Luft: „Nein, Graf, das könnt Ihr nicht von mir verlangen!", zischte sie. „Ich brauche die Komtesse bei mir. Ihr bekommt sie nicht. Sie bleibt hier!"

„Gräfin, mir spielt Ihr kein Theater vor. Ihr habt noch genügend andere adlige Jungfrauen zu Eurer Unterhaltung. Die Komtesse von Weißenburg nehme ich mit und wenn ich von Euch nicht die Erlaubnis erhalte, hole ich sie mir von Eurem Gemahl!"

Eine zackige Verbeugung war seine Antwort, dann reichte er mir die Hand und bedeutete mir mit den Augen, ihm zu folgen. Mit schweren Schritten, mich fest an seiner Seite, verließ er das Gemach. Doch wir kamen nicht weit. Hinter uns stürzte Katharina aus der Tür und schrie völlig aufgelöst: „Die Herrin, es geht ihr schlecht! Schickt nach der Darvulia!"

Im Nu entstand ein Tumult in den Gängen, ganz so wie zu Zeiten der Belagerung durch den Beg von Sziget. Aufgeschreckten Hühnern gleich flatterte die Dienerschaft über das Parkett. Es wurde gewispert, gemutmaßt, Türen knallten und es dauerte nicht lange, da erschien die Gerufene die Hüfte schwingend. An ihrem Gürtel pendelte ein Lederbeutel mit allerlei Zauberkram und auf ihren Händen balancierte sie vorsichtig eine Karaffe mit einer grünlichen Flüssigkeit. Sie hatte es sehr eilig und es grenzte fast an ein Wunder, wie sicher sich die fast blinde Darvulia im Schloss vorwärtsbewegte. Bevor sie im Gemach verschwand, blieb sie vor der Tür der Gräfin stehen. Einen Moment schien es mir, als ob ihre leeren Augen auf mich gerichtet waren. Ein hämisches, boshaftes Grinsen umspielte ihre dünnen Lippen. Ich begann zu zweifeln. War es mein Gewissen oder mein empfindsames Wesen? Ich blieb stehen und entzog mich Emmerichs Hand. „Was kann da nur geschehen sein?", fragte ich und wich einer Magd mit einer Schüssel voll Wasser aus.

„Ein kleiner hysterischer Anfall einer geistesgestörten Herrscherin. Ihr solltet Euch keine Gedanken machen. Der Weg in die Freiheit führt hier entlang", sagte er lächelnd und wies mit einer eleganten Verbeugung den Gang hinunter.

„Aber alle im Schloss sind in Aufruhr. Da muss etwas Schlimmes geschehen sein", entgegnete ich unsicher und rührte mich keinen Schritt von der Stelle.

Ein dumpfer Schrei hallte durch die Gänge. Hatte die Gräfin nach mir gerufen? In diesem Augenblick kämpften in mir zwei Wesen, das eine, vernünftige, riet mir, die Geisteskranke zu verlassen und das andere, törichte, das immer noch an das Gute im Menschen glaubte, riet mir, zu ihr zurückzukehren. Was für eine sträfliche Entscheidung, dass ich mich für das Zweite entschied. Welch teuflische Eingebung. Ich muss Emmerich mit einem so seltsamen Blick angesehen haben, dass er einen Schritt vor mir zurückwich und mich mit erstauntem Gesicht fragte: „Was ist mit Euch? Hegt Ihr etwa Zweifel an Eurer Entscheidung? Bedenkt, was Ihr tut.“

Ich gab ihm keine Antwort, denn ich konnte ihm seine Frage nicht beantworten.

Vielleicht war mein Geist durch den Aufenthalt im Keller verwirrt, aber Elisabeth hatte nach mir gerufen, weshalb sich in meinem Kopf die wahnwitzige Idee festsetzte, ich allein sei die Ursache ihres Übels. Ich erinnere mich noch an Emmerichs bestürzten Blick, wie er die Hände nach mir ausstreckte, als ich ihn stehen ließ und losrannte. Noch heute höre ich ihn rufen:

„Komtesse, kehrt um, Ihr lauft in Euer Unglück!“

Wenige Augenblicke später stand ich vor ihrem Bett. Ilona hatte die seitlichen Damastvorhänge zugezogen und am Betthimmel die Hängelampen angezündet. Die Furcht, dass Elisabeth meinetwegen sterben könnte, lähmte meine Füße. Ängstlich starrte ich auf das breite Hinterteil der Darvulia, die sich gerade über die Gräfin beugte und ihr etwas von dem grünlichen Trank einflößte. Am Fenster warteten Katharina, Dorkó und Ilona mit ratlosen Gesichtern. Selbst Johannes fehlte nicht. Als ich ihn zuletzt gesehen hatte, war er in einen weiten Mantel gehüllt gewesen und so war ich erstaunt zu entdecken, dass er sich äußerlich wieder zum Besseren verändert hatte. Sein Kopf war bis auf zwei Büschel kahl geschoren, was dem Gesicht mit den blauen Augen Züge eines Tataren gab. Das weite Hemd wurde von einem   breiten,   reich   verzierten   Gürtel

zusammengehalten, an dem ein Schwert und ein Leder-
köcher mit Pfeilen hingen. Die Beeinträchtigung seiner
Beine verbarg er in Schaftstiefeln und weiten Hosen. Er
kam mir noch untersetzter und bulliger vor, seitdem er
sich von mir getrennt hatte. Breitbeinig und mit unbe-
weglichem Gesicht wachte er vor Elisabeths Bett. Er sah
mich nicht an. Wahrscheinlich wollte er mich auch
nicht sehen. Es war mir egal. Ich ließ ihn unbeachtet,
teilte den Vorhang und ergriff Elisabeths wie leblos auf
der Decke liegende Hand.

Die Gräfin lag ausgestreckt auf dem Bett und ihr Gesicht war ebenso bleich wie ihr Laken. Die Darvulia
hatte ihr den Trank bis auf den letzten Tropfen einge-
flößt und starrte mich entgeistert an. Der Blick dieser
bösen Augen fand immer die richtige Richtung und
jagte mir jedes Mal Schauer über den Rücken.

„Was willst du hier?“, zischte sie. „Du bist nicht er-
wünscht!“ In diesem Augenblick setzte die Wirkung des
Gebräus ein und Elisabeth bewegte die Augenlider. Ihre
Hand unter der meinen begann zu zucken und ohne die
Darvulia weiter zu beachten, rutschte ich näher zum
Kopfende und flehte: „Elisabeth, sagt doch bitte etwas!
Was ist mit Euch geschehen?“

Das Leben kehrte in den Körper der Gräfin zurück, sie
bewegte sich und schlug die Augen auf. Ich hatte das
Gefühl, dass sie ihre Umgebung nicht wahrnahm. So,
als ob sich ihr Körper und ihre Seele nicht mehr im Ein-
klang befanden. Ihre Pupillen flackerten und begannen unruhig auf und nieder zu rollen, bis ich das Weiße
in ihren Augäpfeln sah. Plötzlich ging ein Zittern durch
ihren ganzen Körper. Sie öffnete den Mund, wollte etwas sagen und geriet in eine körperliche Erstarrung.

Ihr Körper bog sich extrem nach oben, während ihr Kopf und ihre Füße auf dem Laken blieben. Mit Entsetzen verfolgte ich die Vorgänge, die nur einen kurzen Augenblick andauerten, dann stieß sie einen erlösenden Seufzer aus und lächelte mich zaghaft an. Sie hatte mich erkannt. „Wie schön, dass Ihr da seid, Komtesse", hauchte sie mit dünner Stimme. „Jetzt wird alles gut und Ihr werdet mich nicht mehr verlassen."

Trommelwirbel, Fanfarenklänge und das Wiehern von Pferden drangen durch die Fenster in das Gemach und verkündeten Franz' und Emmerichs Abreise nach Prag. Einen Moment reute mich meine Entscheidung, dann nahm Elisabeths Wohl mich wieder ganz gefangen. Gerade bewegte sie die Lippen, als wollte sie mir noch etwas sagen, war aber offenbar zu schwach dazu. Die Hexe gab mir darauf ein Zeichen und fauchte: „Du bist zu weit entfernt. Beuge dich weiter über sie, sie will mit dir reden!"

Nichts ahnend schob ich meinen Oberkörper höher, bis ich ihr in das leichenblasse Gesicht sehen konnte. Ich hielt noch immer ihre Hand, während es mich große Mühe kostete, meine Tränen zurückzuhalten. „Habt Ihr Euch meinetwegen so aufgeregt, Gräfin? Gott vergebe mir, wenn ich Euch mit meinem Ungehorsam Schmerz zugefügt habe", hörte ich mich sagen und sah, dass sie mich anlächelte.

Ach, was für ein falsches Lächeln. Mir wäre das, was nun folgte, erspart geblieben, hätte ich es richtig gedeutet. Plötzlich schnellte ihre Hand nach oben, verkrampfte sich in meinem Genick und zog mich zu ihr hinab. Im gleichen Moment spürte ich einen höllischen Schmerz im Gesicht, feuerrote Blitze tanzten vor meinen Augen und ein gehässiges Lachen dröhnte in meinen Ohren, bis es schwächer wurde und nur noch aus weiter Ferne zu mir drang.

Ich erwachte in meinem Bett und sah zuerst nur den Betthimmel über mir, an dem ich mich zu orientieren versuchte. Als ich versuchte den Kopf zu wenden, durchfuhr mich wieder dieser höllische Schmerz. Diesmal machte ich mir mit Schreien Luft und hörte erst auf, als sich jemand beruhigend über mich beugte. Es war Katharina. Ich sah direkt in ihr blasses Antlitz. Ihre Augen waren ängstlich und in größter Sorge auf mich gerichtet. Allmählich kehrte meine Erinnerung zurück und ich erschrak, als ich mich reden hörte. Meine Stimme hörte sich an, als käme sie direkt aus der Hölle. „Wie komme ich in mein Gemach und was ist mit mir geschehen?“, hörte ich mich fragen und machte Anstalten, mich zu erheben. Doch Katharina drückte mich sanft in die Kissen zurück. „Vorsicht, bewegt Euch nicht! Sonst werdet Ihr vor Schmerzen noch das ganze Schloss zusammenschreien“, zischte sie.

Erst jetzt bemerkte ich, dass sich noch jemand im Raum befand. Es war der Hofarzt, der gerade seine Instrumente in eine Tasche packte und leise zu Katharina sagte: „Ich habe die Wunde genäht. Wenn sie sich still verhält, wird nur eine Narbe zurückbleiben. Befolgt meine Anweisung und ruft mich wieder, wenn sich ihr Zustand verschlechtert.“

Ich begriff nicht, was er sagte, offensichtlich musste ich verwundet sein, denn mein Kopf war ringsherum eingepackt. Trotz des Schmerzes, der nun mein Gesicht durchzuckte, nahm ich erneut einen Anlauf und fragte

Katharina, während ich sorgsam darauf achtete, mich so wenig wie möglich zu bewegen:

„Nun rede endlich, Katharina, was ist mit mir geschehen?“

„Als Ihr Euch über die Gräfin gebeugt habt, hat sie Euch ein Stück Fleisch aus der Wange gebissen.“

„Ein Stück Fl…?“

Selbst die Aussicht auf die grausamste Folter hätte mich nicht mehr erschüttern können als Katharinas schreckliche Eröffnung.

„Aber warum …? Ich hatte das Gefühl, als freute sich die Gräfin über meine Rückkehr.“ In meinem Kopf schwirrte es wie in einem Bienenstock. Graf Emmerich fiel mir ein. Doch die Reue über meine erneute falsche Entscheidung kam nun zu spät.

„Ihr dürft Euch nicht aufregen“, flüsterte Katharina.

Ich spürte, wie sie mir etwas Kaltes auf das Gesicht legte. Es war Eis. „Es wird nichts zurückbleiben“, tröstete sie mich.

„Wie groß ist die Bisswunde?“, fragte ich zaghaft und verlangte ängstlich nach einem Spiegel. Doch Katharina schüttelte den Kopf. „Besser nicht. Es würde Euch nicht gefallen.“ Ihre letzten Worte ließen mich in Schweigen versinken. Erst nach einer Weile fragte ich sie: „Was wird denn nun aus mir?“

„Ihr werdet erst einmal gesund. Ich bin von der Gräfin beauftragt worden, Euch zu pflegen, bis alles verheilt ist. Es soll Euch an nichts fehlen.“

„Aber wieso handelt sie so? Ist sie ein Tier?“

Die Beantwortung meiner Frage schien Katharina schwerzufallen. Sie wirkte plötzlich verwirrt und blickte auf ihre Füße, so wie sie es immer tat, wenn etwas ihren schwachen Geist überforderte. Schließlich beugte sie sich tiefer zu mir herab und flüsterte: „Die Gräfin ist sehr krank und wenn die Krankheit von ihr Besitz ergreift, dann ist es besser, ihr aus dem Weg zu gehen oder wenigstens nicht aufzufallen."

„Aber was ist es für eine Krankheit?"

„Das weiß nur Anna Darvulia. Hier, trinkt, dann werdet Ihr rascher gesund." Das grünliche Getränk, das sie mir in einer Schale an die Lippen hielt, dampfte leicht. Es war das Gleiche, das ich zuvor an den Lippen der Gräfin gesehen hatte. „Was ist das für ein Gebräu?", fragte ich und wehrte mich ein wenig dagegen, indem ich die Zähne aufeinanderbiss. Doch Katharina schob ihre Finger in meinen Mund und öffnete ihn. Ich hatte die Schale noch nicht ganz leer getrunken, da spürte ich, wie eine sanfte Wärme meinen Körper durchflutete und sich in meinem Kopf eine Leere ausbreitete, als flösse alles Blut aus ihm heraus. Plötzlich befand ich mich in einem seltsamen Traum. Ich stürzte in eine endlose dunkle Grube und fiel in rasanter Geschwindigkeit abwärts, bis ich schließlich eine Frau, umgeben von einem hellen Licht, sah, die mir zuwinkte. Es war Elisabeth. Je näher ich ihr kam, umso teuflischere Gestalten kreuzten meinen Weg und versuchten mich aufzuhalten. Sie trugen mächtige, gebogene, rote Hörner und ihre Gesichter erinnerten mich an Gabor, Anna Darvulia, Johannes und Stefan Báthory. Mit langen dolchartigen Klauen zerrten und rissen sie an mir. Elisabeth streckte mir die Arme entgegen, um mich aufzufangen. Doch im Näherkommen sah ich, dass ihr das Blut in Strömen aus den Augen, Armen, Brüsten und Beinen lief. Als ihr das Blut bereits bis zu den Hüften stand, schrie ich und vernahm plötzlich ein leises, monotones Murmeln an meinem Ohr.

Erschrocken riss ich die Augen auf. Es war dunkel im Zimmer, es musste wohl mittlerweile Nacht geworden sein. Lediglich die Lichter an meinem Betthimmel leuchteten schwach. Das Murmeln kam von der Bettkante und es klang wie ein Gebet. Vorsichtig, ohne mir wehzutun, drehte ich mein Gesicht in die Richtung, aus der das Gebet kam. Ich vermutete, dass Katharina an meinem Bett wachte und ihr Nachtgebet sprach. Doch das blanke Entsetzen kroch mir durch die Glieder, als ich die tiefschwarzen, geflochtenen Zöpfe sah, in denen sich perlendurchwirkte Netze funkelnd im schwachen Schein des Lichtes brachen. Es war die Gräfin, die an meinem Bett betete, und ich vermutete, dass sie gekommen war, um ihr Werk zu vollenden.

„Was macht Ihr hier, Elisabeth? Seid Ihr gekommen, um mich zu töten? Oder glaubt Ihr, mit Beten Eure Seele reinwaschen zu können?“, fragte ich mit schwacher, tonloser Stimme.

Bei meinen Worten hob sie den Kopf. Sie hatte geweint und die Tränenspuren verliehen ihrem maskenhaften Gesicht etwas Heiliges. Elisabeth war sogar schön, wenn sie weinte. Sie sah mich einen Moment schweigend an, nahm dann meine Hand und führte sie an ihre Lippen. Im gleichen Moment brach ein weiterer Tränenstrom aus ihr heraus. „Ich bitte Gott um die Vergebung meiner Sünden, Komtesse!“, sagte sie nach einer Weile unter leisem Schluchzen. „Ich habe niemals Böses gewollt. Aber ich weiß nicht, woher es kommt, welcher Teufel mich solche Dinge tun lässt.“

Ich glaubte ihr kein Wort. Eher war es die Angst vor der Verdammnis, die sie zu mir geführt hatte. „Ihr seid einerseits liebenswürdig und intelligent. Ihr schützt ein mitfühlendes Herz vor. Aber andererseits quält Ihr die Menschen, die Euch vertrauen. Warum, Elisabeth? Ihr seid dabei, Euch in ein Ungeheuer zu verwandeln. Ich kann Eure Reue nicht verstehen. Ich habe Angst vor Euch", entgegnete ich und versuchte vorsichtig, ein Stück von ihr wegzurücken. Doch sie ließ meine Hände nicht los und rutschte mit dem Oberkörper hinterher. Es war ein seltsamer Anblick, die mächtige Frau vor mir auf dem Bett kriechen zu sehen.

„Ich kann dir keine Antwort darauf geben, warum ich so bin", flehte sie. „Das Strafen meiner Untergebenen habe ich von Franz gelernt. Strafe für den, dem Strafe gebührt. Aber ich empfinde immer öfter Lust daran. Ohne nicht wenigstens einmal am Tag ein Mädchen geprügelt zu haben, fühle ich mich nicht wohl. Mein Körper wird von Ängsten und Wahnvorstellungen geschüttelt. Ich hoffte auf deine Hilfe, Susanna, aber du hast mich hintergangen und dich schwängern lassen. Dabei brauche ich doch jemanden wie dich an meiner Seite. Eine, die mir beisteht!"

Es war ein Schrei der Verzweiflung, den sie ausstieß, und wenn ich sie nicht besser gekannt hätte, hätte ich ihr das Schauspiel abgenommen. Stattdessen war ich davon überzeugt, dass es ihre wahnsinnige Furcht vor teuflischen Kräften war, die sie auf die unwürdige Stufe herabsinken ließ, mich um Vergebung anzuflehen.

„Ihr habt doch die Anna Darvulia mit ihren Zauberkräften. Kann sie Euch nicht vor dem Teufel beschützen? Man erzählt sich, dass sie gut mit Kräutern umgehen kann. Aber vielleicht ist sie es ja, die diese Empfindungen in Euch weckt? Vielleicht ist sie wirklich eine Hexe und Ihr befindet Euch bereits in ihrem Bann", antwortete ich ihr. Ich spürte, dass ich dieser mächtigen Frau, die sich den Himmel und die Hölle hätte kaufen können, überlegen war. „Was, Elisabeth, nützen Euch Eure Macht, Euer Reichtum und Eure Schönheit, wenn Ihr innerlich zerrissen seid und junge Mädchen zu Tode prügeln müsst, um Euch zufrieden und glücklich zu fühlen? Mir scheint, der Teufel hat bereits Besitz von Euch ergriffen."

Es erforderte viel Mut, ihr das zu sagen, aber ich spürte auch, dass ich diese Gelegenheit kein zweites Mal bekommen würde. Deshalb fürchtete ich mich nicht vor ihrem Zorn. Die Gräfin hatte mir starr und mit weit aufgerissenen Augen wie ein Kind zugehört. Keine Regung in ihrem blassen Gesicht verriet, wie sie nun reagieren würde. Für mich war zu diesem Zeitpunkt bereits klar, dass sie eine schwer gestörte Frau war. Ob sie nun von dem Teufel Anna Darvulia besessen war, an einer heimtückischen Krankheit litt oder sich gar Hexerei im Spiel befand – ich bereitete mich auf den schlimmsten Tod vor. Doch wie schon so oft reagierte sie ganz anders als erwartet. Es war, als wenn sie meine Worte überhört hätte. Sie lächelte plötzlich und sagte: „Gräme dich nicht um das Kind in deinem Leib, Susanna. Ich vermute, dass auch ich wieder guter Hoffnung bin. Diesmal stehen die Sterne gut und es wird ein Sohn werden. Was hältst du davon, wenn wir unsere Kinder gemeinsam aufziehen? Nur musst du mir sagen, ob es ein Nádasdy oder ein Báthory ist, der da in deinem Bauch heranwächst. Wir brauchen doch einen Namen für ihn."

Hatte Elisabeth die Maske fallen lassen? Hatte sie mir deswegen diese Komödie vorgespielt, um zu erfahren, wer der Vater meines Kindes war? War dieses Ungeheuer am Ende gar nicht krank und vom Teufel besessen, sondern nur eine schlaue und durchtriebene Person? Ich war so überrascht, dass mir die Worte fehlten und ich sie mit offenem Mund anstarrte, während sie meinen Bauch streichelte. Als ich wieder fähig war zu sprechen, kam sie mir zuvor: „Ich vermute, es ist das Kind meines Gemahls. Du musst keine Angst haben. Es wäre nicht das erste Kind, das er mit einer meiner Zofen gezeugt hat. Bei dir hat er sich wenigstens auf Adel und Schönheit besonnen. Deshalb bin ich dir auch nicht mehr böse. Vielleicht ist es ja von Gott so gewollt", plapperte sie und mir wurde flau im Magen bei dem Gedanken, was für eine Gemeinheit sie jetzt wieder ausheckte. „Ich schwöre bei Gott, ich habe Euch nicht mit Eurem Gemahl betrogen, Elisabeth. Es ist ein Báthory, der in meinem Bauch heranwächst. Aber fragt mich nicht nach seinem Vater. Ich darf es Euch nicht verraten", antwortete ich leise, auf alles gefasst.

Ein Aufblitzen ihrer Augen war die Antwort. Ob es nun ein gutes oder schlechtes Zeichen war, war mir in diesem Moment unklar. Erst einmal musste sie die Nachricht verdauen. „So, ein Báthory ...", murmelte sie, „das bringt natürlich meine Pläne durcheinander." Sie sah nachdenklich auf mich herab, bevor sie sich erhob. Zum Abschied strich sie mir tröstend über meine verbundene Wange und sagte: „Meine besten Zofen und Hofärzte werden Tag und Nacht über dein

Wohlergehen wachen. Du wirst wieder so schön sein wie vorher, Susanna.“

XIV. Kapitel

Monate vergingen. Der Zeitpunkt meiner Niederkunft rückte immer näher. Bis dahin genoss ich weiterhin die Privilegien einer adligen Hofdame und engsten Vertrauten der Gräfin. Von Elisabeths Bissattacke in meinem Gesicht zeugte lediglich noch eine rote, wulstige Narbe auf meiner rechten Wange. Schlug das Wetter um von Wärme in Kälte, dann schmerzte sie und erinnerte mich an das schreckliche Ereignis. Mittlerweile hatte ich gelernt, die Narbe geschickt mit einer Locke meines dichten, blonden Haares zu kaschieren. Nur die Narbe auf meiner Seele vermochte ich nicht wegzuwischen. Deshalb war ich, gerade in der Zeit bis zu meiner Niederkunft, sehr wachsam und verhielt mich jedem Vorkommnis gegenüber misstrauisch. Allen Grund dazu hatte ich. Die Misshandlungen Elisabeths konzentrierten sich immer mehr auf blutjunge, körperlich schwache Bauernmädchen, die sich nicht wehren konnten. Die Ursache dafür vermutete ich in ihrem Zustand, der sie immer übellauniger und bösartiger machte, denn die Gräfin war ebenfalls guter Hoffnung. Im Gegensatz zu mir trug sie ihren vorgewölbten Leib stolz zur Schau. Doch beim kleinsten Unwohlsein schlug ihre Stimmung gefährlich um, was insbesondere dem bösartigen Weib an ihrer Seite zugutekam. Die nutzte jede Gelegenheit, ob es nun am Tag oder in der Nacht war, um mit ihrer Herrin in der geheimen Kammer zu verschwinden, wo sie im Kreise ihrer Helfershelfer Ilona, Dorkó, Ficzkó und Katharina ihre teuflischen Rituale abhielt. Aus dem Keller drangen nun fast ständig Schreie, die mir den Schlaf raubten. Aber auch bei Tag spielten sich Szenen ab, die mir das heftigste Grauen bescherten. So musste ich einmal von Elisabeths Fenster mit ansehen, wie acht junge Mädchen zur Belustigung der Knechte und Heiducken bei eisiger Kälte nackt Reisig zu Bündeln zusammenbanden. Mit vor Entsetzen brüchiger Stimme fragte ich Elisabeth, die neben mir stand und seelenlos auf das Spektakel herabschaute:

„Um Gottes willen, Elisabeth, was haben die armen Mädchen denn getan, dass sie so grausam bestraft werden? Sie werden erfrieren!“

„Keine Angst, das werden sie nicht“, lächelte Elisabeth.

„Wenn ihnen kalt ist, brauchen die Faulpelze sich ja nur etwas zu sputen.“

Ihre hochmütige Antwort war so verabscheuungswürdig, dass selbst das Kind in meinem Leib mir einen kräftigen Tritt versetzte. „Du solltest dich nicht über solche Kleinigkeiten aufregen“, riet mir Elisabeth mit kalter Miene, als sie die Handbewegung sah, mit der ich den Unruhestifter zu beruhigen versuchte. „Das schadet nur deinem Kind. Diese Huren sind selbst daran schuld. Solange sie Kleider trugen, war ihnen ja eher zum Lachen und Singen zumute, als zum Arbeiten. Ich brauche die Reisigbündel heute noch und nicht morgen.“

Nach diesem Erlebnis dachte ich erneut über eine Flucht nach. Doch mittlerweile war selbst zu Fuß nicht mehr an eine Flucht zu denken. Ich war unförmig wie eine Tonne geworden, das Wasser in meinen Beinen nahm zu und mein Körper plagte mich mit Beschwerden wie Kopfschmerzen, Hartleibigkeit, Schlaflosigkeit und Leibschmerzen. Da ich für das Kind keine Liebe empfand, weihte ich Katharina in meine Ängste ein und ließ mir von ihr Sadebaum und Sinngrün bringen, um einen weiteren Versuch zu machen, das Wesen in meinem Leib zu töten. Doch das Kind bewies abermals, dass es ein Báthory war, der am Leben hing und aus mir herauswollte und nach jedem Tropfen des Giftes nur noch kräftiger gegen meinen Leib stieß. Katharina verriet mich darauf bei der Gräfin, woraufhin diese mich nicht mehr aus den Augen ließ und mit Argusaugen meinen Zustand überwachte. In ihrer Einfalt hatte mir Katharina längst verraten, dass die Gräfin vorhatte, sich meines Kindes zu bemächtigen, falls es ein Junge würde und ihres ein Mädchen. Denn im Gegensatz zu meinem Kind war ihr Bastard von einem Knecht gezeugt und was sprach dagegen, Franz ein Kuckucksei aus der eigenen Familie unterzuschieben. Zur Strafe, dass Katharina mir die Gifte besorgt hatte, wurde sie von der Gräfin zu niederen Arbeiten abgestellt.

Eines Morgens erschien Katharina mit vom Weinen verquollenen Augen und blauroten Striemen am ganzen Körper und schob Katica durch die Tür, wobei sie mir erklärte, dass meine Zofe mir nun wieder zu Diensten sei. Trotz ihres Verrats empfand ich Mitleid mit Katharina, wusste ich doch, dass die Gräfin sie genauso umherschubste und schlug wie die anderen. Warum mir die Gräfin plötzlich Katica zuteilte, durchschaute ich schnell. Denn je näher der Tag meiner Niederkunft heranrückte, desto liebenswürdiger zeigte sich Elisabeth mir gegenüber. Sie las mir jeden Wunsch von den Augen ab und achtete darauf, dass es mir an keiner Bequemlichkeit fehlte. Selbst bei Katica hatte sie an alles gedacht. Meine Freude über das Wiedersehen mit meiner Zofe bekam rasch einen Dämpfer. Katica hatte sich stark verändert. Sie kannte nur noch zwei Sätze: „Euch zu Diensten, Herrin!" und „Gott vergelte es Euch!" Zudem hielt sie den Kopf immer etwas schief und wenn ich sie darauf ansprach, blickte sie zu Boden, spielte nervös mit ihren Fingern oder kaute auf ihren Nägeln. Als ich sie einmal an der Schulter packte, um zu sehen, was für einen seltsamen Abdruck sie am Hals hatte, riss sie sich heftig von mir los und rannte in panischer Angst aus dem Zimmer. Ich hatte den riesigen brandroten Fleck dennoch als den Abdruck eines Bügeleisens erkannt und bekam darauf solche Gewissensbisse, dass sich heftige Leibschmerzen einstellten und ich einen Tag im Bett verbringen musste. Die Frage, was die Gräfin Katica angetan hatte, beschäftigte mich tagelang und ich hoffte, dass sie es mir eines Tages erzählen würde.

In den letzten Stunden vor meiner Niederkunft klebte plötzlich die Darvulia wie ein Schatten an mir. Sie verfolgte mich wie ein Hund und es verging kein Moment, ohne dass ich ihre leeren Augen in meinem Rücken spürte. Ich ahnte, dass sie etwas Böses ausbrütete, und nahm mich noch mehr vor ihr in Acht. Ab jetzt trug ich wieder einen scharf geschliffenen Dolch unter meinem Rock. Doch in der Hilflosigkeit, in der ich mich befand, war ich ihr auf Gedeih und Verderb ausgeliefert. Denn einige Stunden, bevor das Kind das Licht der Welt erblicken sollte, standen die Gehilfinnen der Gräfin plötzlich vor meinem Bett und rissen mich erbarmungslos aus dem Schlaf. Ich war so unförmig geworden, dass ich geschehen lassen musste, dass die drei, Ilona, Dorkó und die Darvulia, mich mit vereinten Kräften aus meinen Federn schleiften. Wieder ging es hinab in das Kellergewölbe, durch halbdunkle, verwinkelte Gänge und endlose, in die Tiefe führende Stufen.

Die Weiber verhielten sich merkwürdig. Getarnt mit dunklen Umhängen, selbst ihre Gesichter hatten sie verhüllt, sprachen sie kein Wort. Abgesehen von meinem Stöhnen und dem Schnarchen der Wachen in den Nischen, war nur ihr von Flüchen unterbrochenes Keuchen zu vernehmen. Da ich nicht wusste, was sie mit mir vorhatten, steigerte sich die Angst in mir mit jedem Schritt zur Unerträglichkeit. Da ich selbst nichts zu meiner Rettung unternehmen konnte, sondern willenlos in ihren Armen hing, half sich mein junger Körper selbst und trennte sich von meiner Seele. Ich habe dieses Phänomen noch viele Male erlebt und es hat mir das Leben gerettet. Ich glaube fest, dass es der Herrgott war, der mich in diesen Momenten in seinen Armen auffing und mir die Kraft verlieh, zu überleben. Wie in Trance nahm ich wahr, wie sie eine der schweren Eichenholztüren aufschlossen und mich in einen Raum stießen, in dem ich zunächst ein Bett, Apothekerschränke mit Instrumenten, Pfannen, Schmelztiegel und Mörser bis hin zur Größe eines Kübels sehen konnte. Vor einem Holzbottich mit dampfendem Wasser und einer Truhe mit Tüchern befand sich in einer

Vertiefung ein reich verzierter Gebärstuhl mit wundertätigen Amuletten behängt. Neben dem Stuhl brannten Lichter, während die Gebärende sich von einem riesigen Kruzifix Beistand erflehen durfte.

Als ich zögerte, versetzte mir die Darvulia mit den Worten „Los, rauf da!" einen Stoß in den Rücken. Wie Schuppen fiel es mir plötzlich von den Augen und ich ahnte, was die Weiber mit mir vorhatten. Ohne große Umschweife wurde ich von Dorkó und Ilona auf den Stuhl gepresst, während die Darvulia im Hintergrund ihr Hexengebräu zusammenbraute, welches sie mir kurz darauf an die Lippen hielt. „Trinkt das, dann wird Euch nichts geschehen. Wenn Ihr erwacht, werdet Ihr wieder schlank und schön wie vorher sein. Der Gräfin werde ich überbringen, dass Ihr Euer Kind tot zur Welt gebracht habt."

„Warum diese Mühe?", fragte ich etwas sarkastisch, aber auch erlöst, dass ich nicht sterben musste.

„Das geht Euch nichts an", schnarrte die Darvulia zurück und versuchte, mir die Lippen zu öffnen.

„Aber was ist, wenn ich ablehne?", wagte ich einen letzten Einwand.

„Dann werdet Ihr sterben und wir alle hier werden bezeugen, dass Ihr eine Totgeburt erlitten habt, bei der Gott Euch zu sich geholt hat."

In diesem Moment öffnete sich die Tür und ich hegte die winzige Hoffnung, dass es Elisabeth sei. Dem Anschein nach schien sie nichts von dem Plan der Hexe zu wissen. Doch es war Ficzkó, der Bluthund der Gräfin, der grinsend eintrat und sich an der Tür postierte. Die Reisetasche in seiner Hand bestätigte meine heimliche Vermutung. Sie wollten mein Kind, wollten es aus irgendeinem Grund lebend. Sie schlangen ein starkes Seil um meine Hände und meinen Hals, mit dem sie mich an der Stuhllehne festbanden. Der Strick war scharf wie die Schneide eines Messers und hemmte meine Bewegungen. Die Darvulia schob mir den Knauf meines Dolches zwischen die Zähne, sodass ich das Gebräu schlucken musste. Es dauerte nur wenige Minuten, dann spürte ich erneut dieses seltsame Gefühl, das sich wie eine Schlange durch meinen Geist fraß und das meinen Kopf leerte. Der Strick verhinderte ein erneutes Aufbäumen, dann stürzte ich in einen leeren Abgrund.

Als ich erwachte, war ich allein. Ich saß auf dem zugigen Abort in einer Mauernische. Es stank nach Fäkalien und ich fragte mich, wie lange ich auf dem Örtchen schon zubrachte. Ängstlich suchte ich aus Angst vor den Dämonen meine kalte Umgebung ab. Es war dunkel und meine Hand spürte Mauergestein, bis ich endlich die Tür ertastete. Als ich dagegen drückte, öffnete sie sich. Sie war nur angelehnt gewesen. Ich stolperte hinaus. Auf dem Flur sah ich im Kerzenschein, dass mein Kleid voller Blut war. Ich spürte nichts außer einem heftigen Schwindel und konnte mich an nichts mehr erinnern. Angekommen in meinem Gemach, läutete ich sofort nach meiner Zofe.

Katica erschien im Nachtgewand mit gelösten Haaren und schlug bei meinem Anblick erschrocken die Hände vor dem Gesicht zusammen. „Um Gottes willen, Herrin, was ist Euch geschehen?", rief sie und war augenblicklich noch blasser als ich. „Ich weiß es nicht", antwortete ich und ließ mich erschöpft vor dem

Toilettentisch nieder. Müde sah ich in den Spiegel. Ein graues, übernächtigtes Gesicht blickte mir entgegen. Meine Finger waren blutig und um meine Handgelenke zogen sich rotblaue Striemen. Verzweifelt verbarg ich mein Gesicht in den Händen. „Ich weiß es nicht, ich weiß es nicht", murmelte ich ratlos und in Tränen aufgelöst.

„Aber Ihr seid ja voller Blut, als ob man Euch geschlachtet hätte. Und wo ist Euer Kind? Euer Leib – er ist verschwunden!", entfuhr es Katica. Deutlich vernahm ich das Entsetzen in ihrer Stimme, während sie mich aus den Kleidern schälte. Erst jetzt sah ich langsam an mir herab. Meine Finger glitten tastend hinterher. Ich befühlte meinen Leib, meine Brust – plötzlich vereinten sich Schmerz und Bewusstsein. Wie ein messerscharfer Dolch durchfuhr es mich von unten herauf und eine innere Stimme sagte: „Sie haben es wahr gemacht, sie haben dir dein Kind genommen."

Ich krümmte mich und schrie auf. Dabei musste ich Katica so in Furcht versetzt haben, dass sie wie ein aufgeschrecktes Huhn im Zimmer auf und ab lief und sich verzweifelt die Haare raufte. „Herrin, was soll ich denn jetzt tun? Ihr braucht dringend einen Bader! Euer Blut läuft Euch weg!" Ratlos rief sie alle möglichen Heiligen beim Namen und jammerte „Oh Gott, weshalb hat uns unser Weg hierhergeführt? Warum konntest du uns nicht zurückhalten? Warum verdammst du uns?"

„Lass es gut sein, Katica", presste ich unter Stöhnen hervor und versuchte, mich zum Bett zu schleppen. „Du darfst nicht nach dem Bader rufen. Es ist ein Komplott der Darvulia. Wir wissen nicht, ob die Gräfin ihre Finger mit im Spiel hat. Aber da die Darvulia mein Kind vor dem Geburtstermin auf die Welt geholt hat, will sie Elisabeth zuvorkommen. Deshalb muss ich mir etwas einfallen lassen. Vielleicht nehme ich an der bevorstehenden Falkenjagd teil. Ich könnte sagen, dass ich mit dem Pferd gestürzt bin. Elisabeth wird weinen, aber keine Fragen stellen. Nur wenn Gabor es erfährt ...?"

„Ist der junge Graf der Vater des Kindes?" Katica stützte mich unter den Armen und führte mich vorsichtig zum Bett, wo sie mich absetzte und mich von dem blutigen Kleid befreite. Während ich mich stöhnend fallen ließ und sie mich wusch, antwortete ich ihr schwach: „Ja, es ist Gabors Kind und er wollte es zu sich holen."

„Oh, mein Gott, das macht alles noch viel schlimmer! Graf Gabor wird Euch töten und die Gräfin erst. Sie hatte doch so ein großes Interesse an Eurem Kind. Wenn sie erfährt, dass Ihr es nicht mehr besitzt, dann werden wir alle sterben", jammerte Katica.

„Ich bleibe morgen im Bett, dann wird niemand Verdacht schöpfen. Vielleicht ergibt sich auch eine Möglichkeit zur Flucht", sagte ich mit schwächer werdender Stimme. Ich war plötzlich furchtbar müde und wollte nur noch schlafen.

„Aber, Herrin, wie könnt Ihr nur in diesem Zustand an Flucht denken? Seht Euch doch an. Ihr werdet Fieber bekommen", antwortete sie, während ich sie zum ersten Mal bitterlich weinen sah. Schwach drückte ich ihre Hand und flüsterte: „Nur Mut, irgendetwas wird uns schon einfallen, um der Hölle zu entrinnen."

Ich sprach meiner Zofe Mut zu und hätte doch selbst Trost nötig gehabt. Die Betäubung durch das Gift hatte nachgelassen und so war mein Leib nur noch ein einziger schmerzender Klumpen. Die Hölle hätte nicht schlimmer sein können und ich wusste, dass der Schmerz längst nicht alles war. In jedem Winkel meines Körpers nistete sich Angst ein, weil ich nicht wusste, was mich am nächsten Tag erwartete. So glitt ich hinüber in einen unruhigen Schlaf, bis ich von den hellen Strahlen der Mittagssonne geweckt wurde. Das Erwachen bescherte mir augenblicklich heftigste Schmerzen und rief mir das ganze Szenario der vergangenen Nacht wieder ins Gedächtnis. Mein Körper fühlte sich heiß an, ich schwitzte. Doch als ich, um mir etwas Abkühlung zu verschaffen, meine Bettdecke lüftete, blieb mir fast das Herz stehen. Auf der Bettkante zu meinen Füßen saß Elisabeth, steif wie ein Stock, und starrte mit hochgezogenen Brauen auf mich herab. Wie lange sie da schon saß, entzog sich meiner Kenntnis. Ich hatte zu fest geschlafen, um ihr Eintreten zu bemerken, und befand mich sofort in größter Angst. Ihre Miene verriet nichts Gutes. Zum Glück war sie allein und so täuschte ich eine Erkältung vor und sagte erstaunt und mit bewusst leiser und brüchiger Stimme: „Oh, Euer Hochwohlgeboren, Ihr macht mir Eure Aufwartung? Sicher seid Ihr gekommen, weil ich verschlafen habe. Ihr müsst mir verzeihen, ich habe die ganze Nacht kein Auge zugetan, wegen eines hartnäckigen Schafshustens."

„So, Schafshusten hast du?" Sie beugte sich zu mir herab und befühlte meine Stirn. „Mir deucht, du hast Fieber. Ich werde dir gleich meinen Leibarzt schicken, er wird sich um dich kümmern. Das Kind könnte durch die Schafskrankheit Schaden nehmen. Wo hast du dir das nur zugezogen?"

„Vielleicht liegt es am Lauf der Gestirne oder an dem besonders langen, kalten Winter", versuchte ich sie von weiteren Nachforschungen abzulenken. Auch ihr Leib hatte kräftig an Umfang zugenommen und da ihr die gebeugte Haltung Beschwerden bereitete, setzte sie sich rasch wieder aufrecht, behielt aber ihre Hand auf meiner Bettdecke. „Mein Hofschreiber Gabriel hat schon nach dir gefragt. Du hast in der letzten Zeit in Latein und Griechisch gefehlt. Auch meine Tochter Anna vermisst dich. Wie lange geht das schon mit dem Schafshusten?"

„Das Heranziehen Eures Leibarztes wird sicher nicht mehr vonnöten sein. Wenn ich aber mit Eurer Erlaubnis noch zwei Tage im Bett verbringen dürfte, werde ich die Krankheit mit Gottes Hilfe sicher bald überstanden haben", antwortete ich ihr, in der Hoffnung, dass sie darauf eingehen würde. Elisabeth sah mich daraufhin seltsam forschend an und tätschelte meine blutleere Hand. Dabei kam sie unbeabsichtigt meinem Leib unter der Bettdecke näher und stutzte. Ihre Hand tastete nochmals, bevor sie sich in die Seide verkrallte und die Bettdecke wegriss. Schwerfällig erhob sie sich und starrte mit weit aufgerissenen Augen auf meinen flachen Leib und das Blut, das frisch unter ihm hervorsickerte.

„Was ist das, wo ist das Kind?", kreischte sie, schnappte nach Luft und musste ihren Leib vor Aufregung mit den Händen im Rücken abstützen. „So schamlos wolltest du mich hintergehen, Metze? Wo ist das Kind? Ich will es sofort sehen!"

Vor Angst wurden meine Schmerzen noch unerträglicher. Dennoch versuchte ich, mich vor ihr in

Sicherheit zu bringen und kroch auf die andere Seite des Bettes, wo ich sie ängstlich beobachtete. „Ich weiß nicht, wo sich mein Kind befindet, ob es lebt oder tot ist, Elisabeth, ich schwöre bei Gott und meinem Vater. Es wurde mir heute Nacht genommen.“

„Von wem?“

„Von Eurer ersten Hofdame.“

„Du bist auch noch so infam, meine engste Vertraute zu beschuldigen?! Niemals würde sie so etwas ohne meinen Befehl tun. Gib es zu, du verbirgst das Kind vor mir, um deinen Liebhaber zu schützen.“

„Nein!“, schrie ich und wusste bereits, dass keine meiner Beteuerungen fruchten würde. „Seht doch, ich habe Fieber und das Blut läuft aus mir heraus. Eure Dienerin hat mir mein Kind heute Nacht aus dem Leib gerissen. Überzeugt Euch selbst, in der Gebärkammer im Keller ist sicher noch Blut von mir. Und hier ...“ Ich hielt ihr meine Handgelenke hin. „Seht die Striemen. Man hat mich gefesselt. Der Faden ist Euch sicher bekannt, denn er hinterlässt diese Spuren!“

Plötzlich war es totenstill im Raum. Nur unser Atmen war zu hören. Nachdenklich und stumm besah sich Elisabeth meine Verletzungen. Nichts an ihren Zügen verriet, was in ihr vorging und welche Schlüsse sie zog. Es waren für mich Sekunden qualvollen Wartens. An ihrem Gürtel hing wie immer die gefürchtete Peitsche. Deshalb beobachtete ich mit wachsender Besorgnis jede Bewegung ihrer Hände. Doch dann kam alles ganz anders, als ich erwartet hatte. Elisabeth verlor das Interesse an meiner Hand, griff nach der Bettdecke und warf sie über mich. „Bedecke dich!“, zischte sie. „Dein Zittern kann ja keiner mit ansehen. Du wirst das

Kindbettfieber bekommen. Deshalb hütest du das Bett, bis du wieder gesund bist. Dass du überleben kannst, hast du ja schon einige Male bewiesen. Ich werde meinen Leibarzt nach dir schicken und selbst nach dir sehen." Sie machte Anstalten, mich zu verlassen. Doch an der Tür drehte sie sich noch einmal nach mir um. Ihr bisher eher ratloses Gesicht hatte sich verändert. In ihren Augen stand dieses gefährliche Funkeln, und mir schien, als ob ein freudiges Glühen ihre Wangen überzog. Mittlerweile kannte ich diesen Ausdruck. Die Gräfin hatte wieder einen ihrer teuflischen Einfälle. „Deine Brüste werden sich entzünden. Sie müssen gesäugt werden!", sagte sie und rauschte hocherhobenen Kopfes durch die Tür. Ich blieb mit meiner Befürchtung, dass dies nicht alles gewesen war und ihrem Auftritt sicher noch eine Gemeinheit folgte, zurück. Schon nach wenigen Minuten vernahm ich einen ungewöhnlichen Lärm vor der Tür und diesmal stürmte Elisabeth in Begleitung der Darvulia herein. Das Hexenweib wackelte hinter ihr mit einem Stück rohem Holz im Arm durch die Tür und ließ es schwer auf mein Bett fallen. „Dieses Holz", befahl mir die Gräfin mit kaltem Blick, „wirst du an Kindes statt annehmen und du wirst es behandeln und säugen, als ob es dein Leibliches wäre. Und wage es nicht, es jemals zu vergessen und hungern zu lassen!"

Mit allem hatte ich gerechnet; dass sie mich prügeln, nackt in den Schnee stellen oder auf glühende Kohlen setzen würde. Dass sie allerdings so etwas Unsinniges von mir verlangte, bewies mir einmal mehr, dass die Gräfin geistesgestört war.

„Aber Gräfin", wagte ich einen ängstlichen Einwand. „Es ist ein lebloses Stück Holz. Es kann nicht schreien und es kann nicht an meinen Brüsten saugen."

„Auf meinen Befehl wird es das lernen!", sprach sie lächelnd.

„Und wir werden gleich damit anfangen."

Oh, was danach folgte, war das Beschämendste, was einem Menschen widerfahren kann. Die Darvulia riss mir mein Nachtkleid von den Schultern, setzte sich auf mich und presste das Holz so hart gegen meine schmerzenden Brüste, bis aus ihnen Milch und Blut floss. Mein Schreien und Winden entlockte Elisabeth, die vom Bettrand zusah, nur ein siegesgewisses Lächeln. Sie wirkte völlig entspannt und genoss meine Qualen, bis sie der Darvulia den Befehl gab: „Nun ist es genug, Anna. Der Säugling ist satt, er wird jetzt schlafen." Aber bevor sie mich mit meinen Schmerzen und Ängsten allein ließen, befahl sie mir, das Holz zu wickeln und in den Schlaf zu singen.

XV. Kapitel

Die Gräfin hatte mittlerweile einen gesunden Sohn geboren, den sie Paul nannte. Allerdings schien es mir, dass sie nie richtig glücklich über den so lang ersehnten männlichen Erben wurde. Ilona war Pauls Kindermädchen und zu ihr entwickelte der junge Prinz eine weitaus größere Bindung als zu seiner Mutter. Elisabeth ging mit ihrer Liebe zu Paul sehr sparsam um. Sobald er ihr gebracht wurde, hatte sie stets etwas an ihm zu bemängeln. Sie rügte Ilona für die Art, wie er sich auf seinen tollpatschigen Füßen vorwärtsbewegte, wie er sich auf dem Pferderücken hielt und dass er sich für sein Alter nicht standesgemäß ausdrückte und es mit dem Latein nicht ernsthaft genug nahm. Besondere Aufmerksamkeit widmete sie seinem Äußeren. Die Gräfin musste in ständiger Furcht gelebt haben, dass dem kleinen Paul ihr Fehltritt anzusehen war. Nachdem sein Schopf sich blond und nicht schwarz färbte, wie sie erhofft hatte, stieß sie ihn ganz von sich und wollte ihn tagelang nicht sehen. Danach ordnete sie an, dass man ihm den Kopf schere und schwarz bemale, wodurch sie für jeden sichtbar ihre Trauer, ihren Hass und Egoismus auf ihn projizierte, was ihn sehr bald zu einem ernsten, traurigen und verschlossenen Jungen machte.

Mich ließ sie ein ganzes Jahr ein Holzscheit anstelle meines Kindes säugen, bis sie der Meinung war, dass der Säugling nun keine Muttermilch mehr benötigte. Auf ihren Befehl hin hatte ich das Holz in Windeln zu wickeln und es im Schloss herumzutragen. Nachts, wenn Elisabeth an Schlaflosigkeit litt, riss sie mich mit den Worten „Säuge dein Kind, du Metze!" aus dem Schlaf und ließ mich das Holz so lange säugen, bis ihr die Augen zufielen.

Währenddessen häuften sich im Schloss immer mehr die Todesfälle junger Bauernmädchen. Fast täglich wurden Holzsärge aus der Burg herausgetragen und Elisabeth ließ die Toten ganz offiziell vom Pfarrer auf dem Friedhof unterhalb der Festungsanlage feierlich bestatten. Sie selbst stand am Grab und weinte den Mädchen bittere Tränen nach. Begleitet wurde sie dabei stets von den Gesängen gekaufter Studenten. Sobald auch nur der kleinste Verdacht gegen sie aufkam, hörte man die Gräfin darüber klagen, dass sie es nicht verhindern konnte, dass eine teuflische Krankheit ihr die Mädchen dutzendweise hinwegraffte. Natürlich warf ihr seltsames Verhalten Zweifel auf. Nicht nur im Schloss und zur Messe wurde hinter vorgehaltener Hand über Elisabeth getuschelt, auch die Bauern im Dorf und in den Nachbarorten reagierten immer ungehaltener, da sich ihre Töchter unter den Getöteten befanden. Elisabeth hörte und sah von alledem nichts. Vielleicht wollte sie es auch nicht wahrhaben. Stattdessen nahmen ihre Prügelattacken immer schlimmere Ausmaße an. Schon beim kleinsten Vergehen schlug sie die Mädchen so hart, dass ich manchmal, wenn ich in der Frühlingssonne die Hunde unterhalb der Burg ausführte, das Klatschen der Schläge bis auf die Mauer hinaus hörte. Nun fragt man sich, warum denn niemand dieser Furie Einhalt gebot. Doch auch wenn die Leute bereits über sie tuschelten, gewöhnten sie sich doch ebenso rasch an die Schreie der Gepeinigten. Das Leben dieser Beklagenswerten war, in den Augen Elisabeths und vieler anderer Magnaten, nicht mehr wert als der Schmutz unter ihren Stiefeln. Außerdem stumpfte der fortwährende Krieg mit seinem blutigen Gemetzel die Leute ab und die hohen Richter verhängten schon wegen eines einfachen Diebstahls grausamste Strafen. Trotz alledem erschien es mir manchmal, als versuchte die Gräfin, ihrem eigenen Teufelskreis zu entfliehen. Ausgedehnte Reisen, von einem ihrer Besitztümer zum anderen, wurden nun zu Elisabeths Leidenschaft. Es war, als wenn sie durch die Flucht aus ihrem eintönigen Alltag in Sárvár, wieder Ordnung in ihr Leben bringen wollte. Meistens ergriff sie diese Gelegenheit nach einer besonders auffälligen Prügelattacke. Als ob sie sich vor sich selbst ekelte. Denn Angst konnte es nicht sein. Furcht vor Entdeckung kannte Elisabeth nicht. Als hohe adlige ungarische Magnatin stand sie über allen menschlichen Gesetzen. Zumindest glaubte sie das und ignorierte lachend die Hexenfeuer, die bereits im ganzen Land bedrohlich loderten. Ihre Angst vor dem Altern und Sterben jedoch wuchs. Deshalb suchte sie auch vorwiegend Zerstreuung am kaiserlichen Hof in Wien. Regelmäßig zu den Feiertagen des Herrn, fuhr Elisabeth mit ihrem gesamten Hofstaat und viel Gepäck in die Kaiserstadt, wo die Nádasdys ein riesiges Haus in der Augustinerstraße, direkt gegenüber dem Kloster, hatten. Doch ihr Stand bei Hofe hatte einen Dämpfer bekommen. Rudolfs Bruder Matthias schürte aus verletzter Eitelkeit eine Intrige nach der anderen gegen die Gräfin. Die Summe, die der Kaiser ihr für den vorgestreckten Soldatensold schuldete, war mittlerweile auf 17 408 Goldmünzen angewachsen, was das Verhältnis zu ihm erheblich abkühlte. Deshalb war es nicht verwunderlich, dass sie ihren Zorn selbst in der Kaiserstadt Wien an ihren Mädchen ausließ. Das Geschrei der oftmals mit glühenden Schürhaken gepeinigten Mädchen bescherte uns den Missmut und das Mitleid der Mönche von gegenüber. Aufgebracht warfen sie Töpfe gegen die Fensterscheiben und verfluchten die Gräfin mit prozessionsartigen Umzügen und Gebeten.

In diesen Jahren hatte sich unser Verhältnis zueinander wieder gebessert. Zumindest versuchte ich, nach drei weiteren missglückten Fluchtversuchen, mit meiner Situation zurechtkommen und arrangierte mich einigermaßen mit Elisabeth, wobei ich ihre Vergnügungen und Zuwendungen genoss, ohne an das Morgen zu denken. Zudem entwickelte ich einen übergroßen Ehrgeiz, aus meiner Lage wenigstens das Beste herauszuschlagen. Die Gräfin beschenkte mich fast täglich mit Schmuck und teuren Kleidern und führte mich am Wiener Hof ein, wo wir keine Festlichkeit ausließen. Gleichzeitig bewachte sie mich wie ein wertvolles Kleinod, welches man ihr stehlen könnte. Ich spürte längst, woher diese seltsame Vorliebe für mich kam. Allmählich begriff ich, dass ich eine gewisse Macht über sie gewann, solange ich mich ihrem Willen fügte. Elisabeth war eifersüchtig wie ein Mann. Diese Eifersucht musste es auch gewesen sein, die sie so furchtbar

gegen mich aufgebracht hatte. Denn Elisabeth überwachte jeden meiner Schritte argwöhnisch, weshalb
schon ein Brief an meinen Vater ein großes Wagnis
war und jederzeit ihren Unmut hervorrufen konnte.
Längst hatte ich, um sie nicht zu verärgern, gelernt,
ihre Liebkosungen zu ertragen, die immer öfter über
das Streicheln meiner Hände, meines Gesichtes und
meiner Brüste hinausgingen. Sobald sie sich bei mir
über ihren Gemahl auszuweinen versuchte, drängte sie
sich zitternd an mich und umarmte mich. Während sie
sich ihren Kummer von der Seele weinte, schälte sie
mich spielerisch aus meinen Kleidern. Dann begann
sie, mich überall am Körper zu küssen. Unter Schwü-
ren versicherte sie mir, wie lieb sie mich hatte, und dass
uns nur der Tod trennen könnte, was ich ihr durchaus
glaubte. Ich wehrte mich nicht mehr gegen ihre Liebkosungen und erwiderte notgedrungen ihre Gefühle, was
mir alle Vorteile einer königlichen Mätresse ein-
brachte. Dennoch blieb ich stets auf der Hut und lernte,
meine Umgebung sehr genau einzuschätzen, insbesondere meine Feindin Darvulia, welche die Veränderun-
gen argwöhnisch verfolgte und jede nur erdenkliche
Gelegenheit wahrnahm, um mich bei der Gräfin anzuschwärzen. Doch nichts im Leben ist von Bestand und
meine schmerzlichen Erfahrungen am Hofe der Gräfin
Báthory waren noch nicht zu Ende.

Es war ein regnerischer, kalter, wolkenverhangener
Oktobertag, ein Tag, der das Unglück förmlich im Gepäck mitbrachte. Es war der Tag, an dem Franz von seinem letzten Waffengang zurückkehrte. Das Husaren-
heer, das einen Sieg nach dem anderen über das

türkische Heer errungen hatte, kämpfte sich nun durch den wütenden Sturm, dessen eisige Winde sich heulend an den Baumkronen und Steinen der Burgmauern brachen. Es schien ganz so, als trauerten die Unbilden der Natur um den Heerführer, den man mit Lederschnüren an sein Araberpferd gebunden hatte, damit er nicht vor Erschöpfung aus seinem hochgewölbten Bocksattel kippte, der so geformt war, dass er den Rücken des Pferdes auf längeren Märschen schonte. Seine Füße fanden festen Halt in Steigbügeln, die ihm eine beträchtliche Bewegungsfreiheit während des Kampfes ermöglichten und ihm nun Stütze waren. Franz hatte immer schon auf dem Pferd seine größte Kraft entwickelt. Er war so gelenkig, dass er sich im Sattel umdrehen und die Verfolger mit Pfeilen beschießen konnte, was ihn schon zu so manchem Sieg verholfen hatte. Doch von all dem war im Moment nichts zu erkennen. Ein müder, abgekämpfter Krieger, mit eingefallenen, blassen Gesichtszügen und leicht pendelndem Kopf, kämpfte gegen das hinterhältige Fieber und die unbequeme Haltung im Sattel an. Gerade das Reiten schien ihm die allergrößte Mühe zu bereiten, wobei man beobachten konnte, dass sich sein Mund bei jedem falschen Trabschritt in höllischem Schmerz verzerrte. Dicht hinter ihm wand sich eine Schlange von ungefähr fünfhundert schwer bewaffneten Heiducken unter einem Meer von geschulterten Pelzüberwürfen und glänzenden Helmen. Man konnte von den Fenstern des Schlosses aus die Säbel aufblitzen sehen, ebenso die über den linken Schenkeln am Sattel befestigten Dolche zum Durchstechen des Panzers. Manche führten in der rechten Hand eine Lanze mit einem

Wimpel mit. Im Futteral am Sattel steckten Schusswaffen. Die beiden Heerführer, Franz und Megyery, trugen ebenfalls Helme sowie Harnische und Stiefel aus Leder.

Graf Megyerys Rechte umfasste eine kurze Lanze, während er Franz mit der Linken, in der er sonst den türkischen Säbel führte, eine kräftige Stütze bereitete. Das Hufgetrappel, Wiehern und Johlen, nachdem sie die Brücke passierten, wollte kein Ende nehmen, ebenso wenig die schwarze Wolke aus Pferdeleibern, Fähnlein und Trommlern, die dem Tross folgte.

Franz rutschte mit schmerzverzerrtem Gesicht aus dem Sattel. Hätte der Freund ihn nicht aufgefangen, wäre er gestürzt, so schwach war er. Megyery sprang als Erster vom Pferd und winkte rasch der herbeieilenden Dienerschaft, die den Grafen in einen goldbestickten und wappenverzierten Tragstuhl umbettete. Schwerfällig ließ Franz sich in die etwas verblassten, samtbezogenen Kissen fallen. Stöhnend griff er dabei nach der Hand des Freundes, als wollte er sie für immer festhalten. Ein Blinder konnte erkennen, dass es um den Grafen Nádasdy schlecht stand und dass seine Schwäche nicht von einer Verletzung herrührte.

***

Franz hatte Graf Emmerich zum ersten Mal seit Beginn ihrer Freundschaft von seiner Angst wissen lassen. Furcht galt für den „Schwarzen Ritter" als eine der schlimmsten menschlichen Schwächen. Doch nun irrten die Augen des Magnaten unruhig umher und Megyery wusste, dass der Freund Todesängste litt. Bei der Vorstellung, dass ausgerechnet er, ein Heerführer, der den Säbel wie kein anderer schwang, an einer teuflischen Krankheit sterben sollte, krampfte sich sein Herz vor Schmerz zusammen. Er litt mit dem Freund und wich betreten dem Hilfeschrei seiner Blicke aus. Unbeholfen tätschelte er ihm die Hand und fühlte sich dabei so unendlich machtlos.

„Bring mich in mein Gemach und dann rufe nach meinem Leibarzt!", befahl Franz ihm mit schwerer Zunge. „Ich brauche dringend einen Aderlass. Gebt der Gräfin Bescheid, dass ich sie morgen Mittag in meinem Gemach empfange. Sorge dafür, mein Freund, dass auch der Pastor und mein Hofschreiber anwesend sind."

„Aber, Graf, Ihr macht mir Angst. Ihr tragt Euch doch nicht jetzt schon mit dem Gedanken der letzten Ölung? Gemeinsam haben wir in der Schlacht bei Sziszek Hassan Pascha und seine Janitscharen geschlagen. Ihr seid für mich immer ein erfolgreicher, nie zagender, jederzeit vorangehender Führer gewesen. Denkt nur an die vielen tollkühnen Streifzüge, mit denen wir das Türkenheer in die Knie gezwungen haben. Ihr dürft jetzt nicht aufgeben, Euer Gnaden. Jetzt kommt es darauf an, dass Ihr Mut beweist. Ihr schlagt Eure letzte große Schlacht. Besiegt den Feind in Euch. Er darf Euch nicht vernichten!", beschwor ihn Megyery mit feuchten Augen, während die Träger die Sänfte anhoben und vorsichtig durch einen Seiteneingang des Schlosses trugen.

„Ach, mein guter alter Freund", hauchte Franz mit schwächer werdender Stimme. „Ihr habt ja so recht! So viele gemeinsame Kämpfe haben wir siegreich bestritten und dem Tod dabei immer mutig ins Auge geblickt.

Nur aus diesem einen, meinem letzten Kampf, Emmerich, werde ich nicht als Gewinner hervorgehen. Zu lange schon peinigt mich diese teuflische Krankheit. Meine Kräfte verlassen mich. Diesen Weg, Emmerich, muss ich allein gehen. Für mich hat die Stunde geschlagen. Ich muss nun meinen Frieden mit mir finden."

Plötzlich glitt ein Lächeln über die verkrampften Züge. Megyery gebot den Dienern, anzuhalten. „Ach, fast hätte ich etwas Wichtiges vergessen, mein Freund. An meinem Pferd hängt ein Beutel. Ihr wisst, was er enthält. Bringt dieses, mein Geschenk, meinem treuen Weibe und befehlt, dass man mir meinen Sohn bringt. Ich will das Kind noch heute sehen. Ich muss wissen, wie mir dieser Bastard gelungen ist." Seine letzten Worte, die in ein Röcheln übergingen, waren sarkastisch gemeint.

Der Graf bekam einen Erstickungsanfall und Megyery, der um den Freund fürchtete, trieb die Diener zu größerer Eile an. Wenige Minuten später saß er am Bett des Grafen und hielt wieder seine Hand, während zwei Leibärzte sich um den Kranken bemühten. Nachdem sie ihn von seinen verschwitzten und verdreckten Kleidern befreit hatten, wurde das ganze verzehrende Ausmaß der schrecklichen Lustseuche sichtbar. Seine einst glatte, gebräunte Haut war überall von nässenden, kupferfarbenen Knoten und riesigen, auswuchsartigen Geschwüren bedeckt, die einen so üblen Geruch verbreiteten, dass Emmerich sich abwenden musste. „Euer Hochwohlgeboren hat einen gefährlichen Knoten an der Hauptschlagader", hörte er einen der Ärzte zu ihm sagen. „Die Ader ist leicht ausgebuchtet. Bei der kleinsten Bewegung könnte sie reißen, dann verblutet der Herr."

„Vermutlich sind Eure Blase und Euer Darm ebenfalls bereits angegriffen", stellte der andere fest und tadelte mit kritischem Blick. „Schon der weise Paracelsus wies auf die Gefahren der Hurenliebe hin. Es ist die Geißel Gottes, an der Eure Hoheit leiden. In der allgemeinen Geschichte Westindiens steht, dass die Seeleute des Seefahrers Columbus diese Erkrankung aus Westindien mitgebracht haben sollen. Ihr befindet Euch im Endstadium. Wir können nichts mehr für Euch tun, als Eure Schmerzen mit Quecksilber und Alraune zu mildern. Am Ende liegt Euer Schicksal in Gottes Händen."

„Weiß es die Gräfin schon?", stöhnte Franz.

„Die Gräfin wartet darauf, Euch Eure Aufwartung machen zu dürfen. Sie weiß noch nicht, wie schlimm es um Euch steht."

„Dann haltet sie noch ein wenig hin und überbringt Ihr die Schreckensnachricht, wenn sie den Schock über mein Geschenk verdaut hat!", murmelte Franz mit einem gequälten Grinsen, bevor er von dem Trunk, den ihm der Hofarzt reichte, in einen traumlosen Schlaf fiel.

***

Die Gräfin befand sich in der Bibliothek des Hauses, einer fürstlich ausgestatteten Räumlichkeit mit den uralten Schriften berühmter Gelehrter. Diese Hofbibliothek zeugte mit ihrem Buchbestand und dem prunkvollen Mobiliar einmal mehr von der Macht und dem Kunstverständnis der Nádasdys. Umgeben von ihren engsten Getreuen hatte sie den Hofbarbier Simon und Hofschreiber Gabriel zu einer Audienz zu sich gebeten. Sie schien verärgert, dass Franz nach so vielen Jahren Abwesenheit sie, als seine Frau, nicht als Erstes zu sich rief. Nun wollte sie von dem Hofbarbier, einem kleinen, untersetzten Mann, der seine Gefühle hinter einer unnahbaren Fassade verbarg, wissen, wie es ihrem Gatten ging. Da er, wie von Franz befohlen, mit der Wahrheit hinterm Berg hielt und umherdruckste, fragte sie ihn direkt heraus, ob der Herr nicht vielleicht nur sturzbetrunken sei und sich deshalb scheute, sie zu empfangen.

In diesem Moment öffnete sich die Tür. Noch ehe der Diener den Besuch Graf Megyerys ankündigen konnte und der Hofbarbier zu einer Antwort bereit war, schob Emmerich den Wachmann zur Seite und betrat mit wuchtigen Schritten die Bibliothek. Das Auftauchen Megyerys war für die Gräfin eine willkommene Gelegenheit, endlich der Wahrheit auf den Grund zu kommen.

Emmerich verbeugte sich höflich. Als er wieder aufschaute, entdeckte er mich im Kreise der Zofen. Ich bemerkte ein verstecktes Lächeln in seinen Augen. Elisabeth erhob sich von ihrem Schreibtisch und lief ihm mit ausgebreiteten Armen entgegen. „Oh, Graf Emmerich, wie schön, Euch gesund wiederzusehen. Sicher bringt Ihr mir Nachricht von meinem Gatten und er erwartet mich schon ungeduldig."

„Ihr irrt, Hoheit." Emmerich deutete erneut eine Verbeugung an. „Euer Mann ist schwer erkrankt und im Moment zu schwach, um Euch zu empfangen. Er hat mir aber etwas für Euch mitgegeben." Er reichte ihr den

Lederbeutel. Elisabeth, die hastig danach griff, ließ plötzlich die Hände wieder sinken und sah ihn mit gerunzelter Stirn misstrauisch an. „Was bringt Ihr mir da, Graf? Der Beutel ist über und über mit getrocknetem Blut besudelt."

„Wir kommen geradewegs vom Schlachtfeld, Euer Gnaden, es ist nur allzu normal, dass sich an dem Beutel Blut befindet."

Für einen Moment herrschte Stille im Raum. Man hörte nur das Atmen der Anwesenden, während alle Gesichter gespannt auf den Beutel starrten. Die Gräfin tauschte einen hilflosen Blick mit der Darvulia im Hintergrund. Sie wirkte unsicher. Ahnte sie etwas? Dann fiel ihr Blick auf Johannes und sie befahl ihm: „Öffne du den Beutel, Ficzkó!" Gehorsam, wie es sich für einen königlichen Wachhund gehörte, wackelte er heran. Durch die krumme Stellung seiner Beine schob er abwechselnd die Schultern und Hüften beim Gehen nach vorn, was ihm das Aussehen einer schwankenden Fregatte im Sturm gab. Ohne darüber nachzudenken, was er tat, griff er nach dem Sack und öffnete die Lederverschnürung. Neugierig wagte er einen Blick in die Öffnung, stutzte und grinste dann über das ganze Gesicht. Gleich darauf wechselte er einen seltsamen Blick mit der Gräfin. „Wollt Ihr das wirklich sehen, Herrin?", fragte er und grinste noch breiter. „Ich würde es Euch nicht empfehlen. Ist nichts für ein zartes Frauengemüt."

„Was soll das?", fauchte die Gräfin. „Schütte seinen Inhalt schon aus!"

Schulterzuckend ließ Johannes den schweren Inhalt auf den Boden fallen. Etwas Blutverschmiertes polterte, klatschte und rollte über das Parkett, bis es vor Elisabeths Füßen liegen blieb. Ein vielstimmiger Aufschrei ging durch die Bibliothek. Nur Elisabeth starrte sekundenlang stumm, zur Säule erstarrt, mit weit geöffneten Augen auf den Kopf zu ihren Füßen. Jeder der Anwesenden rechnete mit einem furchtbaren Ausbruch der Gräfin und die beiden Gelehrten zogen sich vorsichtshalber katzbuckelnd rückwärts zur Tür zurück. Doch wider Erwarten bückte sich Elisabeth und packte den blutverschmierten Blondschopf, hob ihn auf und sah dem Getöteten voller Ekel in die starren Augen. Dabei atmete sie unmerklich tief ein, bevor sie gefährlich leise zu sich selbst sagte: „Das ist nun dein Geschenk an mich, mein Gatte" und mit fester Stimme betonte, „und Ihr Graf Emmerich, Ihr, der Ihr mich einmal geliebt habt, spielt dieses Spiel mit. Wer von euch will mich eher vernichten, Ihr oder mein hochwohlgeborener Gatte? Mit was habe ich Euch verärgert, Emmerich? Sagt es mir!" Mit Schwung warf sie ihm Vitus' abgeschlagenen Kopf vor die Füße. „Wer glaubt Ihr zu sein, dass Ihr es wagt, so mit mir zu verfahren?"

Emmerich beugte reuevoll das Knie. „Verzeiht mir Hoheit, aber ich hatte die Aufgabe, Euch dies als Geschenk Eures Gatten zu übergeben. Den Wunsch eines Sterbenden durfte ich nicht abschlagen. Mein Auftrag hat nichts mit meinen Gefühlen zu Euch zu tun. Es stimmt, Elisabeth, ich habe Euch einmal mit der verzehrenden Leidenschaft meiner Jugend geliebt. Doch Ihr habt den Hochwohlgeborenen Franz Nádasdy gewählt und ich habe es akzeptiert."

„Ihr wisst genau, dass ich zu dieser Heirat gezwungen wurde. Ihr hättet um mich kämpfen müssen!", fauchte Elisabeth.

„Einem Nachfahren des im Rate der Krone wohl angesehenen Palatins Thomas Nádasdy vermochte ich mich nicht zu stellen. Das ist Euch bekannt. Also lasst die Vergangenheit endlich ruhen. Euer Mann liegt im Sterben. Er wird seine Gründe haben, warum er Euch den Kopf seines Knechtes schickt."

„Wer hat ihn getötet, wart Ihr es?", fragte sie und gab sich mit der Frage zugleich der heimlichen Hoffnung hin, dass Emmerich noch etwas an ihr lag.

Doch Emmerich schüttelte die rote Mähne. „Euer Gemahl war es, er hat ihn getötet. Dieser Vitus hat sich im ganzen Heer damit gebrüstet, dass er Euch anstelle Eures Gatten bestiegen hat. Damit hat er die Autorität des Grafen untergraben und seine männliche Ehre verletzt. Franz musste ihn töten. Es blieb ihm gar keine andere Wahl."

„Dann richtet meinem Gemahl aus, dass ich ihm meine Aufwartung machen möchte!", befahl sie und erklärte das Gespräch für beendet.

***

Als sich alle zurückgezogen hatten und nur noch die Darvulia sich in der Bibliothek befand, brach die Gräfin in Tränen aus. Wütend und aufs Tiefste erniedrigt, barg sie ihr Gesicht in den Händen. „Diese Demütigung! Oh, diese Demütigung!", schluchzte sie und ließ sich erschöpft hinter einem Schreibtisch mit zahlreichen

Schubladen nieder. „Warum hasst er mich nur so? Er ist doch mein Gemahl!"

„Vielleicht ist es ja gar nicht Hass, sondern verletzte Eitelkeit. Vielleicht steckt auch hinter all dem gar nicht der Herr, sondern dieser Emmerich, der ihn von dir fernhält. Graf Emmerich ist ein Kriegsmann, wie dein Gatte. Er hat kein Weib. Sein Zuhause ist das Schlachtfeld. Er ist im Gegensatz zu dir ständig an der Seite deines Gemahls, in guten und in schlechten Tagen, wie es eigentlich einem Eheweib zukommt. Wäre es nicht denkbar, dass sein Einfluss auf deinen Gatten überwiegt?", überlegte die Darvulia und tätschelte Elisabeth die Schulter.

Elisabeth hob das verweinte Gesicht und sah dem Hexenweib überrascht in die blinden Augen.

„Meinst du wirklich, Emmerich intrigiert gegen mich? Aus enttäuschter Liebe?"

„Alles ist möglich. Du bist die Erbin eines riesigen Vermögens, das dich mit einem König gleichstellt, mein Kind. Zusammen mit deiner Schönheit würden sich dir die Türen bis in das Schlafgemach des Königs öffnen."

„Ach, der König", erwiderte Elisabeth und winkte ab. „Er hat mich bei unserem letzten Besuch nicht einmal mehr zu einer Audienz vorgelassen. Er weiß, dass es mir immer nur um die Goldmünzen geht, die er unserem Hause schuldet. Auch wenn die Kosten des Krieges den Kaiser zu Zugeständnissen gegenüber den ungarischen Ständen zwingen und er ihnen in der Konfessionsfrage entgegenkommen muss. Die Kuh, die er schon gemolken hat, wird er nicht noch einmal melken."

„Tröste dich, Matthias steht kurz davor, Kaiser und König von Ungarn zu werden."

„Das hilft mir auch nicht weiter", stöhnte Elisabeth.

„Nun, Kind, vergiss die Schulden. Du bist ein Weib mit einer teuflischen Schönheit, die noch jeden beeinflusst hat, warum nicht auch den König?"

„Soll ich seine Mätresse werden?" Elisabeth hatte sich erhoben und sah die Hexe ungläubig an.

„Ich könnte dir dabei helfen", frohlockte das Weib und umschlich sie in gebückter Haltung wie ein Hund.

„Du wirst unverschämt, Anna, mein Gemahl liegt im Sterben und du willst mich verkuppeln. Hilf mir lieber gegen diese unerträglichen Kopfschmerzen, die mich schon wieder befallen. Meine Finger – sieh nur, wie sie zittern!" Sie hielt dem Hexenweib ihre Hände hin.

Die Darvulia überlegte, bevor sie zu ihr sagte: „Möchtest du dich ablenken, Kind? Möchtest du, dass es dir wieder besser geht? Ich kann dir helfen. Eines der Mädchen hat es mit ihrer Näharbeit nicht pünktlich bis zehn Uhr geschafft. Ich habe sie schon entkleiden und in die Kammer bringen lassen. Der Reiz einer ordentlichen Tracht Prügel, das Schreien und Kreischen der Metze, ihr sich unter Schmerzen windender, nackter Leib werden deine Stimmung heben. Wir verabreichen ihr hundert Schläge mit der Rute auf die Handflächen und die Fußsohlen. Danach wirst du deinem Gemahl etwas gefasster, wie es einer Herrscherin gebührt, in die Augen sehen können."

In geheimer Vorfreude begannen die welken Wangen der Darvulia zu zittern, während sich um ihre Mundwinkel schaumige Bläschen bildeten. Selbst in die fast blinden Augen kam Bewegung. Angespornt von den seltsamen Gelüsten der Hexe, war die Blässe in Elisabeths Gesicht einer sanften Röte gewichen. Mit fiebrigen

Augen hatte sie ihr zugehört. Nur einen kurzen Augenblick lang hatte es den Anschein, als zögerte sie. Dann
fand auch sie den Vorschlag reizvoll. Ungeduldig, ganz
wie ein erhitztes Weib vor der Vereinigung mit einem
Mann, sagte sie heiser: „Komm, lass uns gehen!" Hastig
folgte sie der Darvulia, die so sicher voranschritt, als
könne sie noch immer den Weg vor sich sehen.

XVI. Kapitel

Ich spürte die kleine feuchte Hand in der meinen, spürte, wie sie leicht erzitterte, und sah mit einem tröstenden Blick auf das Kind herab. Der kleine Paul hatte in seinen sechs Lebensjahren bisher wenig Liebe empfangen, am allerwenigsten von seiner Mutter Elisabeth, und so konnte ich sein Herzklopfen fast bis zu mir hinauf hören. Das Kind, das außer Liebe alles besaß, war dazu erzogen, niemals Furcht zu zeigen. Dennoch versuchte ich mir vorzustellen, was in ihm vorging. Er hatte seinen Vater noch nie gesehen und bisher nur Vorschriften, Regeln und Zwänge kennengelernt. Elisabeth hatte mich beauftragt, ihren Sohn zu seinem Vater zu begleiten. Sie rechnete damit, dass mein Anblick seinen Zorn über das ungeratene Kind mildern würde. Obwohl sie ihren Sohn nicht liebte, war ihr der zukünftige Erbe doch wichtig, und jetzt, nachdem sie erfahren hatte, wie es um Franz stand, umso mehr. Dabei war Paul ein recht wohlgeratener kleiner Junge. Er hatte viel von der Schönheit seiner Mutter geerbt und war im Gegensatz zu seinen Schwestern von hervorragender Gesundheit. Auch wenn die schwarze Bemalung seines Kopfes auf den ersten Blick befremdlich wirkte, verfügte er doch über die helle samtige Haut und die meerblauen Augen seiner Mutter und einen geraden schönen Körperbau, der schon jetzt erahnen ließ, dass er sich einmal zu einem stattlichen Mann entwickeln würde. Doch in diesem für ihn so entscheidenden Moment waren seine Augen Hilfe suchend auf mich gerichtet. Noch einmal drückte ich aufmunternd seine Hand, bevor wir eng aneinandergeschmiegt das Gemach des Hausherrn betraten.

Die seltsame Einrichtung in dem mit schweren Vorhängen abgedunkelten, großzügig ausgestatteten Raum ließ ihn furchtsam auf der Schwelle verharren. Ich vermutete, dass es nicht allein der große überdimensionale Kamin mitten im Zimmer war, der ihn ängstigte. Auch nicht die über dem Ofen hängenden, riesigen Zwölfender, Wildschweinköpfe mit aufgerissenen Mäulern oder Wolfsköpfe mit Dolchzähnen, die selbst bei mir etwas Unbehagen hervorriefen. Auch nicht die riesigen alten Gemälde oder die vielen verschiedenen Waffen vor der mit roten Teppichen bespannten Wand. Selbst der Baldachin über dem Bett war mit Lederpeitschen, Hundemaulkörben, Jagdlappen, dem Familienwappen und Pulverflaschen aus Hirschhorn zugehängt. Lediglich eine rote Badewanne mit Löwenfüßen hinter einer beweglichen Wand schien davon ausgenommen.

Am Bett von Franz stand Emmerich und hielt seine Hand, während die Barbiere und Ärzte, leise fachsimpelnd, um das Wohl ihres Kriegsherrn bemüht waren. Ich machte einen Schritt auf das Krankenlager zu und schob den kleinen Grafen vor mir her. Graf Emmerich kam mir entgegen und nahm Paul in Empfang.

Dieser kurze Augenblick veränderte etwas in mir. Als er mich ansah, mit seinem ruhigen, warmen Blick, spürte ich tief in mir ein Gefühl, das ich so noch nie verspürt hatte. Es war nicht das Gleiche wie bei meiner Begegnung mit Gabor, nicht so aufbrausend, so himmelhoch jauchzend, eher leiser. Als er galant meine Hand zum Kuss an seine Lippen führte, spürte ich die Geborgenheit und die Sicherheit, die von ihm ausging, bis in den letzten Winkel meines klopfenden Herzens. Doch der traurige Anlass, zu dem wir uns wiederbegegneten, verhinderte, dass ich ihm meine Gefühle offen zeigen konnte. Ich verliebte mich in ihn, ohne es richtig gewahr zu werden. Auch er hing einen Augenblick wie gedankenverloren an meinem Gesicht und schrak förmlich zusammen, als Franz mit tonloser Stimme fragte, wer ihn zu sprechen wünschte. Emmerich nickte mir rasch zu, nahm Paul an der Hand und führte ihn an das Kopfende des Bettes, sodass Franz dem Erben des Hauses Nádasdy ohne Mühen in die Augen schauen konnte.

Franz hatte sich stark verändert. Mit bleichen, eingefallenen Zügen, die Augen tief in den Höhlen, lag er in seinen seidenen Kissen und atmete schwer. Das einst kräftige schwarze Haar war von schlohweißen Strähnen durchwirkt und klebte schweißnass an seiner Stirn. Als er langsam den Kopf in die Richtung des Kindes drehte, war es still im Raum, nur das Prasseln des Kaminfeuers, welches eine angenehme Wärme verbreitete, war noch zu hören. „Du bist also Paul", sagte er mit müder, trockener Stimme.

„Ja, Herr", antwortete ihm das Kind gehorsam.

„Dann weißt du auch, wer ich bin?" Wieder erklang ein „Ja, Herr".

„Wer bin ich denn?", fragte Franz und quälte sich ein müdes Lächeln ab.

„Der große Kriegsherr, Eure Hoheit Franz Nádasdy und der Gemahl unserer edlen Frau Mutter Elisabeth Báthory", antwortete Paul leise.

Danach war wieder Stille. Ich spürte Emmerichs Blick auf mir. Als ich zu ihm aufsah, fühlte ich förmlich, was er dachte. Er hatte feuchte Augen, mir erging es ebenso. Denn plötzlich griff Franz nach der kleinen Hand des Jungen, die zuckend auf seiner Bettdecke lag, und streichelte sie vorsichtig. „Du hast Angst vor mir, mein Junge, ich sehe es in deinen Augen. Angst ist eine ganz natürliche Empfindung, musst du wissen. Jeder Mensch hat Angst und das ist gut so, denn sie ist zu deinem Schutz da. Würde es sie nicht geben, gäbe es auch keine mutigen Männer."

Franz lächelte und winkte einem Diener, dass er ihm aufhelfen möge. Halb sitzend konnte er dem Knaben besser ins Gesicht sehen. „Ich bin dein Vater, mein Junge", fuhr er fort und zwinkerte Paul zu. Franz musste schreckliche Schmerzen leiden, aber er ließ es sich nicht anmerken. Im Gegenteil, er kämpfte tapfer, wie man es von ihm gewöhnt war. Denn er befand sich im Kampf, im Kampf um das Herz dieses kleinen Jungen. Paul lächelte schwach und sagte leise: „Mein Vater ist der ,Schwarze Ritter', und der ,Schwarze Ritter' ist ein großer und mutiger Held. Werdet Ihr mir das Kämpfen beibringen, damit ich ebenso mutig und berühmt werde wie Ihr, Herr Vater?" Von da an schien das Eis gebrochen und alle Umstehenden atmeten erleichtert auf.

„Hast du schon einmal den Lärm vernommen, wenn unsere Husaren unter unvorstellbarem Getöse eine Stadt erobern? Wenn sie alles mit ihren blitzenden

Säbeln niederhauen und keine Gnade mit dem heidnischen Gewürm kennen?"

Paul nickte mit großen leuchtenden Augen und wie Kinder sind, stellte er ihm aus seinem kindlichen Gemüt heraus eine verfängliche Frage. „Habt Ihr auch Kinder getötet, Vater?"

„Ja, mein Sohn, dazu war ich leider gezwungen, und ich bete, dass Gott mir diese Sünde verzeiht. Denn aus heidnischen Kindern werden heidnische Unterdrücker und es sind ihre Weiber, die diese Barbaren gebären."

„Aber Ihr seid doch ein großer Held und Helden töten keine Frauen und Kinder."

„Der Krieg ist grausam, mein Sohn", erklärte ihm Franz mit ernstem Gesicht. „Wie schön wäre es, wenn es ihn nicht gäbe und Kinder nicht sterben und Frauen nicht ihre Männer beweinen müssten."

„Stimmt es, Vater, dass Ihr, wie mein Lehrer Gabriel erzählt, bei Stuhlweißenburg auf der Weißenburger Heide drei Haufen Tataren niedergeschlagen habt und viele davon in die Donau jagtet? Und dass Ihr unter dem Oberbefehlshaber Schwarzenberg gegen Pápa gezogen seid und dafür zum Oberbefehlshaber des Heeres ausgerufen wurdet? Bei Buda sollt Ihr mit ergreifenden Worten Eure Leute dazu gebracht haben, im bedrängtesten Augenblicke den bereits verlorenen Kampf mit Erfolg für Euch zu entscheiden, sodass nach der Aufhebung der Belagerung von Kanizsa durch Euren Verdienst der Rückzug über die Mur durchgeführt werden konnte und bei Buda und Pest der Gegner mannigfache Verluste erlitt", prahlte Paul mit dem Wissen, das ihm sein Lehrer vermittelt hatte.

„Oh, ich höre schon, du bist ein sehr aufgeweckter und gebildeter Junge. Aus dir wird ganz bestimmt einmal ein noch größerer Heerführer als dein Vater“, lachte Franz und bekam postwendend einen Erstickungsanfall. Als er vorüber war, eine Menge Blut aus ihm gequollen war und er entkräftet in die Kissen zurücksank, winkte er Emmerich zu sich und legte Pauls Hand in die von Emmerich. „Mein Freund“, keuchte er und bedeutete gleichzeitig seinem Sekretär, dass er mitschreiben möge. Doch dann überlegte er es sich anders und verlangte nach seiner Frau.

Bis die Gräfin eintraf, unterhielt er sich weiter mit dem kleinen Paul. Er richtete sich noch einmal mühsam auf und ergriff die kleinen Hände: „Versprich mir, dass du fleißig Latein lernst und deiner Mutter immer gehorchst. Egal, was man über deine Mutter sagen wird, sie ist die Frau, die dich geboren hat, und eines Tages, wenn du erwachsen und ein Mann bist, wirst du sie beschützen müssen, weil ich dann nicht mehr unter den Lebenden weile.“ Als der Diener ihre Hoheit, die Gräfin, ankündigte, rannen Tränen über Pauls Wangen. Er versuchte, sie tapfer runterzuschlucken.

„Mein geliebter Herr!“ Elisabeth stürzte durch die Tür an sein Bett und schob den Jungen achtlos beiseite. „Wie konntet Ihr mir das antun?“

„Was meint Ihr?“, fragte Franz schwach und starrte an ihr vorbei, hinauf zum Baldachin.

„Ihr lasst mich Stunden warten und jeder im Schloss weiß, dass es schlecht um Eure Gesundheit steht und nur mir verweigert Ihr den Zutritt zu Euren Gemächern. Und was sollte das mit dem abgeschlagenen Kopf? Macht Ihr Euch über mich lustig?“

Seltsam, unzählige Male hatte ich aus dem Munde der Gräfin gehört, wie sehr sie ihren Mann liebte und nun machte sie ihm im Angesicht des Todes Vorwürfe? Bisher war noch keine einzige Frage über seinen Zustand über ihre Lippen gekommen.

„Der Mann, zu dem der Kopf gehört, ist Euch also nicht unbekannt", antwortete Franz schwach. „Er hat mich schmählich beleidigt und mich mit Euch hintergangen. Ich wollte, dass Ihr, wenn Ihr den Kopf in Euren Händen haltet, den gleichen Schmerz fühlt, den ich gefühlt habe, als er sich unter meinen Heiducken mit Eurer Untreue brüstete. Es ist nur schade, dass Ihr seinen Tod nicht miterleben konntet."

Elisabeth ging daraufhin vor seinem Bett in die Knie. Sie ergriff seine Hände, drückte ihr Antlitz in seine Handflächen und schluchzte: „Gott möge mir diesen Frevel verzeihen, mein geliebter Mann. Niemals, ich schwöre Euch, hätte ich Euch hintergangen. Aber mit Gottes Hilfe wollte ich Euch einen gesunden Sohn schenken. Ich hatte keine andere Wahl mehr und keine Zeit. Seht mich doch an. Die Jahre der Einsamkeit ohne Euch gehen nicht spurlos an mir vorüber. Deshalb ersann ich eine List. Aber sind wir nicht von Verrat und Falschheit umgeben? Jetzt wisst Ihr, warum ich bei meinem Gesinde mit harter Hand durchgreife. Es ist nur allzu gerecht, dass Ihr den Frevler getötet habt."

Daran, dass Franz ihr mit der anderen Hand zärtlich über das Haar strich, erkannte ich, dass er sie noch liebte. Was war das nur für eine seltsame Liebe? Zwei Menschen, die sich in den wenigen Augenblicken ihrer Gemeinsamkeit fortwährend verletzten und doch nicht voneinander lassen konnten. Zumal er ihr, im selben Augenblick, in dem er sie liebevoll tröstete, den Todesstoß versetzte. Denn mit einem Mal schien er all seine Kraft zu sammeln und verkündete mit kräftiger Stimme: „Gabriel, schreibt jedes Wort mit von dem, was ich jetzt vor den Anwesenden in diesem Raum bekannt gebe. Ich ordne hiermit an, dass mein Sohn Paul ab sofort bis zu seiner Volljährigkeit unter dem Schutz meines langjährigen Freundes, Mitstreiters und Vertrauten, Emmerich Megyery, steht. Ich befehlige Graf Emmerich zum Vormund meines Sohnes und Verwalter meiner Güter von Sárvár, Kapuvár, Léka und Kanizsa und hoffe, er wird Paul ein guter Vater sein und ihn in meinem Sinne zu einem aufrechten Menschen erziehen. Mit dem Tag seiner Volljährigkeit sollen diese Güter in seinen Besitz übergehen. Zu seiner Erziehung bestimme ich den Pastor von Sárvár. Dies ordne ich an, weil ich der Meinung bin, dass nur diese beiden Männer fähig sind, meinen Sohn im Alter von zwölf Jahren zu einem würdigen Landeshauptmann zu machen. Meine älteste Tochter Anna wünsche ich nach meinem Tod mit dem Helden von Szigetvár, Niklas Zrinyi, zu verheiraten.“

Seine Worte mussten für Elisabeth wie ein Schlag ins Gesicht gewesen sein. Zwar würde sie nach dem Tode ihres Gatten immer noch ein riesiges Vermögen erben, aber einen Teil seiner Besitzungen hatte Franz gerade auf Paul überschrieben, den er damit als seinen legitimen Sohn anerkannte. Zugleich rächte er sich für die Untreue und demütigte seine Frau, indem er Emmerich zu Pauls Vormund bestimmte. Hätte er gewusst, was er mit dieser Entscheidung für unendliches Leid heraufbeschwor – er hätte diesen Entschluss vielleicht noch einmal überdacht. Wenige Minuten später ließ man hintereinander seine Töchter ins Zimmer, und als er mit schwacher Stimme nach dem Pastor verlangte, stand der Tod bereits an seinem Bett.

Graf Emmerich kniete jetzt ebenso wie Elisabeth vor dem Lager des Grafen. Er hatte die Arme auf die Bettkante und den Kopf auf die gefalteten Hände gestützt und ich sah, wie seine Schultern zuckten. Er weinte. Elisabeth bot selbst hier an dem Ort der Trauer ein liebliches Bild, halb auf dem Boden liegend, zwischen aufgebauschter roter Seide, Samt, funkelnden Perlen und Spitzen, gab sie sich haltlos ihrem Kummer hin, von dem niemand wusste, ob er echt oder gespielt war. Kein Vorwurf war mehr über ihre Lippen gekommen, stattdessen vergrub sie ihr Gesicht in den seidenen Kissen und schluchzte leise, so leise, dass es nicht anstößig wirkte und zu ihrem Auftreten passte. Anna wartete indessen geduldig neben Paul, der als Sechsjähriger wahrscheinlich als Einziger nicht verstand, was hier vorging. Ihre älteste Tochter war groß geworden, viel zu schnell war sie in die Höhe geschossen und überragte Elisabeth bereits jetzt schon um eine Kopflänge. Mit neunzehn Jahren war Anna schon eine Frau. Von ihrer schönen Mutter hatte sie nicht mehr an Liebreiz geerbt, als deren mandelförmige Augen. Hoch aufgeschossen, mit einem blassen Teint, der gebogenen Nase des Vaters und dem kantigen Gesicht ihrer Tante Klara wirkte sie selbst im prächtigsten Ballkleid neben Elisabeth wie ein Mauerblümchen. Die ewig kränkliche Katharina wurde erst nachdem ihr Vater nach ihr verlangt hatte von Dorkó in seine Arme gelegt. Als er seltsamerweise auch mich zu sich befahl, tauschte ich einen eher hilflosen Blick mit Emmerich. Doch sein Blick ermunterte mich, an das Bett des Sterbenden zu treten.

Als ich den Kopf gesenkt und die Hände zum Gebet gefaltet Franz in das vom Tode gezeichnete Gesicht sah, hörte ich, wie Emmerich leise hinter mir wisperte: „Nur zu, jetzt ist die Gelegenheit, eine letzte Bitte zu äußern." Ich hatte sofort begriffen, was er damit meinte und dachte an meine Heimat und an meinen Vater, von dem ich so lange nichts gehört hatte. „Hoheit, darf ich Euch eine Frage stellen?", begann ich unsicher.

Franz nickte schwach.

„Habt Ihr eine Nachricht von meinem Vater?"

Darauf sah mich der Graf lange an. Irgendwie hatte ich dabei das Gefühl, dass seine schwarzen Augen noch einmal aufleuchteten, als er mich erkannte. Fast zärtlich glitt sein Blick ein letztes Mal über meine Züge und ich vermutete, dass er selbst im Angesicht des Todes meine weibliche Schönheit genoss. Doch plötzlich veränderten sich seine Gesichtszüge und er tastete nach meiner Hand. Ich gab sie ihm und spürte seinen warmen, zitternden Händedruck. „Dein Vater ist schon lange in Gottes Reich, mein Kind. Hat dir diese Nachricht denn niemand überbracht? Der Graf von Weißenburg wurde im Kampf durch den Säbelhieb eines Janitscharen schwer verletzt. Der Verwegene hat sich noch bis zu seinem Heimatsitz geschleppt, wo er später verstorben ist. Ich schätzte ihn als einen tapferen und heldenmütigen Kämpfer." Bei seinen Worten hatte sich mein Herz verkrampft. Ich stand kurz davor, in eine Ohnmacht zu fallen. Mein geliebter Vater war tot – und ich war nicht bei ihm gewesen? Ich konnte nicht glauben, was ich soeben gehört hatte.

Doch da unterbrach uns Emmerich, der mich beobachtet hatte: „Eure Hoheit, bei unserer Freundschaft bitte ich Euch, gewährt der Komtesse einen Freibrief, damit sie ungehindert in ihre Heimat reisen kann. Sie wird sich jetzt sicher um ihren Besitz kümmern müssen.“

Wieder sah mich Franz lange an, dann gebot er mir, mich näher zu ihm herabzubeugen. Er strich mir mit zitternden Fingern über die Wange, winkte mich noch näher an sein Gesicht heran und flüsterte mir ins Ohr: „Nichts lieber würde ich für Euch tun. Die Gräfin ist vom Wahnsinn befallen. Zu lange habe ich ihre hysterischen Attacken schon geduldet. Deshalb solltet Ihr das Schloss verlassen und ich werde Euch dabei behilflich sein. Gern würde ich Euch als Euer Beschützer begleiten, aber meine Reise führt mich woanders hin, dorthin, woher keiner mehr zurückkommt. Mein Freund Emmerich wird ein wachsames Auge auf Euch halten, das hat er mir versprochen.“ Er rang sich ein spöttisches Schmunzeln ab, als ihn Elisabeths verständnisloser Blick traf. Dann winkte er dem Hofschreiber, dass er ihm ein Dokument aufsetze, das meinen freien Abzug von Sárvár bewilligte.

Ein letzter bedauernder Augenaufschlag begleitet von einem tiefen Stöhnen, dann gab er meine Hand an Emmerich frei und legte unsere Hände ineinander. „Ich gebe dieses Kleinod in deine Hände, Emmerich. Achte gut auf sie, mir ist dies leider durch eine höhere Macht verwehrt.“ Gleich darauf fiel er erschöpft in die Kissen zurück.

Am späten Abend regelte er alle seine Nachlassangelegenheiten und nachdem Franz sich von seiner Familie und seinen engsten Getreuen verabschiedet hatte, schloss der „Schwarze Ritter" für immer seine Augen. Danach wurden sämtliche Fenster im Schloss mit schwarzen Tüchern verhängt und die Fahnen auf Halbmast gesetzt. Die Kanoniere in den Wehrgängen gaben drei Kanonenschüsse ab und die Heiducken feuerten ihrem Herrn zu Ehren eine letzte Salve in die Luft.

Franz von Nádasdy wurde in den ersten Januartagen auf seiner Burg Lockenhaus, in der Gruft unter der Kapelle, beigesetzt. Die Grabrede während der prunkvollen Bestattung hielt Pastor Magyari, der mit seinen Worten einmal mehr unter Beweis stellte, was für ein bedeutender Kirchenmann er war. Gesandte und Würdenträger aus aller Herren Länder waren erschienen und begleiteten den Trauerzug. Es wimmelte nur so von auf Fahnen gestickten Landeswappen und die Pferde waren mit schwarzen, seidenen, mit Wappen bestickten Schabracken bedeckt, die selbst den Kopf mit einschlossen und bis zu den Hufen reichten. Hinter dem aufgebahrten Leichnam des Grafen schritt in tiefster Trauer seine Frau Elisabeth. Sie wurde vom Kaiser gestützt. Ihnen folgten ihre Kinder, die Magnaten und Gesandten. Alles in allem symbolisierte der prächtige Trauerzug des Grafen Nádasdy das ungarische Königreich, seine Größe und Macht, sowie seine Treue zum König und Kaiser.

Mir ging der Tod des Grafen sehr nahe. Ich weiß nicht, warum. Vielleicht weil ich glaubte, dass er trotz seiner grausamen Kriegsführung ein Mensch war, der

unter anderen Bedingungen vielleicht dem Schlachtge-
tümmel ein ganz normales Leben mit Weib und Kind
vorgezogen hätte. Ich sah, wie er Paul angesehen hatte,
der nicht einmal sein Sohn war, und wie er ihm selbst
im Sterben Mut zugesprochen hatte. Ich glaube auch,
dass er Elisabeth trotz alledem liebte und zu ihrem
Schutz über ihre Neigungen schwieg. Er versuchte sie
lediglich zu mäßigen, so, wie er es nach der aufgebrach-
ten Beschwerde des Pastors getan hatte, als dieser Elisabeth angedroht hatte, sie so lange aus der Gemeinschaft auszuschließen, bis sie gebührende Buße für
ihre Quälereien getan hätte.

XVII. Kapitel

Der Tod ihres Gatten hatte Elisabeth verändert. Anstatt zu trauern, wie es sich für eine Witwe ihres Standes gehörte, lebte sie förmlich auf. Bereits vier Wochen nach Franz' Beerdigung reisten wir nach Wien, wo sie sich sündhaft teure Kleider und Juwelen kaufte. Die Summe, die sie diesmal ausgab, erreichte einen astronomischen Wert. Sie bezog sich auf fast dreitausend Goldmünzen und überstieg damit Elisabeths Arztrechnungen eines ganzen Jahres. Kurz vor der Reise hatte sich die Gräfin eine Erkältung geholt und nieste immerfort. Da es in der Kutsche kalt war und ihr alsbald die Tropfen an der Nase zu gefrieren begannen, befahl sie auf dem Rückweg meiner Zofe Katica, die ich mir zur Begleitung auserbeten hatte, ihr mit den Fingern die Nase zuzuhalten. Man muss sich einmal vorstellen, wie schwierig sich das für Katica gestaltete. Immerhin wurden wir bei dem unwegsamen Gelände hin und her geschüttelt, sodass wir uns oftmals gegenseitig festhalten mussten, um nicht von den Bänken zu rutschen. Nur ein kleiner Kratzer oder ein etwas zu schmerzhafter Druck hätte Elisabeths ohnehin schon getrübte Stimmung rasch gefährlich umschlagen lassen.

So kam es dann auch. Katicas Arm schlief ein, versteifte sich, und als der Wagen in einer Kreuzung aus der Spur kam, rutschte sie auch noch von den Polstern, der Gräfin genau vor die Füße. Elisabeth wurde puterrot im Gesicht und schrie sofort: „Hure, bist du zu gar nichts nütze? Willst du mir die Nase brechen?"

Ihrem Wutausbruch Nachdruck verleihend, stieß sie mit den Füßen nach Katica, die sich auf dem Kutschenboden wie eine Katze zusammengerollt hatte. Als sie sah, dass ihre Tritte nicht die Wirkung brachten, die sie sich gewünscht hatte, zog sie Katica an den Haaren herauf, schlug ihren Kopf mehrfach gegen die Bank und fuhr ihr gleich darauf mit den Fingernägeln der anderen Hand quer durch das Gesicht. Oh, welche Grausamkeit. Elisabeth hatte sehr gepflegte und lange, spitz zulaufende Nägel, fast wie eine Katze. Als sie sah, wie Katica das Blut über Stirn und Wangen lief, lächelte sie zufrieden und fuhr dem Mädchen nun wie eine Tigerin mit beiden Händen durch das Gesicht.

Zunächst hatte ich mich zurückgehalten, immerhin saßen die Darvulia und Dorkó mit in der Kutsche. Ich muss gestehen, dass ich Angst verspürte, mir könnte es ebenso ergehen. Doch als Elisabeth ein hauchdünnes, scharfes Seil, das mir bereits als Wiener Faden bekannt war, hervorzog, es Katica um den Hals schlang und der Darvulia lachend befahl, sie solle es nur kräftig zuziehen, mal sehen, wie lange die Metze die Luft anhalten könne, warf ich mich dazwischen und gebrauchte den bewährten Trick: „Hoheit, Ihr seht so schön aus in Euren neuen Kleidern, Ihr dürft sie nicht mit dem Blut der Unwürdigen beflecken. Lasst es gut sein. Bedenkt, wir befinden uns auf Reisen."

Eine solche, zum rechten Zeitpunkt angebrachte Schmeichelei besänftigte Elisabeth sofort. Ich hatte unverschämtes Glück. Denn wie aus einem Traum erwacht, blickte die Gräfin an sich hinab und begann sogleich, den teuren Pelzumhang nach Blutspuren abzusuchen. Dann griff sie innerhalb von Sekunden völlig verändert nach meinen Händen, führte sie an ihre Lippen und schnurrte wie eine Katze. „Was sollte ich nur ohne dich anstellen, Susanna? Deine liebevollen Versuche, mich auf den rechten Weg zurückzuführen, sind einfach süß. Komm her zu mir und wärme mich!"

Ich musste mich neben sie setzen, während sie mich umarmte und auf die Wange küsste. Als sie meinen besorgten Blick sah, der heimlich an Katica hing, die sich das Blut vom Gesicht wischte, sagte sie ganz ruhig, so, als hätte meine Zofe lediglich einen Unfall gehabt: „Dein Mädchen wird wieder. Es sind nur ein paar Kratzer. Bis sie heiratet, sind sie verschwunden und sie hat wieder ein Gesicht wie Milch und Blut."

Da sich meine Zweifel jedoch immer schlecht vor ihr verbergen ließen, hob sie, angesichts meiner ernsten Züge, lachend die Hand und schwor mit einem schelmischen Augenaufschlag: „Bei Gott, unserem Herrn, wenn ich etwas Falsches gesagt habe, Susanna, strafe mich der Aussatz!"

Alles lachte über ihre Witzigkeit und jeder, der uns gesehen hätte, hätte eine fröhliche Gesellschaft vermutet. Immer mehr war ich davon überzeugt, dass von Elisabeths zwei Seiten die eine nicht wusste, was die andere tat. Die einzige Hoffnung, die mir blieb, war der Freibrief in meine Heimat und ich wartete nur auf eine günstige Gelegenheit, um ihn bei Elisabeth einzulösen. Schon wegen Katica, deren Wunden ich nach der Reise mit feuchten Tüchern kühlen musste, während meine

Schuld an ihrem Unglück mich schier zu erdrücken drohte.

Einen Tag nach dieser Begebenheit wurde ich Zeugin eines Gespräches. Genau wie damals, zur Zeit meiner Ankunft im Schloss, führte mich der Zufall im Morgengrauen am Gemach der Gräfin vorbei. Durch meine ewigen Ängste litt ich permanent an Schlaflosigkeit und so trieb es mich wie so oft unruhig in den Schlossgängen umher. Auch diesmal war die Tür nur angelehnt und der heftige Streit, der bis zu mir drang, ließ mich neugierig stehen bleiben. Mein Herz klopfte und da bis auf einen schläfrigen Diener kein Bediensteter zu sehen war, hielt ich mein Ohr an den Türrahmen. Eine Männerstimme, gar nicht sanft und einlenkend, wie man es vom seligen Grafen gewohnt war, polterte wütend, dass es bis in den Flur hinaus schallte. Sie gehörte Emmerich Megyery und mein Herz machte einen freudigen Sprung. Doch als ich den Spalt etwas erweiterte, um besser sehen zu können, was im Zimmer vorging, war ich höchst überrascht. Die Gräfin hatte ihr Nachtkleid fallen lassen und stand wie Gott sie geschaffen hatte vor Emmerich. Sie drängte sich ihm wie eine Hure auf, während er versuchte, sich von ihr frei zu machen.

„Du hast mich doch einmal geliebt", hörte ich sie mit gurrender Stimme betteln. „Warum weist du mich jetzt zurück? Mein Gemahl ist tot, was also steht unserer Liebe noch im Wege, Emmerich?"

„Ihr seid ja von Sinnen, Gräfin!", schimpfte Emmerich und wahrte im Gegensatz zu ihr die respektvolle Anrede. „Franz ist gerade einen Monat unter der Erde und Ihr werft Euch mir an den Hals."

„Aber erinnerst du dich denn nicht mehr, dass du meinen Körper einmal in heftigem Verlangen begehrt hast? Jetzt gebe ich dir die Chance und du ergreifst sie nicht?!“ Gereizt griff die Gräfin nach ihrem Nachtkleid und verharrte einen Augenblick hilflos in dem Berg von Spitze und Seide. Dann hörte ich sie wütend nach Katharina schreien. Erschrocken verbarg ich mich in einer Nische hinter einem Pfeiler, bis die Dienstmagd an mir vorbei durch die Tür verschwunden war.

„Hilf mir beim Anziehen, Metze, wo bleibst du nur? Spute dich gefälligst!“ In Elisabeths Worten klang deutlicher Unmut mit. Ich konnte hören, wie enttäuscht, verletzt und wütend sie über die Zurückweisung war.

„Findet Euch endlich damit ab, dass ich Euch nicht mehr liebe!“, knurrte Emmerich.

„Aber als Franz Stuhlweißenburg erstürmte und ich erfahren musste, wie bedrückend und kalt diese Mauern in seiner Abwesenheit sind, da bist du zu mir gekommen. Bin ich dir jetzt zu alt geworden?“

„Das hat nichts mit Eurem Alter zu tun, Elisabeth. Es stimmt, Ihr seid damals fast noch ein Kind gewesen, so schön und unschuldig und so einsam. Ich war auch noch jung und habe mich vom Teufel verführen lassen, weil ich glaubte, Euch die fehlende Liebe, Geborgenheit und Trost geben zu können. Ihr wisst aber auch, dass es niemals mehr zu einer ähnlichen Begegnung kam.“

„Weil Ihr, wie mein Gatte, das Schlachtfeld zu Eurer Geliebten gemacht habt“, sagte sie böse lachend.

„Heute bin ich ein Mann und Ihr, als Witwe eines der höchsten und ehrenwertesten Männer Ungarns, solltet besser wissen, was sich geziemt.“

„Ihr solltet Euch eher in Acht nehmen vor meiner Macht, Graf. Denn ich nehme mir jetzt das, was mir Spaß macht und dazu gehört Ihr, Graf Emmerich", konterte sie nun fertig angezogen. Würden Blicke töten können, wäre er sicherlich auf der Stelle leblos umgefallen.

„Ihr wollt mir drohen?" Graf Emmerich war einen Schritt auf sie zugetreten und legte, um sie einzuschüchtern, die Hand an den Knauf seines Säbels. Gegen die zierliche Gräfin wirkte er wie ein Riese. „Anscheinend habt Ihr vergessen, dass Ihr Euch auf dem Besitz Eures Sohnes Paul befindet, den ich bis zu seiner Volljährigkeit verwalte. Ihr solltet gut überlegen, auf welchem Eurer Besitztümer Ihr Euch ab jetzt häuslich einrichtet. Hier in Sárvár steht Ihr unter meiner Beobachtung. Insbesondere, was die wahnsinnigen Prügelattacken gegen Euer Gesinde betrifft. Mich vermögt Ihr nicht einzuschüchtern. Noch ein totes Mädchen und ich werde gegen Euch vorgehen!"

Die Gräfin schnappte gereizt nach Luft und schleuderte wütende Blicke in Emmerichs Richtung. „Ihr wollt Euch also mit mir anlegen, Ihr wollt den Kampf?", lachte sie geziert, um ihr Gesicht zu wahren.

„Ich will keinen Kampf mit Euch. Ich wünsche mir nur für Euren Sohn, dass in Sárvár wieder Ruhe und Frieden einkehren."

„Über Paul ist noch nicht das letzte Wort gesprochen, Emmerich. Er ist mein Sohn!"

„Und es war der letzte Wille Eures verstorbenen Mannes – der gewusst hat, was er tat – Euch die Vormundschaft abzuerkennen. Ihr seid geistesgestört. Der vergangene Vorfall auf Eurer Reise mit der Zofe der Komtesse von Weißenburg ist das beste Zeugnis dafür."

„Was besagt das schon? Ich habe einer kleinen Hure das Gesicht zerkratzt, na und? Sie hat es überlebt."

Elisabeth war rot angelaufen und hatte sich wütend vor ihrem Toilettentisch niedergelassen. Indem sie ihm den Rücken zudrehte, zeigte sie ihm, dass sie genug von ihm hatte und allein sein wollte.

Doch Emmerich ließ sich nicht so leicht abspeisen. „Ihr seid dabei, Euch in eine gefährliche Richtung zu bewegen, Elisabeth!", warnte er sie. „Bereits in unseren Kindertagen zeichnete sich bei Euch eine solche Entwicklung ab und sie wurde von Eurer vermaledeiten Amme noch unterstützt. Ich will, dass das Sterben im Schloss endlich aufhört. Deshalb ist es vorteilhafter für alle, wenn Ihr Euch auf Euren Witwensitz Čachtice zurückzieht. Auf der verwaisten Festungsanlage könnt Ihr treiben, was Ihr wollt, da hört und sieht es niemand."

Elisabeth hatte ihm wieder ihr Gesicht zugedreht und sah ihn nun überrascht an. „Nach Čachtice in die Felsenburg? Mit welchem Recht wagt Ihr es, mir Vorschriften zu machen?"

„Wollt Ihr etwa abstreiten, dass Ihr bereits im zarten Alter von zehn Jahren Freude am Quälen empfunden habt? Erinnert Ihr Euch noch, als wir beim Spielen eine Ente mit ihren Jungen entdeckten und die Küken nicht zu Euch kamen, wie Ihr es gern gesehen hättet, sondern vor Euch flüchteten? Enttäuscht und wütend über die kleinen dummen Tiere habt Ihr sie einfangen lassen und jedes Einzelne bei lebendigem Leib so lange mit glühenden Nadeln gequält, bis sie elendig starben.

Niemals werde ich Euer Gesicht vergessen und wie viel Vergnügen Euch diese Quälerei bereitet hat. Das Schreien der Mutter und das Piepsen der Tiere in ihrem Todeskampf. Ihr empfandet schon damals eine Befriedigung am Quälen schwächerer Geschöpfe, das entschuldigt sich auch nicht dadurch, dass Ihr von Eurer Amme vergewaltigt wurdet und dass sie Eure Körperpflege vernachlässigte, bis Ihr von einem schmerzhaften, alles zerfressenden Ausschlag übersät wart. Gut, Ihr gehörtet zu den gräflichen Kindern, um die sich nie jemand Sorgen gemacht hat, geschweige denn sie liebte. Doch alles das ist keine Entschuldigung dafür, dass mit Euch ein krankes gewissenloses Ungeheuer heranwuchs."

„Alles Lügen! Du bist der Wahnsinnige. Die Behauptungen entspringen lediglich deiner kranken Fantasie. Du weißt genau, dass ich Tiere liebe, und willst mir nur etwas unterstellen, weil ich Franz dir vorgezogen habe", rechtfertigte sich Elisabeth. Sie hatte sich erhoben und stand jetzt ganz ruhig vor ihm, lächelnd, ein verführerisches Weib, eingehüllt von der Pracht ihrer schwarzen Locken, und spielte die Überlegene. Lediglich das kleine Spitzentuch, welches sie nervös zwischen ihren Fingern knüllte, gab Zeugnis von ihrem Gemütszustand.

„Haltet es, wie Ihr es für richtig empfindet", brummte er.

„Dennoch werde ich die Mädchen vor Euch zu schützen wissen. Und sollte auch nur noch ein einziges in diesem, meinem Schloss sterben, werde ich Euch das Handwerk zu legen wissen, so wahr ich Graf Emmerich Megyery, Burgherr von Sárvár bin."

„Ihr trachtet also wirklich danach, mich aus meinem eigenen Schloss zu werfen?" Die Gräfin hielt plötzlich einen Dolch in der Hand. Seine Schneide blitzte auf, bereit, sich in seinen Hals zu bohren. Doch Emmerich warf einen geringschätzigen Blick auf die Waffe und grinste: „Macht Euch nicht lächerlich. Ein Hinweis und meine Wachen werden Euch festnehmen. Eure Macht reicht weit, aber nicht über den Wunsch Eures Gemahls hinaus. Ihr habt noch genügend andere Besitztümer, wo Ihr herrschen könnt, wie es Euch beliebt. Ich werde Euch jetzt verlassen, um für Eure Hofdame Komtesse von Weißenburg anspannen zu lassen. Es wird Zeit, Susanna Eurem unheilvollen Einfluss zu entreißen."

„Das werden wir ja sehen. Die Komtesse wird mich nicht verlassen!", schrie sie ihm hinterher, als er sich steif verbeugte und im Anschluss wütend zur Tür hinausstürmte. Er war schon ein paar Schritte an mir vorbei, als er sich plötzlich umdrehte, so, als sei ihm gerade der Teufel begegnet, und mit Erstaunen in meine Richtung blickte. „Ihr hier?", fragte er mit überraschtem Gesicht. „Ihr habt alles mitgehört ...?" Er wartete meine Antwort nicht ab, sondern ergriff meine Hand und befahl mir kurz angebunden: „Folgt mir, es ist keine Zeit zu verlieren!" Erst in seinem Gemach ließ er mich wieder los.

Ich staunte nicht schlecht über das geschmackvoll eingerichtete Zimmer, in dem das Feuer im offenen Kamin leise knisterte. Auf einer Kommode befand sich ein kupfernes Waschgeschirr mit heißem Wasser. Die Karaffe mit rubinrotem, aromatisch duftendem Wein auf dem Tisch ebenso wie die Schale mit polierten

Winteräpfeln davor versprühten einen Hauch männlicher Gemütlichkeit. Der Graf hatte wohl in dem frisch bezogenen Bett Ruhe nach all den Ereignissen der letzten Tage gesucht. Im Normalfall erwies es sich als gefährlich für eine Frau, das Gemach eines Mannes aufzusuchen. Doch Graf Emmerich stand nach ganz anderem der Sinn, als mich zu seiner Mätresse zu machen. Er steuerte sofort auf sein Ziel zu und sagte, während er mich in einen tiefen, schweren Lehnstuhl drückte: „In Euer Gemach dürft Ihr nicht mehr zurück. Ich habe bereits Eure Zofe beauftragt, Eure Kleider zu packen und in die Kutsche zu bringen, die ich für Euch bereitstellen ließ. Ihr müsst noch heute das Schloss verlassen. Die Anwesenheit der Gräfin wird auf ihrer Burg Čachtice verlangt. Diesen Vorteil sollten wir nutzen. Ich denke, zunächst hat sie an dem zu kauen, was ich ihr gesagt habe. Sie wird mich dafür bis in alle Ewigkeit hassen. Dann aber wird sie über Euch nachdenken und wenn das geschieht, solltet Ihr Euch bereits auf dem Weg in Eure Heimat befinden. Da ich über das Wohl des kleinen Grafen zu wachen habe, denn auch er befindet sich in Gefahr, kann ich Euch leider nicht begleiten, wie ich es vorgehabt hatte. Aber ich habe Euch ausreichend Begleitschutz mit auf den Weg gegeben und ich kann meinen Heiducken vertrauen, dass sie Euch und Eure Zofe sicher nach Hause bringen. Ich hege aber die Hoffnung, dass sich unsere Wege wieder vereinen, sobald etwas Ruhe eingekehrt ist. Ich möchte Euch gern wiedersehen, Komtesse, unter besseren Umständen, wenn Gott es zulässt“, sagte er und zog mich an seine Brust.

Noch nie war ich seinem Gesicht so nahe gewesen wie in diesem Augenblick. Fast bereute ich es bereits, dass ich das Schloss und ihn verlassen musste, wo wir uns doch gerade erst richtig kennenlernten. Denn die Liebe zu mir sprach aus jeder seiner Gesten. Als ich ihm in die Augen sah und seinen Blick festhielt, wich alle Furcht von mir. Ich wollte nicht mehr weg von ihm und stellte mir vor, dass er mich als der neue Burgherr von Sárvár hier im Schloss besser vor der Gräfin beschützen könnte. Doch mein Mund sagte etwas anderes. „Ich kann das Schloss nicht verlassen", kam mein schwacher Einwand.

„Ja, ich entsinne mich", antwortete er ernst. „Ihr befandet Euch in anderen Umständen, als ich mit Franz nach Prag ging. Hegt Ihr wirklich noch Hoffnung, dass dieses Kind lebt?"

Ich nickte eifrig. „Eine Mutter spürt so etwas. Es ist seltsam, ich wollte das Kind nicht, ich habe es gehasst. Doch je mehr Jahre vergingen, umso mehr spüre ich mein Mutterherz. Es müsste jetzt in etwa so alt wie Paul sein."

Er überlegte. „Es ist Gabors Kind." Zur Bestätigung nickte ich. „Der Krieg zwischen den Habsburgern und Türken geht seinem Ende entgegen. Fürst Stefan Bocskai ist schwer verwundet worden. Das ist jetzt für Gabor die Chance. Er wird Großfürst von Transsilvanien und damit seiner mörderischen Tante noch stärker zur Seite stehen. Ist Euch bekannt, dass er es war, der Elisabeths Tante grausam getötet hat?"

Ich spürte, wie die Farbe aus meinen Wangen wich. „Ich habe schon so lange nichts mehr von ihm gehört.

Ihr sagtet mir, dass die Gräfin Klara wegen Hexerei hingerichtet wurde."

„Das stimmt. Doch mit der angeblichen Hinrichtung versuchte man, einen heimtückischen Mord zu verschleiern. Auch mich hatte man eine Zeit damit getäuscht. Aber ich habe herausgefunden, dass es Gabor war, der sie ermordet hat, um an ihren Besitz zu kommen, den er jetzt als einen sehr wichtigen strategischen Stützpunkt benötigt. Ich weiß nicht, wie sie getötet wurde, aber vielleicht ist es auch besser, es nicht zu wissen. Ich sage Euch das nur, weil ich Angst habe, dass Ihr einer fixen Idee nachlauft. Wenn dieses Kind jemals gelebt hat, dann ist es jetzt sicher mausetot."

„Es muss noch leben, ich spüre es", beteuerte ich.

„Ich werde mich darum kümmern", versprach er mir. „Doch Ihr müsst jetzt in die Kutsche steigen und Sárvár verlassen. Mein Wappen und das Siegel des Grafen gewähren Euch freies Geleit, egal, wo man Euch aufhält."

Ich sah die Ungeduld auf seinem Gesicht und erhob mich.

„Gut, aber Ihr versprecht mir, nach meinem Kind zu suchen. Werdet Ihr mir schreiben?"

Plötzlich spürte ich seine Arme um meine Hüften und sein Mund war meinen Lippen sehr nahe. „So wahr mir Gott helfe, ich verspreche es! Wir werden uns wiedersehen, denn ich liebe Euch. Jeder Eurer Blicke sagt mir, dass Ihr ebenso empfindet. Ich bedauere nur zutiefst die Umstände, die uns jetzt trennen. Aber der Tag wird kommen, dann hole ich Euch nach Sárvár zurück als mein Weib. Doch zunächst ist es für Euch sicherer, zu gehen."

Dann ließ er keine Zeit mehr verstreichen. Er riss mich an sich und ich spürte, wie seine Lippen meinen Mund verschlossen. Sie waren weich und warm, und das erhebende Gefühl, das ich dabei empfand, nahm ich mit in die pechschwarze Kutsche, die mich bereits vor dem Portal erwartete. Ich erreichte sie und stieg ein, ohne meine Umgebung wahrzunehmen. Denn ich hatte nur Augen für ihn, den großen, kräftigen Mann mit den wilden, roten Haaren und den gütigen Augen, der mir galant den Arm am Einstieg reichte und mir noch hinterher winkte, als die Pferde bereits über die Brücke galoppierten.

Erst als ich mich zwar erleichtert, aber mit ein bisschen Wehmut in die Polster fallen ließ, entdeckte ich die Gestalt, die mir gegenübersaß. Ich nahm an, dass es Katica, meine Zofe war, die in einen dunklen Umhang gehüllt ihr Gesicht unter einer Kapuze verdeckt hielt. „Du kannst aus deinem Schneckenhaus wieder herauskriechen, Katica!", forderte ich sie lachend auf und stupste sie mit dem Fuß an. „Du brauchst keine Angst mehr zu haben. Wir sind endlich allein und nur Graf Emmerichs Heiducken begleiten uns." Um ihr zu beweisen, dass ich nicht log, warf ich einen Blick durch das kleine Rückfenster der Kutsche und registrierte arglos die sechs Reiter, die der Kutsche folgten. Beruhigt von dem Anblick unserer bis an die Zähne bewaffneten Begleitung, wollte ich mich wieder Katica zuwenden, als mein Kopf entsetzt herumschnellte. Das waren nicht Emmerichs Heiducken. Ich erstarrte. Es war das Wappen der Gräfin, welches mir jetzt deutlich von den Schabracken der Pferde ins Auge sprang. Man musste sie noch auf dem Schloss unbemerkt ausgetauscht haben. Diesen Moment der Verwirrung nutzte die vermeintliche Katica, um ihr Geheimnis zu lüften, und obwohl ich zu Tode erschrak, entfuhr mir ein überraschtes „Johannes ... du?"

Ich war wie erstarrt, bis ich begriff, dass meine Reise vereitelt worden war. Wieder Herr meiner Sinne, packte ich meinen einstigen Diener wütend an den Schultern und schrie ihn an: „Wo ist Katica? Was hast du mit ihr gemacht?" Doch die Antwort war nur ein kaltes Grinsen. „Was regt Ihr Euch so auf? Sie sitzt auf dem Bock, neben dem Kutscher."

Johannes spielte den Gelangweilten, zog ein Spitzentuch hervor und wedelte damit über die Stelle, wo ich ihn angefasst hatte, als ob er sie vom Schmutz befreien müsste. Überhaupt hatte er sich unter dem Umhang herausgeputzt, als ob er zu seiner eigenen Hochzeit fuhr. „Bist ein feiner Herr geworden", stellte ich fest und versuchte, durch das Kutschenfenster einen Blick hinauf zum Bock zu werfen. Aber ich sah nur einen im Winde wehenden Mantel und die Peitsche, die auf den Kruppen der Pferde ein klatschendes Geräusch hinterließ.

„Man tut, was man kann", antwortete Johannes grinsend.

„Die Herrin ist mit meiner Arbeit äußerst zufrieden und beschenkt mich reich dafür."

„Schön für dich", knurrte ich. „Du musst mir gar nicht erzählen, was für eine Arbeit das ist. Ich kann es mir denken. Sag mir lieber, was das Theater soll! Du willst doch nicht etwa mit mir gemeinsam nach Hermannstadt reisen?"

„Nun, nach was sieht es denn aus? Ihr wolltet doch zurück in die Heimat und ich will es auch“, grinste er. Für dieses schreckliche Grinsen hätte ich ihm gern eine Ohrfeige verpasst. Doch die Wege hinauf in die Karpaten waren ausgefahren und holprig, sodass ich damit zu kämpfen hatte, nicht von der Bank zu fallen. „Das ist aber nicht der Weg in die Heimat“, entgegnete ich und meine Furcht, von ihm entführt zu werden, wurde immer größer. Mittlerweile traute ich ihm alles zu. Heimlich ließ ich meine Augen umherwandern. Ich suchte nach einer Möglichkeit, aus der Kutsche zu springen.

Doch Johannes beobachtete mich wie ein Adler und kam mir zuvor: „Es macht keinen Sinn zu springen. Der Weg führt beiderseitig in eine tiefe Schlucht. Aber Ihr müsst Euch nicht fürchten. Wir halten nur kurz im nächsten Dorf, um einen Auftrag der Gräfin auszuführen, bevor wir nach Hermannstadt weiterreisen. Es ist nur ein kleiner Umweg. Hätte ich der Herrin diesen Dienst nicht zugesagt, wäre es mir nicht möglich gewesen, Euch zu begleiten. Genau wie Ihr warte ich schon lange auf die Gelegenheit, in unsere Heimat zurückzukehren“, log er, ohne rot zu werden.

„Ich dachte immer, als dem Bluthund der Gräfin ginge es dir gut und du wolltest nicht mehr zurück. Du durftest ja sogar in ihrem Bett schlafen“, erwiderte ich misstrauisch. Dieses zynische Grinsen hatte er früher nicht auf dem Gesicht gehabt. Das war nicht Johannes, das war Ficzkó, der ergebene Knecht der Gräfin. Ich musste vorsichtig sein.

„Vor dem Bett“, berichtigte er mich. „Aus Euch spricht der Neid, weil ich als Niedriggeborener ein angenehmes Leben führe und die Gräfin mich vergöttert. Ihr habt doch auch alles von ihr bekommen. Aber offensichtlich reicht Euch das nicht."

Plötzlich beugte er sich vor und griff nach meinen Händen.

„Warum misstraut Ihr mir, Komtesse? Wir beide haben doch das gleiche Ziel." Sein Grinsen war in ein anzügliches Feixen übergegangen. Brüsk entzog ich ihm meine Hände. Welche Frechheit, diese Schamlosigkeit hätte er mir gegenüber früher nie gewagt.

„Warum soll ich zu dir Scheusal Vertrauen haben?", entgegnete ich und suchte meine Umgebung nach einem Fluchtweg ab.

„Wir sind gleich da", sagte er und lehnte sich gelassen zurück, ohne mich dabei aus den Augen zu lassen. Ich versuchte, mir Emmerichs Küsse ins Gedächtnis zu rufen, um nicht darüber nachzudenken, was für einem widerlichen Wesen ich gegenübersaß, das sich sogar die Freiheit herausnahm, mich mit unverschämten wollüstigen Blicken zu traktieren und sich dabei provozierend sein Glied vor mir rieb.

In der Nacht hatte der Schneeregen den Boden morastig werden lassen. Obwohl sich der Frühnebel längst gesenkt hatte, wollte das Tageslicht nicht durchdringen. Nachdem wir das vor uns liegende Sumpfgebiet durchquert hatten, erreichten wir den jüdischen Friedhof unterhalb der mächtigen Burganlage. Eine blasse, unansehnliche Schneedecke breitete sich wie ein Leichentuch über die Gräber. Die großen, dunklen Holzkreuze erinnerten mich an den Friedhof in Sárvár und ich drückte mich tiefer in meine Polster. Das Dorf Čachtice war ein unheimlicher Ort, überall strichen räudige, herrenlose Hunde umher, aufgedunsene

Pferdekadaver säumten die Wege und die halb gefrorenen Wegfurchen waren von menschlichen und tierischen Exkrementen übersät. Mit Grauen stellte ich mir die Schwärme von Schmeißfliegen vor, die in den Sommermonaten vom Gestank der Fäkalien angelockt würden. Manchmal schien mir, dass die vorbeihuschenden, blätterlosen Baumgerippe nach mir griffen und die zwischen ihnen einsam umherwandelnden Gestalten ängstigten mich.

Johannes grinste, als er meine Unsicherheit bemerkte und erklärte mir großspurig: „Die Leute rücken nur dem Baumaussatz zu Leibe. Sie brauen daraus schaurige Zaubertränke.“ Erst jetzt entdeckte ich die riesigen krebsartigen Mistelauswüchse an den Bäumen, nach denen die Leute mit langen Stangen schlugen, bis sie abfielen. „Die Beeren der Mistel dienen der Linderung von angehexten Wurmerkrankungen, ihre Blätter sind gut gegen Krämpfe“, hörte ich ihn sagen und fragte ihn erstaunt: „Woher weißt du das alles? Hat dir die Gräfin den Hexenzauber beigebracht?“

„Zum Teil. Das meiste weiß ich aber von der Darvulia. Sie sitzt übrigens auf dem Bock und lenkt die Kutsche. Ja, staunt nur“, sagte er, als er mein Erschrecken bemerkte. „Die Pferde gehorchen ihr. Aber sie würden den Weg zum Schloss auch ohne sie finden.“ Er weidete sich an meiner Angst, denn bei der Erwähnung des verhassten Namens spürte ich, wie mir das Blut aus den Wangen wich.

„Die Darvulia? Was treibt ihr beide für ein böses Spiel? Lass sofort die Kutsche anhalten!“, befahl ich ihm und drückte mich beim Anblick des Gesichts eines

Aussätzigen am Wegesrand, der versuchte, sich ein Frühstück zu erbetteln, vor Entsetzen erneut in die Polster.

„Verhaltet Euch ruhig, Komtesse. Dann geschieht Euch auch nichts", versuchte er mich hinzuhalten und ich atmete erleichtert auf, als der helle Turm der Dorfkirche zwischen den Bäumen auftauchte. Das Gotteshaus bot mir vielleicht eine Möglichkeit zur Flucht. Das anstelle eines Glockenturms auf dem Dachfirst aufsitzende, hölzerne Türmchen verriet mir, dass es sich um eine protestantische Kirche handelte. Ein paar Raben, die sich an einem Pferdekadaver labten, flatterten lauthals krächzend beiseite, als die Kutsche gleich darauf durch ein halb verfallenes Holztor polterte und vor einem aus Felsquadern errichteten Bauernhaus hielt, in das die Armut und die Unbilden der Natur große Löcher gerissen hatten. In dem dunklen Loch, das früher wohl einmal mit einer Tür verschlossen war, erschien ein grobschlächtiger Mann mit plumpen, schweren Gliedmaßen. Spärliches helles Haar verdeckte zum Teil die derben, von der Not ausgemergelten Züge. Als Gegensatz zu seiner abstoßenden Hässlichkeit erschien hinter ihm ein Mädchen mit schmalen Augen und blondem Haar, das ihr bis zur Taille reichte. Es war noch sehr jung, fast noch ein Kind und versprach schon jetzt, eine große Schönheit zu werden. Aber mein Interesse galt nicht diesen beiden Menschen. Ich sah in der kleinen gotischen Kirche meine Rettung und suchte nach einer Möglichkeit, mich unbemerkt dorthin zu flüchten. Zuvor nahm ich all meinen Mut zusammen, denn ich hatte längst begriffen, dass nicht nur meine Reise vereitelt worden war, sondern auch von meiner Zofe jede Spur fehlte. Wie schon so oft in Situationen der Gefahr zog ich blitzschnell meinen Dolch hervor. Ich wollte meine Freiheit so teuer wie möglich verkaufen und packte Johannes am Kragen. Zu allem entschlossen hielt ich ihm die messerscharfe Schneide unter das Kinn. „Wo ist Katica? Auf dem Bock sehe ich nur die alte Hexe. Du hast mich hintergangen und in eine Falle gelockt. Heraus mit der Sprache, wo hast du sie versteckt?" Für einen Moment sah ich so etwas wie Furcht in seinen Augen glimmen und ich fühlte mich ihm überlegen und stark. Doch ich hatte nicht mit der Behändigkeit der Darvulia gerechnet. Denn plötzlich wurde heftig mit einem Knüppel gegen die Tür geschlagen. Unheimliche Schläge, gespenstisch hohl und dumpf, die mich für einen winzigen Augenblick verwirrten und Johannes die Gelegenheit verschafften, mir den Dolch aus der Hand zu schlagen. Stark und fest war sein Griff, der sich nun wie eine Zwinge um mein Handgelenk legte. Er presste mein Handgelenk schmerzhaft und drückte mich langsam zu Boden. „Was habt Ihr nur immer mit der Katica?", fragte er und lächelte siegesgewiss. „Sie befindet sich bestimmt längst mit der Herrin auf der Burg Čachtice. Dorthin wollen wir doch auch, oder? Sie haben einen kürzeren Weg gewählt. Ich muss nur schnell noch das Mädchen für die Herrin anwerben. Dann werdet Ihr Eure Zofe wiedersehen." Mit einem zynischen Blick auf mein verwirrtes Gesicht stieß er mich zurück. Seine gut inszenierte Intrige machte mich sprachlos.

Nachdem er mit seinen krummen Beinen ziemlich behände aus der Kutsche gesprungen war, wies er die Darvulia an, gut auf mich aufzupassen und drehte sich noch einmal nach mir um: „Eigentlich nehme ich immer die Ilona mit, wenn ich neue Mädchen für das Gynaeceum der Herrin besorge. Da ich diesmal aber in Eurer angenehmen Begleitung reise, habe ich entsprechende Vorsorge getroffen. Die alte Hexe auf dem Bock schreckt jeden Wegelagerer ab. Sie ist der beste Schutz, den man sich wünschen kann." Er schien sich erneut an meinem hilflosen Gesicht zu ergötzen und feixte noch breiter. „Ihr werdet Euch gut verstehen, dessen bin ich mir sicher. Und wagt nicht, wegzulaufen, während ich mit dem Alten um das Mädchen verhandle."

„Was für ein berechnendes Scheusal ist nur aus dir geworden, Johannes!", schrie ich ihm hinterher, bevor die Hexe sich breit ins Kutscheninnere schob. Sie blieb in der Tür stehen, die sie mit ihren Rundungen ganz ausfüllte, und tastete mit ihrem Stock nach mir. Ich sah, dass er an der Spitze gefährlich angeschliffen war, und beschloss, keine Gegenwehr zu leisten.

„So begegnet man sich wieder, Komtesse", meckerte sie und stieß mich in die Polster. „Nun, wie du siehst, nützt dir auch der Freibrief des seligen Grafen nichts. Uns wirst du nicht los. Und glaub ja nicht, dass du nach dieser missglückten Reise noch länger auf Seidenkissen in eine glückliche Zukunft schläfst. Wie du siehst, vermag uns auch dein hoher Geliebter nicht zu täuschen. Kurz nach deinem Einstieg machte sich eine gleiche Kutsche von ihm nach Hermannstadt bereit. Wir haben nur Emmerichs Wachen mit denen der Gräfin austauschen müssen. Das war nicht schwer, sie zu der falschen Kutsche zu locken. In der anderen von Graf Emmerich sitzt nun die Dorkó in Euren Kleidern und macht einen kleinen Umweg, bevor sie wieder zurückfährt. Auf die Dorkó ist Verlass. Diese hier fährt, mit Euch und dem neuen Mädchen, nach Čachtice zur Gräfin. Du hättest nicht nur Augen für ihn haben sollen, Hure. Das nenne ich Pech." Sie kostete ihren Triumph voll aus und ließ sich schwerfällig ächzend auf Johannes' Platz nieder.

Ich hatte sie lange nicht zu Gesicht bekommen und war erschrocken, wie breit ihr Körper geworden war. Doch auch wenn sie bei jedem Schritt keuchte, war sie noch immer sehr beweglich und nach wie vor nicht zu unterschätzen. „Woher weißt du, dass ich Graf Emmerich liebe?", fragte ich sie, denn ich konnte mir nicht vorstellen, woher sie das wusste ...

„Ich weiß viel, mein Kind. Du müsstest doch längst wissen, dass mir nichts im Schloss verborgen bleibt. Denk an das Orakel, den Spiegel der Gräfin. Ich muss nur den großen Katzenkönig von jenseits der Berge rufen und er erscheint und schickt seine Katzen, die alles im Schloss auskundschaften, was unserer Herrin schaden könnte."

Über diesen Unsinn konnte ich nur den Kopf schütteln. Dennoch vermochte ich es mir nicht zu verkneifen, ihr erbost zu antworten: „Glaubst du, mit Hexerei alles regeln zu können? Eines Tages wird man dich Hexenweib dafür zur Verantwortung ziehen. Die Scheiterhaufen lodern in jedem Ort. Auch deiner wird bald brennen." Und als sie darauf schwieg, fragte ich: „Was habe ich euch nur getan, dass ihr mich so hasst, du, der Johannes, die Dorkó und die Ilona? Ich habe längst nicht so großen Einfluss auf die Gräfin, wie ihr denkt. Wenn es so scheint, dann braucht ihr mich doch nur meines Weges ziehen zu lassen."

„Ich habe dir schon einmal gesagt, du hast mir mein Augenlicht geraubt und deshalb will ich, dass du leidest, wie ich leide. Deshalb werde ich mit meinen Getreuen alles daransetzen, dass auch du eines Tages durch die Hand unserer Herrin stirbst. Ich will miterleben, wie sie ihren Zorn an dir auslässt, ich will dich schreien hören, wenn sie deinen sündigen Schoß mit einer brennenden Kerze malträtiert und dir deine weißen Brüste mit glühenden Scheren abschneidet.“

„Was hast du nur für ekelhafte Fantasien? Was erlaubst du dir? Vergiss nicht, dass du nur eine Dienerin bist.“ Ihre Worte hatten mich bis ins Mark getroffen. Ich war erschüttert. Dennoch antwortete ich ihr, trotz meines empörten Zitterns und der ausgedörrten Kehle, mit einem überlegenen Lächeln auf dem Gesicht: „Elisabeth wird mir so etwas niemals antun. Sie liebt mich.“ Den Triumph, mich eingeschüchtert zu haben, wollte ich diesem Weib nicht gönnen.

„So, glaubst du?“, kicherte sie. „Gerade holt mein kleiner Ficzkó in ihrem Auftrag ein besonders schönes Mädchen auf die Burg. Das dumme Ding fühlt sich auch noch geehrt, unserer edlen Herrin als Zofe dienen zu dürfen. Sieh nur, wie ihren Eltern vor Stolz die Brust schwillt, weil wir ihre Tochter für diese hohe Stellung ausgewählt haben, ohne darüber nachzudenken, dass sie doch nur dumme slowenische Bauern sind und die Herrin für ihr Balg keinen Forint gibt. Elisabeth hat genug adlige Damen in ihrem Hofstaat, aber diese eignen sich nicht für ihre Spielchen. Und unser Ficzkó ist ja auch ein schmucker Bursche, auf den fliegen diese Huren wie die Schmeißfliegen“, meckerte sie, als sich die

Tür öffnete und das blonde Mädchen von Johannes in das Wageninnere geschoben wurde.

„Was redest du Hexe nur für wirres Zeug? Glaube ja nicht, dass ich euren Spielchen zusehe. Ich werde das Mädchen vor euch warnen!“, schrie ich sie an, während Johannes der Dirne schmeichelhaft die Hand küsste. Er warf dem Mädchen verliebte Blicke zu, während er mir mit unmissverständlicher Geste drohte, mir bei dem kleinsten Versuch einer Warnung die Kehle durchzuschneiden. Mich im Auge behaltend, säuselte er der erschrockenen Schönen mit süßlicher Stimme ins Ohr: „Vergiss, was du gehört hast, mein Kind. Ich werde dich beschützen und vielleicht noch etwas mehr, wenn du nur lieb zu mir bist.“ Der Hexe gab er hinter seinem Rücken rasch das Zeichen, die Kutsche zu verlassen. Dann zog er das Mädchen, das nun einen verängstigten Eindruck machte und seine Gesellschaft gern wieder verlassen hätte, neben sich auf die Bank und begann, sie vor meinen Augen an den Schenkeln und ihren Brüsten grob zu befummeln, während er mich weiterhin mit Blicken durchbohrte.

Peitschenknallen erklang und die Pferde stemmten sich in die Riemen. Alsbald bogen wir von der aufwärts führenden Straße in einen düsteren, schmalen, sich in Kurven windenden Hohlweg ein. Im wilden Galopp ging es durch das Burgtor einer meterdicken Festungsmauer aus weißem Kalkstein, dessen eiserne Gitterstäbe sich quietschend für uns öffneten. Erst dann sah ich den unheimlichen Koloss, der sich unheilschwanger hinter einem Felsvorsprung verbarg, die mächtige Burg, von der mir die Gräfin erzählt hatte, dass sie zu den königlichen Grenzburgen gehörte, die die Westgrenze von Großungarn schützten. Fasziniert von den zwei gewaltigen Türmen, bemerkte ich nicht, wie sich das Eisengitter wie eine Falle hinter mir schloss. Normalerweise diente die einsame, hoch über der Stadt thronende Burg während der bewaffneten Auseinandersetzungen der Grafenfamilie als Rückzugsort. Deshalb wirkte sie jetzt, so kurz vor dem ersehnten Friedensangebot zwischen Kaiser Rudolf und dem von den ungarischen und siebenbürgischen Ständen gewählten Fürsten Bocskai, verwaist. Insbesondere dem Innenhof fehlte die Lebendigkeit Sárvárs. Er wirkte auf mich düster und verlassen. Lediglich der Verwalter, eine kleine Dienerschaft und ein Teil Heiducken belebten das Burggelände.

Ein paar bäuerliche Fuhrwerke und eine einsame Kutsche standen im Hof und der Schrei eines hungrigen Adlers, der seine Kreise über uns drehte, Hundegeheul und Krähengeschrei begleiteten uns, als wir ausstiegen und das untere Gewölbe im Hauptgebäude betraten. In dem von Säulen getragenen Gewölbe hatte sich eine Gruppe Bauern um einen Mann geschart, der trotz seines schlohweißen, langen Haares, das er unter dem Filzhut zu vielen kleinen Zöpfen geflochten hatte, die Entschlossenheit eines jungen Mannes zur Schau trug.

„Euer Gnaden, ich verlange, meine Tochter zu sehen", donnerte es uns entgegen, während seine wütende Stimme wie ein Echo von den düsteren Arkaden zurückgeworfen wurde. Im selben Augenblick sah ich Elisabeth. Die Gräfin, wohl schon ein paar Stunden auf Čachtice, saß, das Kinn auf die Hand gestützt, in einem erhöhten Lehnstuhl. Über ihrem Kopf prangte das mächtige Wappen der Báthorys, eine Feuer speiende Bestie mit fledermausartigen Flügeln, die mit ihrem schuppigen Schwanz drei riesige Wolfszähne umschlang. In den krallenartigen Pranken hielt der Drache ein Schild mit den Farben der Báthorys. Wir blieben hinter der Gruppe stehen, denn Elisabeth liebte es nicht, wenn man ihre Audienz störte. So konnte ich sie ungestört betrachten und war wie immer von der Aura, die sie umgab, fasziniert. Das nahende Alter, der Tod ihres Gatten, wirtschaftliche und kriegerische Probleme, die nun ganz allein auf ihren schmalen Schultern lasteten, hatten ihr nichts von ihrer majestätischen Schönheit nehmen können. Eingehüllt in einen weiten, bis zum Boden fallenden, glänzend dekorierten und mit kostbaren Pelzen gefütterten Herrschermantel strahlte sie die Macht einer Königin aus. Doch der Blick ihrer Augen schien mir leer und weit entfernt zu sein. Offensichtlich langweilte sie das Geschwätz der Bauern, das sie schon von Sárvár kannte. Es war deshalb nicht das erste Mal, dass sich die Dorfbewohner bei ihr über die Schreie der Gequälten beschwerten und immer häufiger forderten die Väter ihre Töchter zurück.

„Hoheit, ich bin der Kastellan von Deutschkreuz", meldete sich plötzlich eine Stimme im Hintergrund zu Wort. Es war ein Mann in Kriegskleidung, in einer schwarzen Suba, breitschultrig und hochgewachsen. Bei seinem Anblick bildete sich rasch ein breites Spalier. Als er vor Elisabeth das Knie beugte, schien sie aus ihrem Schlaf zu erwachen. Sie schaute nachdenklich auf ihn herab und sagte: „Nun, was habt Ihr für eine Klage vorzubringen, Kastellan von Deutschkreuz?"

Der Angesprochene richtete sich zu seiner vollen Größe auf und sah ihr in die Augen. „Edle Frau, auch ich habe ein Mädchen an Eurem Hof. Es ist meine Nichte Kata. Man berichtete mir nun, dass die Tochter meines Bruders von Euch geschlagen wurde. Als ich hörte, das Ihro Gnaden vorhatte nach Čachtice hinauf zu reisen, habe ich die alte Frau mit den blinden Augen gebeten, mich zu meiner Nichte zu lassen, um sie zu sehen und ihr etwas Geld zu geben. Aber die Alte hat mir geantwortet: Wenn mir mein Kopf lieb sei, sollte ich dies nicht ohne Erlaubnis Ihro Gnaden versuchen. Nachdem nun Ihro Gnaden nach Deutschkreuz gekommen war, habe ich Euch gebeten, Ihr möget mir gestatten meine Nichte zu sehen, bevor Ihro Gnaden sie mit nach Čachtice nehmen würde. Ihr hattet mir geantwortet, dass ich mit ihr kurz sprechen kann, wenn sie den Wagen besteigt. Als nun die Kutschen zum Aufbruch nach Čachtice bereit waren, da stand meine Nichte im Schnee, völlig verfroren und weinte bitterlich. Das ging mir so zu Herzen, dass ich Ihro Gnaden, um Herrgotts willen und im Namen aller meiner Verwandten, bitten möchte, mir meine Nichte zurückzugeben. Es muss doch auch Euch aufgefallen sein, dass sie nicht nach Eurem Willen zu dienen weiß."

Elisabeth hatte sich seine etwas gestelzte Bitte bis jetzt aufmerksam angehört. Nun war nicht zu übersehen, dass er sie mit seinem Anliegen verärgert hatte und sie die Audienz für beendet hielt. Sie verzog höhnisch die Mundwinkel, erhob sich und antwortete ihm mit ihrer hellen, klaren Stimme: „Kastellan von Deutschkreuz, ich gebe sie dir gewiss nicht heraus, denn dreimal schon ist mir die Metze entflohen – eher werde ich sie töten!"

Der kräftige Mann, der seinen Mut bestimmt in unzähligen Schlachten bewiesen hatte, sank vor der Gräfin auf die Knie und rang die Hände flehend vor ihr. Als sie hocherhobenen Hauptes, ohne ihn weiter zu beachten, an ihm vorbeischritt, bemerkte ich Tränen in seinem Gesicht.

Elisabeth hatte inzwischen das neue Mädchen an Johannes' Seite entdeckt. Augenblicklich waren die Bittsteller für sie vergessen und ihr Gesicht hellte sich auf. Vor Überraschung über die blonde Schönheit klatschte sie freudig in die Hände. Doch als sie ihre Freude in Worten ausdrücken wollte, wurde sie jäh unterbrochen. Die Gruppe Männer, alle aufgebracht über ihre Entscheidung, hatten nicht, wie ihnen befohlen, den Saal verlassen, sondern redeten nun aufgeregt durcheinander. Der Mann mit den weißen Haaren rief erbost: „Ihro Gnaden, erinnert Ihr Euch an den alten Soldaten, der ein redliches Mädchen von dreizehn Jahren bei sich hatte? Ich kenne seinen Namen nicht, noch den des Mädchens. Aber ich weiß, dass sie fortwährend zu Euch ins Schloss gerufen wurde. Anfangs, unter den Leuten, wart Ihr lieb und sehr freundlich zu ihr und alle hegten die Hoffnung, dass das Mädchen ganz gewiss Eure Gunst erringen würde. Nach wenigen Tagen aber sahen wir, dass das Mädchen immer schwächer wurde und sich aufrieb. Als der alte Soldat das Mädchen zurückforderte, habt Ihr ebenso wie bei dem Kastellan reagiert. Aber als Ihr dann aus Sárvár abreistet, sah er das Mädchen zu Euren Füßen sitzend in Eurer Kutsche, mit Verbrennungen und Brandmalen übersät. Er erbot sich, Euch zu begleiten, was Ihr ihm nicht abschlugt. So gelang es ihm während einer Rast, sie zu fragen, warum sie so verzagt sei und woher die furchtbaren Brandmale an ihren Händen kämen. Das Mädchen erzählte ihm, dass man ihr zwischen alle Finger Papier gesteckt und es angebrannt habe. Irgendwann bat sie den Kutscher weinend, die Kutsche anzuhalten, weil sie immer schwächer wurde. Das arme Kind hatte fünf Tage nichts zu trinken bekommen. Der Soldat besorgte ihr Kirschen, doch sie starb noch auf der Reise."

„Ich habe es auch gehört", unterbrach ihn plötzlich ein anderer. „Als das Mädchen im Sterben lag, soll die Herrin noch nachgeholfen und sich in der Stunde ihres Todes mit dem Fuß auf ihre Kehle gestellt haben. Auf der Reise starben noch zwei weitere Mädchen!"

„Wir wollen unsere Töchter zurück!", brüllten sie nun alle so laut durcheinander, dass es mir in den Ohren dröhnte und ich mich vor Angst ganz klein machte. Auch Elisabeth schien verwirrt und gab Johannes ein Zeichen, die Leibgarde zu rufen. Das sah ein Bauer, dessen Zorn sich nun gegen ihren Bluthund richtete: „Dieser Krüppel, seht ihn Euch genau an, hat unlängst einen meiner Diener fast zu Tode geprügelt. Als ich ihm dafür eine draufgeben wollte, hat er sich bei der Gräfin, seiner Herrin, ausgeheult und die Herrin hat mich zu sich gerufen und mich gefragt, warum ich ihren Bluthund verprügeln wollte. Und als ich ihr erzählte, dass er meinen Knecht geschlagen hat, hat sie nur gelacht und gesagt, dass, wenn ihr Diener sich etwas zuschulden kommen ließe, sie ihn selbst strafen könne. Es wundert mich nur, dass Ihro Gnaden einen solch schlechten Menschen am Hofe hält, der obendrein wie ein Klatschweib alle Dinge, die im Schloss geschehen, draußen weiterverbreitet. Erst gestern hat er über Euch, Herrin, Dinge gesagt, von denen Ihr lieber nichts wissen solltet."

Die Stimmung in dem Saal erhitzte sich immer mehr und wurde immer gefährlicher. So aufgebracht hatte ich die Leute noch nie gesehen. Die Vorwürfe der Bauern entsetzten auch mich. Aber trotz allem, was ich bereits gesehen hatte, gewann wieder der Glaube an das Gute die Oberhand in mir. Ich entschuldigte das, was hier gerade geschah, mit den allgemeinen Unruhen im Land und damit, dass die Gräfin Witwe war und sich ohne Franz nun größeren Anfeindungen aussetzen musste.

Doch selbst jetzt bewies Elisabeth, dass man ihr nicht ungestraft drohte. Mit steinernem Gesicht wies sie die heranstürmenden Heiducken an, den Saal zu räumen und die Rädelsführer auf den Burgzinnen zu pfählen. Dann beugte sie sich zu Johannes herab und flüsterte ihm etwas ins Ohr, worauf dieser gehorsam mit der Jungfer hinter einer mit massiven Eisenbeschlägen versehenen Holztür verschwand. Ich hatte mir vorgenommen, auf das Mädchen zu achten, doch Katharina hinderte mich daran. Sie wies mich an, ihr in die Schlosskapelle zu folgen, wo ich nicht lange warten musste, bis die Gräfin erschien. Ohne mich zu beachten, begab sie sich zum Altar, kniete einen Moment auf den roten Marmorstufen nieder und murmelte ein Vaterunser. Als sie geendet hatte, erhob sie sich und winkte mich zu sich in den Chorstuhl. Ich folgte der Aufforderung und faltete die Hände. Nach einer Weile fragte sie, ohne mich anzusehen: „Warum wolltest du mich verlassen?

Sprich die Wahrheit, denn du antwortest mir vor Gott, unserem Herrn."

„Ich wollte meine Heimat wiedersehen und das Grab meines Vaters. Ihr habt mir seinen Tod verschwiegen", erwiderte ich mutig. Ich verspürte in der Kapelle keine Angst vor ihr. Elisabeth war sehr religiös. Vielleicht hatte sie gerade deshalb diesen Ort für eine Aussprache gewählt, weil sie hier ihre böse Seite, die an diesem Ort keine Macht über sie besaß, kontrollieren konnte.

„Ich gebe niemals etwas her, was mir gehört. Und du gehörst mir, Susanna", antwortete sie so leise, dass es sich wie ein Flüstern anhörte.

„Ich bin ebenso von Adel wie Ihr und kam zu Euch, um das Leben am Hof kennenzulernen. Ihr habt mir Eure Freundschaft angeboten."

„Und du hast sie nicht ausgeschlagen, Susanna. Du bist die gute Seite von mir. Ich darf dich nicht gehen lassen. Dein Vater war zweimal an meinem Hof gewesen und hat dich von mir zurückgefordert. Ich habe es verschwiegen, weil ich dich nicht verlieren wollte. Ich konnte dich ihm nicht herausgeben. Aber ich schwöre bei Gott, unserem Herrn, dass ich nicht wusste, dass er bei der Unterwerfung der Walachei, gegen die Armee von Koca Sinan Pascha, gefallen ist." Als sie mir das sagte, brannte es erneut wie Feuer in meinem Herzen.

Flügelschläge waren zu hören und ich sah im Gebälk der Kuppel Tauben ihre Kreise ziehen. Sie kamen durch die schmalen Schlitze des Turmes und ich folgte ihnen lange mit den Augen, wie sie leise gurrend wieder durch den Fensterschlitz verschwanden. Das brachte mich auf eine Idee. Doch zuvor wollte ich die Fragen, die mir auf der Zunge brannten, loswerden.

„Es gehen schlimme Dinge vor, Hoheit. Die Bauern in Sárvár und Čachtice werden immer unruhiger. Es hätte zu einer Revolte kommen können. Warum verlasst Ihr diesen Pfad nicht?

Ich habe Eure Ausbrüche am eigenen Leib spüren müssen. Ihr habt mir wehgetan und ich habe Euch immer wieder vergeben. Euer Weg führt in die Verdammnis, Hoheit. Lasst Euch helfen und kehrt um. Es dürfen nicht noch mehr Mädchen sterben. Ihr habt es eben selbst erlebt, den Menschen bleibt es nicht mehr länger verborgen, wie Ihr Euer Gesinde behandelt." Ich hoffte inständig, mit meinen Worten das Gute in ihr zu erreichen. Aber was wusste ich schon über ihre gestörte Persönlichkeit, über den bereits ausgewachsenen Wolf in ihr.

Die Gräfin war in ihr Gebet versunken. Meine Worte schienen sie nicht erreicht zu haben. Doch dann, als ich kaum noch Hoffnung hegte, hob sie den Kopf und betrachtete mich mit wachen Augen. Doch was ich in diesem Moment in ihnen sah, erschütterte mich zutiefst. Hier, vor Gottes Angesicht, gestattete sie mir, ihr bis auf den Grund ihrer verdorbenen Seele zu sehen. Die Gräfin würde niemals für die Qualen und das angerichtete Leid die Verantwortung übernehmen, niemals würde sie Reue oder Mitgefühl für ihre Opfer empfinden. Elisabeth hatte kein Gewissen. Denn ihre Antwort kam ruhig und gefasst. „Es ist meine Bestimmung, so zu handeln. Was scheren mich die Menschen und ihre Tränen? Ich war jahrelang eingesperrt als Ehefrau, Mutter und Herrscherin. Wer hat sich da um meine Tränen gekümmert? Für den Pöbel existierte immer nur mein Gatte, der erfolgreiche Kriegsherr Franz Nádasdy. Was weißt du schon, was es heißt, sich an einsame, nutzlos verstrichene Jahre zu erinnern und im Spiegel jeden Tag mit anzusehen, wie sich die Zeit erbarmungslos in dein Gesicht gräbt. Was nützen Macht und Reichtum ohne Jugend und Schönheit? Für den König bin ich ein alterndes Weib ohne männlichen Schutz. Er wird alles unternehmen, um sich auch noch meines Vermögens zu bemächtigen und dieses Bauernpack lacht jetzt schon über mich. Aber ich werde nicht alt werden. Es gibt sie, die ewige Jugend. Anna, meine Amme, hat das Rezept gefunden. Die Opferung junger schöner Mädchenleiber gegen den Verfall. Nur eine ausgeglichene, zufriedene Seele strahlt in Schönheit nach außen. Mit jedem ihrer Schmerzensschreie kehrt meine Kraft zurück und mit ihrem Blut wird meine Seele schöner. Meine Haut wird glatt bleiben und meine Augen werden ewig in jugendlichem Glanz erstrahlen."

In ihren Augen flackerte der Wahnsinn. Elisabeth war bis auf den Grund ihrer Seele überzeugt von dem, was sie sagte. Dass ich noch lebte, lag sicherlich daran, dass Elisabeth ihre Befriedigung am Blut sehr junger Mädchen fand. Auch ein Wolf kann mit einem Kaninchen zusammenleben, wenn er anderweitig Futter findet. Im Gegensatz zu ihnen war ich eine erwachsene Frau und von Adel. Dennoch war ich mir nach diesen Worten nicht mehr sicher, ob ich als Adlige vor ihrem Wahnsinn gefeit war. Doch die Liebe zu Emmerich und die Gewissheit, nicht mehr allein zu sein, verliehen mir die Stärke, mich endgültig aus ihrem Bann zu lösen.

Als die Gräfin mir später mit einem vertrauten Lächeln eröffnete, dass wir in den nächsten Tagen in das Kastell unterhalb der Burg umziehen würden, spürte ich, dass es einen unheilvollen Grund dafür gab. Ihre Begründung, dass die Räumlichkeiten in dem Kastell sich für die Hochzeitsfeier ihrer Tochter Anna mit dem jungen Grafen Niklas Zrinyi eigneten, erschien mir wie eine Farce. Bald schon sollte ich in der Kirche von Čachtice von der unheilschwangeren unterirdischen Verbindung zwischen der Burg und dem Kastell erfahren.

XVIII. Kapitel

Nachdem die Gräfin sich zurückgezogen hatte, ließ sie mir durch Katharina überbringen, dass sie mich zur morgendlichen Teestunde erwartete, um mit mir den Umzug und die Hochzeitsvorbereitungen zu besprechen. So hatte ich den Abend und die Nacht vor mir, um meine neue Umgebung genauestens zu erkunden. Natürlich begegnete mir überall, wohin ich mich auch bewegte, einer ihrer Helfershelfer. Meistens tauchten wie aus dem Nichts Dorkó oder Katharina vor mir auf und ich trat dann oftmals, mit einer Ausrede auf den Lippen, den Rückweg an.

Doch der Zufall kam mir zu Hilfe. Er kam aus den Schlafräumen der Mägde. Es musste etwas Ungewöhnliches vorgefallen sein, denn das Gesinde stürzte aufgeregt in die untersten Räume, sodass ich Gelegenheit fand, die Burg einmal ungesehen zu verlassen. Eine Flucht ohne die entsprechenden Vorbereitungen war für mich noch immer ausgeschlossen. Ich hatte diesbezüglich auch nichts unternommen. Doch diesmal führte mich mein Weg hinunter zur Kirche, wovon ich mir Hilfe versprach. Doch je weiter ich mich vom Haupttor der Burg entfernte, desto mehr spürte ich, dass ich verfolgt wurde. Mein Verfolger schien mit der aufkommenden Dunkelheit zu verschmelzen und er schien sehr darauf bedacht, nicht von mir gesehen zu werden. Immer, wenn ich mich nach der dunklen Gestalt umdrehte, war er plötzlich verschwunden. Mir war nicht wohl dabei und so beeilte ich mich, die rettende Kirche zu erreichen. Doch kurz vor meinem Ziel kam mir die Gestalt plötzlich gefährlich nahe. In meiner Angst suchte ich Schutz hinter einem Baum. Ich schmiegte mich an die rissige Borke, bis ich eins mit ihr wurde, und hielt sogar die Luft an, als mein Verfolger an mir vorbeihuschte. Doch die Gestalt bemerkte

recht bald, dass sie mich aus den Augen verloren hatte, und blieb wartend stehen. Ich sah, wie sie sich suchend umsah, und tippte auf Katharina oder Dorkó. Dann, als sie auf mein Versteck zusteuerte, griff ich unwillkürlich nach einem faustgroßen Stein zu meinen Füßen und wusste mir nicht anders zu helfen, als ihn gezielt nach ihrem Kopf zu werfen.

Ohne einen Laut von sich zu geben, sackte die Person in sich zusammen. Erleichtert gab ich mein Versteck auf und stieg über sie hinweg, um rasch weiterzulaufen. Doch dann packte mich plötzlich die Neugierde. Wenigstens sehen wollte ich, wer mich so hartnäckig verfolgt hatte. Vorsichtig beugte ich mich über die leblose Gestalt und lüftete die Kapuze einen Spalt. Was mich erwartete, raubte mir fast den Verstand und ich sank mit einem leisen Aufschrei neben dem leblosen Körper auf die Knie. Mein Verfolger war meine Zofe Katica.

„Katica, um Gottes willen, was habe ich getan? Bitte wach wieder auf!", flüsterte ich verzweifelt und hoffte, während ich mein Ohr an ihre Brust legte, dass ihr Herz noch schlug. Nach ein paar bangen Augenblicken kam endlich das erlösende Stöhnen aus ihrer Brust und ihre

Augenlider bewegten sich wieder. Gott war auf meiner Seite und so schickte ich erleichtert ein Gebet zum Himmel. Katica war nur ohnmächtig geworden, und während sie sich zu sammeln versuchte, begann ich, ihren Kopf nach Verletzungen abzusuchen. Doch als ich mich anschickte, die Region um ihre Ohren abzutasten, schreckte ich zurück, als hätte mich etwas gebissen. Katica fehlte an der rechten Kopfhälfte das Ohr. Außer der knöchernen Vertiefung und einer weichen, blutigen Hautkruste spürte ich nichts. Hastig riss ich ihr die Kapuze vom Kopf. „Dein Ohr ... Katica, was ist mit deinem Ohr geschehen?“, schrie ich, während mir die Tränen über die Wangen liefen.

Katica, die nun wieder zu sich gekommen war, starrte mich einen Moment entgeistert an, dann zog sie sich wie verschämt die Kapuze über die Stelle, wo einst ihre Ohrmuschel gesessen hatte und antwortete erschrocken mit einer Frage: „Ihr, Komtesse ...? Was sucht Ihr um diese Zeit hier unten im Ort? Wenn die Gräfin es erfährt, wird sie Euch furchtbar strafen.“

„Mir passiert schon nichts“, beruhigte ich sie. „Ich bin auf dem Weg zum Pastor. Emmerich hat mir erzählt, dass der Pastor Tauben züchtet und diese zwischen der Kirche und dem Wohnsitz der Nádasdys als Postboten hin- und herfliegen. Ich wollte ihn bitten, eine Nachricht von mir an Emmerich zu schicken. Aber weshalb verfolgst du mich? Wie kommst du hierher und dein Ohr ...? Was ist dir passiert?“, wollte ich wissen. Ich hatte so viele Fragen, während ich ihr aufhalf und unbeholfen ihre Kleider vom Schmutz befreite.

„Auch ich befinde mich auf dem Weg in die Kirche. Ich habe Euch nicht verfolgt. Mein Ohr hat mir die

Gräfin abgeschnitten, als ich an ihrer Tür gelauscht habe“, erzählte Katica mit einer Festigkeit in der Stimme, die mir an ihr fremd war.

„Was hat sie dir noch alles angetan, dieses Ungeheuer?“, fragte ich und zitterte vor Erregung. Ich konnte es gar nicht begreifen, dass Katica so ruhig über die Pein, die ihr angetan wurde, sprach. „Es ist nicht so schlimm, wie es aussieht. Ich lebe noch, das allein zählt für mich“, antwortete Katica. Sie kam mir plötzlich so stark vor, so viel stärker als ich. Ich wünschte mir, nie auf diese Freundin verzichten zu müssen. Vorsichtig darauf bedacht, kein Geräusch zu verursachen, das uns verraten konnte, teilte sie die Zweige vor mir und wies auf die Kirche.

„Wir müssen uns beeilen. Pastor Magyari und auch der Pfarrer von Deutschkreuz sind in dieser Stunde anwesend, um über die Herrin zu beratschlagen. Während Ihr an der Seite der Gräfin lebtet, geblendet von ihrem Reichtum, ihrer Schönheit und Freigiebigkeit, habe ich die andere Seite der Herrscherin kennengelernt, mit all ihren bösen Facetten. Da wir sie sonntags immer zur Messe in die Kirche begleiten durften, gelang es mir in einem unbeobachteten Moment, Pastor Magyari um Hilfe zu bitten. Schon vor Jahren soll der Pastor gemeinsam mit einem Freund, ebenfalls ein Geistlicher aus Sárvár, auf die Missstände im Schloss der Gräfin aufmerksam gemacht haben. Aber damals lebte ja der Herr noch und stellte sich schützend vor sein Weib. Doch der Pastor vermochte die Qual der Mädchen nicht länger mit anzusehen. Vor allem die grässlichen Schandtaten der Hexe Darvulia waren es, die ihn dazu verleiteten, sich in einem Brief an den

Pfarrer von Deutschkreuz zu wenden und nun treffen sich die drei hohen Kirchenmänner, um zu beratschlagen, wie man gegen die Gräfin vorgehen kann. Ich hatte Pastor Magyari angeboten, meine Augen offen zu halten und mich im Schloss umzusehen, um Informationen über das Treiben der Unholdin und ihrer Helfershelfer einzuholen. Leider hat es mich ein Ohr gekostet." Während ich noch über ihre Worte nachdachte, lief Katica geduckt auf die Kirche zu.

„Dann bist du mit der Gräfin gereist?", keuchte ich in ihrem Rücken. „Und hast von den vertauschten Kutschen gewusst?" Ich war sprachlos. Katica begab sich absichtlich in Gefahr? Meine Zofe gegen die mächtigste Frau Ungarns?

„Ja", kam es leise von ihren Lippen, die Katica sogleich mit ihrem Finger verschloss. Wir hatten die Kirchentür erreicht und sahen uns nun suchend im Kircheninneren um. Durch die schmalen, hoch gelegenen Fenster schien der Mond und wies uns den Weg zu den drei Männern, die im Dämmerlicht des Kirchenschiffs, umgeben von düsteren Christus- und Heiligenbildnissen, auf den Stufen vor der Gottesmutter Maria im Gebet versunken knieten. An ihrer gespannten Haltung bemerkte ich, dass das Gebet nur als Vorwand diente und die drei Geistlichen sich stattdessen leise miteinander unterhielten. Wir räusperten uns, traten näher und ließen uns in den Chorstühlen der ersten Reihe abwartend nieder.

Es dauerte auch nicht lange und der Erste von den in Mönchskutten getarnten Geistlichen sah sich nach uns um. „Jungfer Katica", stellte Pastor Magyari erfreut fest und kam näher, um sie zu begrüßen. Sein rundes, offenes, väterliches Gesicht versprach Wärme und Vertrauen. Nachdem die anderen, die zunächst die Türen kontrolliert hatten, nun ebenfalls neugierig näher traten, lüftete ich meine Kapuze. Mit besorgter Miene leuchtete mir der Pastor mit einer Kerze ins Gesicht und strich mir dann mit zwei Fingern über die längst verheilte Bisswunde, bevor er das Kreuz über mir schlug. „Das war sie?", fragte er leise. Ich nickte, während er sich zu den anderen beiden umdrehte. „Da seht ihr es. Das macht den Anlass unserer Zusammenkunft noch dringender. Drei weitere Mädchenleichen, diesmal nur in zwei Kisten verpackt, wurden von der Gräfin mit nach Čachtice gebracht. Sie will, dass einer von Euch Brüdern ihnen den Segen gibt, wenn sie auf dem hiesigen Friedhof beerdigt werden. Als ich die hohe Frau noch in Sárvár danach fragte, antwortete sie mir, dass die Mädchen eines natürlichen Todes gestorben seien und nur des Geredes wegen hätte sie zwei Tote in eine Kiste gelegt. Ihr müsst wissen, ich habe das vor Gott, unserem Herrn, nicht verantworten können und der Gräfin daraufhin meinen Beistand in Sárvár verweigert, deshalb hat sie die Särge wahrscheinlich mit hierhergenommen. Nachdem ich von der Kanzel aus gefordert habe, man möge die Leichen ausgraben und sie auf ihre Verletzungen untersuchen, hat dieses Satansweib eine Kirchenvisitation angeordnet, angeblich, um die Verwendung ihrer Gelder strenger kontrollieren zu können. Das hätte sie sich zu Lebzeiten ihres Herrn, des seligen Grafen, nicht erlaubt. Der Selige ist gerade einmal beerdigt und schon zeigt die Hetäre ihr wahres Gesicht."

„Aber der Selige war auch nicht besser. Er hat es geduldet, dass sein Weib im Sommer ein Mädchen nackt, Wespen und Fliegen ausgesetzt, mit Honig einschmieren ließ. Er hat ihr sogar Ratschläge gegeben, welche Quälereien während der tagelangen Tortur die baldige Ohnmacht des Mädchens aufhielten“, meldete sich nun der Kollege aus Čachtice zu Wort.

„Solche Vorkommnisse kann ich nur bestätigen“, wandte sich der Pastor von Deutschkreuz an ihn. „In meiner Gemeinde hatte ihr Gatte, wie den Herren bekannt ist, ebenfalls ein Besitztum. Immer wenn die Gräfin sich hier aufhielt, hat man das Schreien der gefolterten Mädchen bis hinunter in den Ort gehört. Nachts wurden sie dann in aller Heimlichkeit beerdigt. Auf unserem Friedhof finden sich bereits unzählige Kreuze der Unglücklichen. Und jetzt ist die Wahnsinnige hierher umgezogen. Wohin soll das alles noch führen? Die Burg ist mit dem Kastell im Ort durch einen verzweigten, geheimen Gang verbunden. Hier hat die Gräfin alle Freiheiten dieser Welt, ihren grausamen Gelüsten unbemerkt nachzugehen.“

„Eine Verzweifelte“, unterbrach ihn Pastor Magyari, „hat mir in Sárvár von ihrer zehnjährigen Tochter erzählt, die von der Wahnsinnigen grausamst getötet wurde. Ihre Mutter wurde nicht vorgelassen. Sie durfte ihr Kind nicht in geweihter Erde beerdigen. Der Burgvogt von Sárvár hat mir verraten, dass in den letzten Jahren ungefähr 170 Särge bei Nacht und Nebel allein aus seinem Verwaltungsbereich getragen wurden.“

„Aber was bringt Ihr uns für Neuigkeiten, meine Tochter?“, wandte er sich an Katica, die ihm sogleich redlich Antwort gab. „Hochwürden, ich habe mitgehört, dass die Darvulia der Gräfin den Rat gegeben hat, nur jungfräuliche Bauernmädchen in ihren Dienst aufzunehmen, weil diese keine Verlobten oder Ehemänner besäßen, die sich nach ihnen erkundigen würden. Ebenso wären die blutjungen Opfer nicht stark genug, um sich wehren zu können. Ficzkó, der Diener unserer Herrin, besorgt ihr die jungen Mädchen", sagte sie mit leiser Stimme und ich sah, wie weh es ihr tat, seinen Namen auszusprechen. Ich drückte still ihre Hand, um ihr mit dieser Geste beizustehen. „Er holt die Opfer aus allen Ortschaften, sogar bis nach Kroatien reist er bereits. Die Dorfbewohner aus den umliegenden Dörfern haben Klage gegen die Gräfin beim Kaiser Rudolf vorgebracht, doch der Kaiser stellt sich auf die Seite der Herrin. Kürzlich sind zwei Mädchen auf Reisen entflohen. Die Unglücklichen haben überall herumerzählt, was sie im Schloss Grausames erlebt haben, nun flüchten die Dorfbewohner scharenweise, sobald Ficzkó oder die Gräfin in den Ortschaften erscheinen. Sie verstecken ihre Töchter vor ihnen. Hochwürden, Ihr müsst etwas unternehmen!" Katica musste tief Luft holen, so sehr hatte sie sich in Rage geredet.

„Das werden wir auch", antwortete der Pastor von Čachtice fassungslos.

„Hochwürden, da ist noch etwas. Ich habe mein Ohr für ein Geheimnis verloren, das ich vielleicht nie hätte mit anhören dürfen. Aber ich denke, dass das Gehörte uns in der Angelegenheit von Nutzen sein könnte. Ich habe mitgehört, dass die Gräfin gemeinsam mit der Darvulia ein Komplott gegen den Palatin, den König und Graf Emmerich schmiedet. Aber ich kann nicht sagen, um was für eine Intrige es sich handelt. Ich wurde zu früh entdeckt."

„Die beiden mächtigsten Männer des ungarischen Reiches töten? Was brächte der Gräfin dies? Sie ist viel zu intelligent für solche Fehler. Soweit mir bekannt ist, richtet die hohe Frau gerade die Hochzeit ihrer Tochter Anna mit dem jungen Grafen Niklas von Zrinyi aus. Sie soll in einigen Tagen auf der Burg Čachtice stattfinden. Dazu hat sie alle höher gestellten ungarischen Magnaten, einschließlich des Königs, eingeladen. Wenn der Palatin und der König ihre Feinde sind, warum sollte sie ausgerechnet sie zu einer Familienfeier einladen? Eher sieht es nach einer Versöhnung aus. Zwischen den Báthorys und dem Hause Habsburg gab es schon immer Differenzen, aber die Gräfin verhielt sich bisher fair zu beiden Seiten. Aber gehen wir mal davon aus, dass sie beim König in Ungnade gefallen ist und sie Graf Emmerich hasst, weil er Herr über einen Teil ihrer Besitzungen ist. Graf Georg Thurzo gehört bestimmt nicht zu ihren Feinden. Ihr Gatte hat dem Palatin noch auf dem Sterbebett das Wohl seiner Familie ans Herz gelegt", sagte Magyari.

„Wir sollten dennoch den Palatin über die Umstände informieren und die Gräfin noch stärker im Auge behalten, als wir es bisher schon getan haben. Der Wahnsinnigen traue ich alles zu, auch einen Königsmord. Möglich, dass auch ihr Neffe Gabor und sein Kampf um die Krone von Transsilvanien ein Grund dafür sind", äußerte sich der Geistliche aus Deutschkreuz dazu und brachte das Gespräch damit zu einem Ende.

Zu erfahren, dass sich Emmerich in Gefahr befand, versetzte meinem Herzen einen Stich. Egal, was die

Geistlichen auch unternahmen, in Gedanken sah ich
Emmerich bereits in seinem Blute liegen und so erbat
ich mir vom Pastor von Čachtice, wie ich es vorgehabt
hatte, eine Taube, die meinem Geliebten eine Nachricht
von mir überbringen sollte. Aber der Pastor hegte Bedenken, der Vogel könne abgeschossen oder abgefan-
gen werden und versuchte noch, mich umzustimmen.
Doch ich blieb hartnäckig und schlug all seine Bedenken in den Wind. Da vertraute er auf Gott und stieg mit
mir in die Kuppel hinauf, wählte eine Taube aus, zog
ihr eine Kappe über die Augen und befestigte meinen
Brief in einer winzigen Ledertasche an ihrem Fuß. Alle
meine Hoffnungen und meine Liebe begleiteten den
Flug dieser Taube. Als wir uns auf den Rückweg bega-
ben und Katica mich über einen verborgenen Weg in
die Burg zurückführte, saßen die drei Geistlichen im
Pfarrhaus am Tisch und schrieben bei Kerzenschein einen Klagebrief über die Gräfin Báthory an den Palatin
von Ungarn, Graf Georg Thurzo.

***

Zur gleichen Zeit holperte eine zweirädrige Holz-
karre, die mit mehreren Säcken beladen war, zum
Burgtor hinaus. Anstelle eines Esels schleppte Ficzkó
die Karre hinter sich her. Fluchend zog er den Karren
in einen schmalen Hohlweg, der abwärts zum Friedhof
führte. Ihm folgte stolpernd eine schlanke, in der ster-
nenlosen Finsternis versinkende Gestalt. Der heisere
Ruf eines Käuzchens und die raschen Flügelschläge eines Fledermausschwarmes waren die einzigen Geräusche, die die nächtliche Grabesstille störten. Als das

Gefährt abseits der windschiefen Grabsteine und vermoderten Kreuze vor einem frisch ausgehobenen Grab anhielt, kam plötzlich ein mächtiger Wind auf und fegte heftig über die Gräber hinweg. Während sich die Menschen in solch geisterhaften Nächten in ihre Betten verkrochen, Frauen sich an ihre Männer drängten, Kinder Geborgenheit in den Armen ihrer Mütter suchten und man den Geräuschen der Finsternis mit geweihten Götzenbildern und Gebeten begegnete, sprang Ficzkó behände wie eine Katze in die Grube, während die andere Gestalt, gebeutelt vom Fauchen des Windes, vor Angst am ganzen Körper bibberte.

„Verdammt, steh nicht herum und halte Maulaffen feil! Wirf mir endlich einen Sack herunter!", kam es wütend aus dem Loch, während sich seine weibliche Begleitung beeilte, der Aufforderung nachzukommen und ächzend ein schlaffes Bündel mit einem dumpfen Geräusch in die Grube fallen ließ.

„Die Schaufel auch oder soll ich mit den Händen graben?!", erklang es erneut und wie ein schwarzer, mit lehmiger Erde beschmutzter Kobold quälte er sich mühsam aus dem Erdloch.

„Ich kann es nicht mehr, Ficzkó", kam es kläglich vom Wagen und wäre es nicht so dunkel gewesen, hätte man die Ströme von Tränen gesehen, die der Frau über die Wangen liefen. Denn es war niemand anderes als Katharina, die von der Darvulia ausgesucht worden war, dem Bluthund der Gräfin bei diesen niederen Arbeiten zur Hand zu gehen.

Ficzkó war es egal, dass er heimlich in der Nacht die Leichen der Mädchen auf dem Friedhof verscharrte, er wurde dafür reichlich entlohnt. Denn immer, wenn er diese scheußliche Arbeit verrichtet hatte, bezeugte ihm die Herrin ihre Gunst, indem sie ihn mit zu den geheimen Zusammenkünften in das unterirdische Gewölbe nahm. Die Darvulia war schon eine Hexe. Ein schwabbelndes Etwas, nur aus faulendem Fleisch, Hautfalten und Warzen bestehend. Aber sie verstand es, einem mit ihrem verhexten Gebräu auf den geheimen Zusammenkünften ordentlich einzuheizen. Dabei war es schon vorgekommen, dass er nach dem Genuss des berauschenden Getränks dem Katzenkönig, einem ganz und gar von roten Pusteln und Haaren übersäten Mann mit einem Katzenkopf und gebogenen Hörnern, begegnet war. Aber ihm zu huldigen wie die anderen, dazu hatte er sich nicht überwinden können. Denn der Katzenkönig vereinigte sich vor seinen Augen mit der Herrin und das machte ihn wild und er hätte dem roten Ungeheuer dafür viel lieber den hässlichen Kopf von den Schultern gerissen. Niemandem außer ihm stand das Recht zu, die Herrin anzurühren. Aber der Katzenkönig hatte auch manchmal schnurrende flammende Kätzchen um sich, die solche üppigen Körper hatten, dass ihm bei deren Anblick der Saft im Schoß anschwoll.

„Was ist nun mit der Schaufel?", knurrte er und kehrte missmutig aus seinem Traum zurück, den ihm das dumme Weib wieder versaut hatte. Dabei hatte er sie nur aus Mitleid mitgenommen, weil sie bei seiner Weigerung nur wieder die Peitsche zu spüren bekommen hätte. Zu mehr als zum Leichenverscharren war Katharina nicht zu gebrauchen.

„Ich kann sie nicht finden, wir müssen sie zurückgelassen haben", jammerte sie und schniefte. „Dann nimmst du deine Finger zum Graben, dummes Ding!", schimpfte Ficzkó und stand mit einem Sprung am Karren. Er schob die unglückliche Frau brüsk zur Seite, sodass sie fast gefallen wäre, und ließ zwei weitere Säcke mit einem klatschenden Geräusch in das Erdloch plumpsen. „Aber warum bekommen die Mädchen denn kein christliches Begräbnis?", wimmerte sie. „Es ist doch eine Sünde, die wir hier begehen und der Herrgott wird uns dafür strafen."

„Bist du nun so dumm oder stellst du dich nur so?", fauchte Ficzkó und schob mit den Füßen die aufgehäufte Erde vom Rand in die Grube. „Du weißt doch, dass der Pfarrer sie nicht mehr beerdigt und die Bauern zu murren anfangen, wegen der vielen Toten."

„Aber warum muss die Herrin die Mädchen denn töten? Reicht es denn nicht, sie zu schlagen?"

Ficzkó hörte auf zu schaufeln. „Herrgott, so viel Blödheit auf einem Fleck", sagte er verächtlich grinsend, während er die krampfhaft zuckende Frau betrachtete, als sähe er sie zum ersten Mal. „Du machst doch selbst mit!"

„Wenn ich nicht gehorche, schlägt mich die Herrin."

„Hast es ja auch nicht besser verdient. Dummheit muss bestraft werden. Nun komm und hilf mir endlich, die Toten unter die Erde zu bringen."

„Ich bin nicht dumm", widersprach Katharina leise, während sie ihm die wiedergefundene Schaufel reichte. „Ich bringe es nur nicht fertig, die Mädchen so furchtbar zu quälen. Sie sind doch unschuldig und werden oftmals fälschlicherweise von euch irgendwelcher böser Dinge bezichtigt. Die Unglücklichen versuchen doch alles, um den Wünschen der Herrin gerecht zu werden."

„Du wirst dich mit deiner Naivität noch um Kopf und Kragen bringen", murrte Ficzkó, während er eine letzte Schaufel Erde auf das Grab warf und sein Werk zufrieden betrachtete.

„Vor allem solltest du den Mädchen in ihrem Verlies kein Wasser mehr bringen. Ich habe dich nämlich dabei beobachtet. Sei froh, dass ich es war und nicht die Darvulia. Und nun lass uns verschwinden, bevor die Höllengeister aufsteigen."

***

Noch in derselben Nacht, ich war gerade eingenickt und schlief traumlos und tief, wurde ich durch ein Geräusch aufgeschreckt. Zunächst öffnete ich nur schläfrig die Augen, um sie auch gleich wieder zu schließen. Doch dann riss ich sie erschrocken weit auf, denn an meinem Bett bewegte sich ein Schatten. Und noch bevor ich zu einem klaren Gedanken fähig war, geschweige denn um Hilfe schreien konnte, presste sich eine Hand auf meinen Mund.

„Pssst, nicht schreien, Herrin!", hörte ich Katica sagen und atmete erleichtert auf, obwohl ich mich ernsthaft fragte, ob Zofen keinen Schlaf brauchten. Ich war so müde, dass ich unter ihrer Hand wieder eindöste, als sie mich an den Schultern rüttelte. „Bitte, Herrin, Ihr müsst aufwachen", hörte ich sie wie aus weiter Ferne und fragte mit schläfriger Stimme: „Was ist denn nun schon wieder, Katica? Können wir das nicht morgen besprechen?" Ärgerlich über die Störung drehte ich ihr den Rücken zu und verbarg mein Gesicht in der Flut meiner Spitzenkissen.

„Morgen ist es zu spät, Herrin. Ich muss Euch unbedingt noch etwas zeigen. Bitte nicht wieder einschlafen“, vernahm ich durch die Kissen und gab schließlich auf. „Aber wehe dir, du hast mich umsonst aus dem Bett geholt, dann gnade dir Gott“, schimpfte ich vor mich hin, während sie mir in meinen Umhang half, unter dem ich mein Nachtkleid anbehielt. Noch einmal in dieser Nacht zog ich die Kapuze tief in die Stirn und folgte ihr, gespannt, was es so Wichtiges gäbe, das mich um meinen kostbaren Schlaf brachte.

Rasch und stets auf der Hut vor den Wächtern liefen wir hinab in den unteren Saal. Für einen Moment glaubte ich, Elisabeth auf ihrem Thron sitzen zu sehen, so lebendig hatte sich die Szene unserer Ankunft in mein Gedächtnis gegraben. Doch dann riss mich ein leises Knarren aus meinen Gedanken und Katica winkte mir eilig aus der geöffneten Tür, hinter der Johannes am Morgen mit dem neuen Mädchen verschwunden war. „Kommt, Herrin, nicht stehen bleiben!“, mahnte sie mich, zog die Tür hinter sich zu und entzündete an einer Kerze eine Fackel, mit der sie voran leuchtete. Schaudernd folgte ich ihr abwärts in das Labyrinth eines feuchten kellerartigen Gewölbes, immer tiefer in die Finsternis, aus der ich allein sicher nie wieder herausgefunden hätte. Weg um Weg gabelte sich abwärts und jeder Schritt schürte meine Angst, von einer der glitschigen, vermoderten Stufen zu stürzen und auf dem harten Felsgestein aufzuschlagen. Die Gänge waren manchmal so schmal, dass wir nur hintereinandergehen konnten. So liefen wir unzählige Minuten,

Minuten, die ich nicht zählte, bis wir vor einer niedrigen Tür im Fels stehen blieben.

Katica tastete die schwere Eichentür ab, bis sie die Klinke fand und vorsichtig drückte, sodass sie keine Geräusche verursachte. Gleich darauf zog sie die schwere Tür so weit auf, dass wir einen Spaltbreit den Raum einsehen konnten. Zunächst bohrten sich unsere Augen unsicher in die Dunkelheit, dann plötzlich war die Luft angefüllt von fremdartigen Gerüchen. Ein unangenehmer Gestank von verbrannten Haaren sowie ein süßlicher Hauch, der mich an verdorbenes Fleisch erinnerte, reizten meine Nase, bevor mein Blick von einem Spiegel gefangen genommen wurde, in dem sich die lodernden Flammen des Kamins im Hintergrund rot-golden spiegelten. Es hatte ganz den Anschein, als brenne der Spiegel, mitsamt dem Rahmen aus Katzenköpfen. Im Schein des Feuers erschien er mir seltsam lebendig, so, als vergrößere und verkleinere er sich, während um ihn herum fünf seltsame, in Kutten gehüllte Gestalten einen Kreis bildeten. Sie hielten sich an den Händen und murmelten mit gesenkten Köpfen monotone Beschwörungsformeln, die je nach Stimmlage schaurig hohl von den felsigen Wänden widerhallten. Was ging hier vor? Doch noch bevor ich mir diese Frage beantworten konnte, erschien aus dem finsteren Hintergrund eine sechste, ebenfalls in eine Kutte gehüllte Gestalt. Sie trug ein Gefäß in den Händen und bewegte sich wie in einem Dämmerzustand. Einmal vertrat sie sich und die Kutte verrutschte. Ich konnte sehen, dass sie unter dem schwarzen, schweren Stoff nackt war und ihr bräunliches, faltiges, bei jedem Schritt schwabbelndes Fleisch verriet die Darvulia. Sie durchbrach jetzt den Kreis und reichte die Schale reihum, bis sie leer getrunken war. Ich wusste um die Wirkung des Getränks, hatte ich doch schon selbst davon trinken müssen, und sogleich wurde meine Vermutung bestätigt. Denn nun wurden die Gesänge wilder, die Bewegungen rhythmischer und es dauerte nicht lange und die Anwesenden ließen ihre Kutten fallen.

„Verbrennen sollst du, sündiger ‚Roter Megyery‘, verdorren sollst du Ausgeburt der Hölle, König Matthias und verfaulen soll dein Leib, nichtswürdiges Abbild eines Richters, Graf Thurzo", erklang es vielstimmig aus rauen Kehlen. Splitternackt hielten sie sich nun an den Händen und drehten sich immer ausgelassener im Kreis, zwischen ihnen Elisabeth, deren blasse Schönheit wie ein Juwel hervorstach und die sich von allen am leidenschaftlichsten drehte, stampfte und enthemmt gebärdete. Irgendetwas musste mit dem Spiegel vorgegangen sein. Denn plötzlich zuckten ihre Oberkörper vor und zurück, während sie mit vorgestreckten Armen und kreisenden, ekstatischen Handbewegungen auf den Spiegel zu und von ihm wieder zurück tanzten.

„Es ist das grüne Hexengebräu", flüsterte ich Katica ins Ohr.

„Durch den Trunk treten sie aus ihrer vertrauten Umwelt und aus ihrem normalen Wahrnehmungsvermögen heraus. Sie befinden sich in einer Sphäre völlig fremdartiger Empfindungen. Ich habe es selbst am eigenen Leibe erfahren müssen."

Ich hatte noch nicht zu Ende gesprochen, da begannen sie sich gegenseitig zu küssen und zu streicheln, so lange, bis plötzlich von irgendwoher ein nacktes junges

Mädchen mit verbundenen Augen in die Höhle gestoßen wurde. An dem langen feenhaften Blondhaar erkannte ich das Mädchen aus dem Dorf wieder. Seine Bewegungen waren noch kindlich, doch der Körper, weiß und schön wie Alabaster, war der einer jungen Frau. Nachdem ihr die Augenbinde abgenommen wurde, ging die Gräfin mit ausgestreckten Armen auf sie zu und küsste sie auf den Mund. Ich sah die Augen des Mädchens, niemals werde ich ihren vor Angst fast irren Blick vergessen. Sie kam mir vor wie ein junges Schaf, das gerade zur Schlachtbank geführt wurde. Ich wollte weglaufen, doch irgendetwas hielt mich wie gebannt auf der Stelle fest. Katica schien es ebenso zu ergehen, denn als sie nach meiner Hand fasste, spürte ich, wie sie zitterte.

Die Gräfin drängte die Jungfer sanft zur Felswand, wo ihr Bluthund bereits mit klirrenden Eisenfesseln auf sie wartete. Dann ging alles sehr schnell, er stieß das Mädchen mit roher Gewalt gegen die Wand und fesselte sie an den Armen, am Hals und an den Fußgelenken. Das Opfer war vor Angst nicht einmal fähig zu schreien. Ich sah noch, wie Elisabeth und die Darvulia nach Weidenruten griffen und Johannes schauerlich lachend die Unglückliche vergewaltigte, dann lief ich, was meine Füße hergaben, bis Katica mich einholte und mich davor zurückhielt, mich in dem Labyrinth zu verlaufen. In meinem Gemach saß ich auf dem Bett und ließ meinen Tränen freien Lauf. Ab und zu barg ich meinen Kopf an Katicas Schulter, während sie mich in ihren Armen tröstete, bis ich erneut in einen Weinkrampf verfiel.

„Herrin", hörte ich irgendwann Katica leise bitten, „Tränen helfen uns und diesen armen Geschöpfen nicht. Ich verstehe Euren Schmerz und Eure Enttäuschung, aber wir müssen ihr Einhalt gebieten."

„Wie sollen wir das anstellen, wenn viel mächtigere Leute daran scheitern?", fragte ich und hob mein verweintes Gesicht.

„Was geht hier überhaupt vor? Werden die Mädchen dem Teufel geopfert? Ist es gar eine geheime Zusammenkunft von Hexen?"

„Ich wollte Euch nicht wehtun. Hätte ich geahnt, wie nahe Euch diese Bilder gehen, hätte ich Euch niemals hingeführt", bedauerte Katica und streichelte behutsam meine Hände.

„Aber ich habe genauso reagiert, als ich diese Zusammenkünfte durch einen Zufall entdeckte. Im Gegensatz zu Euch war ich ganz allein und fürchtete um mein Leben. Jetzt aber sind wir zu zweit und Graf Emmerich und die Pastoren stehen hinter uns."

„Dann sollten wir uns sofort an Emmerich wenden. Wir müssen nach Sárvár zurück. Die Gräfin fährt einen Tag in der Woche ihren Sohn besuchen, uns muss ein Vorwand einfallen, um sie beide zu begleiten", sprudelte es jetzt nur so aus mir heraus, während ich aufsprang und mir die Tränen trocknete.

„Das klingt einfach, ist aber schwieriger, als Ihr denkt. Ich weiß, dass Graf Megyery Euch liebt. Er wird bestimmt niemals zulassen, dass Euch etwas geschieht. Aber er ist der Vormund des kleinen Paul und er wird, auch wenn er Elisabeth noch so hasst, die Mutter niemals in den Augen ihres Sohnes herabwürdigen. Dafür hat er zu viel Stolz."

„Aber wenn er sie auf frischer Tat ertappt?"

Die Einwände meiner Zofe erschienen mir plausibel. Dennoch kam mir ihre Vorsicht übertrieben vor. Graf Emmerich hatte mächtige Anhänger und gerade dadurch, dass er nun Herr über ein riesiges Vermögen war und Elisabeths Sohn sich in seinen Händen befand, hatte er doch alle Möglichkeiten, die Wahnsinnige zur Strecke zu bringen. „Aber er kann die Gräfin doch erpressen. Er hasst sie. Ihr Sohn befindet sich in seinen Händen. Glaubst du nicht, dass er seinen Edelmut vergessen könnte, wenn wir ihm erzählen, was wir mit eigenen Augen gesehen haben?"

„Die Gräfin hasst ihren Sohn. Mit ihm ist sie nicht erpressbar, höchstens mit seinem Besitz. Und wenn die Gräfin Euch mit zu Megyery nimmt, werdet Ihr nicht einen Augenblick unbeobachtet sein. Sie liebt Euch und ein verliebter Blick von ihm wird sie rasend vor Eifersucht machen. Ihr würdet Euch nur verraten und der Gefahr aussetzen, den gleichen Weg zu gehen wie dieses Mädchen."

„Mir wird sie so etwas niemals antun!"

„Und was ist das?" Wie zum Beweis strich sie mir über die nur noch schwach sichtbare Narbe auf meiner Wange. „Seid Ihr wirklich so gutgläubig, Herrin? Hat Eure Seele sich immer noch nicht von ihr gelöst? Habt Ihr noch nicht genug gesehen? Dann hättet Ihr bis zum Ende in dem Keller ausharren und miterleben sollen, wie sie ihr Opfer auspeitschen, ihr ein glühendes Bügeleisen in den Schoß schieben und ihr zum Schluss bei lebendigem Leib Fleischstücke herausschneiden lässt, um sie dann ihr oder der nächsten Unglücklichen zu essen zu geben."

Einen Augenblick glaubte ich, mich verhört zu haben und starrte Katica entgeistert an. „Woher nimmst du nur solche scheußlichen Fantasien?", entfuhr es mir und mir lagen bereits scharfe Worte der Zurechtweisung auf den Lippen, als ich die Schultern wieder sinken ließ und verzweifelt begriff, dass sie die Wahrheit sprach.

„Herrin", sagte sie nach einer Pause, als sie meine Verzweiflung sah, „wir haben eine Chance, sogar eine große. Ihr habt doch gehört, dass die Gräfin plant, drei ihrer schlimmsten Feinde zu ermorden. Allein den König zu ermorden ist ein Frevel von solch hohem Ausmaß, dass, käme es heraus, der Wahnsinnigen das Handwerk gelegt werden könnte. Vielleicht würde sie sogar als Hexe brennen."

„Dann müssen wir herausfinden, wann sie die Ermordung plant und wie sie vorgehen wird", antwortete ich ihr mit neuer Hoffnung.

„Die Darvulia wird es uns verraten. Sie ist inzwischen stockblind und wir können ihr überall hin folgen, ohne von ihr gleich bemerkt zu werden. Allerdings sollten wir uns vor Dorkó in Acht nehmen. Sie ist jetzt das sehende Auge der Hexe und immer an ihrer Seite. Deshalb werden wir uns, sollte uns die Gräfin wieder trennen, mit geheimen Nachrichten verständigen. Am besten wir hinterlegen sie in der Kapelle am Fuße der Madonna. Wenn Ihr zum Gebet geht, dann betet zu ihren Füßen. Ihr werdet unterhalb ihres rechten Fußes, auf der letzten Altarstufe, einen gelockerten Stein vorfinden. Dort hinterlegt eine Nachricht, wenn Ihr Neuigkeiten wisst. Auch ich werde mich auf diese Weise mit Euch verständigen. Erst wenn wir genau wissen, wann

und wo die Gräfin den König ermorden will, werden
wir Emmerich um Hilfe bitten.“

XIX. Kapitel

Nachdem die Vorbereitungen für die Hochzeit, die mehrere Wochen in Anspruch genommen hatten, fast beendet waren, stattete die Gräfin Graf Thurzo ihren wichtigsten und letzten Besuch ab. Sie nahm auf diese beschwerliche Reise einen großen Teil ihres Hofstaates mit. Noch nie hatte der Hof so viele Kutschen, Heiducken und Packpferde gesehen, die die prächtige Reisekutsche begleiteten. Trotz meiner Angespanntheit gab ich mich der Gräfin gegenüber aufgeschlossen und munter. Dabei fiel es mir nicht leicht, meine angestauten Gefühle, vor allem meinen immer stärker wachsenden Hass gegen sie hinter meiner lächelnden Fassade zu verstecken. Dieses Lächeln war es, das mir mein Leben an ihrer Seite sicherte, und ich fieberte der Reise, die für uns alle eine willkommene Abwechslung bedeutete, mit freudiger Ungeduld entgegen. Man erzählte mir, dass Graf Thurzos Amtssitz in Pressburg als einer der prächtigsten des gesamten ungarischen Adels galt und nur das Schloss des Königs das Palais des Palatins an Pracht überstrahlte. Befand sich die Gräfin auf Reisen zwischen ihren Besitzungen, stattete sie ihm aber meistens einen Besuch auf seinem Wohnsitz in Beczkó ab. Es musste also etwas sehr Wichtiges sein, das sie zu ihm führte. Immerhin war noch nie vorgekommen, dass sie ihn auf seinem Amtssitz aufgesucht hatte, von

dem gemunkelt wurde, dass er gar nicht zu seinen
Besitztümern zählte, sondern einem alten Pressburger
Adelsgeschlecht gehörte. Auf der Reise erzählte die Gräfin immer nur von ihm, von seinen ausgedehnten
Reichtümern und Besitzungen und lobte seine bis über
die Landesgrenzen hinaus berühmten Silberminen
und Hüttenwerke. Dabei erfuhr ich auch von seinen
weitreichenden Verbindungen zu dem edlen Hause
Fugger, die ihm erlaubten, den gesamten Silberhandel
in Ungarn und Siebenbürgen zu kontrollieren. Aber
würde ich jetzt all die Eindrücke bei meiner Ankunft in
seinem Schloss schildern, würde dies wohl unendlich
viel Zeit in Anspruch nehmen. Dennoch kann ich mich
noch gut erinnern, welchen Eindruck die geschmack-
volle Anhäufung farbenprächtiger Gobelins, die prunkvollen Gemälde alter berühmter Meister und die wun-
dervollen Jagdszenen an den Wänden bei mir hinterlie-
ßen, als man uns zwischen mannshohen Silberspiegeln
und prächtigen orientalischen Möbeln auf samtwei-
chen Perserteppichen zu seinem Arbeitszimmer führte.
Ähnlich wie beim Empfang des Königs, begegneten uns
überall reiche, in Pelze gekleidete Magnaten und Hofdamen mit aufwendigen Frisuren und rauschenden
Kleidern. Zwischen ihnen eilten geschäftig Zofen und
Diener umher, die eifrig darauf bedacht waren, ihren
Herrschaften jeden Wunsch von den Augen abzulesen.
Die Gräfin erstrahlte in neu erwachter Schönheit.
Von den Strapazen der langen Reise war ihr nichts an-
zusehen. Sie erschien ganz in Schwarz gekleidet. Selbst
der Mühlsteinkragen glänzte in schwarzem Satin,
ebenso der Brokat ihres bei jedem Schritt raschelnden
Kleides. Ihr Gesicht wurde von einem Hut mit einem

diamantenbesetzten Reiherbusch und einem von Perlen durchwirkten Schleier verdeckt. Es war ein herrliches Bild, wie sie ehrwürdig, in Begleitung ihrer Tochter Anna und ihres zukünftigen Schwiegersohnes, vor ihn, den obersten Richter Ungarns, trat und sich tief verneigte. Keiner der Anwesenden sah der schönen Witwe das Ungeheuer an, das unter all dieser Pracht, vielleicht gerade in diesem Augenblick, nach einem neuen Opfer Ausschau hielt. Ihr zukünftiger Schwiegersohn, Graf Niklas von Zrinyi, war ein junger hübscher Mann, mit langen dunklen Locken, einem Schnauzbart und verträumten Augen, der bisher wenig in der Umgebung der Gräfin in Erscheinung getreten war. Es verwunderte mich, dass der Palatin als Erstes den angehenden Schwiegersohn der Gräfin begrüßte und nicht sie, denn diese Unhöflichkeit musste Elisabeths heimlichen Hass auf ihn umso mehr geschürt haben. Ich erinnere mich noch, wie er hinter seinem prunkvollen Schreibtisch hervortrat, den jungen Grafen in die Arme schloss und erfreut ausrief: „Was für eine Ehre, den Sohn meines alten Freundes begrüßen zu dürfen. Ich hoffe, Ihr seid nicht ebenso chaotisch und ungeduldig wie Euer Vater, der durch seine Unerschrockenheit viel zu früh von uns gehen musste. Ein wenig Bedacht im Leben kann durchaus ebenso erfolgreiche Früchte tragen. Aber Eurem Vater gebührt dennoch große Ehre. Ihr tragt ganz unverwechselbar seine Entschlossenheit im Gesicht und seine tiefbraunen Augen. In ihnen erkenne ich Niklas von Zrinyi, meinen Freund und Mitstreiter unzähliger Schlachten, wieder. Oh, Sohn eines so bedeutenden Mannes, hättet Ihr nur hören können, mit welchen mutigen Worten Euer

Vater in den Tod schied! Wartet … ich glaube, ich bekomme sie noch zusammen: ‚Wir gehen von diesem brennenden Platz offen und standhaft bis zu unseren Feinden. Wer stirbt, wird mit Gott sein. Wer nicht stirbt – dessen Name wird geehrt werden. Ich werde zuerst gehen und das, was ich tue, werdet ihr tun. Und Gott ist mein Zeuge, dass ich Euch nie verlassen habe, meine Brüder und Ritter.‘“

Mir schien, er hatte Tränen in den Augen, als er daraufhin den jungen Grafen Zrinyi in seine Arme nahm und leise zu ihm sagte: „Ich werde diese Worte nie vergessen und Ihr solltet es auch nicht, denn das erste Mal in unserer wechselvollen Geschichte hat sich ein Aga danach respektvoll vor einem Toten verneigt und seiner sterblichen Hülle eine würdige Beerdigung gegeben.“

Der junge Graf, der kaum Erinnerungen an seinen Vater hatte, war von weniger kämpferischem Gemüt. Er schien verwirrt ob all des Lobes durch den Palatin und hinterließ den Eindruck, als fühlte er sich durch die Ehre, die ihm widerfuhr, in eine Rolle gedrängt, mit der er sich nicht identifizieren konnte. Der junge Mann war ein eifriger Verfechter des protestantischen Gedankenguts und liebte seine wissenschaftlichen, künstlerischen und literarischen Studien mehr als das Kampfgetümmel, weshalb er seine Ideale, anstatt mit dem Säbel, lieber in öffentlichen Auseinandersetzungen mit scharfen, kritischen Worten verteidigte. Zudem standen ihm Feder und Tinte, mit denen er seine Träume zu Papier bringen und sich in seine eigene heile und geordnete Welt flüchten konnte, näher. Deshalb sah er auch etwas verwirrt auf seine zukünftige

Braut herab, die noch immer in einem tiefen höfischen Knicks verweilte.

„Teure Gräfin, edle Frau, was führt Euch hierher zu mir nach Pressburg?" Mit diesen Worten wechselte der Palatin von der Konversation mit Graf Zrinyi zum Anliegen der Gräfin, die bisher mit unbeweglicher Miene, leicht gebeugtem Knie und gesenktem Kopf geduldig seiner Aufmerksamkeit harrte.

„Auch wenn ich das Ableben meines guten Freundes zutiefst bedaure, muss ich feststellen, dass Ihr auch als Witwe von verblüffender Schönheit seid."

Er wollte ihr wohl etwas Nettes sagen, ihr schmeicheln, und ich erinnere mich, wie er die dargebotene Hand zu den Lippen führte und küsste. Doch Elisabeth, die bei solchen Anlässen stets nach übermäßiger Bewunderung strebte und erwartete, als etwas Besonderes behandelt zu werden, erschien mir seltsam unbeeindruckt von seinen Schmeicheleien. Steif richtete sie sich auf und antwortete ruhig: „Euer Gnaden, ich komme vorrangig, um mich über einen Eurer Diener zu beschweren. Er soll Streit mit meinen Bediensteten gehabt und mein ganzes Hauswesen übel beschimpft haben. So etwas kann ich nicht dulden und verlange deshalb Schutz gegen solche Vorkommnisse."

Nur ich allein bemerkte das leise Zittern in ihrer Stimme, während ihre Worte einmal mehr bewiesen, was für eine schlaue Strategin sie war. Mit dieser Beschwerde nahm sie dem Palatin jegliche Rüge in Bezug auf ihr Verhalten ihren Mägden gegenüber vorweg und lenkte die Antwort, die ihm auf der Zunge lag, aus Gründen, die niemand erriet, rasch in eine angenehmere Richtung. Huldvoll lächelnd kam sie auf die

Hochzeit ihrer Tochter zu sprechen. „Dennoch ist es mir ein besonderes Vergnügen, mich Euch dienstbar zu zeigen, indem ich hoffe, Euer Gnaden auf der Hochzeit meiner ältesten Tochter Anna mit Graf Niklas von Zrinyi und der Verlobung und anschließenden Hochzeit Katharinas mit Graf Georg Drugeth von Homonna als einen besonderen Gast der Familie begrüßen zu dürfen. Beide Trauungen werden in der Pfarrkirche zu Čachtice stattfinden."

Damit hatte sie den Palatin gnädig gestimmt, was auch an seiner Reaktion nicht zu übersehen war. Anstatt sie auf die Gerüchte anzusprechen, die zu seinen Ohren gedrungen waren, ließ er sich stattdessen in ein zwangloses Gespräch über das Erwachsenwerden der Töchter, ritterliche Ideale und Heldenmut verwickeln und lobte schließlich die gute Wahl ihrer Schwiegersöhne. Die Gräfin erkundigte sich höflich nach dem Befinden seiner Frau und seiner Kinder, nach seiner Bibliothek, die sich durch ihre zahlreichen Gelehrten bis über die Landesgrenzen hinaus einen gewissen Ruhm erworben hatte, und nach den neuesten Theateraufführungen und Konzerten. Sie redete unentwegt, bezirzte alle mit ihrem singvogelartigen Lachen und trug nicht nur einmal zur allgemeinen Heiterkeit bei. Niemand hätte zu diesem Zeitpunkt geahnt, dass diese Harmonie eine schlimme Wendung nehmen würde. Während der großen Festtafel begann sie plötzlich, die Glaubensfrage anzusprechen. „Was, Euer Gnaden, hat Euch eigentlich bewogen, von der lutherisch-evangelischen zur katholischen Kirche zu konvertieren?", fragte sie und griff nach einem Peszmet, einem Stück getrocknetem Brot, das sie genüsslich in den Kaffee tunkte, während Thurzo das Geschenk Graf Zrinyis, ein Beutelchen Áfium, aus einer türkischen Pfeife rauchte. „Es ist ein Rauschmittel, das bei den Osmanen zurzeit hoch im Kurs steht, sie nennen es ‚Opium‘“, erklärte ihm Annas Verlobter, der gerade eine Abhandlung darüber schrieb, die ihm später Ruhm und Ehre bringen sollte.

„Meine Teure, König Matthias ist nicht mehr länger nur Erzherzog, sondern auch Kaiser. Er hat es geschafft, seinen Bruder Rudolf vom Kaiserstuhl zu drängen und Frieden mit dem Fürsten Stefan Bocskai und den Osmanen zu schließen. Damit hat er uns Ungarn endlich die Religionsfreiheit gesichert. Da ist es doch nur verständlich, dass ich mich dem christlichen Glauben unseres Kaisers und Königs anschließe“, beantwortete er ihre Frage ohne Hintergedanken. Doch er war schon etwas zu berauscht, als er mit schwerer Zunge hinzufügte: „Was man von Eurem Neffen Gabor nicht gerade behaupten kann. Man munkelt sogar, dass er den Fürsten Bocskai in Kaschau vergiftet haben soll, um an die Krone von Siebenbürgen zu kommen. Aber sein Plan ist wohl nicht aufgegangen. Ein anderer wurde an seiner statt vom siebenbürgischen Landtag zum Fürsten gewählt. Ein Obergespan des Fürsten Bocskai. Er soll ein Unterstützer der reformierten Kirche sein. Wie entwürdigend für einen Gabor Báthory. Aber wie ich Euren Neffen einschätze, wird er auch dieses Problem auf seine Weise regeln.“

„Wie könnt Ihr nur so reden, Euer Gnaden? Mein Neffe kämpft für ein unabhängiges und freies Siebenbürgen.“

„Er ist ein Feind Siebenbürgens, edle Frau, der seine eigenen Ziele verfolgt und von seinem Lehrer, Baron Drugeth, dem Vater Eures zukünftigen Schwiegersohnes, dazu erzogen wurde, zu intrigieren, um seine ureigenen Machtansprüche zu festigen", lachte er. „Gabor ist ein verwegener Emporkömmling, dem der Weg zur Fürstenkrone schon durch berühmte Könige Eurer Familie geebnet wurde. Mit seinem gefährlichen politischen Kurs, die Jesuiten aus Transsilvanien zu vertreiben und polnische Anhänger der radikalen Reformation ins Land zu holen, und seinen ständigen Auseinandersetzungen mit Kaiser Rudolf hat er dem kaiserlichen Kommissar Basta alle Tore geöffnet, die Besitztümer ungarischer Adliger zu verwüsten, unter anderem auch meinen Besitz, Gräfin", donnerte er jetzt und fügte in einem Atemzug hinzu: „Ich würde Euch raten, Gräfin, ebenfalls zum katholischen Glauben zu konvertieren, ansonsten fürchte ich um Eure Machtansprüche und vor allem um Eure Besitztümer."

„Euer Gnaden, Ihr vergreift Euch im Ton. Ihr beleidigt meine Familie!", empörte sich die Gräfin, die bisher ruhig zugehört hatte und sich gleich darauf verärgert erhob.

Bisher hatte ich Elisabeth bei solchen Anlässen immer gefasst und souverän erlebt. Ihre Antworten waren die einer Königin, gepaart mit dem Charme der Frau, stets gut durchdacht, manchmal unmissverständlich, aber nie ihrer unwürdig, wie gerade. Ich fragte mich, was sie nur so aus dem Gleichgewicht gebracht haben könnte. Ihr musste doch bewusst sein, dass sie mit ihrer spontanen Reaktion den Gastgeber beleidigte, in dessen Sinne ein solcher Ausgang des Gespräches sicher nicht gestanden hatte.

Doch für den Palatin war die kleine politische Plänkelei mit der Witwe seines verstorbenen Freundes eher ein amüsantes Wortgefecht. Sein souveränes Verhalten zeigte, dass er als oberster Richter Ungarns ein Mann des Friedens war. Unverändert gelassen, mit der Pfeife beschäftigt, anscheinend auf solche Reaktionen vorbereitet, antwortete er: „Ihr und Euer Neffe seid es doch, die die edle Familie Báthory in Misskredit bringen. Pfeifen es nicht schon die Spatzen von den Dächern, dass bei Euch übermäßig viele Mädchen aus der Dienerschaft sterben? Dass die Wahl Eures zukünftigen Schwiegersohnes auf einen bereits vom unmäßigen Lebenswandel gezeichneten Drugeth-Sohn fiel, zu dessen Hauptbeschäftigung das Spinnen von Intrigen zählt, wobei sich seine sonstigen Interessen höchstens auf wilde Falkenjagden und Liebesaffären beziehen? Wie soll Eure Tochter mit einem solchen Mann glücklich werden? Ihr wisst doch, dass ich Eurem verstorbenen Gatten, meinem teuren Freund Franz, Gott hab ihn selig, auf dem Totenbett versprechen musste, mich seiner Familie anzunehmen. Warum habt Ihr bei Katharinas Ehemann nicht meinen Rat eingeholt? Wir standen doch immer in freundlichem Briefwechsel, meine Teure."

„Ich muss niemandes Rat einholen, Euer Gnaden. Ich bin mindestens ebenso mächtig wie Ihr und kann als Oberhaupt der Familien Báthory und Nádasdy meine Entscheidungen selbst treffen. Baron Drugeth ist ein vorzüglicher Schwiegersohn und aus edelstem Hause. Euch dürfte bekannt sein, dass seit viereinhalb

Jahrhunderten die Drugeths Obergespane und Erbherren des ungarischen Komitats sind. Sogar ein Palatin war darunter. Bedenkt auch, bei einem möglichen Feldzug meines Neffen gegen die mit König Matthias verbündete Walachei könnte ich ihm Bewaffnete aus all meinen im Land verstreuten Burgen schicken. Vergesst das schwache Weib, das Ihr in mir seht. Schließlich ist es mir noch vor einiger Zeit ganz allein gelungen, einen räuberischen transsilvanischen Grafen von meinen Besitzungen im östlichen Ungarn zu vertreiben. Auch er hat auf eine schwache hilflose Frau spekuliert, eine, die sich nicht zu wehren wüsste. Ein Drohbrief von mir aber genügte bereits, um ihn zu einem eiligen Rückzug zu bewegen."

Allen Anwesenden schien nach diesem Wortgefecht der Atem stillzustehen. Hatte die Gräfin den Bogen überspannt? Aber unsere Angst war unbegründet. Ich sah das Lächeln auf dem Gesicht des Palatins, als er ihre Hand küsste und sie höflich, fast wie ein Junge, der seiner Mutter einen Streich gespielt hatte, zum Hinsetzen ermutigte. „Meine edle Frau, Ihr seid ein Weib, das sein Temperament nicht zügeln kann. Natürlich weiß ich um die Qualitäten der Drugeths", lenkte er versöhnlich ein.

„Ich will Euch auch keine Vorschriften machen. Ich befürchte nur, dass die Last, die Ihr durch den Tod Eures Gemahls nun zu tragen habt, ein wenig zu schwer für Eure Schultern ist. Ich schätze Euch, so, wie ich Euren Mann geschätzt habe, als eine starke und mächtige Freundin. Deshalb mache ich Euch einen versöhnlichen Vorschlag. Im Gegenzug für Eure Einladung bitte ich Euch und Eure Familie im nächsten Jahr als Gäste zur Vermählung meiner Tochter Judith. Dies wird die Freundschaft unserer Häuser auf ewig besiegeln."

Nach dem Streitgespräch mit ihm zeigte sich die Gräfin ausgesprochen nervös und launisch. Ein Zeichen dafür, dass sie sehr verletzt und verärgert war. In diesem Zustand war sie äußerst gefährlich. Sie rief sofort ihr gesamtes Gesinde zusammen, um die Vorbereitungen für die Rückreise zu treffen. Dass sie die Mädchen ihres Hofstaates auch auf seinem Amtssitz quälen würde, hatte keiner vermutet. Doch Elisabeth hatte sich stark verändert. Ich glaube, dass ihre Krankheit zu diesem Zeitpunkt bereits so weit fortgeschritten war, dass sie dieses Vergnügen zur Ablenkung unbedingt brauchte. In fremder Umgebung war sie darauf bedacht, dass keine Schreie nach außen drangen und niemand von den Grausamkeiten etwas mitbekam. Während sie in ihrem Gemach ihre Kleider umherwarf und Graf Thurzo den Teufel für die angetane Schmach an den Hals wünschte, hatten die Zofen während ihrer Toilette zu leiden. Saß einmal ein Lockenwickler nicht richtig, war eine Zofe nicht flink genug mit den Ösen an ihrem Mieder, kniff sie die Mädchen oder zerstach ihnen den Mund mit ihren Hutnadeln. Da es für sie aber immer schwieriger wurde, gute Mädchen für ihr Gynaeceum zu bekommen und ihr Hofstaat sich stark verkleinert hatte, versuchte sie selbst in Pressburg Gesinde anzuwerben.

Einen Tag vor unserer Abreise bat mich Katica heimlich um ein Gespräch. Wir benutzten dazu den Abort, auf dem wir uns sicher wähnten. Denn in der letzten Zeit war mir aufgefallen, dass ich nie mehr allein mit meiner Zofe war, sondern immer eine von Elisabeths

Spießgesellinnen um uns herumschlich und jedes Wort, das wir miteinander redeten, belauschte. „Herrin", kam sie ohne Umschweife auf ihr Anliegen zu sprechen, „ich habe den Brief von Hochwürden an den Palatin bei mir. Er hat ihn zweimal mit dem gleichen Wortlaut geschrieben. Alle drei Geistlichen haben ihn unterzeichnet. Einen Brief davon möchte ich Euch anvertrauen. Ihr müsst ihn Graf Megyery geben, sollte mir etwas zustoßen." Sie sprach leise, abgehackt und sah sich bei jedem Wort ängstlich um.

„Aber was soll das?", fragte ich überrascht. „Warum kommst du erst jetzt damit? Den Brief hätte ich längst dem Palatin übergeben können."

„Ich wollte nicht, dass Ihr Euch in Gefahr bringt, Herrin. Die Gräfin hat Euch doch schon einmal in Eurem Leben übel mitgespielt. Ich werde zurückbleiben und die allgemeine Geschäftigkeit beim Verladen des Reisegepäcks nutzen, um beim Palatin vorgelassen zu werden. Ihr müsst nur für meine Abwesenheit einen triftigen Vorwand finden. Der Gräfin wird es nicht verborgen bleiben, wenn ich nicht in Eurer Nähe bin."

„Das ist gefährlich", antwortete ich. „Wenn es jemand erfährt, wird sie dich zu Tode prügeln oder noch Grausameres tun. Das kann ich nicht zulassen. Ich gebe Emmerich den Brief und dann wird er entscheiden. Wir werden unser Leben nicht unnütz riskieren."

„Herrin, eine solche Gelegenheit, den Palatin, noch während die Gräfin sich an seinem Hof befindet, mit der Wahrheit zu konfrontieren, bekommen wir nie wieder. Außerdem muss er gewarnt werden. Dass die hohe Frau die Einladung trotz des Streitgespräches aufrechterhält, ist doch für uns der beste Beweis, dass sie den Hochzeitstag gewählt hat, um sich ihrer Feinde zu entledigen."

Die Worte Katicas hatten mich nachdenklich gemacht. Tatsächlich wies alles darauf hin, dass sie die Hochzeit für ihre Schandtat gewählt hatte. „Aber der König?", dachte ich laut.

„Er ist bisher nicht eingeladen ..."

Katica fasste mich an den Schultern. „Herrin, ich habe belauscht, dass wir nach dem Besuch beim Palatin gleich weiter ins Heilbad nach Pöstyén reisen. Der König soll dort gerade ein Rückenleiden auskurieren. Die Gräfin wird davon erfahren haben und wahrscheinlich deshalb das Bad aufsuchen, um ihm ihre Einladung zu überbringen."

„Ich habe Emmerich doch eine Nachricht mit einer Taube geschickt. Er müsste längst über das Komplott Bescheid wissen", sagte ich in der Hoffnung, sie von ihrem wahnsinnigen Plan abzubringen. Doch Katica schüttelte den Kopf. „Ficzkó hat die Taube abgeschossen. Er kennt die Tauben aus der ganzen Umgebung und kannte auch ihre Flugstrecke nach Sárvár. Die Herrin hat ihn gut dressiert. Er weiß und sieht alles, nichts entgeht ihm. Er hat die Augen eines Adlers und die Ohren eines Luchses."

Katica ließ sich nicht von ihrem Vorhaben abbringen. Alle meine Einwände schlug sie in den Wind. Es war ihr ganz persönlicher Racheplan für das abgeschnittene Ohr. Schweren Herzens musste ich sie gehen lassen, während das Gesinde Körbe und Kisten auf Esel und Packpferde verteilte. Die Darvulia verstaute ihren neuen teuflischen Kräutervorrat, den sie bei Nacht im nahen Wald gepflückt hatte. Ich sah, wie sie leere

Schneckengehäuse vorsichtig zwischen Leinentücher
legte, damit sie keinen Schaden nahmen und kleine
Krüge mit dem Extrakt aus Dachwurz, Alraune, Alant
und Sonnentau dazulegte. Einen ganzen Arm von
Sträußen getrockneten Johanniskrauts und allerlei anderen Kräutern packte sie in Kisten. Ich sah ihr gedankenverloren zu, während ich für Katica betete, dass ihr
Plan gelingen möge. Als endlich alle Kisten verstaut
waren und die Gräfin an der Hand ihres zukünftigen
Schwiegersohnes in die Kutsche stieg, war noch immer
nichts von Katica zu sehen. Ich hatte mich nützlich gemacht und das Verladen ganz persönlicher Dinge von
mir und Elisabeth überwacht und manchmal einen
passenden Hinweis gegeben, wo dieses oder jenes Köf-
ferchen seinen Platz finden sollte. Meine Angst wuchs,
als die Heiducken aufsaßen und die Fahrer und
Knechte zum letzten Mal die Riemen und Geschirre der
Kutschpferde überprüften. Ein Schwarm Enten flog
über den Hof, unterwegs nach Norden und ich dachte
mit Wehmut daran, dass sich schon wieder ein Jahr
dem Ende zuneigte. Ich wünschte mir, es ihnen gleichzutun und mich in die Lüfte zu erheben, um meinem
Schicksal davonzufliegen. Die Zeit verging und mich
quälte der Gedanke, dass Katicas Unterfangen misslun-
gen war und ihr etwas passiert sein musste. Unter dem
Vorwand, etwas vergessen zu haben, hastete ich zurück, vorbei an erstaunten Gesichtern, raschelnden Röcken überraschter Hofdamen und bewaffneten Wach-
männern, die mich aufzuhalten versuchten. Doch nir-
gendwo konnte ich sie entdecken, bis ich sie auf dem
Rückweg durch ein Fenster im Schloss neben der Kutsche der Gräfin, zwischen Ficzkó und Dorkó, stehen

sah. Sie befand sich in einer seltsam gebückten Haltung, die erkennen ließ, dass man ihr die Hände auf dem Rücken gefesselt hatte. Die Erleichterung, die mich gerade überfallen hatte, wich nun einer hoffnungslosen Niedergeschlagenheit. Aber sie war meine Zofe und so setzte ich mit äußerster Anstrengung eine gleichgültige Miene auf, als ich mich der Gruppe näherte, und stellte mich unwissend.

„Hoheit, Ihr habt meine Zofe gefunden? Wie schön, ich habe sie überall gesucht", flötete ich und beantwortete das triumphierende Grinsen Johannes' mit einem eisigen Blick.

„Eure Zofe, Komtesse, hat sich gerade des Hochverrats schuldig gemacht", erklärte mir die Gräfin ganz zwanglos im Beisein Graf Zrinyis. „Ist Euch dieser Brief bekannt?", fragte sie und hielt mir das bekannte Schreiben unter die Nase. Ich nahm es und überflog die Zeilen mit äußerlicher Ruhe, obwohl ich innerlich brannte. „Nein, Hoheit", antwortete ich und gab ihn ihr zurück. „Diesen Brief sehe ich zum ersten Mal." Mutig hob ich die Augen und sah ihr ins Gesicht.

„Anscheinend gibt es eine Verschwörung unter meinen Untertanen. Vor allem unter meinen angestellten, christlichen Würdenträgern. Das wird Folgen für die entsprechenden Priester haben. Ich werde ihre Abgaben an mich so weit erhöhen, dass das Intrigieren gegen mich ein Ende haben wird."

„Aber was hat meine Zofe damit zu tun, Hoheit?", fragte ich nun mutiger. „Ich komme ohne meine Dienerin nicht zurecht."

„Ihr werdet eine andere bekommen. Eine, die Euch würdiger ist. Diese hier wird ihrer gerechten Strafe nicht entgehen.“

Katicas flehender Blick, den ich daraufhin einfing, bat mich, still zu sein. Sie war so mutig und doch so unscheinbar, dass es mir, als unsere Blicke sich trafen, das Herz zerriss.

„Was, in Gottes Namen, hat sie denn angerichtet?“, wollte ich wissen und ließ nicht locker.

Die Gräfin zog die rechte Augenbraue etwas nach oben, als wunderte es sie, dass ich mich so völlig ahnungslos gab. „Das Miststück hatte vor, mich mit diesem Brief bei meinem Vetter, dem Palatin, anzuschwärzen. Damit hätte sie auch gleich zum König gehen können. Was glaubt dieses dumme Ding? Dass ihr der Stellvertreter des Königs Glauben schenkt? Ausgerechnet einer Bauerndirne? Da müssen schon andere kommen, um mich anzuschwärzen.“

Nun war ich es, die flehentlich zu Katica blickte. Warum hatte sie nicht auf mich gehört? Aber woher konnte Katica auch wissen, dass die beiden Mächtigen seit Jahren in einem freundschaftlichen Verhältnis standen, das ein kleines Streitgespräch nicht so ohne Weiteres zerstörte? Graf Thurzos zweite Frau war eine entfernte Verwandte der Gräfin. Ich hätte wissen müssen, dass es aussichtslos war und sie energischer davon zurückhalten sollen. Ich machte mir so schwere Vorwürfe.

Katica wurde gefesselt und auf einen mit Kisten beladenen Wagen gebracht. Was die Gräfin mit ihr vorhatte, konnte ich mir denken und malte mir die schlimmsten Szenen aus. Dass sie Katica nicht schon hier auf das Grausamste für den Verrat büßen ließ, lag einzig an dem Hoheitsgebiet des Palatins, auf dem wir uns befanden, und an ihrem Schwiegersohn, der von ihren Neigungen nichts mitbekommen durfte. Doch unterwegs, als eine Kutsche im Morast stecken blieb, schaffte Katica es, sich in einem unbewachten Augenblick von ihren Fesseln zu lösen und zu fliehen. Da sie aber den direkten Weg zum Palatin nahm, anstatt sich in den Wäldern zu verstecken, wurde sie, kurz bevor sie Thurzos Wohnsitz erreichte, von den Heiducken Elisabeths wieder eingefangen. Diesmal ließ die Gräfin sie mit Zügelriemen an Händen und Füßen fesseln und mit ihren Haaren am Kutschenfenster aufhängen. Ich musste die ganze Fahrt über mit ansehen, wie jede Wegunebenheit ihren Körper wie eine Puppe hin und her schleuderte und sich ihre Kopfhaut zum Zerreißen spannte, bis sie blutete. Ach, hätte ich ihr nur helfen können. Ich war so machtlos und es kam mir vor, als ob die Gräfin jede meiner Bewegungen mit Argusaugen bewachte. Sicherlich ahnte sie etwas. Aber sie konnte mir eine Mittäterschaft nicht nachweisen. Doch tagelang die Freundin in diesem Leid zu sehen war so furchtbar, dass ich einen ernsthaften Plan zu schmieden begann, um endlich Graf Emmerich um Hilfe zu bitten. Er war jetzt unsere letzte Hoffnung. Nur ihm würde der Palatin die Wahrheit glauben. Und Katica, meine mutige Zofe, lächelte mir trotz aller Qualen, die sie auszustehen hatte, vertrauensvoll zu. Vielleicht ahnte sie, was ich jetzt vorhatte.

XX. Kapitel

„Was hat der Kaiser dir auf die Frage nach den ausbleibenden Goldmünzen geantwortet?" Die Darvulia drehte ihren Kopf in die Richtung, aus der sie die Antwort erwartete, während sie mit dem Speiseplan für die Hochzeitsgesellschaft beschäftigt war und Dorkó knapp anwies: „Sorge dafür, dass alles für den Empfang unserer hohen Gäste zur vollsten Zufriedenheit vorbereitet wird! Und denk an den Wein, nur schweren aus der Umgebung, und dass mir das Wildschwein entsprechend gespickt ist. Ach ja, und die Gemächer für die Gäste, sind sie bereits hergerichtet?"

Dorkó knickste und entfernte sich rasch, um das Gesinde anzuweisen. Als sie die Tür hinter sich geschlossen hatte, antwortete die Gräfin der Darvulia vom Schreibtisch: „Er hat mich wieder einmal, wie schon so oft, vertröstet." Ihr Blick wurde von einer Karte vom Heilbad in Pöstyén angezogen. Sie seufzte leise bei dem Gedanken an die wohltuenden, wärmenden Heilgewässer, wo sie vor Kurzem für ein paar Tage von den aufreibenden Hochzeitsvorbereitungen Ablenkung gesucht hatte. „Durch seine Weigerung befinde ich mich jetzt in ernsthaften Zahlungsschwierigkeiten. Die Festlichkeiten zur Hochzeit meiner Töchter sind dabei, mich zu ruinieren. Dennoch will ich eine ganz große Hochzeit, eine, an die sie sich ihr Leben lang erinnern.

Man heiratet ja nur einmal und sie sollen ihre Mutter nicht als knauserig in Erinnerung behalten. Vor allem dürfen meine zukünftigen Schwiegersöhne nichts von meinen Geldnöten erfahren. Die standesgemäße Heirat und die Verbindungen zu den beiden hohen Familien sind mir sehr wichtig. Deshalb habe ich gestern meine strategisch wichtige Burg Devin verkauft. Es schmerzte ein wenig, aber den Kindern soll es immer gut gehen, Anna. Zudem habe ich vor, sie mit meinem Testament vor weiteren Schäden zu bewahren und gedenke, mich bald zur Ruhe zu setzen. Ich werde einen Brief an die vereidigten Beisitzer des Komitats Ödenburg aufsetzen und sie um ihre Meinung bitten."

„Ist das dein Ernst, Kind? Der Kaiser muss seine Schulden begleichen! Hast du auch nichts unversucht gelassen? Er war einmal ganz verrückt nach deinem Körper. Was ist nun damit? Will er ihn noch, dann gib ihm, was er verlangt."

„Auch das habe ich versucht", stöhnte Elisabeth. „Aber Matthias ist Kaiser und meinen Körper will er längst nicht mehr. Er hat genügend Frischfleisch am Wiener Hof und das hat er mir auch, ohne den nötigen Respekt, direkt vor seinem Hoflakaien zu verstehen gegeben; dass ich eine alternde Witwe sei und ich mir das eher hätte überlegen sollen. Ich sei für ihn zu einem Risikofaktor geworden, weil Gabor, der jetzt den Thron bestiegen hat, mit seiner Politik gegen das Haus Habsburg, ihm, dem Kaiser, den Kampf angesagt hat. Er hat mir geraten, ihm stattdessen meine Besitzungen zu übereignen, und mich zu verhalten, wie es einer alternden Witwe meines Standes zukäme, ansonsten könnte es passieren, dass ich schnell in den Ruf der Hexerei

gerate." Der Gedanke an die entwürdigende Szene war
Elisabeth ins Gesicht geschrieben. Vor Ekel verzog sie
den Mund, als ob sie in eine Zitrone gebissen hätte.

Die Darvulia spürte ihren Schmerz und litt mit ihr.
Denn in ihren blinden Augen würde Elisabeth immer
das junge, schöne Mädchen bleiben. Nur manchmal, so
wie jetzt, erinnerte sie sich, dass auch sie einmal jung
gewesen war. Damals, mit reinem Herzen und ohne
Sünde, hatte sie sich in Elisabeths Vater verliebt, doch
der hatte sie verlacht, verachtet, benutzt und beschmutzt, weil sie nicht schön genug gewesen war und
neben seinem Weib als Mätresse nicht hatte bestehen
können. Nach dieser entwürdigenden Erfahrung waren für sie andere Dinge wichtiger geworden. Sie hatte
sich den Kindern des Herrscherpaares zugewandt. Irgendwann, sie wusste nicht mehr, wann es passiert
war, hatte sie eine lustvolle Gier nach diesen blutjungen, weichen und weißen Körpern entwickelt. Mit der
Krankheit Syphilis war dann der Wille gekommen, sie
zu zerstören, so wie man sie zerstört hatte. Mit Elisabeth erreichte dieses Gefühl seinen Höhepunkt. Schon
als Säugling hatte ihr kleiner, makelloser Körper sie
zur Erregung gebracht. Später war es ihre persönliche
Rache gewesen, dass sie sich an dem heranwachsenden
Kind verging. Denn ihr wachsender Einfluss auf sie
hatte ihr, Anna Darvulia, Macht gegeben, eine Macht,
die ihr gestattete, die Mächtigen aus dem Verborgenen
zu dirigieren wie Schachfiguren. Sie lächelte bei dem
Gedanken, dass der Mann, der sie abgewiesen hatte,
durch ihre Hand gestorben war. Doch dann trat sie, wie
immer, wenn Elisabeth Zuspruch brauchte, dicht hinter sie, um sie zu trösten.

„Lass dir nichts einreden, mein Kind. Es ist nur die Rache eines gehörnten Königs. Er ist deiner gar nicht würdig. Für mich bist du schön und wirst es immer bleiben.“

„In deinen blinden Augen, Anna, werde ich es wohl bis in alle Ewigkeit sein. Doch könntest du nur sehen, wie die Spannkraft meiner einst festen jungen Haut nachlässt und jeder Blick in den Spiegel mich vor Angst vor dem alten Weib, das mir entgegenblickt, erschauern lässt. Dann wird mir sofort der Kopf so heiß, als ob er zerspringen wollte. Ich kann plötzlich nicht mehr denken, nicht mehr regieren und muss herumlaufen wie ein räudiger Hund. Wenn ich in diesem Zustand bin, könnte ich nicht nur alle jungen Mädchen an meinem Hof ermorden, nein, ich möchte dann die ganze Welt wie eine gekochte Kastanie in der Luft zerspringen lassen.“

„Wir finden eine Lösung“, tröstete die Darvulia und massierte ihr die Schultern. „Ich braue dir gleich deinen Lieblingstrank, dann geht es dir wieder besser. Zur Abwechslung haben wir noch ein Mädchen für dich. Wenn du sie richtig hart bestraft hast, wirst du dich besser und viel schöner fühlen.“

„Was faselst du immer für einen Unsinn, Anna! Du siehst doch gar nicht, wie ich mich fühle, geschweige denn wie ich mich verändere. Deine Hexenkünste funktionieren nicht mehr. Und die Katica ist eine Frau. Sie ist viel zu stark. Und ich bin alt und krank und das Geschrei der Mädchen geht mir auf die Nerven.“

Das alte Weib beugte sich über Elisabeth und hob mit der Hand ihr Kinn an. Ihre Finger waren wie ein Schraubstock und während sie Elisabeths Kopf gegen ihren gewaltigen Busen drückte, tasteten ihre leeren Augen ihr Gesicht ab. Plötzlich erwiderte sie scharf: „Was ist mit dir, mein Kind? Hast du etwa ein Gewissen bekommen? Wir können ihr doch den Mund zunähen. Katica hat die höchste Strafe verdient. Stell sie dir vor, all diese schönen, jungen Körper, stell dir vor, wie sie hinter deinem Rücken lästern, weil du nicht mehr jung bist wie sie. Stell dir vor, wie sie sich lustvoll und stöhnend unter den Küssen ihrer Liebhaber winden. Für sie bist du eine alternde Witwe, auch wenn sie sich vor dir verneigen und deiner Schönheit huldigen. Es sind alles falsche Schlangen. Und Schlangen magst du doch nicht, Elisabeth?"

Die Gräfin wehrte sich nicht. Sie schien wie Wachs in den runzligen Händen, wie ein unmündiges Kind, das gescholten wurde. Unverwandt und sprachlos schaute sie die Darvulia an, bis diese sie losließ und wie nebenbei sagte: „So ist es gut, mein Kind. Ich wusste, dass du folgsam bist. Deshalb werde ich heute Nacht in den Nachbarort zur alten Erzsi fahren. Bei Vollmond wird uns die Hexe sicher verraten, wie wir uns am wirkungsvollsten unserer Feinde entledigen können."

***

Wichtige Ereignisse warfen ihre Schatten voraus. Während ich verzweifelt im Kastell nach Katica suchte, wurde der Kaiser in Pressburg offiziell zum König von Ungarn gekrönt, zu dessen Krönungsfeier auch die Gräfin gereist war. Aber nicht, um ihn zu töten. Sie ließ noch einmal alle ihre Reize spielen, um an ihr Geld zu kommen, doch vergeblich. Auf dem Rückweg war sie so gereizt über den weiteren Misserfolg, dass sie es nicht unterlassen konnte, ein Mädchen zu töten. Die junge Frau, diesmal eine Adlige und noch nicht lange am Hof, verspürte Hunger und biss heimlich in eine Mehlspeise, wobei sie von der Darvulia erwischt wurde. Die Gräfin geriet so außer sich, dass sie eine weitere Mehlspeise brennend heiß machen ließ und der Frevlerin in den Mund schob. Danach traktierte Elisabeth ihr Opfer wütend mit Messerstichen, sodass es, in Čachtice angekommen, an den Folgen verstarb.

Kurz vor den berauschenden Feierlichkeiten zu Annas und Katharinas Hochzeit, die eine ganze Woche in Anspruch nehmen sollten, begleitete mich der junge Graf Zrinyi auf einem Spaziergang. Ich mochte den jungen Grafen, vielleicht, weil er anders war als die wilden, temperamentvollen Ungarn, weil er ein Träumer und Poet war. Die Augen mit der Hand vor der Sonne abschirmend beobachtete er die Felsspitze, auf der die mächtige Burganlage gespenstisch thronte. Nach einer Weile stellte er nachdenklich fest: „Es geht etwas in dieser Burg vor. Ich habe von grässlichen, mädchenmordenden Gespenstern und Wölfen mit scharfen Zähnen und riesigen Klauen reden hören. Meine Schwiegermutter sollte sich einen anderen Witwensitz wählen. In Wien ist es sicher weniger gefährlich.“

Ich hätte ihm die Wahrheit über seine zukünftige Schwiegermutter sagen können. Aber hätte er sie mir auch geglaubt? Jedoch, wie es oftmals der Fall ist, kam mir der Zufall zu Hilfe und brachte den jungen Grafen zum Nachdenken. Meine Hündin war in den Burggraben gelaufen und grub heftig mit beiden Vorderpfoten in der Erde, zwischen Kot, Küchenabfällen und

Tierkadavern. Graf Zrinyi lief neugierig zum Rand des Grabens, um zu sehen, was es Interessantes gäbe und weshalb die Hündin nicht auf mein Rufen reagierte. Er schickte seine Diener vor, die gleich darauf den Abhang wieder heraufkletterten und ihm mit aschfahlen Gesichtern berichteten, dass sie drei übel zugerichtete Mädchenleichen gefunden hätten. Zum Beweis lüftete einer der Diener ein Tuch mit dem er den Beweis abgedeckt und aus dem Graben hervorgeholt hatte. Es war ein Bein, das von Peitschenstriemen übersät war und dem im Oberschenkel ein Stück Fleisch fehlte. Der Graf bekreuzigte sich unwillkürlich bei dem Anblick, während er stotternd feststellte: „Das ist kein Wolf gewesen. Das war ein Mensch." Das Ereignis hatte Graf Zrinyi so tief erschüttert, dass er Elisabeth eine furchtbare Szene machte und sich sein Verhältnis zu ihr von diesem Zeitpunkt an stark abkühlte.

Seltsamerweise erschreckte mich der Anblick nicht großartig. Ich bedauerte nur, dass die Mädchen nicht wenigstens ein christliches Grab bekommen hatten. Insgeheim war ich wütend auf Johannes, der bei der steigenden Zahl der Leichen diese einfach über die Burgmauer den Wölfen und Hunden zum Fraß vorwarf. Aufgrund dieses Ereignisses wollte ich aus Elisabeths Mund erfahren, ob meine Zofe noch lebte. Trotz meiner Furcht vor ihr, kündigte ich meinen Besuch bei der Gräfin an. Mit gemischten Gefühlen ließ ich mich von einem Diener durch die unteren Räumlichkeiten des Kastells führen.

Als er vor einer dunklen, mit schweren Schlössern versehenen Eichentür stehen blieb und mich der Gräfin melden wollte, schickte ich ihn fort. Anstatt, wie ich es vorhatte, wütend hineinzustürzen und sie zur Rede zu stellen, verharrte ich im Türrahmen. Es war die Fistelstimme der Darvulia, die mich stutzig machte: „Bade nur in dem Elixier, meine Schöne. Die alte Erzsi hat es heute Morgen um vier Uhr ins Schloss gebracht. Nachdem du eine Stunde darin gebadet hast, müssen wir einen Teil davon wegschütten. Aus dem Rest im Backtrog backen wir dann, wie die Hexe uns geraten hat, einen Kuchen für den König, den Palatin und Graf Megyery. Sollte noch etwas übrig bleiben, können wir ihnen das auf der Hochzeitsfeier servieren. So sind wir sicher, dass nichts schiefgeht."

Das Weib kicherte und ich sah einen riesigen hölzernen Backtrog in der Mitte des Raumes auf dem Steinfußboden stehen. Elisabeth badete in ihm, ihre langen Haare wallten an ihm herab und ich hörte sie zweifelnd fragen: „Ist es auch wirklich wahr, dass der Sud all meinen Hass aufnimmt?"

„Natürlich, mein Kind, je mehr von deinem Hass in das Elixier übergeht, umso sicherer können wir sein, dass unsere Feinde daran sterben", hörte ich das Weib antworten. Dann rannte ich, ohne der Gräfin meine Aufwartung zu machen, auf direktem Weg zu Graf Zrinyis Gemach und warf mich ihm zu Füßen.

„Bitte, junger Herr", flehte ich, „helft mir, ich muss Graf Megyery wiedersehen. Ich muss ihn warnen. Man will ihn vergiften!" Wohlweislich vermied ich es, die volle Wahrheit zu sagen, da er sich gerade in der Gesellschaft von Elisabeths Töchtern und Baron Drugeth befand.

„Ein Giftkomplott?", kam es fast gleichzeitig aus den Mündern der Anwesenden. „Eine Verschwörung?

Befinden sich die Täter im Schloss, Komtesse?", fragte Anna mich, in Sorge um Paul, der ebenfalls zur Hochzeit angereist war.

Anna hatte sich zu einer selbstbewussten jungen Frau entwickelt. Sie glich noch immer kaum ihrer Mutter. Jede ihrer Bewegungen verriet, wie sie sich mühte, ihrem Zukünftigen zu gefallen. Sie himmelte ihn an. Doch im Vergleich zu ihrer Mutter wirkte sie selbst jetzt, in ihrem aufwendigen Hofputz, wie eine kümmerliche Distel gegen eine Rose.

„Ich habe zwar alles mit angehört, die Stimmen aber nicht erkannt", log ich. „Man plant den Giftanschlag auf Eurer Hochzeit."

„Auf welcher?", lächelte Baron Drugeth. „Es ist eine Doppelhochzeit. Habt Ihr nicht vielleicht eine allzu blühende Fantasie, Komtesse?" Er nahm mich nicht ernst. Wie sollte er auch, war er doch selbst viel zu sehr beschäftigt mit dem Spinnen von Intrigen.

„Aber vielleicht gilt der Giftanschlag gar nicht Graf Megyery und Ihr habt Euch in der Aufregung verhört?!", mutmaßte die dickliche Katharina, mit der ich immer ein bisschen Mitleid empfand. Sie war dabei, sich von ihrer dominanten Mutter zu lösen, schien aber nicht gerade in das große Glück zu stolpern, wie ihr leidenschaftsloses Gesicht verriet. Ich fragte mich, ob ihr zukünftiger Gatte sie schon jemals so geküsst hatte, wie Gabor oder Emmerich mich geküsst hatten. Graf Drugeth spekulierte sicher nur auf das gewaltige Erbe.

Graf Zrinyi hatte den Kopf auf die Hände gestützt, still zugehört. Plötzlich erhob er sich hinter seinem Schreibtisch und sagte: „Ich glaube auch, dass auf Čachtice etwas nicht mit rechten Dingen zugeht. Was mich von Anbeginn an beunruhigt hat, ist der Rückzug der Gräfin in dieses trostlose Nest. Was ist der Grund? Sie trennt sich doch sonst nicht kampflos von ihren Gütern und dann gleich von ihrem prunkvollen Leben in Sárvár? Sie soll früher einmal eine Liebesaffäre mit Graf Megyery gehabt haben, ist mir zu Ohren gekommen. Dass er sie abgewiesen hat, wäre für sie zumindest ein Beweggrund für den Giftanschlag. Manchmal frage ich mich, warum sie nicht an den Kaiserhof geht? Dort kenne ich einige gute Partien, die, obwohl zwanzig Jahre jünger, sie noch immer umwerben würden. Noch mehr verwundert mich, dass die Termine unserer beiden Hochzeiten erst hinausgezögert, dann gemeinsam auf das heilige Weihnachtsfest verschoben wurden. Aber das Seltsamste an der Angelegenheit ist: Unsere Hochwohlgeborene Gräfin Báthory soll ganz heimlich ihr Testament gemacht haben. Wie ich durch einen meiner treuen Diener erfuhr, ist sie bereits dabei, Möbel und wertvolle Dinge aus dem Schloss nach Transsilvanien abzutransportieren. Ganz zu schweigen von den üblen Nachreden, die sich über sie im Umlauf befinden."

„Mir ist da auch etwas aufgefallen", meldete sich Baron Drugeth zu Wort. „Vor einer Woche beobachtete ich in Sárvár eine recht merkwürdige Szene. Die Gräfin Elisabeth erschien gemeinsam mit einer Frau aus dem Dorf zu einer Gerichtsverhandlung im Ort. Dort gab unsere edle Gräfinnenmutter eine offizielle Erklärung ab, dass sie die Tochter dieser Frau, die bei ihr in Diensten stand, nicht getötet hat. Stattdessen soll das Mädchen an einer Krankheit verstorben sein, die ihren Leib so schrecklich zugerichtet hat. Warum tut sie das? Das ist ihrer doch gar nicht würdig, wenn sie unschuldig ist …“

„Ihr Herren glaubt doch nicht wirklich diesen Unsinn? Unsere Mutter ist doch keine eiskalte Mörderin. Ich weiß, dass sie allein um jeden ihrer verstorbenen Hunde bittere Tränen vergießt.“ Anna war blass geworden und musste sich am Schreibtisch abstützen. In diesem Augenblick erschien ihre Zofe in der Tür und meldete, dass ihr Hochzeitskleid zur Anprobe bereitläge.

„Wir können nur mutmaßen, dürfen uns aber keinesfalls auf Verleumdungen stützen“, stellte Graf Zrinyi abschließend fest.

„Aber wir werden die Augen offen halten. Diese Dinge dürfen keinesfalls dem König zu Ohren kommen, es soll bereits Gerüchte in Wien geben. Ihr wisst, Herrschaften, was das für uns bedeutet. Lasst uns mit dem Prinzen Paul beraten, wie wir am besten vorgehen. Sollte Euch, Komtesse, noch etwas seltsam erscheinen, informiert uns. Übrigens, Graf Megyery ist gestern nach dem Abendmahl angereist. Er erwartet Euch schon geraume Zeit im Kaminzimmer.“

Endlich hatte ich offene Ohren und Verbündete gefunden. Der Gedanke an Emmerich verlieh mir Flügel. Rasch verabschiedete ich mich mit einer kurzen Verbeugung von den Hoheiten. Dann lief ich mit klopfendem Herzen in den Pferdestall, sattelte mein Pferd und jagte wie der Teufel vom Kastell zur Burg hinauf. Die Glocke vom Turm der Kapelle läutete gerade mit mächtigem Dröhnen die Vesper ein, als ich Emmerich im Kaminsaal der Burg antraf. Zurückgelehnt in einem schweren Sessel, umgeben von einem Meer tanzender roter Lichter, starrte er nachdenklich in das Feuer. Als sein Diener mich ankündigte, sprang er auf und lief mir mit ausgebreiteten Armen entgegen. Graf Zrinyi hatte recht. Emmerich musste mich erwartet haben. Der Pelzumhang glitt ihm von den Schultern, so stürmisch umarmte er mich, während ich sein pochendes Herz im offenen Hemdausschnitt hörte. Seine Augen funkelten und lachten. „Susanna, endlich!" Er überfiel mich mit einer Wildheit, die mich an dem sonst so beherrschten Mann überraschte und verunsicherte. Meine so schön zurechtgelegten Worte erstarben regelrecht unter seinen wilden Küssen, mit denen er mir sekundenlang den Mund verschloss. „Welch Angst habe ich ausgestanden, dass dir etwas passiert sein könnte, Geliebte. Niemand konnte mir Auskunft geben, wo ich dich finde. Nun bin ich in meiner Eigenschaft als Vormund des jungen Prinzen Paul mit zur Hochzeit angereist und kann dich endlich für immer in meine Arme schließen. Wenn ich zurück nach Sárvár reise, werde ich dich als meine Frau mitnehmen. Keine Minute länger lasse ich dich bei dieser Megäre. Oh, wie viel Zeit haben wir verstreichen lassen! Du wirst doch mit mir kommen?", sprudelte es zwischen Umarmungen und Küssen aus ihm heraus, bis er mich ein Stück von sich schob, um mich besser betrachten zu können. „Was habe ich mich nach dir gesehnt! Du bist so schön."

Atemlos zog er mich zum Alkoven, wo er mich sanft auf das Bett drückte. Er ließ sich neben mir nieder und nahm meine Finger zwischen seine Hände. Sie fühlten sich warm und fest an und vermittelten mir nicht zum ersten Mal das Gefühl von Geborgenheit. Dass die ungarischen Männer über ein zügelloses Temperament verfügten, das hatte ich am Hof Elisabeths schon erfahren müssen. Davon unterschied auch Emmerich sich nicht. Aber zu lange lagen die schlimmen Ereignisse zurück, als dass ich nicht, meine Angst vor einem Mann überwindend, die Gunst der Stunde nutzen wollte, um seine Liebkosungen endlich zu genießen. Doch als ich dann seine Hände auf meiner nackten Haut verspürte, zärtlich, aber auch fordernd, wurde plötzlich die Erinnerung an Stefan und Gabor wieder allgegenwärtig. Mit einem leisen Aufschrei schob ich seinen kräftigen Körper von mir. Er schnaufte erregt, sah mir einen Moment verdutzt in die Augen und verstand, bevor er von mir abließ. Ich war ihm dankbar dafür, obwohl alles in mir nach ihm schrie. Zudem wurde es Zeit, dass ich mich darauf besann, weshalb ich zu ihm gekommen war, und ich flüsterte, während ich seine Nasenspitze küsste: „Ich brauche deine Hilfe, Emmerich.“

Sofort wurde sein Blick besorgt, während sich seine Züge verfinsterten und er erriet, um was es sich handelte. „Elisabeth?“, fragte er. Ich nickte. „Sie will dich, den Palatin und den König vergiften. Auf der Hochzeit ihrer Kinder. Du darfst um Gottes willen nichts von den Speisen der Hochzeitstafel zu dir nehmen.“

Ich konnte deutlich sehen, wie sich die Erleichterung in seine Züge grub. „Na Gott sei Dank, dass es nicht schon wieder tote Mädchen sind!“, antwortete er aufatmend. „Seitdem es keine neuen Opfer mehr in Sárvár gibt, sind die entflohenen Bauernmädchen aus den Dörfern alle wieder zurückgekehrt. Aber um mich musst du dir keine Sorgen machen“, tröstete er mich. „Dass uns jemand ans Leben will, damit müssen wir immer rechnen. Für vergiftete Speisen haben wir ja unsere Diener und Hunde.“

„Die Angelegenheit fordert dennoch höchste Eile“, erwiderte ich, etwas enttäuscht, dass er meine Warnung in den Wind schlug. „Diesmal ist Hexerei im Spiel. Zudem gibt es jetzt in Čachtice genügend neue Mädchenleichen und Katica, meine Zofe, ist, nachdem sie den Palatin warnen wollte, spurlos verschwunden. Ich vermute, dass sie nicht mehr unter den Lebenden weilt. Gestern habe ich den Schlossgraben und den Friedhof nach ihr abgesucht. Ich habe unzählige verstümmelte Mädchen gefunden, aber Katica war nicht darunter. Die Bauern rebellieren, die Mädchen aus der Umgebung flüchten, sobald die Gräfin, Johannes und die alten Weiber auftauchen. Elisabeth ist wahnsinnig. Als sie mich damals in die Wange biss, glaubte ich, selbst schuld zu sein und vertraute ihr wieder, weil ich zu weich und unentschlossen war. Aber jetzt glaube ich, dass auch ich in Gefahr bin, und lebe nur noch in Angst vor ihr. Elisabeth ist von dem Wahn befallen, ewig jung bleiben zu müssen und sie liebt junge Mädchenkörper, die sie auf das Grausamste verstümmelt. Ihre alten Weiber unterstützen sie dabei. Das Hexengebräu der Darvulia lässt die Gräfin völlig außer Kontrolle geraten. Jetzt ermordet sie schon die adligen Damen ihres Hofstaates. Wohin soll das alles noch führen? Bitte, Emmerich, bei unserer Liebe, wir müssen etwas unternehmen! Der Palatin wird dir Gehör schenken.“

„Meinst du, dass er einer schönen Frau wie dir kein Gehör schenkt?“, lächelte er.

„Bitte! Mach dich nicht lustig über mich", schmollte ich geschmeichelt, während ich vor Nervosität meine Hände knetete.

„Es ist also schlimm mit ihr geworden?" Er sah mir fest in die Augen und legte seinen Arm um meine Schultern. „Wegen der Taten der Gräfin habe ich mich schon lange vor deiner Erkenntnis mit den Pastoren von Sárvár und Deutschkreuz ausgetauscht, musst du wissen. Ich beobachte Elisabeth schon seit Jahren. Nun kommt natürlich erschwerend dazu, dass ich der Vormund ihres Sohnes bin. Es gilt also, großes Aufsehen zu vermeiden. Der Palatin wird mir nur Glauben schenken, wenn ich ihm Beweise liefere."

Emmerich hatte sich jetzt zu seiner vollen Größe aufgerichtet und ergriff ein Buch von einem kleinen osmanischen Tisch. Das Feuer des Kamins warf den Schatten seines Körpers gespenstisch an die Wand. „In diesem Buch habe ich alles aufgeschrieben, was in Sárvár vorgefallen ist. Ich habe sogar die Aussagen und Briefe von Zeugen gesammelt. Aber es sind Bauern. Sie haben sich in ihrer Not an den König gewandt. Aber vergebens. Wir brauchen adlige Opfer. Wenn du dir wirklich sicher bist, dass sie sich jetzt auch an adligen Mädchen vergeht, dann haben wir etwas gegen sie in der Hand."

„Mir ist ein Adliger mit Namen Gasparus bekannt. Er soll seine Schwester Anna vermissen", erwiderte ich hastig. „Auch Graf Zrinyi, dem das Wohl seiner Schwiegermutter durchaus am Herzen liegt, hat Verdacht geschöpft. Vielleicht könnten wir ihn als Verbündeten gewinnen."

„Ich werde mit ihm reden, auch Paul muss Bescheid wissen. Zumal er wenig für seine Mutter empfindet und in mir eher seinen väterlichen Freund sieht. Du musst jetzt gehen, bevor die Gräfin Verdacht schöpft. Sie wird dich beim Abendmahl an ihrer Seite vermissen. Auf der Hochzeitsfeier werde ich dich ihr offiziell als meine Verlobte vorstellen. Danach wird sie dich entlassen müssen und du bist in Sicherheit." Er zog mich noch einmal in seine Arme, sah mir lange in die Augen und küsste mich sanft auf den Mund.

Später, bei der Trauung in der Schlosskapelle, stahl Elisabeth ihren Töchtern wie schon so oft die Schau. Sie wartete absichtlich, bis alle Gäste auf ihren Stühlen saßen. Dann schritt sie hocherhobenen Hauptes, in einem silbernen Kleid, das bei jeder Bewegung glitzerte, als sei es aus Tausenden von taufrischen Perlen gewebt, an der Hand des Königs über ein Meer von roten Rosen zu ihrem Platz. Alle Augen folgten nur ihr, sodass die beiden Brautpaare in ihren festlichen Roben zu Füßen des Altars in Vergessenheit gerieten. Obwohl Elisabeth einen kurzen Schleier vor ihrem Gesicht trug, konnte ich sehen, welches Vergnügen ihr dieser Auftritt bereitete. Jahrelang an ihrer Seite, hatte ich herausgefunden, dass es ihr immer dann gut ging, wenn sie im Mittelpunkt stand. Gerade jetzt, wo das Alter an ihr nagte, gewann die allgemeine Aufmerksamkeit eine noch größere Bedeutung für sie. Bevor sie sich in die Riege der rauschenden Spitzenkleider, Samtroben und funkelnden Geschmeide einreihte, ergriff sie meine Hand und gebot mir, mich neben sie zu setzen. Ich bemühte mich, diese Auszeichnung zu würdigen, und erwiderte ihr Lächeln, das mir an diesem Tag aufreizender vorkam als je zuvor. Doch die Furcht, dass ein solches Lächeln auch eine Hinterlist mit sich zog, sollte sich schnell bewahrheiten. „Sieh, Susanna", flüsterte sie mir zu und wies zum Altar, während sie meine Hand noch immer festhielt. „Erkennst du den schmucken Husaren an der Seite der Prinzessin Anna? Sieht er nicht Gabor, dem Fürsten von Transsilvanien, zum Verwechseln ähnlich?" Man konnte ihr deutlich ansehen, wie sie sich an meinem erschrockenen Gesicht weidete, das bei der Erwähnung Gabors bis zu den Haarwurzeln erbleichte.

„Mein Neffe ist der Einladung zur Hochzeit gefolgt, um meine Tochter Anna anstelle meines seligen Gemahls zum Altar zu führen. Was glaubst du wohl, wie sehr er sich freut, dich wiederzusehen, mein Kind? Ich entsinne mich, dass ihr früher sehr gute Freunde wart."

Ihr Blick lag lauernd auf mir und registrierte jede verräterische Regung von mir. Doch den Triumph, mich leiden zu sehen, wollte ich ihr nicht gönnen, obwohl Gabors Anwesenheit mir schrecklich in den Gliedern saß und mich fast lähmte. Dennoch beherrschte ich mich und hielt mich krampfhaft an meinem kleinen, goldbestickten Täschchen fest, als fände ich dort Hilfe. In meiner Aufregung war mir der schneidige Husar neben Anna nicht aufgefallen. Erst jetzt, nachdem Elisabeth mich darauf hingewiesen hatte, erkannte auch ich Gabor. Er war männlicher geworden, trug sein blondes, lockiges Haar kürzer und hatte einen gestutzten Bart, der Kinn und Wangen einrahmte. Obwohl ich mir einredete, dass er mir völlig gleichgültig war und dass ich ihn für das, was er mir angetan hatte, zutiefst hasste, sah mein törichtes Herz dies anders und begann, wild zu klopfen. Ich musste mir eingestehen, dass ihm die neue Männlichkeit vorteilhaft stand und er noch schöner geworden war. Der Teufel muss es gewesen sein, der die Báthorys mit dieser verführerischen Schönheit gesegnet hatte, die auch Gabor erlaubte, die Frauen seines Landes scharenweise zu vergewaltigen und ihre Ehemänner zu töten.

Es ließ sich nicht verhindern, dass ich Gabor nach der Trauung vor der Kapelle begegnete. Vielleicht war auch alles nur eine abgekartete Intrige zwischen ihm und Elisabeth, als er plötzlich beim Verlassen der Kapelle vor mir stand, als sei nie etwas gewesen. Ich verbeugte mich und wollte rasch an ihm vorbeilaufen, als Elisabeth in den höchsten Tönen flötete:

„Mein geliebter Neffe, was für eine Freude" und ihn vor aller Augen umarmte. „Sieh nur, Gabor, unsere hübsche Komtesse von Weißenburg, so lange habt ihr euch nicht gesehen. Stell dir vor, sie brennt darauf, dir ihre Aufwartung zu machen." Allein, wie sie das sagte, der höhnische Tonfall ihrer Stimme, ließ darauf schließen, dass alles abgesprochen war. Sie verneigte sich achtungsvoll vor ihm, wie es einem Fürsten seines Standes gebührte, und zog sich sogleich rasch zurück, nicht ohne ihm noch einmal verschwörerisch zuzuzwinkern.

Ich blieb allein zurück und versank wie gelähmt in meinen Röcken. Innerlich zerrissen, hielt ich den Blick vor ihm gesenkt und hoffte, dass er weitergehen würde. Doch Gabor zog mich zu sich hinauf. Sein Lächeln war dasselbe, mit dem er mich schon einmal betört hatte – spöttisch, erstaunt, neugierig und zugleich fordernd. „Komtesse", hörte ich ihn sagen. „Was für ein glücklicher Zufall, Euch hier zu begegnen, gesund und immer noch strahlend schön. Jahre sind vergangen, seitdem ich Euch einmal so nahe war. Wie lange ist es her, lasst mich raten ... Euer Kind müsste jetzt etwas älter als Paul sein. Wie die Zeit vergeht ..."

Deutlich spürte ich hinter der Schmeichelei den Spott in seiner Stimme und gern hätte ich ihm die passende Antwort darauf gegeben. Doch der Mund spricht manchmal etwas ganz anderes als die Seele sagen möchte. Zumindest schaffte ich es, meine Erregung hinter einer gleichgültigen Maske zu verbergen und antwortete ihm: „Die Freude ist ganz meinerseits, Hoheit. Ich habe von Euren kriegerischen Erfolgen gehört. Ihr seid inzwischen zu einem großen Herrscher aufgestiegen."

Gabor sah mir einen Moment nachdenklich ins Gesicht, so, als müsste er erst überlegen, ob ich die Wahrheit sprach oder ihn heimlich zum Teufel wünschte. Während dieses kurzen Schweigens kostete es mich Mühe, dem Blick seiner meerblauen Augen standzuhalten. Jede Frau wäre bei diesem Blick schwach geworden, mir durfte das nicht noch einmal passieren. Denn genau das schien er anzustreben. „Warum so förmlich, Komtesse? Wo ist die alte Vertrautheit? Habt Ihr Euch nicht wenigstens ein einziges Mal gewünscht, mich wiederzusehen?" Er schien sich für unwiderstehlich zu halten und hob mein Kinn an, um mir besser in die Augen sehen zu können. Ich spürte das weiche Leder seines Handschuhs, seine Finger, die meine Haut streichelten und meinem Mund näher kamen. Sein Blick wanderte genüsslich von meinen Lippen zu meinem Busen und wieder zurück. Blanke Gier blitzte in seinen Augen. „Ihr könnt einen Mann immer noch um den Verstand bringen, Susanna", hauchte er. Doch genau in dem Moment, in dem ich glaubte, dass er mich küssen würde, schwenkte er plötzlich lächelnd ab: „Ich habe übrigens ein Mädchen in meinem Gefolge, ein ebenfalls sehr schönes. Elisabeth hat sich gleich in das unschuldige Kind verliebt und will es in ihr Gynaeceum aufnehmen. Ihr müsst es Euch unbedingt ansehen. Ihr werdet erstaunt sein, denn es gleicht Euch aufs Haar; die gleichen Augen, dieselbe Figur – es könnte Eure Tochter sein."

Sein Arm umschloss dabei meine Hüfte, sodass ich seinem Blick nicht ausweichen konnte. Es hatte ganz den Anschein, als wollte er die Überraschung, das Entsetzen und den Schmerz, die mich bei seinen Worten befielen, in sich aufsaugen. Wahrscheinlich lebte auch er vom Schmerz, wie seine Tante Elisabeth, um sich daran aufzugeilen. Ich versuchte, mich zusammenzureißen, doch meine Tränen waren schneller. „Ihr wollt mir damit doch nicht sagen, dass mein Kind lebt? Dann ist es also wahr, dass Ihr mir meine Tochter gestohlen habt?"

Gabor lächelte darauf noch breiter. Er amüsierte sich. „Wer sagt denn etwas von Eurer Tochter? Ich habe lediglich gesagt, dass sie Euch ähnlich sieht und sie am Hof meiner Tante die beste Ausbildung bekommt, die sie sich nur wünschen kann."

„Ihr quält mich, Hoheit." Die Erinnerungen übermannten mich. Ich hatte das Gefühl, die Welt um mich herum tanzte einen wilden Reigen. Mein Kind lebte und Gabor versuchte es mir gerade ein zweites Mal zu entreißen. Es gefiel ihm, mich bei dem Gedanken leiden zu lassen, meine Tochter der Tigerin zum Fraß vorzuwerfen. Er hatte meine Tochter nur gerettet, um sie von seiner Tante töten zu lassen. „Was verlangt Ihr?"

„Euch!", lachte er. „Ich bin des Krieges und der Intrigen müde, ich will ein Weib an meiner Seite."

„Niemals! Niemals bekommt Ihr mich jemals wieder in Euer Bett. Lieber ersäufe ich mich im Fluss. Das ist doch nur wieder eine Eurer Intrigen", zischte ich und schob ihn energisch zurück, als er versuchte, mich noch fester an sich zu pressen. Vergessen war mein pochendes Herz. Ich hatte sein Spiel durchschaut und empfand nur noch Abscheu.

„Überlegt es Euch!", sagte er lächelnd, ohne seine aalglatte Maske zu verlieren und verbeugte sich ritterlich vor mir.

„Aber lasst mich nicht zu lange auf eine Antwort warten. Das Hochzeitsfest dauert nicht ewig. Vielleicht ist das Mädchen ja doch Euer Kind? Bedenkt, was Euch entgeht. Solltet Ihr mein Angebot zurückweisen, werdet Ihr es nie herausfinden."

Ich zitterte am ganzen Körper als er mich verließ. Heiße und kalte Schauer schüttelten mich, bis ich mich bibbernd in meinem Kleid verkroch. Es hatte angefangen zu schneien. Die ersten weichen Schneeflocken legten sich auf mein Haar, kitzelten meine Schultern und vermischten sich mit meinen Tränen. Intrigen und Grausamkeiten hatte ich am Hof Elisabeths erlebt, doch zum ersten Mal fühlte ich mich einsamer als ein geprügelter Hund und wünschte mir, auf der Stelle zu sterben. Aber das Schicksal hatte noch etwas weitaus Schlimmeres mit mir vor. Damit ich meiner Bestimmung auch nicht entrinnen konnte, schickte es mir Emmerich, der mich im Flockenwirbel mit einem Pelz in den Händen vor dem Erfrieren rettete.

„Susanna, in Gottes Namen, was machst du hier in der Kälte?", fragte er besorgt. „Die Gäste sind alle schon bei der Hochzeitstafel, nur du fehlst. Die Gräfin hat schon nach dir rufen lassen."

Ich sah Emmerich an, als erwachte ich aus einem tiefen Schlaf. Dann sank ich an seine Brust, während er mich behutsam in die Suba hüllte, und ließ meinem Schmerz freien Lauf. Er wartete einen Augenblick, bis ich mich beruhigt hatte, bevor er mit besorgter Stimme fragte: „Hat es etwa jemand gewagt, dir wehzutun? Dann sag es mir. Ich spalte ihm den Schädel. Ist es Gabor? Ich habe den Fürsten gerade von dir weggehen sehen. Sind die Tränen seinetwegen?"

Wie sollte ich Emmerich beibringen, dass ich eine Laune Gabors war? Dass ich den Fürsten einmal geliebt hatte, von ihm wie eine Hure behandelt worden war und er mich nun zum Weib begehrte? Mir blieb nur ein herzzerreißendes Schluchzen: „Mein Kind, meine Tochter, sie lebt und ist hier am Hof." Aber noch bevor Emmerich seinem Erstaunen über die Neuigkeit Ausdruck verleihen konnte, erinnerte ich mich an die geplante Ermordung des Königs und seines Stellvertreters.

„Hochzeitstafel, sagst du?" Im Nu waren meine Tränen versiegt. „Um Gottes willen, das Hexenweib sprach von einem Kuchen und dass sie den Rest des Giftes ...", redete ich leise mehr zu mir, bevor ich aufgeregt spekulierte: „Vielleicht befindet es sich in der Hochzeitssuppe! Wir müssen uns beeilen und den König warnen!"

Doch bei unserem Eintreffen im Saal hatte der größte Teil der Hochzeitsgäste die Suppe bereits gelöffelt und das Gesinde war gerade dabei, die leeren Teller abzuräumen. Elisabeth quittierte mein Zuspätkommen mit einem vorwurfsvollen Augenaufschlag und entschuldigte sich hinter vorgehaltener Serviette beim König für mich. Als ich mich wenige Minuten später an der üppigen Tafel bediente, begegnete ich Emmerichs Blick am anderen Ende. Er hatte das Glück der frisch vermählten Brautpaare nicht zu zerstören gewagt. War das Gift wirklich in der Suppe gewesen oder hatte ich mich geirrt? Besteck und Gläser klirrten, die hohen Gäste schlemmten und plauderten ungezwungen, als sei nichts geschehen. Es gab keine Auffälligkeiten, niemand rang nach Luft oder fiel ohnmächtig vom Tisch. Lediglich ein Hund erbrach sich unter dem Tisch. Verwirrt wechselte ich abermals einen Blick mit Emmerich und sah das Flehen in seinen Augen, keinen unbedachten Fehler zu begehen. Letztendlich griff ich völlig verwirrt nach ein paar Mönchsohren, ohne den König und seinen Stellvertreter aus den Augen zu lassen. Seine königliche Majestät plauderte angeregt mit der Hausherrin, als ob sie schon immer die besten Freunde gewesen wären. Elisabeth strahlte und er küsste jeden einzelnen ihrer Finger, länger, als es die Etikette erlaubte. Mir waren die Hände gebunden, obwohl ich meine Warnung gern hinausgeschrien hätte: „Esst nichts, Hoheiten, die Gräfin trachtet Euch nach dem Leben!"

Täuschte ich mich oder überwachte heute die doppelte Anzahl an Mundschenken und Verkostern das Hochzeitsbankett? Strichen nicht viel zu viele Hunde zwischen ihren Füßen umher? Doch obwohl ich mir schweigend den Kopf zermarterte, mit Argusaugen jede neu aufgetafelte Speise inspizierte und mein Umfeld scharf beobachtete – das Resultat von Elisabeths Intrige traf erst am Abend ein.

In den späten Abendstunden klagten plötzlich einige der Gäste, eingeschlossen seine Majestät, über seltsame Leibschmerzen mit heftigem Durchfall. Es stellte sich später als eine Magenverstimmung heraus. Die Darvulia und die Gräfin tauschten giftige Blicke und ich hörte, wie Elisabeth leise zischte: „Du hattest mir versichert, dass es wirkt!"

Die Hexe beugte sich daraufhin zu ihr herab und fauchte böse zurück: „Dann hast du zu wenig Hass in den Sud hineingetan." Niemand außer mir begriff den wahren Sinn dieser Worte. Sicher hätte es keiner verstanden, warum mir der Appetit verging, als ich Elisabeth antworten hörte: „Dann müssen wir es noch einmal versuchen."

Am letzten Tag der Hochzeitsfeierlichkeiten, kurz vor Eröffnung des großen Abschlussballs, nahm mich Emmerich bei der Hand und ging mit mir zur Gräfin. „Hoheit", sagte er und verneigte sich vor ihr. „Ich bitte Euch hiermit vor allen Gästen um die Hand der Komtesse Susanna von Weißenburg. Ich möchte sie als meine Gemahlin nach Sárvár heimführen."

Mein Gefühl sagte mir sofort, dass es eine Katastrophe geben würde. Die Gräfin schluckte und sah Emmerich durchdringend in die Augen, doch er hielt ihrem Blick stand, bis sie verhalten von sich gab: „So, Ihr möchtet Susanna von Weißenburg zur Gemahlin nehmen?" Es war weder eine Zustimmung noch eine Ablehnung. Stattdessen verbargen sich hinter diesen Worten

Wut, Enttäuschung und Schmach, was augenblicklich ihrem Gesicht abzulesen war. Es wurde zur starren Maske, doch ich wusste, dass ein Vulkan in ihr tobte. Sie erhob sich brüsk und gebot Emmerich, ihr in eine an den Salon angrenzende Kammer zu folgen. Von mir verlangte sie, zu warten.

***

Die Tür hatte sich noch nicht ganz hinter Emmerich geschlossen, da verlor Elisabeth den Rest ihrer Fassung. „Du, wie konntest du mir das antun? Wie konntest du mich vor meinen Kindern und meinen Gästen so demütigen?" Rasend vor Wut stürzte sie auf Emmerich zu und trommelte mit den kleinen Fäusten gegen seine breite Brust.

Emmerich vermochte sie kaum zu bändigen und hielt sie sich mit kräftigen Fäusten vom Leib. „Bedenkt, wer Ihr seid! Ihr verliert Euch, Gräfin", versuchte er sie zu beruhigen. Doch Elisabeth wollte sich nicht beruhigen. „Eine Schlange hat mein Gemahl an seiner Brust genährt. Ich habe es immer schon gewusst – du willst mich vernichten. Aber das wird dir nicht gelingen. Erst nimmst du mir den Sohn, dann meine Ländereien und nun willst du mir die Frau nehmen, die ich liebe. Was ist es, das dich dazu treibt? Falscher Stolz? Niemals! Ich gebe Susanna nicht her. Du bekommst sie nicht."

„Ich nehme sie mir, auch ohne deine Einwilligung. Nach dem Ball wird sie mit mir nach Sárvár gehen, ob du willst oder nicht", antwortete er ruhig. „Und löse dich endlich von dem Gedanken, dass es zwischen uns noch jemals Liebe geben wird."

392

„Dann wird sie sterben. Lebend bekommst du sie nicht!" Elisabeth grinste schadenfroh. Sie wusste, dass sie ihn mit dieser Drohung mitten ins Herz getroffen hatte.

Doch das hätte sie nicht sagen dürfen. Sie war zu weit gegangen. Emmerich presste sie schmerzhaft in einen Lehnstuhl und befahl ihr: „Setz dich und beruhige dich, wenn du nicht willst, dass ich dir gleich den Schädel spalte! Du wirst ihr nichts antun. Nicht einmal denken solltest du so etwas. Denn ich werde dich zu finden wissen und dann gnade dir Gott, solltest du noch am Leben sein. Denn ich weiß um deine Machenschaften, mich täuschst du nicht länger, Megäre! Allein dass du vorhattest, den König zu vergiften, wird dich den Kopf kosten. Wenn du nicht willst, dass ich ihm deine Absichten überbringe, dann lass die Finger von Susanna!"

Mit wütendem Blick spie er vor ihr aus und verließ sie, ohne sich noch einmal nach ihr umzusehen. Auf dem Weg zu den Hochzeitsfeierlichkeiten vernahm er die Stimme des Grafen Zrinyi durch die Tür seines Gemachs und trat entschlossen ein. Zur Sicherheit ließ er zwei bewaffnete Heiducken vor der Tür positionieren. Gleichzeitig schickte er einen Diener nach Baron Drugeth.

„Verzeiht mir, wenn ich Euren schönsten Tag mit unwürdigen Angelegenheiten störe, Graf Zrinyi", kündigte sich Emmerich an, ohne die Ankunft Baron Drugeths abzuwarten.

„Gerade ist Eure Schwiegermutter zu weit gegangen. Sie hat gedroht, meine Verlobte, die Komtesse von Weißenburg, zu töten. Ich wäre nicht so vermessen, Euch um Hilfe zu bitten, wüsste ich nicht genau, dass Ihr

über die Intrigen Eurer Frau Schwiegermutter informiert seid."

„Ihr habt recht getan, zu mir zu kommen, Graf Megyery. Wir müssen jetzt als Verbündete gegen die Gräfin vorgehen. Seht in mir nicht ihren Schwiegersohn,
auch wenn ich Annas Ehemann bin. Mir ist bekannt,
dass seine königliche Majestät und unser hochgeschätzter Graf Thurzo die Hochzeitsfeierlichkeiten vor-
zeitig verlassen haben. Sie werden den Ball nicht mehr
besuchen. Obwohl unsere besten Ärzte sich um ihre Gesundheit bemühten, fühlten sich beide nicht mehr in
der Lage, dem großen Abschlussfeuerwerk beizuwoh-
nen und haben das Schloss bereits gestern Abend verlassen. Seine königliche Majestät wurde über Elisabeths Machenschaften in Kenntnis gesetzt und hat bereits seinen Protonotar, den Vogt von Deutschkreuz,
beauftragt, alle Güter der Gräfin auf Beweise und Zeugen zu inspizieren."

„Der Vogt von Deutschkreuz ...?" Emmerich überlegte.
„Hat er nicht selbst eine Tochter an Elisabeth verloren?
Das halte ich für keine gute Sache, dass der König in
dieser Angelegenheit selbst ermittelt. Wir sollten ihm
zuvorkommen. Es steht dabei zu viel für Euch und den
Prinzen Paul auf dem Spiel. Wenn genügend Beweise
für ihre Untaten vorliegen, wird seine Majestät einen
öffentlichen Prozess anstreben. Bedenkt, was das nach
sich zieht. Er wird die Gräfin der Hexerei anklagen.
Seine königliche Majestät hat enorme Schulden bei ihr,
sie hat sich geweigert, ihren Glauben zu ändern, und
besitzt viele für den König strategisch interessante Fes-
tungsanlagen. In diesem Prozess würden wir alle verlieren."

„So ist es", sagte Baron Drugeth, der die letzten Worte mitgehört hatte und leise eingetreten war. „Deshalb sollten wir Graf Thurzo für unsere Sache gewinnen und die Angelegenheit innerhalb der Familie regeln."

„Gedenkt Ihr Eure Schwiegermutter eigenhändig zu töten?" Graf Emmerich zeigte sich erstaunt. An einen gewaltsamen Tod hatte er nicht gedacht.

„So weit würden wir nicht gehen. Aber ich denke, dem Palatin wird schon etwas einfallen. Der Wahnsinnigen muss unbedingt das Handwerk gelegt werden. Stellt Euch vor, meine Herren, was ich gerade in einem ihrer Gemächer gefunden habe." Baron Drugeth schüttelte sich noch nachträglich. Erst jetzt sahen die beiden Männer, dass seine Wangen leichenblass waren. „Ich habe die Hochzeitssuppe überprüfen lassen, ein scheußliches Gebräu. Davon muss einem ja schlecht werden. Gleichzeitig ließ ich die Fleischspeisen untersuchen, auch die für das Gesinde. Grässlich, was ich dort entdecken musste." Bei der Erinnerung schien es ihn von Neuem zu würgen und es dauerte einen Moment, bis er sich gefasst hatte und weitersprach. „Das Gulasch für die Mägde aus dem Gynaeceum – es ist höchstwahrscheinlich menschlichen Ursprungs. Was geht hier vor?", fragte er und blickte seinen Schwager ungläubig an.

„Können die Gerüchte tatsächlich wahr sein?"

„Doch, Baron Drugeth, wir müssen uns damit abfinden, dass unsere Schwiegermutter ein grausames Ungeheuer ist. Deshalb, Ihr hohen Herren", entschied nun der junge Graf, „werden wir uns nach dem Abschlussfeuerwerk zum Palatin begeben und uns mit ihm beratschlagen. Ihr, Graf Megyery, sucht in Eurem eigenen

Interesse rasch die Komtesse auf und bringt sie in Sicherheit. Ihr könnt dabei auf unsere Unterstützung
zählen. Immerhin ist sie unsere wertvollste Zeugin.“

„Meine Herren, ich werde Susanna noch heute nach
Sárvár bringen“, antwortete Emmerich voller Ungeduld. Die Angst um die Geliebte ließ ihm plötzlich keine
Ruhe mehr. Wie eine böse Vorahnung überfiel es ihn
und er reichte den Männern, denen er nun verschwo-
ren war, die Hände, um im nächsten Augenblick eilig
das Gemach zu verlassen.

XXI. Kapitel

Ich fühlte mich nicht mehr wohl in meiner Haut und wurde das Gefühl nicht los, fortwährend beobachtet zu werden. Die leeren Blicke der Darvulia brannten wie Feuer auf meiner Haut. Sobald ich einen Schritt zur Tür machte, traf ich auf Ilona und Dorkó, die mich wie zwei Wachposten in ihre Mitte nahmen, um mich wieder in den Ballsaal zurückzuführen. An ihrem Verhalten mir gegenüber erkannte ich, dass ich auf der Liste der Todeskandidaten stand. Es war nur noch eine Frage der Zeit, bis Elisabeth Hand an mich legen würde. Graf Megyery war ein geachteter und gefürchteter Mann, doch ohne seinen unmittelbaren Schutz war mein Leben keinen Forint mehr wert. Dennoch sollte sich noch einmal die Möglichkeit zu einer Flucht ergeben. Mein rettender Engel erschien in einem rauschenden Ballkleid aus zartem, blassrosa Satin, mit türkisfarbenen Augen und lockigen, blonden Haaren. Eine Puppe in ebensolchem Ballkleid ängstlich an ihr Herz gedrückt, stand das Mädchen zwischen den geöffneten Flügeltüren und blickte hilflos und verunsichert in den Saal. Mein Herz sagte mir sofort, dass ich meine Tochter vor mir sah. Neun Monate hatte ich dieses Kind in mir gehasst. Doch jetzt, wo ich sie so hilflos und zerbrechlich vor mir sah, mir wie aus dem Gesicht geschnitten, regten sich meine Muttergefühle. Ich wollte dieses Kind beschützen und dafür musste ich weiterleben. Ratlos sah ich mich nach einer Gelegenheit um, mich ihr unauffällig zu nähern. Da entdeckte ich in der Nähe der Wiener Hofmusiker Paul, der sich anscheinend ohne Emmerich langweilte und sich suchend nach ihm umsah. Auch er war, ohne seinen Beschützer Graf Megyery, auf dem Ball den größten Gefahren ausgesetzt. Die Gefährlichste für ihn war seine Mutter selbst.

Von dem blonden, blassen Jungen ging trotz seines zarten Alters die Würde aus, die sein hoher Stand ihm abverlangte.

„Habt Ihr den Grafen Megyery gesehen, Komtesse?", fragte er mich und ich sah die Freude auf seinem Gesicht, endlich einem vertrauten Menschen zu begegnen. „Der Graf ist bei Eurer Frau Mutter, Hoheit", antwortete ich. „Er wird sicher gleich durch diese Tür kommen."

Ich wies mit der Hand zum Saaleingang, in dem das Mädchen noch immer allein und sichtlich verloren auf das Ballgewühl starrte. „Aber ich wüsste, was Euch die Wartezeit verkürzen könnte. Seht Ihr dort die zarte blonde Schönheit? Meint Ihr nicht, dass sie nach einem Beschützer wie Euch Ausschau hält?" Paul sah mich erstaunt an, sagte aber nichts, sondern folgte meinen Augen zu den Gästen im Eingangsbereich.

„Wie wahr, Ihr habt recht, sie ist schön, genauso schön, wie Ihr es seid, Komtesse. Wenn ich nicht wüsste, dass Ihr neben mir steht, würde ich meinen, Ihr tretet gerade durch die Saaltür, nur ein paar Jahre jünger."

Ich lächelte ob des Komplimentes und sah mich heimlich nach meinen Bewacherinnen um. Sie schienen angeregt in eine Plauderei verstrickt zu sein. „Wollt Ihr sie nicht begrüßen gehen, Hoheit?“, fragte ich, mich ungeduldig umschauend.

„Mir ist die Schönheit bereits im Gefolge meines Oheims Gabor aufgefallen“, murmelte er und nickte dann. „Gehen wir zu ihr und machen wir ihr unsere Aufwartung“, entschied er wie ein Mann. Er nahm vertrauensvoll meine Hand, so wie er es während des Unterrichts von Lehrer Simon immer getan hatte, wenn er unaufmerksam gewesen war und Strafe fürchtete.

„Ihr müsst mich aber begleiten.“

Nichts lieber als das, schoss es mir durch den Kopf, bevor meine Feindinnen mir zuvorkamen. Wo nur Emmerich blieb? Mein Blick wanderte voller Ungeduld zu der Tür, durch die ich ihn zuletzt hatte gehen sehen. Ob etwas geschehen war, das ihn an einer Rückkehr in den Saal hinderte? Meine Angst kehrte zurück, nur der geliebte Mann nicht. Also folgte ich Paul rasch zum Ausgang. Sofort klebten Elisabeths Weiber wieder an mir, stets darauf bedacht, mich nicht aus den Augen zu verlieren. Doch solange ich Paul an meiner Seite hatte, hielten sie gebührenden Abstand, lauerten jedoch weiterhin nur auf einen Fehler von mir.

Dann stand ich endlich meiner Tochter gegenüber und hätte sie am liebsten in meine Arme gerissen. Doch ich durfte mich ihr nicht zu erkennen geben. Ich war für sie eine Fremde und musste es bleiben, um sie nicht ebenso in Gefahr zu bringen. Ihr jetzt zu verraten, dass ich ihre Mutter war, hätte für uns beide schreckliche Folgen gehabt. Möglich, dass das Mädchen ahnte, wem sie gegenüberstand. Sie sah mir mit einem seltsam forschenden Blick entgegen und hielt ihn lange aufrecht, bevor sie vor Paul respektvoll in die Knie ging.

„Wie ist Euer Name, Schönheit?", fragte Paul. Ich musste, trotz der Gefahr, in der ich mich befand, über seine kindliche Verbeugung lächeln, die etwas von einem König hatte und andererseits linkisch und unbeholfen wirkte.

„Helena Báthory, Eure Hoheit", antwortete die junge Schönheit artig und lächelte den zukünftigen Herrscher über riesige Besitzungen huldvoll von unten herauf an. Sie hatte Elisabeths Sohn erkannt.

„Darf ich Euch zu einer Sarabande entführen?", fragte Paul. Er verneigte sich abermals vor ihr, bevor er seiner Dame, wie ein Erwachsener, den Arm reichte und sie zur Tanzfläche führte, wo jetzt die Musik einsetzte und sich die ersten Tanzpaare zu dem neuartigen, mexikanischen Tanz ausgelassen drehten. Vielleicht liegt es im Überlebenswillen des Menschen, sich in Situationen größter Gefahr an lieb gewordene Dinge zu erinnern. Ich musste plötzlich an meinen Lehrer Simon denken, der sich zu dem Tanz einmal lachend geäußert hatte, dass er so unanständig in seinen Worten war, so hässlich in seinen Bewegungen, dass selbst die anständigsten Leute Feuer fangen mussten. Die Kinder fanden Gefallen aneinander und so blieb mir keine Gelegenheit mehr, mit meiner Tochter ein Wort zu wechseln. Paul verschwand mit ihr im Gewühl der Tanzenden. Ich hörte noch, wie sie ihn leise fragte: „Wer ist die Frau an Eurer Seite gewesen, Hoheit? Mir deucht, ich kenne sie", dann hastete ich zur Tür hinaus. Mein Ziel war Emmerichs Gemach, wo ich bis zu seiner Rückkehr auf ihn warten wollte und mich sicher glaubte. Doch meine beiden Verfolgerinnen waren nicht so leicht abzuschütteln. Erst als mir eine Gruppe schneidiger Husaren entgegenkam, keimte in mir der Hoffnungsschimmer, meine Verfolger abzuschütteln. Emmerichs Gemach lag am anderen Ende des Ganges. Die Gruppe Husaren verschaffte mir die Möglichkeit, mich hinter der nächsten offenen Tür zu verstecken, bis die Luft rein war. So schlüpfte ich unbemerkt in einen Saal, der mir bekannt vorkam, und lauschte atemlos auf die Schritte im Gang, bis sie verebbten. Doch als ich im Begriff war, mein Versteck wieder zu verlassen, fiel mir ein seltsam fauliger Geruch auf. Er war so penetrant, dass er meine Neugierde weckte und ich ihm nachgehen musste.

Was für ein folgenschwerer Fehler. Mein Blick fiel zunächst auf einen für fünf Personen gedeckten Tisch in der Mitte des Raumes, mit allerlei erlesenen Speisen darauf. Beim Nähertreten bemerkte ich, dass es sich um Essensreste vom Hochzeitsmahl handelte. Nur hatte sie niemand angerührt. Mein erster Gedanke war, dass der Geruch von den Speisen herrührte, und ich roch an einer Wildschweinkeule, als mein Blick von einem riesigen Bett neben dem Kamin angezogen wurde. Die goldbestickten Vorhänge des Baldachins waren heruntergelassen, dafür die Bettumrandung nachlässig hochgeschlagen. Dieser unkorrekt hochgeschlagene weiße Satin war es, der meine Blicke angezogen hatte. Genauer gesagt waren es die getrockneten Blutflecken auf ihm, die mir merkwürdig vorkamen. Obwohl mich spätestens hier eine innere Stimme warnte, nicht weiterzugehen, sah ich nach, was es mit dem Blut auf sich hatte. Jeder Schritt, den ich nun auf das Bett zumachte, verstärkte den Geruch, bis ich mir Mund und Nase mit einem Tuch zuhalten musste, um nicht zu erbrechen. In der Annahme, einen Verletzten im Bett vorzufinden, schlug ich rasch die Vorhänge des Baldachins zurück. Aber das Bettzeug war unberührt und fein gefaltet, was darauf schließen ließ, dass lange keiner darin gelegen hatte. Von der wachsenden Vorahnung ergriffen, dass hier etwas Unheimliches vor sich ging, schaute ich unter das Bett. Was ich dann sah, ließ mich vor Grauen erstarren. Unter einem Berg von grauem Kalk entdeckte ich Arme, Beine und Köpfe in einem fortgeschrittenen Verwesungszustand. Ich zählte mindestens fünf Mädchenleichen, die man in einem furchtbaren Zustand aus mir unerklärlichen Gründen unter dem Bett versteckt hielt.

Mein nächster halbwegs vernünftiger Gedanke war, fortzulaufen. So weit wie möglich weg von diesem furchtbaren Ort. Doch meine Füße schienen wie festgenagelt, während mir wiederholt alle Warnungen einfielen, die ich bereits gehört hatte. Doch anstatt mein eigenes Leben schnellstmöglich in Sicherheit zu bringen, schlug ich sie alle in den Wind und nahm diesen Fund als einen gottgegebenen Beweis gegen die Wahnsinnige, die ich damit zur Strecke zu bringen gedachte. Ohne über die Folgen nachzudenken, kroch ich unter das Bett, um die erstarrten Mädchenkörper genauer in Augenschein zu nehmen. Seide, Spitzen und Goldbrokat verrieten mir, dass es sich um adlige Damen aus Elisabeths engster Umgebung handelte. Ich kroch mit dem Tuch vor der Nase so weit an die Toten heran, dass ich ihre Körper abtasten konnte. Dabei ließ ich wieder einmal alle Vorsicht außer Acht und bemerkte nicht, wie sich jemand leise in den Raum schlich.

„Nun habt Ihr genug gesehen", hörte ich plötzlich eine Stimme hinter mir und versuchte, zu Tode erschrocken, unter dem Bett hervorzukriechen. Doch ein schwerer Fuß auf meinem Hinterteil hinderte mich daran, sodass ich in meiner unbequemen Stellung verharren musste. Sofort wurde mir klar, dass ich einen furchtbaren Fehler begangen hatte. „Ich muss mich entschuldigen für die Unordnung. Aber das Haus ist voller Gäste und Graf Zrinyis Diener schnüffeln überall im Schloss herum, da habe ich es nicht geschafft, die Leichen wegzuschaffen, wie es die Herrin befohlen hat. Mir blieb nichts anderes übrig als sie während der tagelangen Feierlichkeiten unter dem Bett zu verstecken und mit Kalk zu bestreuen, damit sie nicht so rasch verfaulen. Aber es hat nicht funktioniert. Sie stinken fürchterlich. Ich muss wohl die Dielen herausbrechen und sie dann unter dem Boden vergraben. Wenn Ihr gestattet, werde ich auch gleich Euer Grab mit ausheben. Ihr dürft Euch sogar aussuchen, wo Ihr liegen möchtet."

Die Stimme steckte voller Hohn, dennoch hörte sie sich ruhig und kalt an, so, als sei es für ihren Besitzer die alltäglichste Sache der Welt, Leichen zu vergraben. Mit dem Kopf unter dem Bett versuchte ich, die Stimme auszumachen. Aber ich konnte sie keinem meiner Feinde zuordnen. Trotz meiner Todesangst wagte ich noch einen Versuch, das Schicksal von mir abzuwenden, und sah mich nach einem Gegenstand zu meiner Verteidigung um. So schob ich mich langsam und in Gottvertrauen zurück, nachdem der Druck auf meinem Hinterteil nachgelassen hatte. Dann, während ich mich vorsichtig aufrichtete, entdeckte ich den Schürhaken auf dem Boden. Meine Hand tastete danach und umschloss ihn fest. Doch ich kam nicht mehr dazu, mein Vorhaben auszuführen. Ein Schmerz wie ein Keulenschlag streckte mich plötzlich nieder, während eine befreiende Ohnmacht mich auffing.

Als ich die Augen wieder aufschlug, herrschte tiefste Finsternis um mich herum.

***

Nachdem Graf Emmerich erfahren hatte, dass Susanna in seinem Gemach auf ihn warten wollte und er sie dort nicht vorgefunden hatte, trommelte er alle seine Diener und Heiducken zusammen und ließ überall auf der Burg und im Kastell nach seiner Geliebten suchen. Doch vergeblich. Seine verzweifelten Nachforschungen waren allerdings nicht unbeachtet geblieben und so erhielt er alsbald von Graf Zrinyi und Paul Besuch in seinem Gemach. Die beiden überraschten ihn, als er den Säbel auf den Knien, den Kopf in die Hände gestützt brütend vor dem Kamin saß und sich die größten Vorwürfe machte.

„Graf Megyery, wir haben Euch in größter Eile den Ball verlassen sehen. Wir machen uns Sorgen. Ist etwas geschehen, von dem wir wissen sollten?", fragte Graf Zrinyi hastig beim Eintreten. Paul stürzte sofort auf seinen Vormund zu und schlang in kindlicher Manier die Arme um dessen Schultern. Mit dem feinen Gespür der Jugend ahnte er, was ihn bedrückte. „Nicht traurig sein, Onkel. Ihr sucht sicher die Komtesse von Weißenburg. Wir finden sie", versuchte er seinen Vormund zu trösten und streichelte dessen stoppelige Wange. „Du bist

404

ein guter Junge, Paul“, antwortete ihm Emmerich gerührt und winkte Elisabeths Schwiegersohn näher zu sich heran. „Ich hätte die Komtesse nicht allein lassen sollen. Es muss ihr etwas passiert sein. Ich habe alles absuchen lassen, jeden Stein haben meine Diener umgedreht. Sollte ihr etwas geschehen sein, dann steckt sicher wieder Eure Schwiegermutter dahinter. Ich schwöre Euch, Graf Zrinyi, jetzt werde ich dafür sorgen, dass sie ihrer gerechten Strafe nicht entgeht“, sagte er mit seiner tiefen, wohlklingenden Stimme und erhob sich mit entschlossenem Blick. Sein Bart und seine dichte Mähne glühten rot im Feuerschein.

„Am besten, ich reite zum König“, beschloss er nachdrücklich.

„Er muss endlich wissen, was hier vorgeht!“ Aufgewühlt und wütend schlug er mit der Faust auf den Tisch und traf die Porzellanwaschschüssel, die klirrend zu Boden fiel und in tausend Scherben zerbrach.

„Vergesst nicht, Graf, was wir besprochen haben“, gebot ihm der junge Graf zweifelnd Einhalt. „Ich bin ganz Eurer Meinung, dass meine Schwiegermutter mit der Entführung der Komtesse von Weißenburg den Bogen überspannt hat. Aber wir brauchen Beweise. Es ist doch nur eine Vermutung. Während des Balls hat Elisabeth der Komtesse sicher nichts angetan. Ich habe die Gräfin die ganze Zeit ausgelassen tanzen sehen. Es besteht bestimmt noch Hoffnung, Fräulein Susanna zu finden. Mir ist da ein unterirdischer Gang zwischen Burg und Kastell aufgefallen. Er führt zu den Weinkellern. Irgendwo müssen die Mädchen ja hingebracht werden, wo man ihre Schreie nicht hört. Wir sollten dort vielleicht nach ihr suchen“, schlug er Emmerich vor.

Obwohl es Graf Zrinyi schmerzte, den Freund leiden zu sehen, fürchtete er umso mehr eine Bloßstellung der Familie.

Emmerich, den Kopf vornübergebeugt, die Hände auf den Tisch gestützt, revanchierte sich mit einem dankbaren Blick. Dann seufzte er tief und sagte: „Was für ein Segen für Ungarn sind solche mutigen, ehrbaren jungen Männer, wie Ihr einer seid, Graf Zrinyi. Wie sehr bedaure ich, dass Eure Hochzeit ein so trauriges Ende nimmt, wo sie doch Euer schönster Tag werden sollte." Väterlich drückte er Paul an sich, strich ihm über den Kopf und entschied dann entschlossen: „Nehmen wir den Kampf gegen die Hydra auf und legen wir ihr das Handwerk."

Ein Händedruck bekräftigte das Gesagte und Graf Zrinyi drängte: „Beeilen wir uns und nutzen wir die Gelegenheit, während die Gäste betrunken sind. Ich werde das Gesinde anweisen, mehr Wein auszuschenken, dann haben wir die ganze lange Nacht, um nach der Komtesse von Weißenburg zu suchen."

Die schwere Holztür war nur angelehnt und schwaches Fackellicht drang durch den Türschlitz. Emmerich lugte vorsichtig durch den Türspalt und brummte: „Ihr könntet recht haben, Graf. Wahrscheinlich hatten es ihre Entführer sehr eilig und haben vergessen, das Gewölbe ordnungsgemäß zu verschließen." Nachdem er nichts Auffälliges bemerkt hatte, stieg er beherzt über eine Steintreppe in die Tiefe. Ein finsterer, enger Durchgang gähnte ihnen entgegen. Graf Megyery nahm sich eine Fackel von der Wand und verschwand in dem dunklen Loch. Hastig beeilten sich Graf Zrinyi und Paul, ihm zu folgen. Pauls Blick wanderte dabei von einer Seite der Katakombe zur anderen. Angsterfüllt schaute er zurück zur Tür, um sich zu vergewissern, dass sie noch offen stand. Fast wäre er dabei ausgeglitten und zu Boden gestürzt, hätte sein Onkel ihn nicht gestützt. Nachdem sie sich eine Weile schweigend vorangetastet hatten, leuchtete Zrinyi mit der Fackel den Boden ab und seine Augen weiteten sich. „Graf Emmerich, achtet darauf, wohin Ihr tretet!", mahnte er ihn leise und kämpfte gegen den Brechreiz. Emmerich leuchtete nun ebenfalls den Boden ab und sprang angewidert zur Seite. „Verdammt!", entfuhr es ihm. „Was für ein schreckliches Teufelszeug!" Ein blutiger Fluss, zum Leben erweckt von schleimigem Gewürm und Käfern, vom Licht angezogen, waberte zu ihren Füßen. „Aaskäfer und Maden!", äußerte sich Graf Zrinyi, der ebenfalls von einem Würgen geschüttelt wurde. „In diesen Gewölben muss es Leichen geben, wir sind richtig!"

„Wir müssen uns beeilen! Wer weiß, was uns hier unten noch erwartet", drängte Emmerich, nachdem er sich von dem Schrecken erholt hatte und stieg, dem süßlichen Verwesungsgeruch folgend, tiefer in den Gang. Paul, der als Letzter folgte, trat erneut der Angstschweiß auf die Stirn. Mit weit aufgerissenen Augen stolperte er durch die Finsternis. Nach einer Zeit des Umherirrens durch das steinerne Labyrinth rief er: „Hier ist ein Durchgang, Onkel, er führt sicher zu den Weinkellern." Doch die in den Fels geschlagene Öffnung war von einer schweren Steinplatte verschlossen.

Mit einem Sprung war Graf Megyery neben ihm, schob seine Begleiter zur Seite und begann hektisch, mit den Fingern den Stein nach einem Schloss abzusuchen. „Ihr müsst leuchten!“, forderte er seine Begleiter auf und krallte seine Fingernägel zwischen Spalt und Steinplatte. Doch es ließ sich weder ein Riegel finden noch schaffte er es, die Platte zu bewegen. Er zerrte daran bis seine Nägel abbrachen. Tränen der Wut und Verzweiflung füllten seine Augen, als er sich kurz darauf heftig mit der Schulter gegen die Tür warf. „Verdammt, es muss doch ein Schloss oder etwas Ähnliches geben! Dieses Ding muss sich doch öffnen lassen!“, fluchte er. Doch ein stechender Schmerz zwang ihn, aufzugeben.

„Ich glaube, es gibt noch einen Zugang vom Garten des Kastells“, schlug Graf Zrinyi vor. „Der Gang dient den Báthorys als Fluchtweg und führt ebenfalls in die Weinkeller. Er endet im Garten unterhalb des Kastells.“ Im gleichen Moment sprang er zurück und versuchte das Gewürm, das seine Stiefel hochkroch, abzuschütteln. Eine mit Sand und Maden vermengte Blutspur quoll unterhalb der Tür hervor. „Wenn es irgendwo ist, dann hinter diesem Steinbrocken“, stellte er fest. „Das Tor im Garten muss geöffnet werden. Aber nicht von uns, sondern vom Palatin. Für mich ist das Gewürm ein sicherer Beweis, sodass wir uns mit unserer Entdeckung jetzt an ihn wenden können. Nur er, in seiner Eigenschaft als oberster Richter, kann das Tor im Garten öffnen lassen. Wir kommen nicht einmal auf zehn Schritte heran und die Gräfin wird uns, falls sich die Komtesse in dem Keller befindet, die Tür niemals freiwillig aufschließen.“

„Vielleicht liegen ja auch nur ein paar verfaulte Türken dahinter“, zweifelte Emmerich, weil er immer noch daran glaubte, dass ihm Susanna jeden Augenblick unbeschadet im Ballkleid gegenübertreten würde. Verzweifelt hämmerte er gegen den Stein, bis er mit schmerzverzerrtem Gesicht seine geschundene Faust schüttelte. Plötzlich war ein leises Kratzen zu vernehmen und Paul glaubte, aus der Ritze einen menschlichen Ton zu hören. Aufgeregt drückte er sein Ohr an den Spalt, bis es ganz rot wurde und wie Feuer brannte. „Onkel", flüsterte er aufgeregt.

„Ich höre etwas, es ist ganz eindeutig eine Stimme. Überzeugt Euch selbst!"

Er zog Emmerich am Ärmel und wies auf die Stelle, an der der Stein leicht bröckelte. Emmerich formte die Hände zu einer Muschel und lauschte. Dann trat er hastig einen Schritt zurück.

Er zog den Säbel und stocherte mit der Schneide in der Ritze. Staub rieselte zu Boden, bis sich eine Vertiefung bildete, so groß, dass er in den Spalt hineinrufen konnte. „Susanna!", brüllte er. „Susanna, bist du hier? Sag etwas! Melde dich!" Im nächsten Moment hielt er erneut das Ohr dagegen und plötzlich entspannten sich seine Züge. „Sie ist es. Ich höre etwas", sagte er freudig erregt. Vor Erleichterung schimmerten seine Augen feucht und eine Träne stahl sich heimlich den Bart hinab. „Wir haben sie gefunden. Ich kann deutlich ihre Stimme vernehmen", sagte er zu Zrinyi und brüllte sogleich in die Vertiefung: „Halte durch, Susanna. Wir holen dich heraus. Halte durch. In Gottes Namen, bleib am Leben!"

Nachdem Graf Zrinyi den Hilferuf nun ebenfalls vernommen hatte, sagte er zu Emmerich: „Es ist Eile geboten und so sollten wir nun keine Zeit mehr verstreichen lassen und zum Palatin reiten."

Für Emmerich gab es kein Halten mehr. Er drängte zum Ausgang. „Warum reiten wir nicht gleich zum König, die Strecke ist viel kürzer!"

„Graf, Ihr wisst doch, es ist in erster Linie eine Familienangelegenheit. Wir müssen Rücksicht auf Paul nehmen. Wollt Ihr ihm diese Schande wirklich antun?" In Graf Zrinyis Kopf wirbelten die Gedanken durcheinander. Er schwankte zwischen Ehre und Pflicht.

„Aber bis wir den Palatin eingeholt haben und zurück sind, können Tage vergehen. Die Komtesse wird bis dahin nicht mehr unter den Lebenden weilen", warf Emmerich ungeduldig ein.

„Es ist die einzige Möglichkeit, Graf. Wir nehmen die schnellsten Pferde und schonen sie nicht. Aber Ihr müsst in dieser Sache auf Gott vertrauen. Die Komtesse ist stark, sie wird überleben."

XXII. Kapitel

Benommen tauchte ich aus meiner Ohnmacht auf, um gleich darauf die Beute der Finsternis zu werden, die mich wie ein böser Albtraum umklammert hielt. Es brauchte eine Weile, bis meine Erinnerungen zurückkehrten, Erinnerungen, in denen ich in die tiefsten Niederungen hinabstieg und in die schlimmsten Scheußlichkeiten verwickelt worden war. Meinem wachen Verstand und dem Mut meiner Zofe Katica war es zu verdanken, dass ich bis jetzt in dieser grausigen und intriganten Welt überlebt hatte. Doch meine Gutgläubigkeit, mein Wille, Menschen blind zu vertrauen, wie meine Angewohnheit, meine Augen vor unangenehmen Dingen zu verschließen gepaart mit meiner Unentschlossenheit hatten mich in eine tödliche Gefahr gebracht.

Ich weiß nicht, wie lange ich in dieser Ohnmacht zugebracht hatte, wie viele Stunden vergangen waren, in denen ich in meinem Dämmerzustand dahinvegetierte. Als ich in der Dunkelheit etwas Warmes an meinen Lippen spürte, signalisierte mir mein Körper Durst. Dieses Etwas war flüssig und meine Zunge pelzig, schwer und bis in den Hals völlig ausgetrocknet. Ich spürte die Flüssigkeit an meinen Lippen und mein Überlebenswille setzte ein. „Trinkt, Herrin, sonst werdet Ihr sterben", vernahm ich eine Stimme, die mein Gehirn noch nicht zuordnen konnte. Aber sie war mir vertraut und vermittelte mir ein Gefühl der Sicherheit. Vertrauensvoll öffnete ich den Mund und schluckte gierig. „Mehr!", röchelte ich, als das Leben spendende Nass versiegte. Ich hatte solchen Durst. „In ein paar Stunden, Herrin. Der Körper gibt nicht mehr her", hörte ich, während es in mir dumpf hämmerte. Urin, es war mein eigener Urin, der mir wie köstlicher Wein vorkam. Doch mein Gehirn arbeitete zu langsam, um sich darüber zu entsetzen. „Wer bist du?", fragte ich und wunderte mich, dass ich noch eine Stimme hatte.

„Ich bin Katica und mit uns sind noch andere Mädchen eingesperrt."

„Katica ...", hauchte ich und wusste nicht, ob ich erleichtert sein sollte. Erst langsam begriff ich, dass es meine Zofe war, die sich um mich bemühte. „Warum ist es so dunkel, Katica?", fragte ich nach einer Weile mit schwerer Zunge. „Wo bin ich?"

„Man hat Euch vor ein paar Stunden mit einer blutenden Kopfwunde zu uns in den Keller des Kastells geworfen. Ich dachte schon, Ihr wäret tot. Aber ich bin so froh. Gott hat es nicht zugelassen. Fast bin ich zuversichtlich, dass er auch weiterhin seine Hand über uns hält. Durch Unvorsichtigkeit bin ich der Gräfin in die Falle gegangen und lange vor Euch hier eingesperrt worden. Je nach Laune der Herrin öffnet sich die Tür und die Darvulia holt ein Mädchen heraus, um es grausam zu foltern. Die grässlichen Todesschreie verfolgen uns dann bis in unsere Träume. Oftmals zwingt uns die Gräfin auch zuzusehen. Mich haben sie bis jetzt noch nicht angerührt, obwohl ich von allen am längsten in dem Verlies zugebracht habe. Nur der Katharina habe ich es zu verdanken, dass ich noch lebe. Sie wirft uns manchmal einen Kanten Brot herein oder rettet uns mit einem Krug Wasser vor dem Verdursten. Sie hat eigentlich ein gutes Herz, aber zu viel Angst vor der Gräfin und den anderen. Deshalb macht sie diese Grausamkeiten mit. Es ist ihr Weg, um zu überleben. Bist du erst einmal in diesem Keller, bist du es nicht mehr wert, am Leben erhalten zu werden."

Langsam drangen die Worte in mein Bewusstsein. Ich versuchte meinen Kopf zu drehen, mich aufzurichten, doch ein scharfer Schmerz und ein wilder Schwindel zwangen mich wieder zu Boden. Ich spürte Katicas weiche Arme in meinem Genick. Sie hatte mich aufgefangen und streichelte mein Gesicht. „Wir finden einen Weg, Herrin, versucht weiterhin, eine Ohnmacht vorzutäuschen. Dann holen sie Euch nicht so schnell. Sie haben ja nichts davon, wenn sie sich nicht an Euren Schmerzen ergötzen können. Was mich betrifft, vermute ich, dass es mit Euch zusammenhängt, weshalb sie mich bis jetzt nicht gefoltert haben. Vorhin noch hat mich die Dorkó angeschrien: ‚Warte nur, wenn deine Herrin erst erwacht ist, dann kommst auch du dran.‘ Vielleicht wollen sie, dass Ihr mir beim Sterben zuseht."

Es war für mich der größte Schmerz, Katica so reden zu hören. Selbst in einer solch furchtbaren Erwartung ihres eigenen Todes wollte sie mich trösten, mir Mut und Hoffnung machen. Langsam gewöhnten sich meine Augen an die Finsternis. Auch meine Ohren nahmen immer mehr Geräusche wahr, wie das Rasseln der Ketten und das leise, verzweifelte Wimmern der übrigen Mädchen. Manchmal durchdrang ein ohrenbetäubender Schrei die feuchte kalte Kammer, in der es muffig und nach verfaultem Fleisch roch. Es waren verzweifelte Hilfeschreie, die sich an den starken, für die Ewigkeit errichteten Mauern brachen. Mein Zeitgefühl ging mehr und mehr verloren, während ich mich an Katica, meine einzige Stütze, klammerte. Selbst im Angesicht des Todes verzagte sie nicht. Anders ich. Denn seitdem ich wieder klar denken konnte, fraß mich die Angst regelrecht auf. Nicht nur meine Kopfwunde schmerzte und verbreitete einen üblen Geruch, auch meine Eingeweide rebellierten. Während ich im Fieber fantasierte, machte ich pausenlos unter mich, was Katica immer wieder mit den Händen auffing, damit unsere Körper nicht austrockneten. Immer wieder munterte sie mich auf, bis plötzlich dieses fremde Kratzen im Raum war. Ganz dicht neben uns, und es war wieder Katica, die zu der Stelle kroch und den Boden in ihrer Nähe nach einem Stein absuchte. Das Glück wollte es, dass sie ein abgesplittertes Felsstück fand, und während ich sie heftig gegen die Wand klopfen hörte, schrie sie aufgeregt:

„Da ist jemand! Wir bekommen Hilfe! Ich höre es ganz deutlich. Herrin, könnt Ihr so viel Kraft aufbringen, um zu mir zu kriechen? Es ist Graf Megyery."

Dass der Geliebte nach mir suchte, gab mir Kraft. Von neuer Hoffnung erfüllt, wälzte ich mich auf den Bauch und kroch unter größter Anstrengung über den glitschigen Boden, bis zu Katica, die mir ihre Hand reichte. „Es ist eine Tür", zischte sie leise und half mir, mich aufzurichten, damit ich mein Ohr an den kalten Stein legen konnte. „Hört Ihr etwas?", fragte sie und ich hörte zuerst mein eigenes Herz klopfen. Dann begann mein Körper vor Erregung zu zittern. Es war tatsächlich eine leise Stimme, die weit entfernt etwas verzerrt bis an mein Ohr drang. Emmerichs Stimme. Niemand kann sich vorstellen, was in diesem Augenblick in uns vorging. Wir umarmten uns beide, unsere Tränenströme vermischten sich miteinander, während wir aus Leibeskräften schrien: „Emmerich, wir sind hier! Hilfe! Hilfe!"

Von diesem Augenblick an klammerten wir uns an diese einzige Hoffnung. Graf Megyery musste unsere Hilferufe gehört haben, nachdem die Geräusche verebbt waren und es wieder ruhig wurde. Ich wusste nicht, wie viel Zeit verging, in der wir im Dämmerzustand in der Finsternis dahinvegetierten, nur noch von der Hoffnung beseelt, dass Emmerich uns retten würde. Dieser Tag sollte auch kommen. Doch Gott hatte nur meine Rettung beschlossen. Einige Tage darauf öffnete sich knarrend eine schwere Tür. Wir blinzelten mit blinden Augen in das Fackellicht und spürten auch schon, dass wir auseinandergerissen wurden. Wir wurden beide mehr geschleppt, als dass wir gingen. Man brachte uns in einen Raum, der etwas von einer Waschküche an sich hatte. Katica wurde von Dorkó und Johannes entkleidet, während man mir die Hände auf dem Rücken band. Auch mir riss die Darvulia die Kleider vom Leib und meckerte dabei fröhlich: „Hausjustiz! Jetzt hat dein letztes Stündlein geschlagen. Vorerst sieh dir aber gut an, wie wir es mit deiner Zofe machen. Auch wenn meine Augen dein Gesicht nicht sehen können, wird jeder Schrei von dir eine Genugtuung für mich sein. Vielleicht werde ich dein Blut auch trinken und bekomme so mein Augenlicht, das du mir gestohlen hast, zurück!"

Ich befand mich in einem Zustand, in dem ich mich nicht mehr wehren konnte. Mein Körper war ausgemergelt vom Wasser- und Nahrungsentzug. Meine Kopfwunde hatte sich eiternd weitergefressen und bescherte mir so höllische Schmerzen, dass ich kaum verstand, was sie sagte und alles willenlos über mich ergehen ließ. Umgeben von einer Nebelwand nahm ich wahr, wie man Katica die Hände auf den Rücken band und die Gräfin sie mit wütenden Ohrfeigen dafür traktierte, dass sie vor ihr ausspuckte. Doch Katica bot ihr die Stirn. Mutig hörte ich sie schreien: „Du kannst mich töten, Megäre, aber während du in der Hölle schmorst, werde ich es sein, die im Himmel über dich triumphiert!"

Elisabeth erwiderte nichts. Sie lachte nur und griff eigenhändig nach einem Stecken. Hageldicht fielen die Schläge auf Katicas nackten Leib hernieder. Je mehr sie schlug, umso mehr geriet sie in eine ekstatische Verzückung. Ihre Augen glühten und bohrten sich in Katicas qualvoll verzerrtes Gesicht.

Eine Pause trat erst ein, als die Gräfin den Arm vor Ermattung nicht mehr heben konnte. Während sie sich erholte, ließ sie noch zwei weitere Mädchen hereinschleppen, die ebenfalls zusehen mussten, bevor sie an die Reihe kamen. Nun musste Dorkó weitermachen, sie wechselte sich mit Ilona ab. Zur Abwechslung führte auch die Darvulia den Stock. Katicas Winseln und Heulen war Musik für Elisabeths Ohren. Ihr Gesicht blühte immer mehr auf. Ihre Wangen bekamen eine frische Farbe und ihre Augen leuchteten. Je ärger es zuging, desto wohler fühlte sie sich. Noch einmal sauste ihr Stock durch die Luft auf den zerschlagenen, mit

Striemen bedeckten Leib. Wund geschlagen krümmte sich meine wehrlose Katica auf dem Ziegelpflaster und mit Wonne weidete sich Elisabeth an den Zuckungen des blutigen Körpers. Elisabeth gebärdete sich wie in den Armen eines Mannes auf den höchsten Gipfeln der Lust. Doch Katica war stark, zu stark, um zu sterben. Ich sah ihren Blick, als Ficzkó und Katharina nach mir griffen. Es war der Blick eines zu Tode geprügelten Hundes, aber es war auch so etwas wie ein Lächeln, das zuversichtlich sagte: „Keine Angst, Herrin, gleich ist es vorbei. Gleich sehen wir uns im Himmel wieder."

Plötzlich stand Elisabeth über mir. Sie sah einen Moment zögernd auf mich herab, so, als versuchte sie, sich zu erinnern, bevor der Ausdruck des Wahnsinns in ihren Blick zurückkehrte. Ihr Zögern ließ so etwas wie ein allerletztes Quäntchen Hoffnung in mir aufkeimen. Ich betete mit geschlossenen Augen, dass alles nur ein böser Albtraum war und sie mich hinauf in ihre Arme ziehen würde. In diesem Zustand höchster Verzweiflung drangen plötzlich Stimmen und Pferdegewieher durch die Tür. Da wusste ich, dass Gott mein Beten erhört hatte.

Ich fiel in eine tiefe Finsternis und spürte kaum noch, wie Elisabeth mich mit einem scharfen Gegenstand traktierte.

Epilog

Am letzten Tag des Jahres 1619 zeigte sich der Himmel wolkenverhangen und düster, ganz so wie ein trauernder Verbündeter. Die steinigen Wege waren aufgeweicht vom ersten Neuschnee und die warmen aufsteigenden Dämpfe aus den Erdquellen fielen in der kalten Luft in Tausenden von kleinen Kristallen auf Mensch und Tier hernieder und erschwerten das Atmen.

An diesem für die Geschichte so bedeutungsvollen Tag galoppierte ein Trupp königlicher Soldaten auf der sich in gefährlichen Kurven windenden Straße durch das nördliche Geistergebirge der Kleinen Karpaten und wurde von vier beherzten Männern angeführt. Da die Gebirgsstraßen durch die dichten Wälder schier unpassierbar waren, musste es einen zwingenden Grund geben, der die Reiter zu ihrem beschwerlichen Ritt veranlasst hatte. Vornübergebeugt, die Oberkörper dicht an die Hälse ihrer Pferde gepresst, vergeudeten sie keinen Blick an das wildromantische Gebirge mit seinen steilen Hängen oder an die Unebenheiten der Passstraße, sondern jagten, unbeirrt die Nebelschwaden wie scharfe Schwerter durchschneidend, ihrem abgelegenen Ziel entgegen – der düsteren und mächtigen Burganlage Čachtice, die hoch oben auf dem Gipfel des Berges lag.

Männer und Pferde keuchten, die Flanken der Tiere zitterten, die Gesichter der Männer waren von Zweigen zerkratzt und von der Kälte gerötet. Ihre Blicke waren ernst und verbissen, als Graf Georg Thurzo plötzlich den Arm hob und sein Pferd an einem Hohlweg zügelte. Sofort war der nachfolgende Reiter an seiner Seite und brachte seinen Hengst ebenfalls zum Stehen. „Warum haltet Ihr hier an, Graf?", fragte er mit ausdrucksloser Miene, da ihm die vor Kälte erstarrten Gesichtsmuskeln nicht recht gehorchen wollten. Doch in seinen braunen Augen standen Erstaunen, Besorgnis und Dringlichkeit.

„Ich denke, wir sollten im Nachbarort Quartier beziehen. Bei einbrechender Dunkelheit überraschen wir die Mörderin am ehesten in flagranti, Graf Megyery. In meinem Amt als oberster Richter stehe ich der Angelegenheit noch immer skeptisch gegenüber, mein Freund. Ich brauche Beweise. Ihr selbst habt mir die dunklen Stunden empfohlen, in denen meine Verwandte, die Gräfin, ihrem blutigen Gewerbe am häufigsten nachgehen soll, also sollte die Nacht die beste Gelegenheit für einen Angriff sein. Nur das, was ich mit meinen eigenen Augen gesehen habe, überzeugt mich."

„Aber, Euer Hochwohlgeboren, Ihr habt die Festnahme doch bis ins kleinste Detail vorbereitet. Ich vertraue Euch, aber ich werde auch von der Angst um meine Verlobte Susanna getrieben, Palatin. Jedes Hinauszögern unseres Handelns könnte ihren Tod bedeuten. Die Komtesse hat ihr Leben in meine Hand gelegt, als ich sie verließ, um Rettung zu holen."

„Ach, mein treu ergebener Emmerich, auch ich fühle Sorge. Mein Innerstes will sich nicht an den Gedanken gewöhnen, dass ich die Witwe meines hochgeschätzten Freundes Franz Nádasdy, mit dem ich Seite an Seite gegen die Türken gekämpft habe, wegen solch abscheulicher Taten verhaften muss. Wenn ich daran denke, dass Franz, Gott sei seiner Seele gnädig, mich vor seinem Tod bat, mich seiner Familie anzunehmen, wird mir ganz weh ums Herz. Aber ich sehe auch die Angst um die Komtesse Susanna in Euren Augen, also lasst uns eilen und im Wirtshaus von Váhom letzte Vorbereitungen treffen. Eure Verlobte ist eine starke Frau, sie hat bis jetzt in der Gesellschaft der Gräfin überlebt, also wird Gott sie noch bis zu ihrer Rettung beschützen."

Thurzo wendete das Pferd und lenkte es in einen offenen Seitenweg, abseits der hohlwegähnlichen Abkürzung, die direkt zur Burg Čachtice hinaufgeführt hätte. In dem Wirtshaus, in dem sie Quartier nahmen, sorgten wie immer die neuesten blutigen Schauergeschichten über die geistesgestörte Gräfin auf der Burg für Unterhaltung. Die Männer verfolgten den Dorfklatsch mit Interesse, bis die übertriebenen Äußerungen des redeeifrigen Wirtes über das blutsaugende Ungeheuer auf dem Schloss sie sichtlich zu verwirren begannen. Die beiden mitgereisten Schwiegersöhne, Graf Niklas von Zrinyi und Graf Georg Drugeth von Homonna, wurden immer schweigsamer. An den jungen bestürzten Gesichtern war abzulesen, wie peinlich es ihnen war, dass man so über ihre Schwiegermutter redete. Sie ängstigten sich nicht nur um den guten Ruf der Familie, sondern insgeheim auch um ihre Besitztümer, die der König im Ernstfall jederzeit konfiszieren konnte. Sie waren dem Vizekönig Georg Thurzo aufs Äußerste dankbar, dass er die Angelegenheit diskret behandelte und ihnen die Bitte gewährt hatte, ihre Schwiegermutter nach der Gefangennahme auf der Burg zu belassen, um es nicht zu einem öffentlichen Hexenprozess kommen zu lassen. Anders war es um Graf Megyery bestellt. Der gräfliche Verwalter verhielt sich äußerst ungeduldig. Die Erfrischung, die ihm gereicht wurde, ließ er unbeachtet, stattdessen überredete er Graf Thurzo, eine erfahrene Zauberin aufzusuchen, von der er erhoffte, genaueres über die Vorgänge auf der Burg zu erfahren.

Alsbald machten sich die Männer zum Dorfausgang auf, wo sich auf einer Waldlichtung die Hütte der Zauberin befand. Es schien, als hätte das alte Weib sie erwartet. Dennoch wollte es nicht gleich sprechen, sondern ließ die Männer sich bis zur Dunkelheit gedulden, prüfte dann die Gestirne und beobachtete die vorbeiziehenden Wolken, bevor sie ihnen mit geheimnisvoller Stimme eröffnete, dass die Gräfin nach der Hochzeitsfeier die schrecklichsten Verwünschungen gegen den König, den Palatin und ihren Verwalter Megyery ausgestoßen habe. Megyery schrieb alles mit. Auch erfuhren die Männer, dass die Verrückte sich der Zauberei bediente und ihre mysteriöse Fabelgestalt, den Katzenkönig von jenseits der Berge mit seinen neunzig wilden Katzen, wieder um Hilfe gebeten hätte. Sie hatte vor, all denen, von denen sie glaubte, dass sie ihr Leid zufügen wollten, das Herz herauszureißen. Angestrahlt von trübem Kerzenlicht und über ein brodelndes Gebräu gebeugt, in das sie Spinnen und Schlangenhäute fallen ließ, verriet ihnen die Zauberin schlussendlich noch, dass die Unholdin plante, zu ihrem Neffen Gabor nach Transsilvanien zu flüchten.

„Das wird ihr nicht gelingen." Thurzo war überrascht und zugleich ärgerlich. „Gabor Báthory ist ein Feind der Krone. Er hat angeblich versucht, Adlige im östlichen habsburgischen Ungarn abzuwerben. Zudem sind im Dezember die Straßen nach Transsilvanien meterhoch verschneit. Unter diesen Umständen wird sie ihren Plan wohl verschieben müssen."

Die Alte, die nur noch über ein heiles Auge und einen zahnlosen Kiefer verfügte, kommentierte Thurzos Äußerung mit einem schadenfrohen Grinsen und ließ sie anschließend mittels magischer Beschwörungsformeln wissen, dass die Gräfin von ihrem verkrüppelten Diener von der Ankunft der hohen Herren bereits informiert worden war. „Nun schreibt sie gerade in größter Eile ihr Testament um, während sie gleichzeitig nach Gegenbeweisen für ihre Taten sucht."

Der Palatin gab daraufhin das Zeichen zum Aufbruch, aber nicht, bevor er die Alte listig gefragt hatte, in welchem Teil ihrer Gemächer sie die Gräfin antreffen würden. Er hoffte, sie in dem von Emmerich beschriebenen Gewölbe des Kastells auf frischer Tat zu ertappen.

„Im gräflichen Kastell unterhalb der Burg, Euer Hochwohlgeboren." Das Weib blinzelte ihn mit dem heilen Auge verschwörerisch an. „Die Megäre hat sich wie immer gleich nach der Messe mit neuem Frischfleisch dorthin zurückgezogen", lautete die erhoffte und erwartete Antwort.

Die Burg lag versteckt im Wald, vom Dorf Váhom aus war sie nicht zu erkennen. Es schlug gerade Mitternacht, als die Wächter vor dem Stadttor den Palatin und die Männer trotz später Stunde mit dem ihnen gebührenden Respekt passieren ließen. Sie jagten durch den dicht bewachsenen Hohlweg.

Da dem ungeduldigen Emmerich der Weg zum Kastell auch im Dunkeln bekannt war und die Sorge um Susanna, die er in dem Verlies hatte zurücklassen müssen, ihn schier um den Verstand brachte, gab er seinem Pferd die Sporen und übernahm die Führung. Eins mit dem warmen Pferdekörper unter sich, preschte er den Reitern voraus und führte sie durch die engen Gassen und Häuser von Čachtice zu den Weinkellern an den Hängen der Burganlage. Die unzähligen offenen Schächte und Kammern im Berg, die ihre Last ohne Pfeiler und Säulen trugen, hätten die Bewunderung der Männer verdient, doch die Reiter schenkten ihnen keine Aufmerksamkeit. Ihr Ziel war das von Weinranken umwachsene Kastell am westlichen Berghang. Als sie das mannshohe eiserne Tor erreicht hatten, sprangen sie fast gleichzeitig aus den Sätteln.

Sie ließen die Pferde zurück und tasteten sich lautlos den gepflasterten Weg bis zum gräflichen Weinkeller entlang. Vor dem mit Eisen gesicherten Eingang verständigten sie sich mit den eingeweihten Wächtern durch Handzeichen, dann stieß Graf Thurzo mit einem kräftigen Fußtritt die Tür auf.

Wie angewurzelt blieb er auf der Schwelle stehen und starrte auf die Szene, die sich ihm bot. Mit einem einzigen Blick erfasste er die Situation und hielt mit einer Hand Emmerich am Arm zurück, der schon an ihm vorbei ins Innere stürmen wollte. Mit der anderen zog er sich in einer fahrigen Bewegung die Fellmütze vom Kopf, so, als wollte er seine schwarzen Augen vor dem

Anblick des Unfassbaren schützen. Der Tod war dem Stellvertreter des Königs nicht unbekannt, war er ihm doch als Heerführer in mehreren Kriegen schon unzählige Male in den verschiedensten Facetten begegnet. Doch was er hier sah, erschütterte Thurzo zutiefst. Er fand keinen Ton, kein Wort, mit dem er die Gefühle zum Ausdruck hätte bringen können, die ihn überfielen, als er die Frau sah, die entgegen aller weiblichen Natur so etwas Grausames tat. Doch sein Zögern dauerte nur wenige Sekunden, in denen sich Emmerich an seiner Seite erbrach. Der Palatin übersah das Missgeschick, genauso wie das in einer Blutlache zu seinen Füßen liegende nackte tote Mädchen. Seine Aufmerksamkeit war auf die Furie in der Mitte des Raumes gerichtet, auf die er jetzt zustürzte. Er wollte ihr mit einem Wutschrei auf den Lippen die Rute entreißen, mit der sie mit verzerrtem Gesicht und nassen gelösten Haaren eben noch auf den entblößten Unterleib des vor ihr liegenden Mädchens eingeschlagen hatte. Das Weib duckte sich ängstlich und war vor Überraschung zu keiner Bewegung mehr fähig. Ganz anders die Frau an ihrer Seite, die bis zu dem schwarzen Haaransatz mit Blut bespritzt war. Beim Anblick des königlichen Getreuen zog sie einen Dolch aus dem weißen Fleisch ihres Opfers, erhob sich von den Knien und versuchte, die blutige Waffe vor Thurzo zu verbergen. Nur einen kurzen Augenblick lang war die Überraschung auch ihren edlen Zügen anzusehen, dann wurde sie sich ihrer hohen Stellung bewusst und trat dem Vizekönig hochmütig und stumm entgegen. Versunken in einem Gefühlschaos aus Erstaunen, Wut und Respekt suchte Thurzo in ihren Augen nach einer Erklärung.

„Warum?", kam es leise über seine Lippen, während er etwas zu begreifen versuchte, das unbegreiflich war. Noch vor wenigen Tagen hatte er das Haupt vor dieser mächtigen Frau gebeugt, einer Gräfin, die reicher war als der König. Doch der hochmütige Trotz der Frau, die unerwartete Haltung ihm gegenüber sowie das viele Blut, das ihr anhaftete, belehrten ihn nun eines Besseren.

Endlich öffnete sie die Lippen. „Was wollt Ihr, Graf?" Kokett warf sie ihre dunkle Haarpracht zurück. „Es sind doch nur Dienerinnen, Bauernmädchen ohne Wert. Wollt Ihr mir deshalb etwa drohen?"

Ein Blick auf Emmerich, der das blutende, schwer verletzte Opfer der Gräfin vom Boden aufgehoben hatte und es nun in seinen Armen hielt, während er verzweifelt nach einem Lebenszeichen suchte, ließ die Zornesader auf Thurzos Stirn bedrohlich anschwellen. „Danket Gott, Megäre, dass ich Euch nicht sofort meinen Säbel in Eure Eingeweide stoße!", zischte er.

Emmerich trat mit Komtesse Susanna auf den Armen an seine Seite. Der Ausdruck in seinen Augen verhieß nichts Gutes, doch Thurzo hielt ihn mit einem mahnenden Blick zurück.

„Lasst Euch zu nichts hinreißen, was Ihr später bereuen würdet, mein Freund." Dann herrschte er die Alte an, die sich jetzt mit flehentlich erhobenen Händen vor ihm auf dem Boden wand:

„Ist ein Arzt im Schloss, Weib?"

„Ja, hoher Herr." Ihr Kiefer zitterte vor Angst.

So also sah das Gesicht einer Bestie aus. Thurzo blickte angewidert in das breite Gesicht mit den blinden Augen und der stark gebogenen Nase. Warum nur war es ihm nicht schon eher aufgefallen? Er wies einen seiner Diener an, den Arzt zu holen.

„Und bringt auch einen Prediger mit!", rief er ihm hinterher, bevor er seine Aufmerksamkeit wieder der Gräfin zuwandte.

„Gräfin Elisabeth Báthory-Nádasdy", er deutete aufgrund der Bedeutsamkeit seiner anstehenden Entscheidung eine leichte Verbeugung an, „ich verhafte Euch hiermit im Namen der Krone für Eure abscheulichen Taten und ordne an, dass Ihr Euch bis auf Weiteres in Eure Gemächer begebt, wo Ihr bis zur Verhandlung unter ständiger Bewachung meiner Soldaten verbleiben werdet. Für diese Gnade, die Euch widerfährt, könnt Ihr Euch bei Euren Schwiegersöhnen bedanken, dem hochedlen Grafen Niklas von Zrinyi und Georg Drugeth von Homonna." Thurzo schaute sich nach seinen jungen Begleitern um. Den beiden Männern hatte die Schmach so zugesetzt, dass sie die Kammer nach einem Blick hinein augenscheinlich verlassen hatten. Thurzo hörte, wie sie sich vor der Tür erbrachen und sich gegenseitig Trost zusprachen, und wendete sich Emmerich zu. Der Freund hatte den Körper der Komtesse sanft auf einem Sessel abgelegt und versuchte nun, alles in seiner Macht Stehende zu unternehmen, um das Blut, das aus dem zerschnittenen Arm herausfloss, zu stoppen. Sein gebeugter Rücken zuckte vor Verzweiflung. Tröstend legte Thurzo ihm die Hand auf die Schulter. „Schämt Euch nicht Eurer Tränen, Graf Emmerich", murmelte er mit belegter Stimme. „Betet. Der Doktor wird gleich kommen."

Tatsächlich erschien bald darauf der Pfarrer des Ortes in Begleitung eines kleinen, barhäuptigen Mannes im Nachthemd mit einer Instrumententasche in der Hand in der Tür. Während die beiden Männer sich augenblicklich um die Schwerverletzte kümmerten, wies Thurzo seine Soldaten an, sämtliche Räume des Gewölbes nach weiteren Opfern zu durchsuchen. Er riss sich zusammen, schüttelte alle Sentimentalitäten von sich ab und war nun nur noch oberster Richter Ungarns. Er beugte sich über das tote Mädchen an der Tür, über das er fast gestolpert wäre, und untersuchte es mit kritischen und fachmännischen Blicken. Es war Katica. Er erinnerte sich, sie in der Gesellschaft der Komtesse Susanna gesehen zu haben. Ihr schmächtiger nackter Körper schien völlig ausgeblutet und war von unzähligen Blessuren, Flecken und Abschürfungen entstellt.

Inzwischen hatten sich die Soldaten Zugang zu einem der verborgenen hinteren Kellergewölbe verschafft, über dessen Ziegelboden das Blut in kleinen Bächen lief. Hinter der ersten Tür in dem niedrigen, von Säulen getragenen Gang hatte jemand Asche auf das Blut gestreut, um sich nicht die Schuhe zu beschmutzen. Unter den Mauerbögen fanden sie, in an die Wände geschmiedeten Ketten, völlig verängstigte Mädchen vor. Arme Geschöpfe, denen das Schlachten noch bevorgestanden hätte. Ihre bleichen Gesichter stachen weiß und gespenstisch aus dem Dunkel – ängstliche, starre Blicke, gebrochen von Hunger und Qual. Allen Mädchen hatte man die Kleider genommen, was bei der herrschenden Kälte ein besonderes Martyrium war.

Thurzos Auftauchen entlockte den Gefangenen im Kellergewölbe ein vielstimmiges Wimmern, das von Stöhnen und qualvollem Röcheln begleitet wurde. Als der Palatin sich hinter seinen Soldaten durch eine niedrige, in die Erde gelassene Eisentür zwängte, bedeckte er seine empfindliche Nase mit einem Tuch. Ein kaum zu ertragender Geruch von Verwesung, Blut und unzähligen Exkrementen schlug ihm aus dem finsteren Loch entgegen. Er richtete sich auf und seine Augen glitten über die hoffnungslosen Gesichter der Opfer. Er konnte sich des Gefühls nicht erwehren, dass selbst die Steinwände bei ihrem Anblick blutige Tränen weinen mussten.

Der Gräfin, die sich hinter ihm gehalten hatte, nutzte nun keine Ausrede mehr. Thurzo gab seinen Soldaten einen Wink und ließ sie augenblicklich in Ketten legen und auf die Burg bringen. Das Ungeheuer in Form der Frau wehrte sich nicht. Weder ein Seufzer noch ein Gebet drang über ihre Lippen, nur Hochmut und Verachtung standen noch immer in ihrem Gesicht geschrieben, als sie den Kopf hob und aus der Haltung, zu der man sie gezwungen hatte, zu Thurzo aufsah. Erst als sie, gefolgt von ihren ebenfalls in Ketten gelegten Spießgesellen, an der Komtesse Susanna vorbeischritt, zeigte sie zum ersten Mal so etwas wie eine Regung. Einen Moment lang hielt sie im Schritt inne und schaute höhnisch auf sie hinab. Als das Opfer sich schwerfällig stöhnend regte und die ausgebluteten Lippen das Wort „Warum?" formten, spuckte die Gräfin verächtlich über ihm aus.

„Ich wusste, dass du mein Schicksal bist, Susanna, von Anbeginn. Ich bedaure nur, mit deinem Tod zu lange gezögert zu haben."

Benommen tauchte Susanna aus ihrem todesähnlichen Schlaf auf. In Gedanken war sie noch immer die

Beute des mordlüsternen Wesens, das sie fluchend umklammert hielt und ihr unsägliche Schmerzen zufügte. Mit einem Schrei fuhr sie hoch. Ein Geräusch hatte sie geweckt. Ihm folgte ein Schatten, der sich nun drohend über sie beugte. Susanna wollte schreien, sich wehren, fliehen und wurde erst ruhiger, als sich eine warme Hand auf ihre feuchte Stirn legte.

„Susanna, hört Ihr mich?", fragte eine gedämpfte Stimme über ihr.

Es dauerte einen Moment, bis sie die schweren Augenlider öffnen konnte. Fieberhaft überlegte sie, zu wem wohl die gütigen grauen Augen gehörten, die sie wie durch einen feinen Nebel wahrnahm.

„Dem Herrn sei Dank, Ihr habt es überstanden", vernahm sie ein Murmeln, dann formten die schemenhaften Umrisse ein Gesicht.

„Graf Thurzo?" Erleichterung durchflutete sie.

Der Palatin, wie von einer inneren Last befreit, strich ihr beruhigend über die eingefallenen Wangen. „Ihr seid auf meinem Schloss in Sicherheit, Komtesse. Hier werdet Ihr gesunden und das Erlebte vergessen. Graf Emmerich und ich sind über die Maßen erfreut, Euch wieder unter den Lebenden zu wissen. Solange Ihr mit dem Tode gerungen habt, hat der Gute Tag und Nacht an Eurem Lager zugebracht. Er ist so erschöpft, dass ich ihm ein paar Stunden Schlaf verordnen musste. Deshalb freut es mich umso mehr, dass ich Euch nun in die neu erwachten Augen sehen darf. Ihr seid dem Tode sehr nahe gewesen, Komtesse. Zu nahe. Aber Ihr verdankt Euer Leben dem Mann, der Euch über alle Maßen liebt."

„Wie komme ich hierher, Euer Hochwohlgeboren?“,
fragte Susanna verwirrt, während sie ihre Erinnerungen zu ordnen versuchte. Als sie ihren Oberkörper auf-
richten wollte, schob Thurzo ihr zur Unterstützung ein
seidenes Kissen unter den Kopf. Als Folge der Bewegung durchzuckte ein scharfer stechender Schmerz ihren rechten Arm. Ihr Blick wanderte zu dem Schmerz-
herd und blieb entgeistert an dem unförmigen Stum-
pen auf dem Bettzeug hängen. Der Anblick des toten
Fleisches, das zu ihrem Körper gehörte, rief augenblicklich das Entsetzen der vergangenen Tage und die Erinnerung in ihr wach.

„Wo ist die Gräfin?“ Angstschweiß trat auf ihre Stirn.

Thurzo drückte sie sanft in die Kissen zurück. „Ihr
dürft Euch nicht aufregen, Komtesse. Dankt Gott, dass
Ihr überlebt habt, wenn auch für alle Zeiten versehrt.
Die edle Katharina, Gattin unseres hochgeschätzten
Chirurgen Johannes Kun, teilte mir gestern mit, dass
sich Euer rechter Arm zeitlebens nicht mehr bewegen
lassen wird. Ihr Mann musste einen großen Teil Eures
Armes und Eurer Hand chirurgisch entfernen, um Euer
Leben zu retten. Die Megäre hatte Euch das Fleisch zwischen den Fingern als auch zwischen den Schultern regelrecht herausgeschnitten. Um einen Wundbrand zu
verhindern, musste das Restfleisch gänzlich entfernt
werden.“

„Was geschieht jetzt mit ihr und ihren Gehilfen
Dorkó, Ilona Jó, Katharina und Ficzkó?“ Brutal drängten sich die Geschehnisse zurück in ihr Bewusstsein.
Die Bilder, die vor ihrem geistigen Auge aufstiegen, waren so brutal, dass sie am ganzen Körper zu zittern

begann. „Und wo ist meine Zofe, Katica? Ist sie noch am Leben?"

Thurzo zog sich einen Stuhl heran und umschloss die kalte Hand der Komtesse. Bevor er sich zu einer Erklärung durchrang, musterte er das von Blutergüssen und einer alten Bisswunde entstellte Gesicht. Als er endlich sprach, lagen in seinen Augen unendlich viel Wärme und väterliches Mitgefühl.

„Ihr wart lange bewusstlos. Die mörderischen Helfershelfer der Gräfin hat man ins Kastell nach Bytča gebracht. Dort wurden sie zu dem Geschehen verhört. Am Siebten dieses Monats sind sie nach einer nochmaligen Anhörung von Zeugen aus dem Schloss in einem abgekürzten Prozessverfahren gerichtet worden. Zuerst wurden Ilona Jó und Dorkó vom Henker die Finger, mit denen sie ihre unschuldigen Opfer auf das Grausamste gequält hatten, aus den Knöcheln gerissen, bevor sie der Henker auf dem Scheiterhaufen verbrannte. Bei Ficzkó ließ man Gnade walten. Er wurde ohne zusätzliche Strafe geköpft und dann ebenfalls in die Flammen geworfen. Katharina sitzt noch in Haft. Sie erwartet eine weniger grausame Strafe. Die Gräfin befindet sich jedoch unter starker Bewachung im Nordturm ihrer Burg Čachtice. Ich hätte der Tigerin für ihre Taten am liebsten die Eingeweide aus dem Leib gerissen und sie öffentlich verstreut, aber ich akzeptiere auch die Bittschriften ihrer Kinder an unseren erlauchten König Matthias, welche die Bitte enthalten, das Leben ihrer Mutter zu schonen. Nicht zu vergessen ist dabei auch, dass Gabor Báthory in der letzten Zeit an Macht gewonnen hat. Ein Todesurteil seiner Tante würde einen Krieg mit Ungarn zur Folge haben. Obwohl das Urteil unseres geschätzten Königs Matthias noch nicht feststeht und noch immer Hunderte von Zeugen vernommen werden, ist doch bereits absehbar, dass die Gräfin in ihrem Zimmer im Nordturm am Leben bleiben wird. Sozusagen bei lebendigem Leib eingemauert. Ein wahrer Hohn für all ihre Opfer und deren Angehörige, denn selbst dort wird es der Mörderin ihrem hohen Stande gemäß an nichts fehlen außer an Tageslicht." Thurzo räusperte sich und blickte Susanna mit einem Blick an, der sein schlechtes Gewissen verriet.

„Ich hätte Euch das alles nicht erzählen sollen, Komtesse. Am vordringlichsten ist es für Euch, gesund zu werden. Vielleicht stärkt Euch ja die Aussicht darauf, dass Graf Emmerich Euch bald öffentlich um Eure Hand bitten wird. Zu viel Zeit habt Ihr bereits verstreichen lassen, dabei verdient eine so lange und starke Liebe wie die Eure endlich ihr gutes Ende. Er kann es kaum erwarten, Euch wieder in seine Arme zu schließen. Doch um Eure Zofe Katica tut es mir leid. Ich habe gehört, was für eine tapfere Frau sie war." Er lächelte verlegen und nahm ein kleines, in Gold gefasstes Büchlein von dem Tisch neben dem Bett, schlug es auf und ergriff den Gänsekiel, der zwischen den Seiten lag. Er tauchte ihn in ein silbernes Tintenfässchen und blätterte dann nachdenklich in den noch leeren Seiten, so als sei er sich nicht schlüssig, ob er der Komtesse das zumuten konnte, was er nun vorhatte. Nach einem Moment lähmender Stille, die nur von Susannas angestrengten Atemgeräuschen unterbrochen wurde, richtete er von Neuem den Blick auf sie.

„Komtesse Susanna, Ihr seid die einzige Überlebende und damit wichtigste Zeugin des Verbrechens. Fühlt

Ihr Euch bereits imstande, mir Eure Geschichte zu erzählen?"

Susanna hatte ihm bis jetzt regungslos zugehört, war
aber bei seinen letzten Worten sichtlich zusammenge-
zuckt. Als sie leise aufstöhnte und den Kopf schüttelte,
legte der mächtige Mann das Buch sofort zurück auf
den Tisch und bettete sie fürsorglich in eine bequemere
Lage.

Erschöpft ließ Susanna ihren Blick durch den Saal
schweifen, zu den hohen, mit schwerem Damast verhängten Fenstern, den farbigen Fresken an den Wänden und Säulen und den riesigen Gemälden über ihr,
von denen ihr die königlichen Ahnen des Schlosses zu-
lächelten. Sie musste sich sammeln. Schließlich blieben ihre Augen an den kostbaren Pelzen vor ihrem Bett
hängen. In ihren Gedanken rasten die letzten Jahre ihres Lebens in panischem Galopp an ihr vorbei. Jahre der
Hölle, voller Angst, manchmal auch Hoffnung – insge-
samt aber eine qualvolle und verlorene Jugend. Bevor
sie sich bereit erklärte, davon zu erzählen, lag ihr aber
noch eine wichtige Frage auf den Lippen.

„Sagt mir, Euer Hochwohlgeboren, warum ich keinen
Hass auf die Mörderin verspüre. Ist es, weil ich sie von
allen, die sie umgaben, am besten zu kennen glaubte?
Schließlich war ich die engste Vertraute der Gräfin. Ich
wusste als Einzige, wie es wirklich in ihrer schwarzen,
einsamen Seele aussah."

Graf Thurzo schüttelte ungläubig den Kopf. „Mir
deucht, Ihr redet im Fieber, Komtesse. Macht Euch
keine Gedanken. Die Taten der Gräfin kann man weder
rechtfertigen noch verzeihen. Wären wir nicht rechtzeitig gekommen, hätte sie Euch ohne Gewissensbisse

so lange gemartert, bis Ihr qualvoll Euer Leben ausgehaucht hättet – wie all die anderen auch. Man kann ihr mit nichts als Hass entgegentreten, schließlich hat sie großes Leid über das Land und Schande über ihre hochgeschätzte Familie gebracht. Noch viele Jahrhunderte werden sich die Menschen an die Grausamkeiten der Gräfin Báthory erinnern.“

Warum ich mich entschlossen habe, diese Geschichte aufzuschreiben

Elisabeth Báthory (1560-1614) entstammte einer der mächtigsten ungarischen Familien. Sie ging als berühmteste Serienmörderin der Geschichte mit 650 Morden in das Guinnessbuch der Rekorde ein. Jahrhundertelang hat ihr Leben die Fantasie von Dichtern, Romanautoren und Wissenschaftlern beflügelt. Sie machten sie bekannt als „Lady Dracula", die regelmäßig für ihre Schönheit im Blut ihrer Dienerinnen badete.

Ursprünglich war mir die Geschichte schon zu ausgetreten. Zudem stieß mich der Vampirkult um die Blutgier der Gräfin Elisabeth Báthory ab, mich mit dem Stoff zu befassen. Ich legte ihn auf Eis. Erst ein Jahr später, nachdem ich mich von dem einstigen Glanz Sárvárs selbst überzeugen konnte und durch Zufall eine Abhandlung über ihr Seelenleben von Dr. phil. Thomas Ettl, Dipl.-Psychologe -Psychoanalytiker (DPV/IPA), gelesen hatte, fing ich wieder Feuer. In meinem Kopf setzte sich die Idee fest, diese Frau, die bisher nur als Legende vermarktet wurde, als das darzustellen, was sie wirklich war:

Eine intelligente, sechs Sprachen sprechende Serienmörderin mit schweren psychischen Problemen, der das Quälen zur Berufung wurde. Zudem jährte sich am 21. August 2014 ihr Todestag zum 400. Mal.

Ich glaube, ich habe mir an Material alles besorgt, was ich auf dem Markt, im Internet und in Archiven finden konnte, und fing an zu vergleichen. Dabei kam ich zu dem Schluss, dass die Gräfin nicht nur Herrscherin und Mörderin war, sondern auch eine junge, lebenslustige Frau, eine liebende Ehegattin und Mutter. Baustein für Baustein begann ich zusammenzufügen und formte mir einen Menschen, wie er vielleicht hätte gewesen sein können. Eine ungarische Magnatin, für die Prügeln etwas ganz Normales war, einsam, narzisstisch und hysterisch veranlagt, mit traurigen, krankhaften Wurzeln, intelligent und schön. Eine Frau, die trotz Macht und Reichtum immer nach Bestätigung suchte und eine krankhafte Angst vor dem Altern hatte, weil sie einsam war.

Bei meinen Recherchen über Elisabeth Báthory fand ich Hinweise auf eine psychische Erkrankung und Signale, die beispielsweise auch bei Serienmördern auftreten und so entschloss ich mich, ihr Leben durch die Augen einer Überlebenden zu analysieren. Ich weiß nicht, ob es mir gelungen ist. Doch ich habe versucht, den Kreis der Legende zu durchbrechen. Für mich ist die Gräfin Báthory eine Serienmörderin, deren mörderische Taten ihr wahrscheinlich schon früh den Scheiterhaufen eingebracht hätten. Doch ihre Machtstellung in der Geschichte Ungarns und ihre Loyalität dem Hause Habsburg gegenüber schützten sie davor. Je mehr ich in ihre einsame Welt eintauchte, umso mehr faszinierte mich die ungarische Geschichte. Der grausame

Krieg zwischen Kreuz und Halbmond trug sicher mit
dazu bei, eine Mörderin dieser Art zu erschaffen.
Mir ging es nicht in erster Linie um ihre Taten, dennoch
konnte ich es kaum verhindern einige aufzuführen,
um der Handlung einen wahrheitsgemäßen Verlauf zu
geben. Natürlich ist die Geschichte auch gespickt mit
viel Fantasie. Leider ist sie nichts für schwache Nerven.

Bettina Szrama

Mehr spannende Historienromane

Highland Saga
Gabriele Ketterl
E-Book-ISBN: 978-3-96087-656-4
TB-ISBN: 978-3-94804-502-9

Eine Saga voller Liebe, Stolz und Rache in den schottischen Highlands

Schottland im Jahr 1495. Fearghas muss hilflos mit ansehen wie seine Familie von einem verfeindeten Clan ermordet wird. Getrieben von dem Wunsch, die Geister der Vergangenheit auszulöschen, entwickelt der junge Highlander einen unbeschreiblichen Durst nach Rache. Als er einen Bewusstlosen vor dem Ertrinken rettet, wendet sich sein Schicksal, denn der Gerettete ist kein anderer als der Mörder seiner Familie. Bevor Fearghas jedoch handeln kann, tritt die junge Mairead in sein Leben. Die wilde und schöne Tochter seines Erzfeindes verzaubert ihn vom ersten Moment an. Zerrissen zwischen Liebe und Rachedurst muss Fearghas um sein Schicksal kämpfen. Kann seine verbotene Liebe zu Mairead die Dämonen seines Herzens bezwingen?

Der Myrtenzweig
Dorothea Stiller
E-Book-ISBN: 978-3-96087-378-5
Print-ISBN: 978-3-96087-379-2

Ein Mordfall in der Londoner High Society: Lady Beresford ermittelt

Lady Dorothy Beresford, warmherzige und zugleich resolute Marchioness, wird zur unfreiwilligen Ermittlerin in einem Mordfall, als der Bruder ihrer treuen Kammerdienerin sich vom Galgen bedroht sieht. Felton Seymour, ein berüchtigter Frauenheld und Dandy, ließ sich von ihm aus dem berühmten Almack's Club heimfahren. Doch als die Droschke am Ziel eintraf, fand man den Insassen erdolcht und mit einem Myrtenzweig auf der Brust im Fond. Obwohl er seine Unschuld beteuert und schwört, die Fahrt nicht unterbrochen zu haben, wird der Kutscher verhaftet ...
Lady Beresford will ihrer Kammerdienerin helfen, die Unschuld ihres Bruders zu beweisen. Gleichzeitig fällt ihr das Los zu, das zu tun, was Dorothy „Dotty" Beresford am besten kann: eine Ehe zu stiften. Rose Lymington, das Patenkind ihres Gatten, soll dringend unter die Haube. Bald stellt sich heraus, dass die Lymingtons noch eine Rechnung mit dem Ermordeten offen hatten. Ist die renommierte Familie etwa in den Mord verwickelt?

Die Leichenzeichnerin
Raiko Oldenettel
E-Book-ISBN: 978-3-96087-390-7
Print-ISBN: 978-3-96443-265-0

Ein verschwiegenes Dorf. Eine geheime Obsession. Ein Mord, der alte Wunden aufreißt ...

Minna Dahl besitzt ein düsteres Geheimnis: Sie zeichnet leidenschaftlich gern Verstorbene. Als man sie im Sommer 1919 dabei ertappt, wird die junge Krankenschwester zur Strafe versetzt. In Mühldorf am Breitbach soll sie sich fortan Kriegsversehrten widmen. Doch ein plötzlicher Todesfall schreckt die Talbewohner auf und Minna kann der Versuchung nicht widerstehen: Sie verschafft sich Zugang zur Leiche und bannt den Schrecken auf Papier. Zu spät erkennt sie, dass ihre Zeichnungen das Tor in eine grausame Vergangenheit aufgestoßen haben.